JEANIENE FROST

Im Feuer der Begierde

Buch

Leilas übernatürliche Fähigkeiten haben sie verlassen, und auch wenn sie diese früher als Fluch angesehen hatte, fehlen sie ihr nun. Als wäre das nicht schlimm genug, erwidert der Vampir Vlad ihre Liebe offenbar nicht mehr. Ist etwa der Verlust ihrer Kräfte der Grund dafür? Da gerät Leila in das Fadenkreuz eines Killers und muss sich entscheiden: Vertraut sie dem Vampir, der sie kaum noch wahrzunehmen scheint, aber ihre Leidenschaft wie kein anderer entfacht? Oder akzeptiert sie die Hilfe eines dunklen Ritters, dessen grausame Vergangenheit ihn nicht loslässt, und der keine größere Sehnsucht kennt, als für Leila mehr zu sein als nur ein Freund. Welche Wahl sie auch trifft – ein falscher Schritt bedeutet für Leila ewige Verdammnis …

Autorin

Jeaniene Frost lebt mit ihrem Mann und ihrem Hund in Florida. Obwohl sie selbst kein Vampir ist, legt sie Wert auf einen blassen Teint, trägt häufig schwarze Kleidung und geht sehr spät zu Bett. Und obwohl sie keine Geister sehen kann, mag sie es, auf alten Friedhöfen spazieren zu gehen. Jeaniene liebt außerdem Poesie und Tiere, aber sie hasst es zu kochen. Zurzeit arbeitet sie an ihrem nächsten Roman.

Die Abenteuer von Cat & Bones bei Blanvalet lieferbar:

Blutrote Küsse
Kuss der Nacht
Gefährtin der Dämmerung
Der sanfte Hauch der Finsternis
Dunkle Sehnsucht
Verlockung der Nacht
Betörende Dunkelheit
Verführerisches Zwielicht

Die Night-Prince-Serie bei Blanvalet lieferbar:

Dunkle Flammen der Leidenschaft
Im Feuer der Begierde
Im Bann der Sehnsucht
Der Fluch des Verlangens

Jeaniene Frost

Im Feuer der Begierde

Roman

Aus dem Englischen
von Sandra Müller

blanvalet

Die Originalausgabe erschien 2013
unter dem Titel
»Twice Tempted« bei Avon, New York.

MIX
Papier aus verantwortungsvollen Quellen
FSC® C014496

Verlagsgruppe Random House FSC® N001967

2. Auflage
Taschenbuchausgabe August 2015 bei Blanvalet,
einem Unternehmen der Verlagsgruppe
in der Verlagsgruppe Random House GmbH,
Neumarkter Straße 28, 81673 München

Umschlaggestaltung und -motiv: www.buerosued.de
Redaktion: Rainer Michael Rahn
ue · Herstellung: am
Satz: omnisatz GmbH, Berlin
Druck und Bindung: GGP Media GmbH, Pößneck
ISBN: 978-3-7341-6027-1

Besuchen Sie uns auch auf
www.facebook.com/blanvalet und www.twitter.com/BlanvaletVerlag.
www.blanvalet.de

Für Tage, Kimberly, Candace und Carol
– für all das, was ihr tut,
und weil ihr einfach großartige Frauen seid.

Prolog

Es war nicht das erste Mal, dass ich in Gefangenschaft erwachte. Auch nicht das zweite. Ich musste unbedingt meinen Lebenswandel überdenken.

Aus Erfahrung wusste ich, dass ich nicht die Augen aufreißen oder den Atemrhythmus ändern durfte. Ich peilte also die Lage, während ich vorgab, noch ohnmächtig zu sein. Kopfschmerzen, keine Überraschung, aber so weit ging es mir ganz gut. Meine Arme waren hinter dem Rücken gefesselt. Das dicke Material, in dem meine Hände steckten, waren Handschuhe, das enge um meine Fußknöchel Fesseln. Störender war der Knebel im Mund, selbstredend.

Nach meiner physischen Lage checkte ich meine Umgebung. Das Geschaukel musste von Wellen herrühren, was bedeutete, dass ich mich auf einem Schiff befand. Dem Klang der Stimmen nach hielten sich ein paar der Typen, die mich gefangen genommen hatten, an Deck auf, einer war allerdings bei mir. Er sagte zwar kein Wort, doch durch Jahre des Zusammenlebens mit einem Vampir hatte ich Übung darin, die kaum hörbaren Laute wahrzunehmen, die sie von sich gaben.

Als ich die Augen öffnete, fiel mein Blick direkt auf den schwarzhaarigen Vampir mir gegenüber. Ein Blinzeln war das einzige Zeichen der Verwunderung, das er erkennen ließ.

»Hätte nicht gedacht, dass du schon so bald wieder zu dir kommst«, sagte er gedehnt.

Ich senkte den Blick zu dem Knebel, den ich im Mund hatte, und zog die Brauen hoch.

Er verstand die stumme Botschaft. »Muss ich dir erst sagen, dass Schreien zwecklos ist?«

Ich verdrehte die Augen. Hatten wir heute Anfängertag? Er lächelte, bevor er sich vom Bett erhob. »Dachte ich's mir doch.«

In der kurzen Zeit, die er brauchte, um den Raum zu durchqueren und meinen Knebel zu lösen, versuchte ich mir, so gut es ging, ein Bild von ihm zu machen. Der Vampir sah etwa so alt aus wie ich, doch seiner narbenfreien Haut, den kurzen Haaren, dem glatt rasierten Gesicht und seiner durchschnittlichen Statur nach zu urteilen, konnte er höchstens hundert Vampirjahre alt sein. Ältere Blutsauger hatten meist vernarbte Gesichter und keinen Sinn für trendige Haarschnitte. Am verräterischsten aber war sein Blick. In den Augen wirklich alter Vampire lag so eine Art … Gewicht, als hätten die vielen Jahrhunderte eine greifbare Schwere hinterlassen. Meinem namenlosen Kerkermeister fehlte diese Besonderheit, und wenn ich Glück hatte, auch allen anderen auf diesem Schiff.

Junge Vampire waren leichter umzulegen.

»Wasser«, sagte ich, als er mir den Knebel entfernt hatte. Durch ihn und das Barbiturat, das man mir verabreicht hatte, war mein Mund so trocken, dass meine Zunge sich anfühlte wie eine zusammengeknüllte Socke.

Der Vampir verschwand und kam mit einer Dose Cola zurück. Ich schluckte gierig, als er sie mir an die Lippen hielt, was zur Folge hatte, dass ich am Ende einen herzhaften Rülpser hören ließ. Wenn mein Bewacher ihn direkt ins Gesicht bekam, war das nicht meine Schuld. Ich war gefesselt.

»Reizend«, meinte der Vampir trocken.

»Der Sinn für Artigkeiten ist mir abhandengekommen, als ihr meinen Freund mit flüssigem Silber beschossen habt«, antwortete ich mit ruhiger Stimme. »Und wo wir gerade dabei sind: Ich will ihn sehen.«

Die Lippen des Vampirs zuckten. »Du bist nicht in der Position, Forderungen zu stellen, aber ja, er ist noch am Leben.«

»Du willst mich also nicht zu ihm bringen, schön«, antwortete ich einer Eingebung folgend. »Ich nehme an, du weißt, dass ich per Berührung Visionen empfangen kann, also nimm mir die Handschuhe ab, und lass mich dich anfassen. Dann weiß ich, ob du die Wahrheit sagst.«

Der Vampir lachte in sich hinein, während ein grelleres Grün sich in seinen torfmoosfarbigen Augen ausbreitete. »Mich anfassen? Meinst du nicht eher, deine tödliche Elektropeitsche einsetzen, um mich in Stücke zu hauen?«

Ich fuhr zusammen. Woher wusste er das? Die meisten Leute, die gesehen hatten, wie ich meine Macht einsetzte, waren tot.

»Genau aus dem Grund sind deine Gummihandschuhe mit Klebeband befestigt«, fuhr er unverdrossen fort. »Nur für den Fall.«

»Wie heißt du noch mal?«, erkundigte ich mich, froh, dass meine Stimme beiläufig klang.

Die vollen Lippen des Mannes verzogen sich zu einem noch breiteren Grinsen. »Nenn mich Hannibal.«

Ich erwiderte sein Lächeln. »Okay, Hannibal, was soll ich machen? Meine Fähigkeiten einsetzen, um einen Feind von dir aufzuspüren? Dir sagen, ob jemand dich hintergeht? Oder die Vergangenheit aus einem Gegenstand lesen?«

Hannibal lachte, und obwohl es nicht unbedingt eiskalt, sondern eher nach Dr. Evil klang, war es doch bedrohlich genug, um mir einen Schauer über den Rücken zu jagen.

»Ich will gar nichts von dir, Vögelchen. Ich bin nur der Botenjunge. Mich interessiert nicht mal, bei wem ich dich abliefern soll. Ich weiß nur, dass du lebend dreimal so viel wert bist wie tot, aber wenn du irgendwelche krummen Dinger abziehst, bringst du mir tot immer noch ordentlich Kohle ein.«

Mit einem fröhlichen Winken verließ Hannibal den Raum. Ich sagte nichts, ganz darauf konzentriert, einen Ausweg aus dieser Zwickmühle zu finden. Ich würde mich *nicht* bei irgendeinem Fiesling abliefern lassen. Ich würde eine Lösung finden, und wenn ich dabei draufging.

I

Vier Wochen zuvor

Ich stand unter einer Kaskade aus Flammen. Zinnober und Gold ergossen sich über mich, verfingen sich in meinem Haar, teilten sich in Rinnsale, die über meinen Körper rieselten, zwischen meinen Fingern hindurch, bevor sie zu meinen Füßen landeten. Die Flammen waren so dicht, dass ich nicht durch sie hindurchsehen konnte und meine Welt zu einer glühenden Arena aus Rotgold reduziert wurde. So eingehüllt, hätte ich eigentlich sterben müssen, doch ich war unversehrt. Nicht einmal Angst hatte ich. Stattdessen erfüllte mich ein Gefühl des Verlangens. Ich versuchte, eine der Flammen zu fassen zu kriegen, schaffte es aber nicht. Von Kopf bis Fuß hüllte mich das Feuer ein, und doch entzog es sich meinem Griff.

»Leila«, hörte ich eine Stimme, so leise, dass ich nicht wusste, wer da sprach. »Geh, bevor es zu spät ist.«

Der gesunde Menschenverstand drängte mich zu tun, was die namenlose Person sagte, aber ich wollte nicht. Auch die Flammen schienen nicht verschwinden zu wollen. Immer weiter strömten sie über mich hinweg, liebkosten mich, statt mich zu verbrennen. *Na also,* dachte ich trotzig. Sie wollten mir nichts anhaben.

»Leila«, sprach die Stimme erneut, eindringlicher diesmal. »*Geh.*«

»Nein«, antwortete ich, während ich abermals versuchte, die Flammen zu fassen zu bekommen. Wie zuvor glitten mir die gleißenden Bänder durch die Finger, doch diesmal verdunkelte sich ihr Strahlen. Als sie zu meinen Füßen landeten, sahen sie aus wie Teerschlieren. Dann löste sich die Kaskade über mir abrupt auf, sodass ich nackt und zitternd in der plötzlich eingetretenen, überwältigenden Schwärze stand.

Furcht ließ mein Innerstes zu Eis erstarren. Die Stimme hatte recht. Etwas Schreckliches würde geschehen …

Mir blieb keine Zeit wegzulaufen, bevor das Feuer wieder die Finsternis erhellte. Statt sich sanft über mich zu ergießen, brandete es jetzt von allen Seiten auf mich ein. Schmerz verzehrte mich, während die Flammen mich mit all ihrer vernichtenden Macht attackierten, jeden Flecken meines Leibes, den sie trafen, verkohlten und versengten.

»Warum?«, schrie ich, und nur das Gefühl des Verrats war noch schlimmer als die Schmerzen, die ich spürte.

»Ich habe dich gewarnt«, antwortete die mir unbekannte Stimme hinter der Feuerwand. »Du wolltest ja nicht hören.«

Dann waren da nur noch meine eigenen Schreie, während das Feuer mich gnadenlos weiter verzehrte.

»*Nein!*«

In meiner Vorstellung schrie ich das Wort leiderfüllt aus mir heraus; in Wirklichkeit kam es als Flüstern über meine Lippen. Aber so wurde ich wenigstens wach und fuhr entsetzt hoch, bevor mir klar wurde, dass Bettlaken und nicht Flammen mich einhüllten. Das einzige Feuer, das ich sah, brannte sicher im Kamin an der gegenüberliegenden Wand.

Ich musste ein paarmal tief durchatmen, um den Alptraum abzuschütteln, der mir noch in den Knochen steckte. Kurz darauf verfiel mein wild pochendes Herz wieder in seinen normalen Rhythmus. Zu meinem Leidwesen sah ich, dass ich allein im Bett lag. Jetzt würde ich zwar nicht zugeben müssen, dass ich schon wieder diesen Alptraum gehabt hatte, aber die Tatsache, dass ich immer häufiger allein schlafen ging und genauso wieder aufwachte, war mir auch nicht recht.

Wäre ich abergläubisch gewesen, hätte ich mich voller Sorge gefragt, ob der wiederkehrende Traum ein Omen war, aber wenn ich warnende Vorzeichen empfing, dann nicht als vage Metaphern im Schlaf. Ich hatte solche Gesichte *gehabt*, doch sie waren als gnadenloses Erleben mit allen damit verbundenen Sinneseindrücken gekommen. Allerdings blieben sie seit Wochen aus. Lange hatte ich die Fähigkeit, solche Gesichte durch eine einzige Berührung zu erhalten, verwünscht, doch jetzt, da ich meine Visionen gebraucht hätte, wollten sich keine mehr einstellen.

Der Gedanke scheuchte mich aus dem Bett. Ich schwang die Beine über die Matratze und stieg von dem Podest herunter, das das große, mit Draperien verhangene Lager noch beeindruckender wirken ließ. Schnurstracks steuerte ich auf den Kamin zu und kniete mich davor hin. Im Laufe der Nacht war das Feuer fast erloschen, doch die zusammengefallenen Scheite glommen noch. Ich schob das Gitter beiseite, hielt einen Augenblick lang meine Hand über eines der Scheite und stieß sie dann ohne zu zögern in das bröckelnde Holz.

Der stechende Schmerz, der folgte, ließ mich vor Erleichterung aufkeuchen, bevor mir klar wurde, dass er nur von einem Finger ausging. Der Rest meiner Hand schien völlig heil zu sein, obwohl er bis zum Gelenk in der heißen Glut steckte. Um sicherzugehen, wartete ich noch ein paar Augenblicke ab, bevor ich die Hand wieder zurückzog. Bis auf einen aus meinem Zeigefinger ragenden Splitter und eine zehn Jahre alte Narbe war meine Hand unversehrt, kein Härchen versengt.

Verdammt. Sechs Wochen waren vergangen, und es hatte *immer noch* nicht nachgelassen.

Manche Frauen wurden von ihren Liebhabern mit Geschlechtskrankheiten angesteckt. Das war noch harmlos im Vergleich zu dem, womit meiner mich infiziert hatte – eine Immunität gegen Feuer, die unerklärlicherweise meine Fähigkeit untergrub, per Berührung Visionen zu empfangen. Eine große Überraschung hätte das eigentlich nicht sein sollen. Mein Verhältnis mit dem inoffiziellen Fürsten der Finsternis konnte ja nicht folgenlos bleiben.

Ich zog mir den Splitter heraus und saugte an meinem Finger, obwohl ich einer der wenigen Bewohner dieses Hauses war, dem der Geschmack von Blut *nicht* zusagte. Dann kramte ich herum, bis ich ein großes Männershirt aus kaschmirweichem Stoff fand. Vermutlich hatte es mehr gekostet, als ich auf dem Rummel in einem Monat verdiente, war aber gleichgültig zu Boden geworfen worden. Ich sah nie jemanden das Zimmer reinigen, aber es war auch nie schmutzig. Die Bediensteten warteten wohl wie Ninjas darauf, dass ich ausging, damit sie alles makellos säubern konnten.

Lange würden sie sich nicht mehr gedulden müssen. Ich musste mal pinkeln, und trotz des ganzen Pomps im Schlafzimmer meines Geliebten fehlte im Bad die Toilette. Als jahrhundertealter Vampir brauchte *er* keine.

Ich zog mir das Shirt über, das ich vom Boden aufgelesen

hatte. Es war lang genug, um mein Tanktop und das Höschen zu überdecken, obwohl ich eigentlich nie jemandem begegnete, wenn ich aus diesem Zimmer in das offiziell mir gehörende schlich. Der Salon, der die beiden Gemächer verband, wurde nur von meinem Geliebten und mir benutzt. Die Privatsphäre und Eleganz machten den schmachvollen Gang zumindest ein wenig erträglicher.

In meiner Suite – einer in helleren Tönen gehaltenen und kleineren Ausgabe des mitternachtsgrünen Mahagoniprunksaales, den ich gerade verlassen hatte – eilte ich sofort ins Bad.

»Licht an«, sagte ich und fügte ein »Dimmen« hinzu, als die abrupt eintretende Helligkeit mich die Augen zukneifen ließ.

Ein sanfter bernsteinfarbener Schein ergoss sich über cremeweißen Marmor und betonte die goldenen und selleriegrünen Adern, die ihn durchzogen. In der Glasdusche von der Größe eines Kompaktwagens und über dem Waschtisch ging das Licht an. Als ich all den Luxus zum ersten Mal gesehen hatte, war ich vor Ehrfurcht erstarrt. Jetzt maulte ich leise vor mich hin, als ich auf die diskret abgeschirmte Ecke zueilte.

»Jeden Morgen fünfzig Meter rennen, bloß weil er keine Toilette in sein Badezimmer einbauen lässt. Gibt ja schließlich jeden Abend mehr Geld für das Dinner aus, das er nicht anrührt.«

Im Grunde wusste ich, dass mein Gemecker nur meine Kränkung über die Tatsache verbergen sollte, dass ich immer öfter allein schlief; doch meine Blase krampfte sich so schmerzhaft zusammen, als wollte sie sich auch beschweren. Als ich mich erleichtert hatte, stieg ich in die Dusche, bemüht, alles nur mit der linken Hand anzufassen. Die elektrische Spannung, die von mir ausging, war im Augenblick zwar nicht ganz so stark, aber ich wollte trotzdem nicht riskieren, einen Kurzschluss auszulösen.

Nachdem ich mich geduscht und angezogen hatte, stieg ich die vier Treppen in die Prunketage hinab. Am Fuß der Treppe erstreckte sich ein Gang mit himmelhohen Decken, Steinsäulen, antiken Schilden und prächtigen Fresken. Nur der Wintergarten sorgte dafür, dass das Ganze nicht wirkte wie Bill Gates' gruseliges Ferienhaus.

Am Ende des Ganges stand mein häufig abwesender Geliebter Vlad. Ja, *der* Vlad, doch die wenigsten machten den Fehler, ihn Dracula zu nennen. Die Farbe seines dunklen Haares entsprach der des Stoppelbartes, der sein Kinn etwas dichter als ein Schatten bedeckte. Geschwungene Brauen bildeten den Rahmen für Augen von einer Farbe zwischen Kupfer und Smaragdgrün, und weich fallender Stoff umschmeichelte einen Körper, gestählt durch Jahrzehnte der Schlacht, als er noch ein Mensch gewesen war. Lediglich seine Hände und das Gesicht waren wie üblich unbedeckt. Der Rest von ihm steckte in Stiefeln, schwarzen Hosen und einem rauchgrauen, bis zum Hals zugeknöpften Hemd. Anders als die meisten gut gebauten Männer zeigte Vlad nicht viel Haut, doch die maßgeschneiderte Kleidung schmeichelte seinem wohlgeformten Körper nicht weniger als Laufshorts und ein ärmelloses Shirt.

Als ich den Mantel über seinem Arm sah, wurden meine lustvollen Betrachtungen jäh unterbrochen. Während ich geschlafen hatte, war Vlad nicht nur ins Bett und wieder hinaus geschlüpft; er wollte sich auch noch ohne ein Wort aus dem Staub machen.

Mal wieder.

Kennen Sie das, wenn Sie genau wissen, dass Sie etwas

nicht tun sollten … und es dann doch machen? Die telepathischen Kräfte, die mir abhandengekommen waren, brauchte ich nicht, um mir darüber im Klaren zu sein, dass es komplett verkehrt war, auf ihn zuzustürmen und ihn anzufahren: »Wo willst du hin?« Aber genau das tat ich.

Vlad hatte gerade mit seinem Stellvertreter Maximus gesprochen, einem blonden Vampir, der aussah wie ein leibhaftiger rachdurstiger Wikinger. Auf meine Frage hin wandten sich mir zwei Augenpaare zu, ein graues und bemüht neutral dreinschauendes, das andere kupfrig grün und sardonisch blickend. Ich fuhr zusammen und wünschte mir, ich könnte die Frage zurücknehmen. Wann hatte ich mich eigentlich in so eine nervige Klette verwandelt?

Genau in dem Augenblick, als der Grund für Vlads Interesse an dir sich in Wohlgefallen aufgelöst hat, mokierte sich meine fiese innere Stimme.

Sofort begann ich, mir in Gedanken *That's the Way* von KC and the Sunshine Band vorzusingen. Vlad war nicht nur ein ungeheuer mächtiger Vampir, dessen Lebensgeschichte den Stoff für den weltweit bekanntesten Roman über die Untoten abgegeben hatte, er konnte auch menschliche Gedanken lesen. Meistens.

Er verzog die Lippen. »Vielleicht fängst du ja wenigstens irgendwann an, Wunschtitel zu spielen, wenn du mich aus deinem Kopf fernhalten willst.«

Hätte ich ihn nicht gekannt, wäre mir die Ironie in seinem Tonfall entgangen, die seinen subtilen Akzent verstärkte und seiner kultivierten Stimme einen zornigen Beiklang verlieh. Er würde wohl nie dem Vampir vergeben, der mich gelehrt hatte, ihn aus meinen Gedanken zu verbannen.

»Es gibt Leute, die das Lied für einen Klassiker halten«, antwortete ich, während ich mich für die Gedanken schalt, die er gehört hatte, bevor ich es verhindern konnte.

»Was nur mal wieder beweist, dass die Welt voller Idioten ist.«

»Und du hast meine Frage nicht beantwortet«, gab ich zurück.

Vlad schlüpfte in seinen Mantel, noch immer mit diesem leisen Lächeln im Gesicht. »Das war kein Zufall.«

Meine Hand prickelte, als meine körpereigene Elektrizität in sie hineinschoss. Dank eines Unfalls mit einer abgerissenen Hochspannungsleitung gab mein gesamter Körper Elektrizität ab, doch meine rechte Hand war der Hauptleiter. Bekam ich mein Temperament nicht in den Griff, würde sie womöglich Funken sprühen.

»Wenn du mich das nächste Mal loswerden willst, mach es wie moderne Männer.« Meine Stimme war rauer als Sandpapier. »Sag was Ausweichendes, etwa, du hättest noch was zu erledigen. Klingt höflicher.«

Vlads kupfrige Augen färbten sich leuchtend grün, der sichtbare Beweis, dass er kein Mensch war. »Ich bin kein moderner Mann.«

Natürlich nicht, aber würde es ihn umbringen, sich ein *bisschen* weniger kompliziert, provozierend und rätselhaft zu geben? Zumindest ab und an?

Maximus warf mir einen Blick zu, bevor er seine Aufmerksamkeit wieder Vlad zuwandte. »Bei deiner Rückkehr wird alles vorbereitet sein«, verkündete er, verneigte sich und ging.

Was soll das nun wieder heißen?, lag es mir auf der Zunge, aber ich würde sowieso keine Antwort kriegen. Was nicht hieß, dass ich die Angelegenheit auf sich würde beruhen lassen. Ich hatte genug davon, mich zu fragen, was seine immer häufigere Abwesenheit für unsere Beziehung bedeutete. Falls seine Gefühle für mich sich durch meine fehlende Hellsichtigkeit gewandelt hatten, musste er es mir sagen. Ich hörte lange genug auf, im Kopf vor mich hinzusingen, um ihm einen Gedanken zu schicken: *Wenn du wiederkommst, müssen wir reden.*

Diesmal lächelte er so breit, dass seine Zähne sichtbar wurden. Seine Fänge waren nicht ausgefahren, doch sein Grinsen lag trotzdem noch irgendwo zwischen Lover und Raubtier.

»Ich freue mich schon.«

Und damit war die Stelle leer, an der er eben noch gestanden hatte. Nur die sich schließenden gewaltigen Flügeltüren des Haupteingangs ließen erkennen, wohin er entschwunden war. Vampire konnten sich nicht in Luft auflösen, doch einige Meister besaßen die Fähigkeit, sich so schnell zu bewegen, dass es den Anschein erweckte.

Ich seufzte. In den vergangenen Monaten war meine Beziehung zu Vlad so leidenschaftlich und aufwühlend gewesen wie im Kino. Blieb nur zu hoffen, dass Hollywood, was das Schicksal der Frau, die sich in den berüchtigten Fürsten der Finsternis verliebte, nicht recht behielt.

Der Gedanke war deprimierend, aber ich wollte nicht herumsitzen und vor mich hinbrüten. Stattdessen würde ich mich der bewährtesten und wirkungsvollsten aller fraulichen Ablenkungsstrategien hingeben.

Ich sauste ins Zimmer meiner Schwester hinauf. »Aufwachen, Gretchen!«, rief ich durch die Tür. »Wir gehen shoppen.«

2

»Das ist das Einzige, was ich in Rumänien bisher nicht total beschissen finde«, verkündete meine Schwester, als sie einen Stapel Klamotten vor der Kassiererin ablud.

Ich schloss die Augen und wusste nicht, bei wem ich mich zuerst entschuldigen sollte: bei der Kassiererin wegen Gretchens Bemerkung über ihr Land, oder bei Maximus, der jetzt noch mehr Taschen herumschleppen musste als das halbe Dutzend, das er ohnehin schon zu tragen hatte. Das passierte eben, wenn man meiner Schwester eine fremde Kreditkarte in die Hand drückte. Vlad folgte der festen Regel, alle Ausgaben seiner Gäste selbst zu übernehmen.

Was er vielleicht noch mal überdenken würde, wenn die Rechnung kam. Meine Versuche, Gretchen zu mehr Sparsamkeit zu bewegen, waren auch fehlgeschlagen. Sie hatte lediglich aufgehört, die Sachen anzuprobieren, bevor sie sie kaufte.

»Ich bin müde. Wir sollten gehen«, versuchte ich es mit einer anderen Taktik.

Gretchens blaue Augen wurden schmal. »Auf keinen Fall. Ich bin jetzt schon seit *Wochen* in der Festung deines Geliebten kaserniert, obwohl sein Blutsaugerfeind bestimmt längst tot ist, sonst hätten Marty und Dad nicht gehen dürfen.«

Ich ließ davon ab, sie darauf hinzuweisen, dass unser Vater und mein bester Freund Marty auch weniger leichtsinnig waren als sie. Die Chancen standen zwar gering, doch falls Vlads Erzfeind Szilagyi *doch* überlebt hatte, war Gretchen hier sicherer aufgehoben. Sie konnte sich ums Verrecken nicht unauffällig benehmen, wie sie gerade wieder bewiesen hatte. Der Kassiererin zugewandt, zwang ich mich zu einem Lächeln und zog Gretchen am Ärmel zu mir heran.

»Kein Wort über Du-weißt-schon-was in der Öffentlichkeit«, zischte ich.

»Warum?«, schoss sie in gleicher Lautstärke zurück. »Die halbe Stadt weiß, dass es Vampire gibt, weil Vlad das Kaff *gehört* und er etliche der Einwohner als Blutsnacks benutzt. Und den Übrigen kann Maximus eine Gehirnwäsche verpassen, damit sie vergessen, was sie nicht eh schon wissen.«

Ich gaffte die Kassiererin aus großen Augen an. Sie machte eine abwehrende Handbewegung in Richtung des blonden Vampirs und sagte etwas auf Rumänisch.

»Keine Sorge, sie gehört zu Vlads Anhängern«, fasste er für mich zusammen. Dann landete der Blick seiner sturmgrauen Augen auf Gretchen. »Du musst dich diskreter verhalten, sonst bist du die Nächste, die ich hypnotisiere.«

»Das würdest du nie tun«, fuhr sie ihn an.

Maximus richtete sich zu seiner vollen Größe von einem Meter fünfundneunzig auf, als wäre sein muskelstrotzender Körper nicht so schon eindrucksvoll genug. »Ich habe weit Schlimmeres getan, um meinen Fürsten zu schützen.«

Ich hatte immer noch Lust, Gretchen eine zu kleben, aber niemand – nicht mal ein Freund wie Maximus – durfte sich erlauben, meiner kleinen Schwester Angst einzujagen.

»Sie hat's kapiert«, sagte ich kühl. »Und falls nicht, regle *ich* das.«

Maximus warf Gretchen einen Blick zu, schüttelte kaum merklich den Kopf und machte dann eine tiefe Verneigung vor mir.

»Wie du wünschst.«

Mir schoss die Röte in die Wangen. Sehr zu meinem Leidwesen verneigten sich Vlads Sippenmitglieder vor mir, seiner Geliebten, ebenso wie vor ihm. »Lass, bitte, ich kann das nicht leiden.«

Ein ganz leises Lächeln spielte um Maximus' Mundwinkel, als er sich aufrichtete. »Ach ja, ich vergaß.«

Und während sein Blick dem meinen für einen Sekundenbruchteil begegnete, sah ich darin den Mann, der versucht hatte, meine Liebe zu gewinnen, als ich als unfreiwilliger Flüchtling bei Vlad eingetroffen war. Dann senkte sich wieder der vertraute Schleier über Maximus' Augen, und er war wieder ganz mein professionell höflicher Bodyguard.

»Ihr habt noch eine Stunde, wenn ihr weiter einkaufen wollt. Dann müssen wir zurück.«

»Warum?«, kam ich Gretchen zuvor.

»Weil ihr euch für Vlads Dinnergäste zurechtmachen müsst. Ihr wollt doch nicht zu spät kommen.«

Diesmal war Gretchen schneller. »Dinnergäste? Wer? Warum hat niemand was gesagt?«

»*Dir* wurde nichts gesagt, weil deine Anwesenheit nicht unbedingt erforderlich ist«, antwortete Maximus. Dann schenkte er mir ein mattes Lächeln. »Dir erzähle ich es erst jetzt, weil du offensichtlich andere Dinge im Kopf hattest.«

Verlegenheit und Resignation stiegen in mir auf. Wusste

denn jeder, dass Vlad und ich Beziehungsprobleme hatten? *Na klar,* beantwortete ich meine eigene Frage. Bei dem feinen Gehör, das die Untoten hatten, wusste vermutlich auch jeder, dass Vlad und ich die ganze Woche nicht miteinander im Bett gewesen waren, weil ich meine Tage hatte.

Ich seufzte. »Dann muss ich mir wohl doch noch was kaufen.« Wir waren zwar schon in etlichen Geschäften gewesen, aber ich hatte mir bisher alle Ausgaben verkniffen, weil ich nicht auch noch zu der horrenden Rechnung beitragen wollte, die Gretchen uns eingehandelt hatte.

Ein Ausdruck, den ich nicht benennen konnte, huschte über Maximus' Gesicht. »Das ist nicht nötig. Vlad hat bereits etwas für dich bereitgelegt.«

Erst haute er einfach ab, ohne mir zu sagen, wohin. Dann lud er unerwartet Gäste ein, und jetzt wählte er auch noch meine Garderobe für mich aus. Meine Augen wurden schmal. Was hatte Vlad vor?

»Du willst mir nicht zufällig einen kleinen Tipp geben, was vor sich geht?«, wandte ich mich an Maximus.

Sein Lächeln geriet ein wenig zu schmallippig. »Wie gesagt, ich habe bereits weit Schlimmeres getan, um meinen Fürsten zu schützen.«

Ein Blick auf die bereitliegende Robe sagte mir, dass bei dem geplanten Abendessen nicht einfach nur ein paar alte Freunde vorbeikommen wollten. Es handelte sich um ein Etuikleid aus schwarzem Samt mit kurzer Schleppe und einem tiefen, dicht mit winzigen schwarzen Steinchen besetzten Ausschnitt. Schwarze Pumps und passend bestickte ellbogenlange schwarze Handschuhe – selbstverständlich mit isolierendem Gummi gefüttert – machten das verführerisch extravagante Ensemble komplett. Ich probierte es an und war nicht überrascht, dass es mir passte, als wäre es mir auf den Leib geschneidert worden. Selbst ein richtiges Dekolleté hatte ich darin – was bei meinen kleinen Brüsten schon außergewöhnlich war.

Es war das schönste Kleid, das ich je getragen hatte, doch ich hätte es und jedes andere teure Geschenk, das Vlad mir je gemacht hatte, eingetauscht, wenn ich dadurch die wachsende Kluft zwischen uns hätte schließen können. Ich strich über den weichen Stoff und wünschte mir meine medialen Fähigkeiten zurück, damit ich hätte erfahren können, ob Vlad mit dem Kleid sein kühles Verhalten der letzten Zeit wiedergutmachen oder einfach nur dafür sorgen wollte, dass ich am Abend einen guten Eindruck hinterließ. Vlad war beides zuzutrauen.

Auch darüber musste ich später mit ihm reden, egal, was dabei herauskam. Mich aufzubrezeln war das Letzte, was ich jetzt wollte, aber offensichtlich handelte es sich hier um einen formellen Anlass. Am Ende meiner kosmetischen Bemühungen war mein normalerweise glattes schwarzes Haar zu dichten Locken geformt und mein Make-up zurückhaltend bis auf den dunkelroten Lippenstift, der einen hervorragenden Kontrast zu dem schwarzen Kleid und meiner winterblassen Haut bildete. Durch die vielen Jahre, die ich auf dem Rummel gearbeitet hatte, war ich eine Expertin im Aufhübschen. Auch die Narbe, die mir von der Schläfe bis zu den Fingern reichte, hatte ich gekonnt verdeckt. Eine glänzend schwarze Haarsträhne wellte sich über besagten Teil meines Gesichts und die rechte Schulter. Die Handschuhe hatte ich ganz hochgezogen, sodass nur wenige Zentimeter Haut an meinem Oberarm

Zeugnis ablegten von dem Unfall, dem ich meine ungewöhnlichen Fähigkeiten verdankte.

Fähigkeiten, die Vlad außer Kraft gesetzt hatte, als er, um mich vor einer von Szilagyi ausgelösten Explosion zu schützen, in seine feuerabweisende Aura eingehüllt hatte. Vlads Erzfeind hatte geglaubt, er würde mich mit sich in den Untergang reißen, doch ich hatte das Inferno überlebt. Aber alles hatte eben seinen Preis, und das Schicksal ließ niemanden einfach so davonkommen.

Ich schüttelte den Kopf, um die Gedanken an die Vergangenheit zu vertreiben. Alles andere als festlich gestimmt, machte ich mich schließlich auf in die repräsentativen Räume.

Vlad wartete am Fuß der Treppe. Dank fehlender Farbakzente hätte sein schwarzer Smoking eigentlich zu streng wirken müssen, doch Vlad sah darin aus wie ein sinnlicher Todesengel. Als ich ihn ansah, erfasste mich ein unwillkürlicher Schauder. Kurz trat ein smaragdfarbenes Blitzen in seine Augen, und als er meine Hand nahm, spürte ich die Hitze seines Körpers durch meine Handschuhe hindurch. Normale Vampire hatten Raumtemperatur, aber nicht Vlad. Die pyrokinetische Gabe, die ihn unter seinesgleichen so gefürchtet machte, erhitzte auch seinen Körper stärker als den der meisten Sterblichen, wenn seine Fähigkeiten, sein Temperament oder seine Begierde sich meldeten.

»Du siehst umwerfend aus.« Seine leise knurrende Stimme verriet, welche Gefühle jetzt für seine erhöhte Körpertemperatur verantwortlich waren, und wieder überlief mich ein Schauder. Meine Gefühle für Vlad mochten von Zweifeln geprägt sein, doch für meinen Körper war alles klar. Ehe ich wusste, was ich tat, war ich bereits dicht an Vlad herangetreten, und meine Brustwarzen wurden steif, sobald seine Brust sie streifte. Als Vlads Mund über meinen Hals fuhr und seine dichten Bartstoppeln ganz herrlich meine Haut kratzten, spürte ich ein Ziehen in tiefer liegenden Körperregionen.

Vlad sog den Atem ein, und als er ihn wieder ausstieß, landete er wie ein gehauchter Kuss an meiner Halsschlagader. Dann schlossen sich seine Hände wundervoll heiß um meine Schultern. Mit einer schnellen Bewegung der Finger strich er mir das Haar beiseite, sodass mein Hals ganz entblößt war. Ich keuchte, als seine Lippen sich senkten und ein Paar harter, scharfer Reißzähne sich auf meine Haut pressten. Nur der Sex mit ihm konnte die dunkle Leidenschaft seines Kusses in den Schatten stellen, und in letzter Zeit hatte ich beides entbehren müssen. Ohne nachzudenken packte ich Vlads Kopf und zog ihn, beinahe zitternd vor Erwartung, enger an mich.

Etwas Unverständliches murmelnd, entzog Vlad sich mir, obwohl seine Augen noch immer smaragdgrün leuchteten.

»Nicht jetzt. Unsere Gäste warten.«

Mir doch egal!, war mein erster Gedanke, sofort gefolgt von: *Was ist verkehrt an mir?* Klar, man erwartete uns, und im Flur lungerten außerdem etliche Wachen herum. Ja, selbst ohne diese Hindernisse hätte ich ernsthafte Dinge mit Vlad zu besprechen gehabt. Die Befriedigung meiner Libido hätte das Letzte sein sollen, was ich jetzt im Kopf hatte.

»Stimmt«, sagte ich, ließ die Hände sinken und trat einen Schritt zurück. Ich sah Vlad nicht an, als ich mir das Haar wieder über die Schulter strich, um so viel wie möglich von meiner zickzackförmigen Narbe zu verbergen. Obwohl ich mich nicht dafür schämte, fand ich die mitleidvollen Blicke doch nervig, die die Leute mir zuwarfen, wenn sie sie zum ersten Mal sahen.

»Leila.«

Die Art, wie Vlad meinen Namen sagte, ließ mich ruckartig den Kopf heben. Seine Augen hatten wieder ihre glänzende mahagonibraune Färbung angenommen, und nur um die Iris herum zeigte sich ein natürlich grüner Ring.

»Versteck dich vor niemandem«, sagte er und strich mir das Haar wieder von der Schulter. »Nur Narren bemitleiden Überlebende wegen ihrer Narben, und vor Narren sollte man nie das Haupt senken.«

Dann streckte er mir die Hand entgegen, deren Haut ebenfalls von alten Kampfnarben wie von bleichen Strichen gezeichnet war. »Komm.«

Als ich seine Hand ergriff, musste ich mich gegen ein Gefühl wehren, das mir das Herz wie mit unsichtbaren Banden abschnürte. Stumm begann ich mir Lieder vorzusingen, um den gefährlichsten aller Gedanken zu verbergen, bevor er zu ihm durchdrang.

Das ist einer der Gründe, weshalb ich dich liebe. Du lässt dich von niemandem verbiegen.

Unglücklicherweise würde ebendieser Charakterzug uns womöglich entzweien.

3

Wie sich herausstellte, kannte ich einige unserer Gäste, obwohl auch eine Menge neuer Gesichter vertreten waren. Maximus saß neben Shrapnel, Vlads glatzköpfigem, kernigen zweiten Stellvertreter. Neben ihm Mencheres, der langhaarige ägyptische Vampir, den Vlad als seinen ehrenwerten Ahnherrn bezeichnete, ein Titel, den ich noch immer nicht recht einordnen konnte. Die schlanke Blondine an Mencheres' Seite war seine Frau, Kira. Gretchen war auch anwesend, aber am anderen Ende der Tafel platziert worden; sie blickte angesäuert drein. Alle erhoben sich, als Vlad und ich eintraten, was das Szenario nur noch sonderbarer machte. Ich kam doch nicht zu spät, warum also waren alle schon da? Sollten die Gastgeber nicht die Gäste begrüßen, *bevor* alle sich setzten, statt als Letzte aufzutauchen und von allen anderen zu erwarten, Gewehr bei Fuß zu stehen?

Vampire, dachte ich mir zum hundertsten Mal, waren eben ein sonderbares Völkchen.

Vlad führte mich zu meinem Stammplatz am Kopf der Tafel, was mir schiefe Blicke von einigen der mir unbekannten Gäste einbrachte. Als ich an meinem Platz angekommen war, blieb ich unsicher rechts neben Vlads leerem Stuhl stehen. Sollte ich mich jetzt setzen oder auf ein Zeichen warten?

»Ich freue mich, dass ihr alle gekommen seid«, verkündete Vlad in einer Lautstärke, die selbst durch die Größe des Saales nicht gemindert wurde. »Ich weiß, dass einige von euch weite Wege auf sich genommen haben, um heute hier sein zu können.«

Ich erwartete mehr, vielleicht einen Dank an die weitgereisten Gäste, doch Vlad nahm einfach Platz. Bevor ich ihn kennengelernt hatte, war mir nicht bewusst gewesen, dass der simple Akt des sich Setzens etwas Herrschaftliches und Einschüchterndes ausstrahlen konnte, bei Vlad aber war das immer so.

Die anderen nahmen ebenfalls Platz, und ich tat es ihnen nach, wobei ich mir wünschte, ich hätte ein Lehrbuch zum Thema *Untotenetikette für Dummies* zur Hand. Ihren übertrieben geschmeidigen Bewegungen nach zu urteilen, waren Vlads Gäste allesamt keine Menschen. Ich war zwar daran gewöhnt, mit Untoten zu verkehren, aber das war mein erstes formelles Zusammentreffen mit ihnen. *Wenn ich mich danebenbenehme, bist du schuld,* schickte ich einen Gedanken zu Vlad und setzte ein höfliches Lächeln auf.

Nur am Zucken seiner Lippen erkannte man, dass er mich gehört hatte. Dann wies er mit einer Handbewegung zu seiner Linken.

»Leila. Maximus, Shrapnel, Mencheres und Kira kennst du ja schon. Dann darf ich dir jetzt die übrigen Gäste vorstellen.«

Weiter höflich lächelnd, hörte ich mir die vielen Namen an, die ich mir hoffentlich nicht alle merken sollte, denn alle achtundzwanzig Stühle der riesigen Tafel waren besetzt. Als ich den drei Etagen hohen Salon mit seinen Kaminen an der Wand und dem gewaltigen Kronleuchter an der Decke zum ersten Mal gesehen hatte, war ich der Meinung gewesen, er wäre eine gigantische Platzverschwendung, weil lediglich Vlad und ich hier dinierten. Jetzt kamen mir seine Größe und Pracht nur angemessen vor. Wären noch mehr Gäste geladen gewesen, hätten wir einen neuen Tisch gebraucht, und die Anwesenden waren offenbar an Luxus gewöhnt, wie man an den juwelenbehangenen Frauen und Männern in eleganten Smokings erkennen konnte.

Anders verhielt es sich mit mir. Nur Gretchen schien sich genauso unwohl zu fühlen wie ich. Unser Vater hatte beim Militär Karriere gemacht, und so waren wir in mittelständischen Verhältnissen großgeworden und an häufiges Umziehen gewöhnt, wenn er Auslandseinsätze hatte. Als ich mit achtzehn mein eigenes Leben begonnen hatte, war ich stets auf der Suche nach Jobs gewesen, die weder den Umgang mit Technik noch mit Menschen verlangten – und jeder anständig bezahlte Job erforderte das eine oder andere. Hätte ich Marty nicht kennengelernt, der mich in seine Varieteenummer eingebaut hatte, wäre ich wohl auf der Straße gelandet.

Ganz sicher wäre ich nie hier bei Vlad gelandet, wo ich durch ein Meer aus Kristallgläsern hindurch einen Haufen Fremder anlächelte, die von einem Heer von Bediensteten mit einer roten Flüssigkeit bewirtet wurden, deren sirupartige Konsistenz nahelegte, dass es sich nicht um Wein handelte. Dann wurde eine solche Menge Essen aufgetragen, dass die Gästeschar zweimal davon hätte satt werden können, obwohl Gretchen und ich die einzigen Menschen im Raum waren. Vor Nervosität war mir der Appetit vergangen, doch ich langte mit gespieltem Genuss herzhaft zu, während ich mich fragte, wann Vlad endlich den wahren Grund der Veranstaltung enthüllen würde. Er lud doch wohl nicht einfach so aus Großspurigkeit zwei Dutzend Leute zu einem Galadinner ein. Vlad war vieles, aber Angeberei konnte man ihm nicht nachsagen.

Die Bombe ging während der Nachspeise hoch. Ich hatte mir gerade einen Löffel Crème brulée genehmigt, als Vlad sich erhob und alles Geplauder verstummte.

»Danke, dass ihr gekommen seid«, sagte Vlad in das plötzliche Schweigen hinein. »Geschätzte Freunde und honorige Mitglieder meiner Sippe, ich wollte, dass ihr heute Abend als Zeugen anwesend seid.«

Damit trat er hinter meinen Stuhl und legte mir die Hand auf die Schulter. Ich widerstand dem Drang, mich umzudrehen, um ihn ansehen zu können. *Was soll das?*, dachte ich nervös.

Er ignorierte die Frage. »Den meisten von euch ist bekannt, dass Leila bereits seit Monaten meine Geliebte ist. Darüber hinaus hat sie ihr Leben riskiert, um meine Leute zu schützen, und selbst unter der Folter bedingungslose Loyalität bewiesen. Aufgrund ihres immensen Wertes für mich biete ich ihr nun einen Bund für die Ewigkeit an, wenn sie ihn eingehen möchte.«

Damit beugte er sich vor, und sein warmer Atem strich mir über den Hals, während er mir zuflüsterte: »Du hast dich bereits gefragt, ob meine Gefühle für dich sich geändert haben, seit du deine Fähigkeiten verloren hast. Dies soll meine Antwort sein.«

Ich erhaschte einen Blick auf seine von Narben übersäte Hand, bevor er eine kleine Samtschachtel vor mich hinstellte. Mein Herz begann zu hüpfen, während in meinem Kopf Erschrecken und Freude durcheinanderwirbelten. Am anderen Ende der Tafel hörte ich Gretchen keuchen. *Das* hatte ich nun wirklich nicht hinter dem aufwendigen Dinner vermutet. Zwischen Vlad und mir hatte sich tatsächlich etwas verändert, und zwar zum Besten.

»Vlad, ich …«

Ich konnte zwar weder klar denken noch sprechen, doch meine motorischen Fähigkeiten funktionierten noch. Mit vor Freude zitternden Händen öffnete ich langsam das dunkle Schächtelchen.

Gretchen war schon dabei, aufzuspringen und zu mir zu eilen. Irgendwann mussten mir Freudentränen gekommen sein, denn ich konnte den Inhalt der Schachtel kaum erkennen. Es war aber definitiv ein Ring. Ein Freudentaumel erfasste mich. Erst jetzt wurde mir klar, wie sehr ich Vlad liebte und wie leidenschaftlich ich gehofft hatte, dass er meine Gefühle erwiderte. Ich blinzelte, um den Ring näher in Augenschein nehmen zu können … und Verwirrung trübte mein Hochgefühl.

Maximus packte Gretchens Arm, bevor sie zu mir hasten konnte, doch sie war bereits nah genug, um einen Blick in die Schachtel werfen zu können.

»Du Geizkragen, das ist kein Diamant!«, verkündete sie mit der ihr eigenen Taktlosigkeit. »Was soll das denn für ein Verlobungsring sein?«

Auch ich wunderte mich über Vlads Wahl, denn ich erkannte den Ring als Kopie des Erbstückes, das von Vlads Vater auf ihn übergegangen war. Aber von Vlad wäre mir jeder Verlobungsring lieb und teuer gewesen. Und vielleicht war es ja auch eine Familientradition der Draculs, ihrer Zukünftigen mit einem solchen Schmuckstück den Antrag zu machen …

»Das ist kein Verlobungsring«, war Vlads knappe Antwort an Gretchen. »Es ist das Symbol für Leilas Zugehörigkeit zu meiner Sippe. Alle von mir erschaffenen Vampire tragen es.«

Auf seine Worte hin verwandelte sich mein Freudentaumel in eine einzige schmerzhafte Erkenntnis: *Er macht dir keinen Antrag. Er bietet dir lediglich an, dich zum Vampir zu machen!*

Vlad richtete sich wieder auf, und seine Hand löste sich von meiner Schulter. Er hatte meine Gedanken gehört. Bei der Lautstärke, mit der sie mir durch den Kopf gehallt waren, hätte er telepathisch taub sein müssen, um sie nicht mitzukriegen.

Ich wusste, dass ich mir etwas hätte vorsingen müssen, um zu verhindern, dass er noch mehr hörte, doch mir wollte keine einzige Strophe einfallen. Mein Stolz drängte mich, so zu tun, als hätte ich ihn nicht missverstanden, doch ich konnte nur das Schächtelchen umklammern, während mein Glück zu Asche wurde. Nichts hatte sich geändert, außer dass Vlad der Meinung war, ich müsste vom Menschen zum Vampir befördert werden, und das hatte er mir eben in einem Saal voller untoter Zeugen verkündet.

Ich sah auf. Hastig wandten unsere Gäste die betretenen Blicke ab, doch das verlegene Geraschel im Saal sagte mir, dass nicht nur Vlad meine Fehlinterpretation erkannt hatte. Hätte ich mich nicht gefühlt, als wäre mir das Herz aus der Brust gerissen und vor meinen Augen flambiert worden, wäre ich vor Scham im Erdboden versunken.

Gretchens Stimme zerriss das angespannte Schweigen. »Du willst Leila zur Vampirin machen? Das ist voll gruselig!«

»Maximus«, zischte Vlad.

Ehe ich mich versah, hatte der Hüne Gretchen hochgehoben und ihr die Hand auf den Mund geschlagen. Für gewöhnlich hätte es mich fuchsteufelswild gemacht, dass jemand so mit meiner Schwester umging. Im Augenblick kostete es mich alle Kraft, die Fassung nicht zu verlieren, sodass ich keine Einwände erheben konnte.

»Leila«, setzte Vlad an.

»Lass.«

Das Wort brach mit all der Macht meiner zerschmetterten Hoffnungen aus mir heraus. Ich stand auf und kippte dabei beinahe meinen Stuhl um, doch wenn ich nicht sofort hier rauskam, würde ich in Tränen ausbrechen, und in mir war noch so viel Stolz, dass ich das nicht vor aller Welt tun wollte.

»Ich brauche frische Luft.«

Und ein paar Rasierklingen, um zu Ende zu bringen, was du als Sechzehnjährige schon einmal versucht hast, fügte meine verhasste innere Stimme hinzu.

Ich ignorierte sie und schmetterte im Geist den erstbesten Song, um meine Gedanken zu verbergen. Der Zapfenstreich, wie sich herausstellte.

Typisch.

Dann trat ich den Rückzug an, so schnell meine neuen Pumps mich tragen konnten.

4

Schnurstracks steuerte ich die kleine Gummizelle im Keller an, die Vlad für mich eingerichtet hatte. Drinnen zerrte ich mir den rechten Handschuh herunter. Und schon kam die elektrische Energie in knisternden Blitzen aus meiner Hand geschossen, und die Emotionen, die ich zu unterdrücken versucht hatte, manifestierten sich in winzigen Stromstößen. Ich bündelte sie zu einem pulsierenden Strang und schlug damit nach der steinernen Statue, die in der Zelle aufgestellt war.

Ihr Kopf knallte auf den Sockel, auf dem sie befestigt war. Ein weiterer Schlag, und sie büßte einen Arm ein. Dann den anderen. Dann alles oberhalb der Taille, doch der brennende Schmerz, die Enttäuschung und Erniedrigung, die ich empfand, ließen nicht nach. Ich hatte sogar das Gefühl, ich würde jeden Augenblick hochgehen wie eine Atombombe.

Erst als die Statue komplett zerhackt war, hörte ich auf, auf sie einzudreschen. Ehe ich Vlad begegnet war, hatte ich stets versucht, meine Kräfte zu unterdrücken, genau wie meine Einsamkeit, weil ich niemanden gefahrlos berühren konnte.

Mit Vlad war alles anders geworden. Er hatte mir beigebracht, aus meinen Fähigkeiten Kapital zu schlagen, und Gefühle in mir geweckt, von denen ich nie zu träumen gewagt hätte. Er war mehr als mein erster Liebhaber. Er war auch meine erste Liebe, und wie tief war ich gefallen! Allen Warnungen zum Trotz hatte ich zu hoffen gewagt, dass Vlad meine Gefühle eines Tages erwidern würde. Und hier war ich gelandet: in einem Kellerraum, wo ich meinen Frust über meine zerplatzten Träume an einem unbelebten Objekt ausließ.

Ich sah mir die völlig zerstörte Statue an und fühlte mich ihr auf traurige Weise ähnlich. Wie ich, war sie einmal heil und stabil gewesen, und wie ich war sie von destruktiven Emotionen so zerschunden, dass sie nie wieder die gleiche sein würde.

»Verdammt«, flüsterte ich und wusste nicht, ob ich damit mich oder den Vampir meinte, den ich anhimmelte wie ein Mondkalb.

Mein herrliches Abendkleid war inzwischen schweißnass, aber das störte mich nicht. Ich würde nicht in den Festsaal zurückkehren. Jeder wusste, warum ich geflohen war, sodass mein langes Fernbleiben keiner Erklärung bedurfte. Und falls doch Unklarheiten herrschten, sei's drum. Ich würde heute Abend niemandem mehr als Unterhaltungsprogramm dienen.

Erschöpft stieg ich die vielen Treppen zu meiner Suite hinauf, froh, dass ich niemandem begegnete. Mit etwas Glück würde Vlad sich heute Nacht sehr lang bei seinen Gästen aufhalten, sodass ich ihm vor morgen nicht mehr unter die Augen treten musste. Das würde mir die dringend benötigte Auszeit verschaffen.

Daher entfuhr mir auch ein Stöhnen, als ich merkte, dass ich nicht allein in meinem Schlafzimmer war. Vlad stand vor dem Sofa, die Hände hinter dem Rücken verschränkt, nur von dem verfluchten Schmuckkästchen war zum Glück nichts zu sehen. Er musterte kurz meine verschwitzte, aufgelöste Erscheinung.

»Geht's dir jetzt besser?«, erkundigte er sich unverblümt wie immer.

Im Gegenteil. Sein Anblick allein erschütterte die fragile Selbstbeherrschung, die ich mir durch mein Elektro-Workout erkämpft hatte.

»Erste Sahne«, antwortete ich knapp. »Ich würde mich zwar am liebsten ins Koma saufen, aber sonst ging's mir nie besser.«

Ein Ausdruck, den ich nicht zu benennen wusste, glitt über Vlads Gesicht. Dann wurde seine Miene wieder gleichgültig.

»Tut mir leid, wie der heutige Abend sich entwickelt hat. Ich hätte mein Angebot erst mit dir allein besprechen sollen, aber ich hatte ja keine Ahnung, dass du es auf diese Art missverstehen würdest.«

Ich wusste nicht, was ich nach diesem Fiasko hatte hören wollen, aber ganz bestimmt nicht das. Auch Vlads eiserne Selbstdisziplin wirkte wie Salz in meinen Wunden. Da stand ich, mühsam um Selbstbeherrschung ringend, und er hatte noch nie kühler und aufgeräumter gewirkt. Zu allem Überfluss wurde ich jetzt auch noch wütend.

»Das Kleid, das vornehme Dinner, die Schmeicheleien, dann dieses Schmuckkästchen.« Ich zählte die Anklagepunkte an meinen Fingern ab. »Mal ehrlich, was hätte ich da denken sollen?«

Sein Schnauben traf mich bis ins Mark. »Alles, nur das nicht. Wir sind doch erst seit ein paar Monaten zusammen. Weißt du, wie unbedeutend das für jemanden meines Alters ist?«

Neuer Schmerz ließ meinen Tonfall ätzend werden. »Ja, du bist fast sechshundert Jahre alt, aber wenn man *heutzutage* von einem ›Bund für die Ewigkeit‹ spricht und seiner Geliebten ein solches Kästchen überreicht, ist da üblicherweise nur eine Art Ring drin!«

»Jahrhundertelang hat jeder von mir erschaffene Vampir eine Kopie meines Ringes als Beweis für seine Zugehörigkeit zu meiner Sippe erhalten. Das ist nützlich, wenn man von Verbündeten gefangen genommen wird. Oder von Feinden.«

Ich glaubte ihm, aber das änderte nichts daran, dass er mir fortwährend Salz in die Wunden streute.

»Du schnallst es einfach nicht«, rief ich. »Für meine Begriffe sind wir auch noch nicht lange zusammen, aber schon die Verachtung, die du dem bloßen *Gedanken* an Heirat entgegenbringst, zeigt doch, wie unterschiedlich wir unsere Beziehung bewerten. Darin liegt das eigentliche Problem, und das kann ich nicht länger ignorieren.«

Seine Lippen wurden schmal. Im Kamin loderten die Flammen hoch auf, als sein emotionaler Panzer Risse bekam und das Temperament mit ihm durchging. Mich kümmerte es nicht. Ich war diejenige, die man vor aller Augen und jetzt auch noch privat emotional auseinandergenommen hatte.

»Unsere Beziehung bedeutet mir durchaus etwas. Nur mit dir habe ich bisher mein privates Schlafgemach geteilt …«

»Und trotzdem kannst du dich nicht dazu durchringen, eine Toilette ins Bad einbauen zu lassen«, fiel ich ihm ins Wort. »Das ist, als würdest du mir bei jeder Gelegenheit wieder unter die Nase reiben wollen, wo meine Grenzen liegen.«

Inzwischen glommen seine Augen vollends smaragdfarben; kein bisschen Kupfer war mehr darin zu sehen. »Ich habe dir heute Abend eine andere Lösung für dieses Problem angeboten.«

Mit meiner Verwandlung zur Vampirin wäre die Toilettenfrage tatsächlich für alle Zeiten geklärt gewesen. Allerdings hätte ich dann auch den Rest meines unnatürlich langen Lebens damit verbringen müssen, einen Mann zu lieben, der mich stets nur auf Armeslänge an sich heranlassen würde. Vlads Kaltblütigkeit war weithin bekannt, aber ich glaubte nicht, dass er verstand, was für ein grausames Schicksal mir blühte, wenn ich auf sein Angebot einging.

Zum Teil war ich sogar selbst schuld. Ich hatte die emotionale Kälte zwischen uns zu lange hingenommen, weil ich ihn nicht verlieren wollte. Das Problem war, dass er nie wirklich mir gehört hatte, wie ich mir an diesem Abend gezwungenermaßen hatte eingestehen müssen. Obwohl ich das Gefühl hatte, das Herz würde mir in der Brust zerspringen, hielt ich seinem Blick stand, ohne mit der Wimper zu zucken.

»Dir ist nie der Gedanke gekommen, ich könnte den Ring als Verlobungsring betrachten, weil du nie die Absicht hattest, eine echte Bindung mit mir einzugehen. Früher war das okay für mich. Jetzt nicht mehr.«

»Du verstehst das nicht.«

Sein Tonfall war leidenschaftslos, obwohl die Flammen im Kamin immer höher schlugen.

»Vampire können sich nicht scheiden lassen. Die wenigsten von uns heiraten, weil Persönlichkeiten sich mit der Zeit stark verändern können. Gefühle können vergehen, doch ein Bund zwischen Vampiren besteht ewig.«

Dann umfingen seine warmen, kräftigen Hände mein Gesicht.

»Ich biete dir eine *echte* Bindung an – einen ewig währenden Platz in meinem Leben. Selbst wenn unsere Liebe irgendwann enden sollte, würden wir doch verbunden bleiben. Lass mich dich zur Vampirin machen, Leila, und wir können die Jahrzehnte vergehen lassen wie Tage, du und ich gemeinsam.«

Ich wollte Ja sagen. Das Wort lag mir schon auf der Zunge, doch ich schluckte es mit einem abgehackten Atemzug herunter. Er bot mir nichts an, was ich nicht schon hatte, lediglich eine längere Version davon. Die Tatsache, dass ich beinahe eingewilligt hätte, meine Menschlichkeit wie ein altes Kleidungsstück abzustreifen, war Beweis genug dafür, dass ich alles für Vlad getan hätte, während er sich mir bewusst verschloss.

So konnte ich nicht leben, weder als Mensch *noch* als Vampir. Wenn es jetzt schon so wehtat, wie würde es mir erst nach Jahrzehnten der Liebe zu einem Mann ergehen, der in mir nicht mehr als ein Betthäschen sah?

»Ich willige unter einer Bedingung ein.«

Er streichelte mein Gesicht. »Und die wäre?«

Ich sah ihn unverwandt an. »Du kannst meine Gedanken lesen, da müsstest du es längst wissen. *Ich liebe dich, Vlad.* Mehr als einen Bluteid und die Chance, ewig zu leben, wünsche ich mir also, dass du mir auch deine Liebe gestehst.«

Er ließ die Hände sinken und ballte sie an seinen Seiten zu Fäusten. »Wir hatten das doch besprochen …«

»Ich weiß«, schnitt ich ihm das Wort ab. »Als wir das erste Mal miteinander geschlafen haben, hast du mir gesagt, du würdest mir Leidenschaft, Ehrlichkeit und Monogamie bieten, aber nicht Liebe, weil du dazu nicht fähig wärst. Ich habe dir geglaubt, aber inzwischen finde ich, dass das Quatsch ist. Erinnerst du dich an das, was Szilagyi gesagt hat, bevor er die Bombe hochjagte?«

So versteinert, wie Vlad das Kinn vorreckte, konnte er sich wohl erinnern, wollte es aber nicht sagen. Ich fuhr fort.

»Szilagyi sagte, er würde mich mit sich in den Tod reißen, weil er damit *dich treffen* könnte. Selbst dein ärgster Feind hat erkannt, dass ich mehr als eine Mätresse für dich bin, aber du weigerst dich, dir das einzugestehen. Und bis dahin kann ich nicht …«

Meine Stimme brach, und meiner Entschlossenheit zum Trotz quollen zwei Tränen unter meinen Wimpern hervor. Hastig wischte ich sie fort und zwang mich zu sprechen, obwohl der Aufruhr der Gefühle in meinem Innern mir die Kehle zuschnürte.

»Ich kann nicht mit dir zusammen sein«, schloss ich. »Es schmerzt zu sehr, dir nahe zu sein und ständig weggeschoben zu werden.«

Unglaube breitete sich auf seinem Gesicht aus. »Du verlässt mich?«

Seinem Tonfall nach zu urteilen, war die Vorstellung für ihn eher abwegig als verletzend. Wieder ein vernichtender Schlag, der mir die Tränen in die Augen trieb.

»Was bleibt mir sonst? Ich weiß, dass unsere Beziehung endlich ist. Dank meiner Fähigkeiten habe ich das bei vielen Paaren erlebt. Ich habe sogar mit angesehen, wie meine Mutter alles einem Mann opferte, für den sie immer nur zweite Wahl war, und ich weigere mich, denselben Fehler zu machen.«

Obwohl ich wusste, dass jedes Wort der Wahrheit entsprach, konnte ich die Gedanken, die mir durch den Kopf schossen, nicht aufhalten.

Sag mir, dass du mich liebst, und ich bleibe. Verdammt, sag mir nur, du wärst offen für die VORSTELLUNG, mich zu lieben, und ich bleibe. Sag mir irgendwas, bloß nicht, dass ich mich damit abfinden muss, nie die Kälte durchdringen zu können, in die du dein Herz eingeschlossen hast.

Er sagte nichts von alledem. Stattdessen sagte er: »Du bist in Gefahr. Wir haben Szilagyis Schlupfloch größtenteils ausgehoben, seine Leiche aber noch nicht gefunden. Falls er irgendwie überlebt hat, wird er es auf dich abgesehen haben.«

Das war seine größte Sorge? Nicht dass unsere Beziehung in die Brüche ging, sondern dass sein Feind mich wieder gegen ihn ausspielen könnte? Kurz verschlug es mir den Atem. Ich hatte tatsächlich geglaubt, ich würde eine Zurückweisung verkraften können. Wie ich mich doch getäuscht hatte.

»Szilagyi ist tot«, brachte ich mit heiserer Stimme hervor. »Und selbst wenn nicht, habe ich meine Fähigkeiten verloren. Da ich also weder Personen in der Gegenwart aufspüren noch ihre Zukunft voraussehen kann, bin ich für ihn nicht mehr von Nutzen.«

Sag mir, dass du mich nicht nur deshalb bei dir haben willst!, schoss es mir mit aller Macht meiner letzten Hoffnung durch den Kopf, und nur mit purer Willenskraft konnte ich verhindern, dass ich es laut aussprach.

Vlad starrte mich nur an, während seine Augenfarbe von Kupfer zu Smaragdgrün wechselte und die Flammen im Kamin immer höher aufloderten. Mit jedem Augenblick des Schweigens liefen mir weiter die Tränen über die Wangen.

Schließlich ging er zur Tür, und jede seiner Bewegungen zerschnitt meine Emotionen wie eine Rasierklinge. An der Tür hielt er einen Moment inne, während seine Hand über der Klinke schwebte.

Tu's nicht!, wollte ich schreien. *Ich liebe dich; kannst du nicht einmal versuchen, deine Gefühle für mich zuzulassen?*

Die Flammen schlugen jetzt so hoch, dass sie durch den Kaminschirm drangen und an der Wand emporleckten, aber Vlad sagte noch immer nichts. Als das Feuer die Zimmerdecke erreicht hatte, lief ich instinktiv zum Kamin, um die Flammen zu bändigen, doch da erloschen sie mit einem Zischen, bis lediglich ein Rauchfaden übrig blieb.

Als ich mich umdrehte, war Vlad verschwunden.

5

Der Wagen hielt im Hangar. Ich öffnete schnell die Tür, weil ich nicht wollte, dass Maximus oder Shrapnel es für mich taten. Etwa zehn Meter entfernt wartete ein glänzender elfenbeinfarbener Jet. Trotz meiner miesen Stimmung fand ich, dass es klasse war, in Vlads Privatflugzeug zurück in die Staaten reisen zu können. Hätte ich versucht, einen Linienflug zu nehmen, wäre ich sicher auch ohne mein Elektroproblem »stichprobenhalber« abgetastet worden, weil ich ein derart finsteres Gesicht machte. Ein junger Mann mit rotbraunem Haar wartete auf der Treppe zum Flieger, doch als er mich sah, kam er eilig herunter.

»Wo ist Ihr Gepäck, Miss?«, erkundigte er sich in akzentgefärbtem Englisch.

»Ich habe keins.«

»Doch, hat sie«, antwortete Maximus und stieg aus der Fahrertür. »Es ist im Kofferraum.«

Nur Gretchens Gegenwart hielt mich davon ab, auf der Stelle einen Tobsuchtsanfall zu bekommen. »Ich habe dir doch gesagt, dass ich nichts von dem Zeug haben will. Als ich hier ankam, hatte ich nichts als die Kleider an meinem Leib, und so will ich auch wieder abreisen.«

»Du nimmst es. Befehl von Vlad«, verkündete Maximus in

einem Tonfall, der den Rotschopf dazu veranlasste, zum Heck der Limousine zu eilen. »Was du zu Hause damit machst, bleibt dir überlassen.«

Vlad wollte offenbar alles los sein, was ihn noch an mich erinnerte. Einmal hatte er mir gesagt, er würde mich anstandslos ziehen lassen, falls ich mich irgendwann von ihm trennen wollte. Sein Wort hielt er, das musste man ihm lassen. Er hatte nicht nur keinen Aufstand gemacht, er war mir seit jenem Abend in meiner Suite nicht einmal mehr unter die Augen getreten. Gretchen und ich waren zum Flughafen aufgebrochen, ohne dass er zum Abschied noch einmal aufgetaucht wäre.

Wie sehr ich mir auch einzureden versuchte, dass es das Beste war, schmerzte mich das mehr als alles, was ich bisher schon durchgemacht hatte.

»Na gut«, sagte ich und zwang mich Gretchen zuliebe zu einem Lächeln.

Meine sonst so scharfzüngige Schwester hatte mir gegenüber in den letzten Tagen einen für sie untypischen Beschützerinstinkt entwickelt. Das erinnerte mich an unser enges Verhältnis vor dem Unfall, der unsere Mutter das Leben gekostet und mir meine Fähigkeiten verliehen hatte. Immer wieder hatte ich Gretchen versichert, dass es mir gut ginge, und diesen Eindruck durfte ich jetzt nicht ruinieren, indem ich Maximus verkündete, ich würde lieber nackt herumlaufen als mich mit all den Erinnerungsstücken zu quälen.

Er hatte ja recht. Ich konnte das Zeug auch später noch wegwerfen.

»Also … leb wohl«, sagte ich, als Maximus und der andere Mann unser Gepäck vom Kofferraum ins Flugzeug verladen hatten.

Maximus lächelte leise. »Nicht so hastig. Ich reise mit dir, um sicherzustellen, dass du heil an Marty übergeben wirst.«

Übergeben, wie ein Paket. Wieder einmal biss ich mir auf die Zunge, um nicht vor meiner Schwester einen Wutanfall zu bekommen.

Gretchen schnaubte. »Was ist mit mir? Niemand sorgt sich darum, ob ich heil daheim ankomme?«

Maximus nickte dem glatzköpfigen Vampir mit dem Mokkateint zu, der vorn aus der Limousine stieg.

»Shrapnel kümmert sich um dich.«

Der Besagte grinste und bleckte dabei die makellos weißen Zähne. »Wir dachten uns, mich würde Marty bestimmt nicht wiedersehen wollen.«

Nein, ganz sicher nicht, denn Shrapnel hatte Marty einmal gefoltert. Andererseits würde womöglich auch mein Erscheinen Marty nicht gerade in einen Freudentaumel versetzen. Mein bester Freund und Bühnenpartner hatte mir bereits von einer Beziehung zu Vlad abgeraten. Da war wohl eine Entschuldigung fällig. Und die würde Marty auch bekommen, wenn ich ihm schluchzend in die Arme fiel. Seit Vlads knappem Abgang hatte ich mir die Tränen verkniffen. Bei Marty konnte ich meine Maske endlich fallen lassen. Er war immer für mich da gewesen, und jetzt brauchte ich ihn mehr denn je.

Ich sah mich noch ein letztes Mal um und hasste den Teil von mir, der gehofft hatte, Vlad würde doch noch auftauchen und das sagen, was ich mir immer gewünscht hatte. Als ich Gretchen schließlich ein Lächeln schenkte, fragte ich mich, wann ich das wieder würde tun können, ohne das Gefühl zu haben, ich würde ihr etwas vormachen.

»Also los, Schwesterherz. Auf nach Hause.«

Achtzehn Stunden später kamen Maximus und ich in Gibsonton, Florida an, auch bekannt als Show Town, USA. Hitze und Feuchtigkeit erschlugen mich, kaum dass ich aus dem Auto gestiegen war. Es war zwar erst Mai, aber die Außentemperatur musste knapp unter achtunddreißig Grad liegen. Maximus stieg ebenfalls aus und besah sich die wie Teigstücke auf einer Backstraße aufgereiht stehenden Modulhäuser.

»Warum rieche ich Elefantendung?«

»Das ist Betsy«, antwortete ich, auf ein graues Haus zeigend. »Ihre Trainer halten sie in einem Gehege im Garten …«

Meine Stimme verlor sich, als mein Blick an der Häuserreihe vorbeiwanderte. Von hier aus hätte ich eigentlich Martys Wohnwagen sehen müssen, denn das war der kürzeste Weg zum Campingplatz. Doch die Stelle, an der sein 1982er Winnebago immer stand, war leer.

»Oh nein«, stöhnte ich.

Sofort merkte Maximus auf und zückte mit der rechten Hand ein Silbermesser. »Was ist los?«

»Nichts, wozu wir ein Messer bräuchten«, antwortete ich, auf mich selbst wütend. »Marty scheint ausnahmsweise einmal früher auf Tour gegangen zu sein.«

Maximus zog die goldenen Brauen hoch. »Er ist nicht hier?«

»Nein.«

Ich hätte anrufen sollen, aber Marty brach *nie* vorzeitig auf. Außerdem hatte ich ihm persönlich erzählen wollen, was passiert war.

Maximus steckte das Messer weg und zog ein Handy hervor. »Ruf ihn an. Frag ihn, wo er ist.«

Ich schenkte ihm einen müden Blick. »Du weißt nicht, wie Marty unterwegs drauf ist. Für ihn ist es schon eine Leistung, sein Handy *nicht zu vergessen*, geschweige denn, es aufzuladen oder dranzugehen. Aber keine Sorge. Ich bekomme schon raus, wo er als Nächstes auftritt.«

Nachdem wir mit ein paar Zirkusleuten gesprochen hatten, machten Maximus und ich uns wieder auf den Weg. Wenigstens hatten Gretchen und Shrapnel im Flieger weiterreisen können, nachdem sie uns in Florida abgesetzt hatten. Hätte ich eine Chance gesehen, Maximus davon zu überzeugen, dass ich auch in einem Bus sicher aufgehoben war, hätte ich es getan, doch er wollte mich partout erst aus den Fängen lassen, wenn er die Anweisungen seines Herrn vollständig ausgeführt hatte.

Einige Stunden später entdeckte ich auf einem Lagerplatz von Zirkusleuten in Nordgeorgia einen Winnebago, auf den unsere Künstlernamen *Marty der Starke* und *Die fantastische Frankie!* gepinselt waren.

»Da«, sagte ich und deutete auf den Wohnwagen.

Maximus suchte sich einen Parkplatz ganz in der Nähe. Die Sonne war noch nicht aufgegangen, und im Camp war alles still. Ich stieg aus, so müde, dass ich auf meinem Weg zwischen den Fahrzeugen, Zelten und Käfigen hindurch beinahe ins Stolpern geriet, aber ich empfand auch Erleichterung. Endlich war ich wieder in meinem alten Leben angekommen und konnte mit Marty von Staat zu Staat tingeln und meine Kunst zur Schau stellen. Mit ein bisschen Glück würde mir die Zeit mit Vlad irgendwann vorkommen wie ein seltsamer ferner Traum, und mein Schmerz würde vergehen. Von diesem Gedanken beflügelt, klopfte ich geräuschvoll an die Wohnwagentür.

»Marty, mach auf! Ich bin's.«

Die Tür schwang mir so abrupt entgegen, dass ich getroffen wurde. Kurz erhaschte ich einen Blick auf buschig braunes Haar, bevor Martys Griff mich davor bewahrte, hintenüberzukippen. Dann spürte ich, wie er leidenschaftlich meine Taille umarmte. Ich beugte mich herunter, bis ich auf Augenhöhe mit dem nur einen Meter zwanzig großen Vampir war, und umarmte ihn meinerseits so heftig, dass ein Stromstoß ihn aufschreien ließ.

»Verzeihung«, keuchte ich.

Er lachte leise. »Meine Schuld. War nicht darauf gefasst.«

Dann wich er ein Stück zurück, um mich genauer in Augenschein nehmen zu können. Nachdem er einmal tief die Luft eingesogen hatte, wurden seine Lippen schmal, und seine kastanienbraunen Augen färbten sich grün.

»Du riechst furchtbar, Kind. Was ist passiert?«

Ich wusste, dass er damit nicht meinte, die Dusche, die ich vor einem Tag genommen hatte, würde zu lange zurückliegen. Vampire konnten Gefühle wittern, und wegen meines gebrochenen Herzens stank ich vermutlich wie ein Iltis.

»Was du schon geahnt hast«, antwortete ich in dem nicht gerade überzeugenden Bemühen, lässig zu klingen. »Ich gehöre wohl zu den Leuten, die erst aus Erfahrung klug werden.«

Marty seufzte, umarmte mich noch einmal, tätschelte meinen Rücken und ließ mich dann los.

»An gebrochenem Herzen ist bisher noch keiner gestorben. Du wirst's überleben. Und jetzt komm rein. Du siehst aus, als würdest du gleich zusammenbrechen.«

Genauso fühlte ich mich auch.

Marty warf einen finsteren Blick über meine Schulter.

»Was macht *der* denn hier?«

»Wie ist sie deiner Meinung nach wohl hergekommen?«, antwortete Maximus kühl. »Und jetzt hilf mir mit dem Gepäck.«

Ich wollte schon wieder darauf hinweisen, dass ich den Kram nicht haben wollte, als im Wohnwagen jemand hinter Marty auftauchte.

»Wer ist da?«, fragte eine verschlafene Frauenstimme.

Wäre in dem Augenblick nicht gerade das Mondlicht durch die Wolken gedrungen, hätte ich den betretenen Ausdruck gar nicht bemerkt, der kurz über Martys Gesicht huschte. Im nächsten Moment dämmerte es mir. Ein schlankes Mädchen mit langem schwarzen Haar blinzelte uns verschlafen an, und sie war höchstens zwanzig.

»Marty, du bist hundertachtunddreißig!«, rief ich, bevor mir bewusst wurde, wie scheinheilig mein Argument war.

»So ist das nicht, wir arbeiten zusammen«, mischte das Mädchen sich ein und schenkte mir ein zögerliches Lächeln. »Ich bin die neue fantastische Frankie.«

6

Maximus bot an, mich durch fünf Staaten hindurch zu Gretchen zu chauffieren. Marty lehnte ab und sagte, wir würden schon klarkommen. Ich wusste zwar nicht, wie, wollte Maximus aber nicht weiter bemühen. Ich umarmte ihn und versicherte ihm meinerseits, dass ich zurechtkommen würde. Das auszusprechen fiel mir schon viel leichter. Vielleicht würde ich es bald selbst glauben.

Marty wartete, bis Dawn – so hieß die neue fantastische Frankie in Wirklichkeit – sich wieder in meinem alten Zimmer schlafen legte, bevor er mit seinem Plan herausrückte.

»Ich sage ihr, sie kann diese Veranstaltung noch mitmachen, dann muss sie sich was anderes suchen. Karl, der Käfermann, könnte eine Assistentin gebrauchen …«

»Das kannst du nicht machen«, meinte ich in vor Erschöpfung scharfem Tonfall. »Ein Leben als Schausteller ist für die meisten Leute weder die erste *noch* die zweite Karriereoption. Dawn ist pleite und verzweifelt, oder?«

Marty nickte bedrückt. »Ja, außerdem läuft ein Haftbefehl gegen sie. Bagatelldiebstahl in mehreren Fällen. Die Leute scheinen zu vergessen, dass Essen nicht kostenlos ist. Sie muss vielleicht eine Weile in den Knast, wenn sie geschnappt wird.«

Typisch Marty, diesem Mädchen zu helfen, indem er ihr

einen Job und ein Dach über dem Kopf verschaffte und sie mit seinem Vampirblick vor neugierigen Bullen schützte. Das Gleiche hatte er für mich getan, als ich in Dawns Alter und nur ein bisschen verzweifelter gewesen war. Ich konnte einem jungen Mädchen nicht die einzige Chance nehmen, die es hatte, egal, wie tief ich selbst in der Scheiße steckte.

Ich setzte ein Lächeln auf und hoffte, dass es nicht zur Grimasse geriet.

»Siehst du, du kannst sie nicht feuern. Mach dir keine Sorgen um mich. Ich, äh, habe noch etwas Schmuck, den ich versetzen kann, dann bin ich noch etwa ein Jahr flüssig.« Wie gut, dass Vlad darauf bestanden hatte, mich nicht ohne seine Geschenke ziehen zu lassen. »In der Zwischenzeit studiere ich eine Solonummer ein.«

Marty ergriff über den Klapptisch hinweg meine Hand. »Du bleibst hier, bis du ein paar Engagements sicher hast.«

»Nein, wirklich …«

»Keine Widerrede«, schnitt er mir das Wort ab und drückte mir die Hand. »Du bist nicht meine leibliche Tochter, aber ich liebe dich nicht weniger als Vera, Gott hab sie selig, also halt den Mund, damit wir dir einen Schlafplatz suchen können.«

Ich lachte und blinzelte ausnahmsweise ein paar Freudentränchen weg. »Hab dich auch lieb, Marty, und die Couch fand ich schon immer *sehr* gemütlich.«

Sie ist ziemlich gut, dachte ich eine Woche später, als ich Dawn mit Marty auftreten sah. Ein paar der komplizierteren Übungen hatte er zwar selbst übernommen, aber Dawn hatte durchaus Showtalent, was ihre turnerischen Schwächen wettmachte. Als sie am Ende der Nummer auf Martys Schultern landete, hätte ich fast glauben können, meine Doppelgängerin zu sehen. Mit ihrem langen schwarzen Haar und der schlanken Gestalt sah sie mir ziemlich ähnlich. Kein Wunder, dass Marty sich keinen eigenen Künstlernamen für sie ausgedacht hatte. Wahrscheinlich würde kein Zuschauer, der mich schon einmal mit Marty gesehen hatte, bemerken, dass ich gegen ein jüngeres Modell mit geringerer Voltzahl ausgetauscht worden war.

Ich hatte mir den Auftritt der beiden angesehen, um zu beweisen, dass ich mit dem Lauf der Dinge einverstanden war. Dawn war ein nettes Mädchen, das diese Atempause wirklich brauchte, und ich hatte noch Alternativen. Begrenzte zwar, aber immerhin. Ab heute würde ich mein Leben wieder selbst in die Hand nehmen. Marty und Dawn anzufeuern, war Schritt eins.

Schritt zwei bestand darin, mit Edgar zu reden. Wegen seines ausgeprägten Verhandlungsgeschicks wurde er zwar »The Hammer« genannt, doch er war ehrlicher als viele andere Pfandleiher. Marty hatte mir zwar versichert, dass ich bleiben könnte, so lange ich wollte, doch der Winnebago war wirklich zu klein für drei Personen, auch wenn eine davon kleinwüchsig war.

Während Dawn und Marty sich noch verneigten, zerstreute sich das Publikum. Ich saß im obersten Bereich der Zuschauertribüne, weil ich anderen Menschen nicht zu nah kommen wollte. Zwar trug ich Spezialhandschuhe, aber trotzdem bekam jeder, den ich zufällig berührte, einen leichten Stromschlag ab. Daher trug ich ein langärmliges Oberteil und eine lange Hose, obwohl im Zelt knapp siebenundzwanzig Grad herrschten. Der Hut, tja. Er und mein Haar sollten meine Narbe vor neugierigen Blicken verstecken.

Als sich außer mir nur noch eine auffallend hübsche Brünette in den oberen Rängen aufhielt, erhob ich mich. Sie tat es mir nach, den Blick auf die Bühne geheftet, als wartete sie darauf, dass Marty und Dawn noch einmal auftauchen würden. Würden sie nicht. Sie waren fertig für heute.

Genau das wollte ich der Frau gerade sagen, als sie von der Tribüne sprang und eine elegantere Landung hinlegte als eine Olympiasiegerin im Turnen. Mehr als der Sprung aus zehn Metern Höhe sagte mir diese sportliche Leistung, dass sie kein Mensch war. Sie hatte wohl selbst gemerkt, wie kompromittierend ihr Verhalten gewesen war, denn sie starrte mit grün leuchtenden Augen zu mir empor.

»Du hast nichts gesehen«, zischte sie.

Ich nickte, ohne mir die Mühe zu machen, sie darüber aufzuklären, dass ich bereits von der Existenz Untoter wusste. Und dass ich immun gegen Gedankenkontrolle war, weil ich jede Woche Vampirblut trinken musste, damit meine körpereigene Energie mich nicht umbrachte. Die Brünette verschwand, und ich stieg in Menschengeschwindigkeit weiter die Tribüne hinab, wobei ich mir vornahm, Marty zu erzählen, dass heute eine Vampirin im Publikum gewesen war.

Vom Zelt aus ging ich zum Camp. Edgars Wohnwagen stand nicht weit von Martys entfernt, doch die Geschäfte wollte er lieber bei sich abwickeln. Vielleicht fürchtete er, Marty würde ihm mit seinem Vampirblick mehr als den vorgeschlagenen Preis für meinen Schmuck aus den Rippen leiern, wenn er bei unserer Transaktion zugegen war. Edgar war *nicht* immun gegen Gedankenkontrolle, und wie die meisten eingefleischten Schausteller wusste er, was Marty war.

Als ich angeklopft hatte, forderte eine barsche Stimme mich

zum Eintreten auf. Drinnen musste ich die Augen zukneifen, so hell war es. Edgar hatte sämtliche Lampen angeknipst, um den Inhalt meiner Tasche genauestens in Augenschein nehmen zu können.

»Frankie«, begrüßte er mich mit dem Namen, unter dem die meisten Zirkusleute mich kannten.

Ich schenkte dem knochigen weißhaarigen Alten ein bitteres Lächeln. »Zumindest eine von beiden.«

Edgar machte eine Handbewegung in Richtung Esstisch. Ich setzte mich ihm gegenüber und machte mich daran, den Inhalt des Samtbeutels, der in meiner Handtasche gesteckt hatte, vor ihm auszubreiten. Zum ersten Mal wagte ich, einen Blick auf den Schmuck zu werfen, und beschwor mich im Geiste, unsentimental zu bleiben.

Aber das schaffte ich nicht. Mit jedem Stück war eine Erinnerung verbunden, die mir das Herz zerriss. *Wie warm Vlads Finger sich angefühlt hatten, als er mir das Armband aus Rubinen und Diamanten übers Handgelenk gestreift hatte. Die prächtigen Aquamarinohrringe würden zu meiner Augenfarbe passen, hatte er gesagt. Seine Lippen auf meiner Kehle, als er mir das schwarze Diamantcollier umgelegt hatte. Dann der antik aussehende Goldring mit dem Drachenemblem …*

Ich erstarrte und hielt den Ring fest, statt ihn auf den Tisch zu legen. Warum hatte Vlad ihn zu den übrigen Sachen gepackt? Edgar schien meinen Schrecken nicht zu bemerken. Er war zu sehr damit beschäftigt, die anderen Schmuckstücke unter die Lupe zu nehmen.

»Steine lupenrein … exzellent in Ausführung und Design … höchster Gold- und Platinanteil.« Die Lupe noch immer vor ein Auge haltend, sah er zu mir auf. »Wer er auch war, du hättest ihn dir noch ein bisschen warmhalten sollen.«

»Es gibt Dinge, die wichtiger sind als Geld«, sagte ich, noch immer ganz aufgeregt über meinen Fund. Vlad zufolge besaßen nur Mitglieder seiner Sippe solche Schmuckstücke. Hatte einer seiner Bediensteten den Ring versehentlich zu den anderen Sachen gelegt? Oder war das Vlads Art, mir zu sagen, dass sein Angebot, mich zu verwandeln, noch stand?

Irgendwann bemerkte Edgar, dass ich noch etwas in der Hand hielt. »Was hast du denn da?«

»Nichts.« Den Ring würde er nicht bekommen. Eher würde ich in der Gosse verhungern.

Er grinste. »Willst mir wohl den Mund wässrig machen, was? Netter Versuch, aber ich kenn wirklich jeden Trick …«

Ein ohrenbetäubendes Donnern schnitt ihm das Wort ab. Dann erbebte der ganze Wohnwagen, und die Fenster barsten. Mir blieb keine Zeit aufzuschreien, bevor eine Feuerwand uns beide verschluckte.

7

»Wir haben eine Überlebende!«

Ich wünschte mir, ich hätte die Stimme nicht gehört. Dann hätte ich auch den Schmerz nicht gespürt, der einsetzte, sobald mein Bewusstsein erbarmungslos zurückkehrte. Außerdem lag etwas so Schweres auf mir, dass mir das Atmen wehtat. Kaum hatte ich Luft geholt, bereute ich es auch schon, als mir der Geruch von verbranntem Fleisch in die Nase stieg.

Aber so *richtig* bereute ich, dass ich die Augen geöffnet hatte. Ein geschwärzter Schädel in einem gruselig bleichen Umhang war das Erste, was ich sah. Die Gestalt war auf mich gefallen und zerquetschte mir die Glieder, sodass scharfer Schmerz meinen Körper durchzuckte. Der Schrei, den ich ausstoßen wollte, geriet zu einem erstickten Keuchen.

»Nicht bewegen«, wies eine eindringliche Stimme mich an.

Ich verrenkte den Hals, so weit ich konnte. Rechts hinter dem Schädel unter dem faltigen Mantel stand ein behelmter Feuerwehrmann.

»Wir schaffen Sie hier raus«, fuhr er fort, die Stimme gedämpft von seiner Atemmaske. »Nicht bewegen.«

Das konnte ich sowieso nicht. Meine Augen brannten, doch nachdem ich ein paarmal angestrengt geblinzelt hatte, erkannte ich, dass es sich bei dem, was den Schädel umhüllte, gar nicht um einen Mantel handelte. Das Material war zu dick und hart, wie Plastik …

Meine Verwirrung verflog augenblicklich. Kein Plastik. Es war der weiße Acryl-Esstisch, der während der Explosion zwischen Edgar und mir gestanden hatte, was bedeutete, dass der verkohlte Schädel ihm gehörte. Das Feuer war offenbar so heiß gewesen, dass der Tisch zu einem grausigen Leichentuch zerschmolzen war.

»Was ist passiert?«, presste ich hervor. »Ist noch jemand verletzt?«

Der Feuerwehrmann antwortete nicht. Ich fragte ihn noch einmal, bekam aber lediglich eine Sauerstoffmaske aufs Gesicht gedrückt. Dann brach Hektik los. Weitere Feuerwehrleute trafen ein und versuchten, den Schutt über mir wegzuräumen.

»Sieht aus, als wäre sie in die Möbel *ein*geschmolzen«, murmelte einer mit deutlichem Unglauben in der Stimme. »Wie hat sie das überlebt?«

Ich kannte die Antwort, doch im Augenblick hatte ich wirklich andere Sorgen. Marty und Dawn waren nach ihrer letzten Nummer bestimmt zum Wohnwagen zurückgegangen. Der war nur ein paar Stellplätze entfernt. Was, wenn die Explosion auch sie erreicht hatte?

»Mein Freund ist kleinwüchsig«, sagte ich, sosehr mir das Sprechen auch wehtat. »Sein Wohnwagen ist ganz in der Nähe. Hat jemand ihn gesehen?«

Keine Antwort, doch die Feuerwehrleute tauschten mitleidige Blicke aus. Dann erinnerte ich mich an die Worte, die ich gehört hatte, als ich zu mir gekommen war. *Wir haben eine Überlebende!* Furcht vermischte sich mit dem in mir wütenden Schmerz. Marty war ein Vampir, doch feuerfest war er nicht. Nur ich war das. Was, wenn Edgar nicht das einzige Todesopfer war?

Ich drehte den Kopf, bis die Sauerstoffmaske ein bisschen zur Seite rutschte. Dann vergaß ich den Schmerz und schrie, so laut ich konnte, in der Hoffnung, dass Marty am Leben war und mich hörte.

»Marty! Marty, wo bist du?«

Schwere Hände rückten mir die Sauerstoffmaske zurecht. Jemand fragte nach einem Sedativum für mich. Ich schrie immer weiter, und mein Entsetzen wuchs, als lediglich weitere Sanitäter erschienen. Marty hätte längst da sein müssen. Er hätte mich trotz des Lärms hören müssen. Verzweifelt schrie ich immer lauter. *Bitte, Marty, bitte sei unverletzt!*

Plötzlich wurden die Umstehenden mit übermenschlicher Kraft beiseitegeschoben, und ein Weg tat sich vor mir auf. Meine Erleichterung verwandelte sich in Verwirrung, als ich einen Blick auf den vor mir knienden Vampir werfen konnte.

»Leila, du lebst«, keuchte Maximus.

Er wollte noch mehr sagen, doch mein Gehör versagte, und Wattegeschmack breitete sich in meinem Mund aus. Das Letzte, was ich sah, waren seine sich grellgrün färbenden Augen, als er aufstand und sich umdrehte.

Als ich diesmal zu mir kam, hatte ich keine Schmerzen. Ich stank immer noch schrecklich, als hätte jemand mich mit einem Braten eingerieben, der zu lange im Ofen gelegen hatte. Ich hustete, erleichtert, dass meine Lunge sich nicht mehr anfühlte wie eine geballte Faust. Dann öffnete ich die Augen.

Vor mir sah ich Wände in einer Farbe wie abgestandener

Senf. Nicht schön, aber besser als ein verkohlter Schädel. Ich wälzte mich herum, sodass ich mit einem Blick den Rest des winzigen Raums in Augenschein nehmen konnte. Der blonde Vampir, der auf dem anderen Bett saß, wirkte darin noch größer und imposanter.

Ich hatte so viele Fragen, zum Beispiel, warum ich unter der Bettdecke nackt war, doch meine größte Sorge war die gleiche geblieben.

»Marty. Ist er …?« Ich brachte es nicht über mich, den Satz zu Ende zu sprechen.

»Er ist tot, Leila.«

Maximus' Tonfall war sanft, doch die Worte trafen mich härter als der Elektroschock, den ich mit dreizehn Jahren bei meinem Unfall mit der Hochspannungsleitung abbekommen hatte. Ich sog die Luft ein und stieß schließlich einen Seufzer aus. Etwas Dunkles stieg in mir auf, sodass meine rechte Hand Funken schlug. Ich wollte so viel mehr als nur weinen. Ich wollte Maximus alle Elektrizität entgegenschleudern, die in mir war, weil er etwas so Schreckliches gesagt hatte, das einfach nicht – niemals! – wahr sein durfte, und doch konnte ich nur um Selbstbeherrschung ringen, während ich die Nachricht verdaute, dass mein bester Freund tot war.

Maximus versuchte nicht, mich zu trösten. Entweder konnte er die Gefahr spüren, die von meiner funkensprühenden Hand ausging, oder meine Gefühle waren ihm egal. Als Argwohn sich unter meinen Schmerz mischte, verebbten meine Schluchzer.

»Was ist passiert? Und was machst *du* hier? Du solltest längst wieder in Rumänien sein!«

Maximus verzog die Lippen. »Ich habe nichts mit der Explosion zu tun, falls du das glaubst. Wenn ich dich hätte umbringen wollen, hätte ich den Job auch zu Ende gebracht. Ich kann also unmöglich der Täter sein.«

Noch immer pulsierte der Strom in meiner Hand. »Wer *ist* der Täter?«

»Ich weiß es nicht.«

Maximus stand auf und begann unruhig umherzulaufen, was schwierig war, da er mit drei Schritten das ganze Zimmer durchqueren konnte. Seine Kleidung war zerrissen und rußverschmiert, sodass ich mich erneut fragte, warum er Gewehr bei Fuß gestanden hatte, als alles in die Luft geflogen war.

»Der Feuerwehrmann meinte, eine Gasleitung wäre defekt gewesen«, fuhr er fort. »Angeblich war es ein Unfall. Da das Leck aber ganz in der Nähe von Martys Wohnwagen war, habe ich so meine Zweifel.«

»Aber warum sollte jemand *Marty* umbringen wollen?«, rief ich.

Er schenkte mir einen strengen Blick. »Ich glaube nicht, dass das jemand wollte.«

Ich hätte bei der Explosion draufgehen sollen? Wenn ja, hatte es fast geklappt. Ich war zwar feuerfest, aber fast zerquetscht worden. Maximus hatte mir wohl etwas von seinem Blut verabreicht, um mich zu kurieren.

»Wenn jemand mich umbringen wollte, warum hat er mir dann nicht einfach einen Kopfschuss verpasst?«, fragte ich mit vor Kummer matter Stimme.

»Es sollte wohl wie ein Unfall aussehen.«

Ich fuhr mir mit der Hand über die Augen. Tränen würden mir nicht helfen herauszufinden, wer meinen besten Freund umgebracht hatte. »Was meint Vlad dazu?«

Maximus hörte auf herumzutigern und drehte sich mit unergründlichem Gesichtsausdruck zu mir um. »Ich habe ihm nichts von der Explosion erzählt, ganz zu schweigen davon, dass du überlebt hast.«

»Warum nicht? Wir haben uns zwar getrennt, aber ich glaube kaum, dass er sich freuen würde, wenn er von einem *Mordanschlag* auf mich erfährt.«

Maximus sagte nichts. Irgendwo in seinem verschlossenen, schroffen Gesicht erkannte ich so etwas wie Mitgefühl. Und ich verstand.

»Nein«, flüsterte ich. »Zu so etwas wäre er nicht fähig.«

Maximus stieß ein grimmiges Schnauben aus. »Oh? Seit Szilagyi vor ein paar Jahrhunderten seinen Tod vorgetäuscht hat, war niemand so nahe dran, Vlad zu demütigen, wie du. Und wie Vlad auf Szilagyis Husarenstück reagiert hat, weißt du selbst.«

»*Ich* habe ihn *gedemütigt*?« Hätte Martys Tod mich nicht so betroffen gemacht, hätte ich gelacht. »Ich habe Vlad meine Liebe gestanden, woraufhin er mir deutlich erklärt hat, welche Stellung ich auf ewig in seinem Leben einnehmen würde, die einer besseren ›untoten Fickfreundin‹ nämlich.«

»Stimmt«, antwortete Maximus, ohne zu zögern, »aber das ist mehr, als er jemals einer seiner Geliebten angeboten hat, doch du hast abgelehnt. Und dann hattest du noch die Unverfrorenheit, ihn zu verlassen.«

»Die Unverfrorenheit?«, wiederholte ich ungläubig.

»Keine Frau hat Vlad je verlassen. Cynthiana, seine Geliebte vor dir, hat sogar Shrapnel verführt, um Vlad eifersüchtig zu machen, nachdem er sich von ihr getrennt hatte.«

»Und?«, konnte ich nicht umhin zu fragen.

»Abgesehen davon, dass er Cynthiana seinen Schutz entzog, weil sie Shrapnel skrupellos für ihre Zwecke ausgenutzt hatte, war es ihm egal.«

»Wie lange war Vlad mit ihr zusammen?«

Maximus dachte kurz nach. »Etwa dreißig Jahre.«

Ich war perplex. »Länger als es mich gibt! Wenn Vlad *diese* Beziehung so bedenkenlos beendet hat, hat er mich bestimmt schon vergessen.«

Maximus warf mir einen Blick zu, bevor er wieder begann, auf und ab zu tigern. »Unwahrscheinlich – was immer er für dich auch empfinden mag. Deine doppelte Zurückweisung wird ihm über Jahre zu schaffen machen.«

So sehr, dass er mich umbringen würde? Bei dem Gedanken kam ich mir vor wie eine Ertrinkende, die gerade noch einmal untergetaucht worden war.

»Angenommen, Vlad will mich tot sehen. Ich glaube kaum, dass er so feige wäre, einen Unfall vorzutäuschen, wenn er mich hätte umbringen können, als ich noch bei ihm gewohnt habe.«

»Ja, aber dann hätte er Gretchen und deinen Vater auch umbringen müssen, was ihn nach außen hin sehr emotional hätte erscheinen lassen.« Ein matter Ausdruck der Zuneigung ersetzte das Mitgefühl in Maximus' Gesicht. »Emotionales Verhalten gilt unter Vampiren als Schwäche. Vlad weiß, dass seine Feinde wie Wölfe über ihn herfallen würden, wenn sie ihn für so schwach hielten.«

Erst Martys Tod, dann die Erkenntnis, dass ich bei der Explosion hätte sterben sollen, jetzt die Vermutung, dass mein Exgeliebter vielleicht dahintersteckte. Ich schloss die Augen. Wie viel konnte ich noch ertragen?

»Du bist Vlads rechte Hand«, sagte ich nach einer langen Pause. »Hätte er dich nicht eingeweiht, wenn er geplant hätte, mich zu töten?«

Maximus schwieg so lange, dass ich die Augen öffnete. »Also?«

»Ich glaube nicht«, antwortete Maximus schließlich. »Er hätte sich denken können, dass ich ein Problem damit habe, und warum meine Loyalität auf die Probe stellen, wenn es nicht sein muss? Er könnte leicht jemanden anheuern, der deinen Tod wie einen Unfall aussehen lässt. Wäre ich nicht dabei gewesen, hätte ich vielleicht selbst geglaubt, dass es ein Unfall war.«

Zurück zu meiner eigentlichen Frage. »Warum *warst* du da?«

Maximus seufzte und ging zu seinem Bett zurück. »Ich wollte sichergehen, dass Marty dich wirklich bei sich aufnimmt, wo er doch jetzt dieses andere Mädchen hat. Du brauchst Vampirblut, damit deine körpereigene Energie dich nicht umbringt. Hätte Marty dich nicht versorgt, hätte ich etwas anderes arrangiert. Aber vor allem, Leila, bin ich wegen meiner Gefühle für dich nicht nach Rumänien zurückgekehrt.«

Wäre ich nicht vom Kummer überwältigt gewesen, hätte mich das schockiert. So aber machte ich nur ein verdutztes Gesicht.

Maximus beugte sich zu mir und strich mir das Haar zurück.

»Als wir uns kennengelernt haben, habe ich dir gesagt, dass du schön und mutig bist und deine Fähigkeiten mich faszinieren. Ich habe auch erlebt, wie tapfer, integer und stark du bist, indem du einen Mann verlassen hast, den du liebtest, weil dir klar war, dass er deine Gefühle nie erwidern würde.«

Noch eine Überraschung, stärker aber waren mein Kummer und das wachsende Bedürfnis, meinen besten Freund und das junge Mädchen zu rächen, das im Leben nie eine richtige Chance gehabt hatte.

»Maximus, du bist sehr attraktiv, und ich fühle mich geschmeichelt, aber im Augenblick kann ich über solche Dinge nicht einmal nachdenken.«

Als er sich zurücklehnte, spielte ein bitteres Lächeln um seine Mundwinkel. »Ich weiß, aber wir *reden* noch mal darüber.«

Ich beließ es dabei. Im Augenblick beschäftigte mich eher die Frage, wer hinter dieser Explosion steckte. Ich glaubte noch immer nicht, dass es Vlad war, aber wenn Maximus es für möglich hielt, durfte ich die Vorstellung nicht leichtfertig von mir weisen.

Doch selbst wenn ich recht behielt und Vlad nicht hinter dem Anschlag steckte, bezweifelte ich doch, dass mein Tod ihn erschüttern würde. Immerhin hatte er sich alle Mühe gegeben, mir zu beweisen, wie wenig ich ihm bedeutete.

Ich schob den Gedanken beiseite, damit ich nicht noch deprimierter wurde. »Ich brauche was zum Anziehen.«

Maximus stand auf und kramte in dem Koffer auf dem Toilettentisch herum. Schließlich zog er ein Hemd und Boxershorts hervor.

»Das wird dir nicht passen, aber deine Klamotten sind alle verbrannt, und ich hatte noch keine Zeit, neue zu besorgen.«

»Schon okay«, sagte ich und nahm das Bündel entgegen. Kaum hatte ich es berührt, explodierten farblose Bilder in meinem Kopf.

Ich stopfte meine Kleidung in den Koffer und klatschte den Deckel zu. Zeit, Leila heimzubringen. Niemand hatte geahnt, dass sie Vlad verlassen würde, aber sie hat es getan, und bald wird ein ganzer Ozean zwischen den beiden liegen. Bei dem Gedanken lächelte ich. Damals hatte sie mich nicht haben wollen, aber das war, bevor sie erkannt hatte, dass Vlad ihr nicht geben konnte, was sie brauchte. Ich könnte es, und jetzt hatte ich endlich die Chance, ihr das zu zeigen.

»Maximus«, flüsterte ich, als das Hotelzimmer mit seinen kränklich gelben Wänden mich wieder umfing. »Ich *kann* es wieder!«

8

Maximus zog ein Feuerzeug hervor und knipste es an. Ich hielt die Hand über die Flamme und riss sie mit einem Aufschrei gleich wieder zurück.

»Das tut weh!«

Maximus klappte das Feuerzeug zu. »Und das war also wochenlang nicht so, weil Vlads Aura dich gegen Feuer immun gemacht hat?«

»Genau. Die Flammen sind einfach über mich hinweggeglitten wie bei ihm. Wie sonst erklärst du dir, dass ich eine Explosion überlebt habe, bei der der Wohnwagen, in dem ich mich aufhielt, vollkommen zerstört wurde?«

Und ein Vampir dabei draufgegangen ist. Das sagte ich aber nicht laut. Hätte ich wieder über Martys Tod nachgedacht, hätte ich angefangen zu heulen und nicht mehr aufgehört.

»Das starke Feuer hat wohl den Rest der schützenden Aura aufgebraucht«, meinte Maximus nachdenklich. Dann runzelte er die Stirn. »Vlad hat mir erzählt, dass du keine Visionen mehr hast. Warum hat er das mit dem Feuer ausgelassen?«

Ich seufzte. Ich wollte jetzt nicht über Vlad nachdenken. »Vielleicht, weil er es noch nie getan hat und geheim halten wollte, dass er jemanden vorübergehend gegen Feuer immunisieren kann?«

»Mag sein«, antwortete Maximus.

Mir war egal, warum Vlad es niemandem gesagt hatte. Ich war nicht länger feuerfest, hatte meine Fähigkeiten zurück, und jemand, der eigentlich hinter mir her war, hatte meinen besten Freund, ein unschuldiges Mädchen und noch viele andere auf dem Gewissen. Diesen Jemand zu finden und mich an ihm zu rächen, sah ich als meine neue Lebensaufgabe.

»Okay, ich habe also wieder Visionen aus der Vergangenheit, wenn ich einen Gegenstand berühre. Sehen wir mal, ob ich auch jemanden im Jetzt aufspüren kann.«

Mit diesen Worten fuhr ich mit der rechten Hand über den Nachttisch. Tische, Türknäufe und ähnliches Inventar trugen die meisten emotionalen Fingerabdrücke. Sofort schossen mir jede Menge Bilder durch den Kopf. Ich wühlte mich durch sie hindurch, bis ich den stärksten Strang gefunden hatte. Auf den konzentrierte ich mich, suchte die Person am anderen Ende der unsichtbaren Essenzspur.

Das Hotelzimmer verwandelte sich in ein in Beigetönen gehaltenes Büro. Ein Mittvierziger saß hinter einem Schreibtisch, balancierte einen Telefonhörer zwischen Schulter und Kinn und griff nach einem Notizblock.

»Nein, so war das nicht ausgemacht«, sagte er, während er draufloskritzelte. »Mir doch egal, was ihr Anwalt will … gottverflucht, sie kriegt ja schon mein halbes Gehalt als Unterhalt und Alimente!«

Obwohl alles leicht diesig wirkte, wie es bei Visionen aus dem Jetzt immer war, fiel mir das Wort MISTSTÜCK auf dem Notizblock deutlich ins Auge. *Hättest deine Frau eben nicht in billigen Stundenhotels betrügen sollen,* dachte ich, als ich mich ausklinkte und in meine eigene Realität zurückkehrte.

Maximus sah mich unverwandt an. »Hat es geklappt?«

»Ja.«

Kalte Mordlust stieg in mir auf. Jetzt konnte ich anfangen, Martys Mörder zu jagen. Ich hielt Vlad zwar nach wie vor nicht für den Täter, aber wenn ich mich irrte …

»Maximus, danke, dass du mich aus den Trümmern geborgen, geheilt und hierhergebracht hast. Du hast mir das Leben gerettet.« Ich machte eine Pause und holte tief Luft. »Aber jetzt musst du gehen.«

Er zog die goldenen Brauen hoch. »Was?«

»Wenn Vlad hinter der Sache steckt, kann ich dir nicht trauen«, antwortete ich ohne Umschweife. »Du hast mich vielleicht gern, doch wir beide wissen, dass du einen jahrhundertealten Treueschwur nicht wegen einer kurzfristigen Verliebtheit aufs Spiel setzen würdest.«

Ich hatte mit allen möglichen Reaktionen gerechnet. Gelächter, das sich anhörte wie knirschender Kies, gehörte nicht dazu.

»Du kennst mich nicht so gut, wie du glaubst«, sagte Maximus und ergriff meine rechte Hand. Sofort setzte meine Sehergabe ein und riss mich aus der Gegenwart in die Vergangenheit.

Ich war mit Wunden übersät, aber in Hochstimmung. Die Heilige Stadt war wieder unser.

»Allah Akbar!«, erhob sich eine klagende Stimme über unsere Siegesschreie hinweg.

Narren. Wäre ihr Gott wirklich so groß gewesen, hätten wir Jerusalem nicht zurückerobert. Die Überlebenden der Schlacht, größtenteils Frauen und Kinder, starrten uns voller Furcht und Abscheu an.

Dann hörte ich die Stimme meines Cousins Godfrey. »Männer Gottes! Vernichtet den Abschaum, der Jerusalem besudelt hat. Lasst keinen am Leben!«

Ich erstarrte. Sonnenlicht blitzte auf Hunderten von Schwertern, als unsere Kämpfer die Waffen erhoben. Dann schlugen sie zu, und schrille Schreie setzten ein.

»Gehorche!«, drängte der Ritter neben mir, der ohne zu zögern auf die Besiegten einhackte.

»Gott will es!«, brüllte Godfrey, als er in das Zerstörungswerk einfiel. »Wir müssen die Stadt reinwaschen!«

Eine Gestalt kam auf mich zugeeilt. Reflexartig packte ich sie und starrte in das tränenverschmierte Gesicht eines Jungen, der mich aus weit aufgerissenen braunen Augen ansah und mich in seiner Muttersprache schluchzend um Gnade anflehte.

Urplötzlich sackte er in sich zusammen. Blut trat aus seinem Mund. Der Ritter neben mir riss ihm das triefende Schwert aus dem Rücken.

»Wir haben unsere Befehle«, schnauzte er. »Keine Widerrede. Gott will es!«

Ich ließ den leblosen Jungen los. Dann hob ich verbissen das Schwert und hieb auf die Überlebenden ein.

Die schrecklichen Erinnerungen rissen ab, und meine Hand sprühte Funken. Irgendwann hatte Maximus mich losgelassen, was auch gut so war, weil ich meine Elektropeitsche sonst gegen ihn eingesetzt hätte.

»Ich weiß, was du gesehen hast«, sagte er unumwunden. »Es wird mich bis in alle Ewigkeit in meinen Träumen heimsuchen. Aus Gehorsam habe ich damals einen schrecklichen Befehl befolgt. Danach war ich von Schuldgefühlen zerfressen. *Nie wieder* will ich dieser Mann sein. Vlad mag skrupellos sein, wenn er seine Sippe beschützen oder Gegner im Kampf töten muss, aber er hat nie unschuldige Frauen und Kinder ermordet. Sollte sich das geändert haben, gilt auch mein Treueschwur zu ihm nicht mehr, aber nicht um deinetwillen. Um meinetwillen.«

Ich starrte Maximus an. Ich hatte zwar schon vermutet, dass er ein düsteres Geheimnis mit sich herumtrug – wie übrigens die meisten Leute, insbesondere jahrhundertealte Vampire –, doch auf das, was ich gerade gesehen hatte, war ich nicht gefasst gewesen.

»Wie kannst du in dieser Schlacht gekämpft haben *und* von Vlad zum Vampir gemacht worden sein?«, fragte ich schließlich. »Fanden die Kreuzzüge nicht Jahrhunderte vor Vlads Geburt statt?«

Maximus lächelte schmallippig. »Ja, aber die Ritter Christi vom Tempel Salomons führten geheime Rituale durch. Dazu gehörte es, im Gedenken an das Letzte Abendmahl Blut statt Wein zu trinken. Für die ursprünglichen acht Templer wie mich gab es aber kein menschliches Blut, wovon wir jedoch nichts wussten. Wir glaubten, unsere große Stärke und schnellen Selbstheilungskräfte wären gottgesandt.«

»Sie haben dir Vampirblut untergejubelt?« Sarkastisches Schnauben. »Ist mir auch schon passiert. Wann hast du es herausgefunden?«

»Jahrhunderte später, als ich Vlad begegnet bin. Im Grunde war es eine Erleichterung. Ich hatte geglaubt, ich könnte nicht altern, weil Gott mich dafür bestrafen wollte, dass ich in seinem Namen das Blut Unschuldiger vergossen hatte.«

Mein Zorn auf Maximus ließ etwas nach. Was er getan hatte, war schrecklich, doch er hatte sich länger, als ich mir vorstellen konnte, mit seinen Schuldgefühlen herumgeschlagen. Da musste ich ihm nicht auch noch Vorwürfe machen.

»Äh … okay.«

Was für eine triviale Antwort, aber in den vergangenen Stunden war einfach zu viel passiert. Ich rieb mir den Kopf und spürte Vlads Essenz unter meinen Fingern aufflammen. Überall auf mir hatte er seine Spuren hinterlassen. Ich ließ die Hand sinken, um nicht zufällig eine Verbindung zu ihm herzustellen. Seine telepathischen Kräfte waren so groß, dass er einer der wenigen war, die merkten, wenn ihnen jemand telepathisch nachspionierte. Immerhin hatten wir uns so kennengelernt, und falls er, so unwahrscheinlich das auch war, *doch* versucht hatte, mich umzubringen, durfte ich ihn keinesfalls wissen lassen, dass er versagt hatte.

Bei diesen Gedanken spürte ich ein Brennen in den Augen, aber ich unterdrückte meinen Kummer. *Jetzt heißt es überleben, der Herzschmerz kann warten,* ermahnte ich mich düster.

»Ich muss noch einmal zum Zirkus«, sagte ich zu Maximus, »und du kannst nicht mitkommen.«

9

»Ich sehe *lächerlich* aus.«

Ich drehte mich nicht um, sondern setzte meinen Weg durch das verwüstete Camp fort, als würde ich dazugehören. Wir kamen an einigen Reportern vorbei, die sich unter die umstehende Menge aus Neugierigen und Betroffenen gemischt hatten.

»Du wolltest doch unbedingt mitkommen.« Ich hatte so leise gesprochen, dass nur Maximus mich hören konnte. »Wenigstens siehst du jetzt nicht mehr aus wie Erik der Rote, was übrigens ziemlich auffällig war.«

Ein Schnauben. »Und das hier ist nicht auffällig?«

Nun warf ich doch einen Blick auf Maximus in seinem dichten schwarzen Pelz, der jeden Zentimeter bloßer Haut verdeckte. Mittels Kleber und Modelliermasse hatte ich ihm dazu noch eine markant vorgewölbte Brauenpartie verpasst. Angesichts unseres Zeitmangels war mir seine Verwandlung in einen Hypertrichosepatienten beziehungsweise Wolfsmenschen ziemlich gut geglückt.

»Nein, nicht beim Zirkus.«

Meine eigene Tarnung fiel weniger dramatisch aus. Ich trug eine kurze blonde Perücke, passend dazu einen blonden Zottelbart und zwei Pfund schwere Gelkissen, die mir die Doppel-

D-Körbchen bescherten, die Mutter Natur nie für mich vorgesehen hatte. Taille und Hintern hatte ich mir ebenfalls ausgestopft und damit ungewohnt weibliche Formen bekommen. Den Teil meiner Narbe, die nicht vom Bart kaschiert wurde, hatte ich mit Theaterschminke zugekleistert, und eine dunkle Brille komplettierte den Inkognito-Look. Na ja, inkognito beim Zirkus. Die meisten Schaustellertruppen hatten mindestens eine bärtige Dame.

Dem düsteren Blick nach zu urteilen, den der beleibte Polizist Maximus und mir zuwarf, fielen wir tatsächlich nicht weiter auf.

»Ich habe doch klar und deutlich darauf hingewiesen, dass Sie zurückbleiben sollen«, blaffte er.

Ich rückte meine in ihrer Korsetthülle steckenden falschen Möpse hoch. »Mein Wohnwagen ist kaum beschädigt«, sagte ich und zeigte auf das Vehikel mit den geringsten Rußspuren. »Warum kann ich nicht kurz reingehen und meine Handtasche holen? Ich brauche Geld für ein Hotelzimmer!«

»Sie haben doch die riesige Explosion vorhin bemerkt, nicht wahr? Sobald wir *unseren* Job erledigt haben, dürfen alle ihr Zeug holen. Bis dahin können Sie ja bei einem Freund unterkommen. Hat Wolfie kein Rudel, mit dem zusammen er heulen kann?«

Nach dieser sarkastischen Antwort wollte der Beamte sich bereits zum Gehen wenden, als Maximus' Knurren ihn innehalten ließ. Der Vampir identifizierte sich wohl ziemlich stark mit seiner neuen Rolle als Wolfsmensch.

»Wollen Sie, dass ich …«, setzte der Beamte an, um gleich wieder zu verstummen, als Maximus' grün leuchtende Augen ihn in Bann schlugen.

»Lassen Sie uns durch«, sagte er mit leiser, volltönender Stimme.

Der Beamte reagierte mit einem knappen Nicken. »Sehr gern.«

An manchen Tagen beneidete ich Vampire. Heute war so ein Tag. »Gut, dass du mitgekommen bist. Wäre schlimm gewesen, wenn ich hätte warten und riskieren müssen, dass alle Essenzspuren des Mörders ausgelöscht sind«, murmelte ich, als Maximus und ich uns unter dem grellen Absperrband hindurchduckten.

Selbst unter seinem falschen Pelz konnte ich Maximus' grimmigen Gesichtsausdruck erkennen. »Ganz meine Meinung.« Und an den inzwischen recht fügsamen Beamten gewandt, setzte er hinzu: »Begleiten Sie uns. Wenn jemand fragt, sind wir Zeugen, die Sie befragen wollen.«

Am Tatort wimmelte es nur so von Polizisten, Feuerwehrleuten, Angestellten der Gasfirma und anderen Offiziellen. Mit unserem neuen Begleiter spazierten wir unbehelligt auf Martys Wohnwagen zu.

Selbst Stunden nach der Explosion war die Luft erfüllt von einem Gemisch aus Gas, verbranntem Gummi und anderen unaussprechlichen Aromen. Mit Mühe unterdrückte ich meinen Würgereiz, aber er war stark. Genau wie der Drang, in Tränen auszubrechen, als ich die geschwärzte, leere Hülle erblickte, die Marty und mir jahrelang als Heim gedient hatte. Eine Hälfte fehlte. Entweder hatte sie der enormen Hitze nicht standgehalten oder sie war bei der Explosion in tausend Stücke zerborsten.

Beim Anblick des Wohnwagengerippes wurde mir erst richtig bewusst, dass Marty tot war. Ein kleiner, unvernünftiger

Teil meines Selbst hatte insgeheim noch gehofft, dass er überlebt und meine Rufe einfach nicht gehört hätte. Diese Hoffnung erlosch so plötzlich wie vermutlich Martys Leben während des Unglücks. Die Zerstörung war so vollkommen, dass von Marty nichts mehr übrig sein würde, was zu Grabe getragen werden könnte. Obwohl ich mir fest vorgenommen hatte, nicht zu weinen, spürte ich ein warmes, feuchtes Rinnsal auf der Wange.

»Nicht«, sagte Maximus sanft. »Das geht jetzt nicht.«

Ich wischte die einzelne Träne weg und straffte die Schultern. Er hatte recht. Trauern konnte ich später. Jetzt musste ich herausfinden, wer Marty auf dem Gewissen hatte. Als ich mich jedoch umsah, wusste ich nicht so recht, wo ich anfangen sollte. Der große Krater vor Martys zerstörtem Wohnwagen? Weiter entfernt an der Gasleitung?

»Schon irgendwelche Ergebnisse?«, erkundigte sich Maximus. Ich drehte mich um, doch die Frage war nicht an mich gerichtet.

»Die letzten Glutnester sind erst vor ein paar Stunden gelöscht worden«, antwortete der Polizist monoton. Seine hellbraunen Augen fixierten Maximus wie gebannt. »Fünf Tote, drei Vermisste. Die Gasfirma hat den Saft abgedreht, und wir checken die Leitungen. Im Krater bei einem verbogenen Leitungsstück haben wir etwas gefunden …«

»Zeigen Sie's mir«, unterbrach Maximus ihn.

Der Beamte setzte sich in Richtung eines Zeltes in Bewegung, in dem es von Leuten in ATF-Jacken nur so wimmelte. Ich zupfte an Maximus' Ärmel.

»Das sind zu viele«, flüsterte ich.

»Kommen Sie zurück«, befahl Maximus dem Polizisten, der

sofort gehorchte. »Holen Sie das sichergestellte Material und treffen Sie uns vor der Absperrung. Sagen Sie niemandem, was Sie vorhaben.«

Der Beamte machte sich auf den Weg. Ich folgte Maximus zu einem weniger stark belagerten Bereich. Binnen zehn Minuten war der korpulente Polizist zurück.

»Bitte«, sagte er und zog einen Plastikbeutel unter dem Hemd hervor.

Ich nahm ihn entgegen. Über Fingerabdrücke musste ich mir keine Gedanken machen, da ich meine dicken Gummihandschuhe trug. Maximus hatte sie zusammen mit den Sachen besorgt, die wir für unsere Verkleidung brauchten. Stirnrunzelnd hob ich den durchsichtigen Plastikbeutel hoch. Darin waren einige verbogene Drahtstücke und eine Art Kunststoffscherbe zu erkennen.

»Das ist alles?«

Der Polizist nickte. Maximus zog mich zu einer etwa dreißig Meter entfernten, einzeln stehenden Bude. Gestern noch hatte sie als Imbissstand gedient. Jetzt war sie verlassen, und herber Rauchgeruch ersetzte den Duft von Popcorn, Zuckerwatte und Krapfen. Mit einem Seufzer zog ich mir den rechten Handschuh aus. Diesmal würde ich Fingerabdrücke hinterlassen, aber mir blieb keine Wahl. Ich strich über das Stück Plastik.

Zunächst konnte ich miterleben, wie ein Ermittler die Scherbe fand. Aus seinen Gedanken erfuhr ich, dass sie nicht aus Plastik, sondern Titan bestand, einem Material, das unter anderem beim Bombenbau Verwendung fand. Unter diesen Eindrücken nahm ich sehr undeutlich eine andere Person wahr, die im Dunkeln in der Erde buddelte, doch die Essenzspur war zu schwach. Das Feuer hatte wohl die meisten Beweise vernichtet.

»Du hattest recht. Sieht nicht nach einem Unfall aus«, sagte ich.

»Wusste ich's doch«, murmelte Maximus. »Konntest du sehen, wer's war?«

»Nein.«

Als Nächstes strich ich über einen der Drähte und war enttäuscht, als wieder nur Sinneseindrücke eines Tatortermittlers zu erfühlen waren. Dann berührte ich den letzten Draht, und der Imbissstand löste sich auf.

Pfeifend drückte ich die Drähte in den Plastiksprengstoff und bog die Enden dann mit einer feinen OP-Pinzette um den Zünder. Nachdem ich alles in Augenschein genommen hatte, schloss ich das Gehäuse, lehnte mich zurück und nahm meine Maske ab. Fertig. Stolz betrachtete ich die Bombe. Bei Weitem meine beste Arbeit. Zu schade, dass niemand das ausgeklügelte Konstrukt würde bewundern können, aber bei solch gewaltigen Explosionen ließ es sich eben nicht vermeiden, dass alle Beweisstücke sich in Wohlgefallen auflösten. Genau wie der Kunde es gewünscht hatte.

Das Bild verblasste, und ich stand wieder zusammen mit dem als Wolfsmenschen verkleideten Maximus vor dem Imbissstand. Das Lächeln, das ich Maximus schenkte, war so eisig, wie ich es mir nie zugetraut hätte.

»Ich habe den Bombenbauer.«

10

Er hieß Adrian, und ich musste zwei Tage lang immer wieder eine Verbindung zu ihm herstellen, bevor ich herausfand, wo er wohnte. Wenn man Personen auf diese Weise aufspürte, konnte man leider nicht in ihren Kopf sehen. Niemand trug die eigene Adresse auf dem Unterarm tätowiert, sodass es nicht immer einfach war herauszufinden, wo ein Gesuchter sich aufhielt. Am ersten Tag war Adrian mir auch keine große Hilfe. Er schlief fast die ganze Zeit.

Am Morgen ging er zu Starbucks um die Ecke, bestellte sich einen doppelten Espresso und las dann die Nachrichten auf seinem iPhone. Zwanzig Minuten später waren Maximus und ich unterwegs nach Chicago.

Er fuhr. Ich wusste nicht, ob er ein Gentleman oder ein Kontrollfreak war, und nach ein paar Stunden war es mir auch egal. Ich war fast die ganze Nacht hindurch wach gewesen, um Adrian aufzuspüren. Neben dem Schlafmangel schlauchten mich auch die langen Zeiträume, über die ich die telepathische Verbindung aufrechterhalten musste. Ich hatte mir zwar fest vorgenommen, wach zu bleiben, falls ich Maximus doch als Fahrerin ablösen sollte, aber irgendwo zwischen Atlanta und Chicago nickte ich ein.

Ich schwebte über einem weißen Flur. An beiden Enden gab

es Türen, eine breite mit einem Ziffernfeld in der Wand, vor der eine Frau mit lockigem Haar saß, die andere so nichtssagend, dass ich sie nicht weiter beachtete.

Genau durch diese Tür trat Vlad ein. Sein Trenchcoat stand offen, die Seiten flatterten wie dunkle Schwingen. Keuchend versuchte ich, in der Zimmerdecke zu verschwinden, doch er schien mich nicht zu bemerken. Er schritt so schnell den Flur entlang, dass der Arzt, der ihm folgte, rennen musste, um mitzukommen.

Die Wachhabende mit dem Lockenkopf erhob sich. »Wer sind Sie?«

»Mund halten und aufmachen«, fauchte Vlad.

Er war jetzt an mir vorbei, sodass ich nicht sehen konnte, ob seine Augen leuchteten. Doch die kaum verhohlene Aggression in seinem Tonfall hätte die Frau wohl auch so überzeugt. Hastig drückte sie ein paar Tasten auf dem Ziffernblock, und die Tür schwang auf.

Kaum hatte der Arzt Vlad eingeholt, packte der ihn am Kragen und riss ihn hoch, dass seine Füße in der Luft baumelten. »Zeigen Sie mir ihren Leichnam.«

Wieder schwang tödliche Bedrohung in dem geknurrten Befehl mit. Der Arzt nickte, so weit er es in Vlads Griff eben konnte. Vlad ließ ihn los, und als der Mann sich wieder gefasst hatte, eilte er, gefolgt von Vlad, in den Raum.

Ich wusste, dass ich mich hätte ausklinken sollen, aber ich konnte nicht anders; immer weiter schwebte ich auf die geöffnete Tür zu. Noch bevor ich sie erreichte, hörte ich ein metallisches Quietschen und dann Vlads barsche Stimme: »Raus jetzt.«

Der Arzt rannte aus dem Zimmer, wobei sein Kopf durch meine Beine hindurchglitt. Meine Körperlosigkeit hätte mir

Sorgen machen sollen, doch ich war seltsam unbekümmert. Falls ich tot war, konnte ich sowieso nichts daran ändern. Und solange ich keinen echten Körper hatte, würde Vlad nicht wissen, dass ich da war. Ich schwebte an der Wachhabenden vorbei, die sich hinter ihrem Stuhl zusammengekauert hatte und etwas vor sich hinmurmelte, das wie ein Gebet klang.

Obwohl mich bisher niemand hatte sehen können, warf ich nur einen verstohlenen Blick in den Raum, in dem Vlad verschwunden war. Darin gab es mehrere Metalltische, eine lange Reihe von Waschbecken und eine Wand mit lauter quadratischen Stahltüren.

Vlad stand vor einer solchen geöffneten Tür. Eine Bahre mit einem schwarzen Plastiksack darauf ragte daraus hervor. Vlad hatte den Kopf gesenkt, sodass sein dunkles Haar seinen Gesichtsausdruck verbarg, als er den Reißverschluss des Sacks öffnete. Während er dessen Inhalt in Augenschein nahm, hüllten Flammen ihn vom Kopf bis zu den Händen ein. Dann, ganz langsam, erlosch das Feuer, und er griff hinein.

Jetzt wusste ich, wo ich war. In einem Leichenschauhaus, und obwohl ich mir gut vorstellen konnte, was in dem Sack war, musste ich mich doch vergewissern. Mich dicht an der Zimmerdecke haltend, schwebte ich näher und riskierte einen Blick nach unten.

Zunächst war ich überrascht, wie wenig der Sack enthielt: einen Schädel, zwei Oberschenkelknochen und ein Rückgrat. Die kleineren, verkohlten Überreste konnte ich nicht einordnen. Nicht weniger überrascht war ich, als ich sah, wie Vlad über die Knochen strich. Mit den Fingern fuhr er über das gebogene Rückgrat, die Beinknochen und den Schädel; dabei war er so sacht, dass nichts verschoben wurde. Sein Gesicht konnte ich noch immer nicht sehen, doch das Licht, das durch seine Haare drang, war so grell, dass ich fast glaubte, es würde die Knochen versengen wie smaragdfarbene Laserstrahlen.

Richtig schockiert war ich aber, als Vlad »Leila« seufzte, während er weiter die Gebeine streichelte. Er dachte, ich läge dort? Aber Vlad war doch in Rumänien, während ich vermeintlich in Georgia ums Leben gekommen war …

Augenblick mal. Vlad hatte die Wachhabende und den Arzt auf Englisch *angesprochen. Ich sah mich um. Auch die Hinweistafeln trugen englische Aufschriften. War Vlad nach Georgia gekommen, als er von meinem vermeintlichen Tod erfahren hatte?*

Wenn ja, wünschte ich mir, ich wüsste, was er in diesem Augenblick fühlte! Genugtuung, falls er tatsächlich hinter dem Bombenanschlag steckte? Oder Kummer, falls ein anderer der Täter war?

Vlads Kopf blieb gesenkt, sein Gesichtsausdruck verborgen. Sieh auf, Vlad!, *brüllte es in mir. Wenn er lächelte, waren meine schlimmsten Befürchtungen bestätigt, doch was, wenn er ein kummervolles Gesicht machte?*

Und da hob er tatsächlich den Kopf – und schien mich direkt anzustarren. Klarheit verschaffte mir das aber nicht. Seine Augen leuchteten so grell, dass ich sein Gesicht nur verschwommen erkennen konnte.

»Leila.«

Ich fuhr zusammen, doch nicht Vlad hatte meinen Namen gerufen. Die Stimme kam von einem anderen Mann, begleitet von einem heftigen Ruck. Sofort war ich hellwach, während das Leichenschauhaus sich in den Beifahrersitz eines Autos verwandelte. Maximus ließ meine Schulter los und sah mich stirnrunzelnd an, bevor er seine Aufmerksamkeit wieder der Straße zuwandte.

»Ich glaube, du hattest einen Traum. Du hast angefangen zu zittern.«

Das bezweifelte ich nicht. Meine Hände hatte ich noch immer nicht unter Kontrolle, und ich blickte mich so hektisch im Auto um, als könnte Vlad jeden Moment auftauchen. Ich hatte schon früher lebhafte Träume gehabt, aber *so* real war noch keiner gewesen.

Ich sah meine Hände an, erleichtert, dass ich noch die Handschuhe trug. Sie schlossen nicht nur die Elektrizität in mir ein, sie verhinderten auch, dass ich versehentlich telepathischen Kontakt zu jemandem aufnahm. Obwohl mir das im Schlaf natürlich noch nie passiert war. So etwas benötigte Konzentration, und Schlaf war das genaue Gegenteil davon.

»Du zitterst ja immer noch. Alles okay?«

»Ja«, meinte ich. »Schon gut. Ich kann mich nicht mal an den Traum erinnern.«

Maximus zog die Augenbrauen hoch, was besser als Worte ausdrückte, für wie unglaubwürdig er meine Antwort hielt, aber er bedrängte mich nicht weiter, während ich mich arglos gab.

»Jetzt, wo du wach bist, kannst du ja eine Verbindung zu dem Attentäter herstellen. In einer Stunde sind wir in Chicago. Wenn er nicht zu Hause ist, will ich wissen, wo er sich sonst aufhält.«

Gute Idee. Ich nahm den Beutel, den ich in den Getränkehalter gesteckt hatte, und zog den rechten Handschuh aus. Bis auf ein Stück Draht hatten wir die Beweismittel dem Polizisten zurückgegeben.

Ich rieb den Draht und übersprang die ersten Bilder, um mich noch einmal auf Adrian zu konzentrieren, wie er vor sich hinpfiff, als er gerade die Bombe baute. Seine Essenzspur war so stark wie zuvor, doch als ich versuchte, sie zu ihrer Quelle zurückzuverfolgen, stieß ich gegen eine Mauer aus … Nichts.

Ich versuchte es noch einmal, indem ich mich konzentrierte, bis die Geräusche des Straßenverkehrs zu leisem weißen Rauschen verebbten. Doch wie sehr ich mich auch anstrengte, ich konnte nichts am Ende der Essenzspur finden.

»Ist er noch zu Hause?«, wollte Maximus wissen.

Mein Frust mischte sich mit einer düsteren Ahnung. »Ich weiß es nicht. Ich kann ihn nicht sehen. Entweder ist mir gerade der Saft ausgegangen, oder …«

Ich musste den Satz nicht zu Ende bringen. Maximus' Lippen pressten sich zu einer harten Linie zusammen. Dann trat er aufs Gaspedal.

Die Kulisse aus Blinklichtern, Absperrband und beißendem Rauch wurde mir allmählich allzu vertraut. Wir hatten über einen Block entfernt parken müssen, weil die Straße, in der Adrian wohnte, gesperrt war. Obwohl ich auf die Entfernung keine Hausnummern erkennen konnte, wäre ich jede Wette eingegangen, dass es Adrians Wohnung war, die die Feuerwehr gerade löschte.

»Verdammte Scheiße«, zischte Maximus.

»Wer auch immer hinter diesem Anschlag steckt, will gründlich aufräumen«, sagte ich, im Stillen fluchend. Adrian war wohl kaum zufällig beim Bombenbasteln draufgegangen, obwohl es bestimmt so aussehen sollte.

Noch konnten wir die tatsächlichen Ereignisse rekonstruieren, aber wir mussten uns beeilen. Selbst wenn der Killer noch in der Gegend war, würde er sich bald aus dem Staub machen.

»Maximus, geh los und besorg mir einen Knochen von der Leiche.«

Maximus machte ein verdutztes Gesicht. Dann lächelte er. Das war das Letzte, was ich von ihm sah, bevor er davonpreschte wie ein kampflustiger Löwe. Keine Minute später hörte ich einen Schuss und das Aufheulen einer Polizeisirene. Dann war er mit einem verkohlten Klumpen in der Hand wieder zurück.

»Hauen wir ab«, sagte er sofort.

Der Geruch nach verbranntem Fleisch ließ mich das Gesicht verziehen. Gut möglich, dass ich Vegetarierin würde, wenn ich das hier überlebte. Maximus schien der Gestank nicht zu beeindrucken. Er steckte sich den Klumpen unter den Mantel und begleitete mich zurück zum Wagen, während erneut Sirenen aufheulten. Details hatten die Bullen wohl nicht mitbekommen, aber sie waren offenbar alarmiert.

Ich stieg ins Auto und musste meinen Würgereiz unterdrücken, als der Gestank in dem engen Innenraum unerträglich wurde. Maximus gab Vollgas. Nach einer Weile zog er den geschwärzten Klumpen unter dem Mantel hervor und ließ ihn mit einem gemurmelten »Bitte« in meinen Schoß fallen.

Ich konnte nicht anders – ich kreischte los. Maximus stieg auf die Bremse, was dazu führte, dass das Ding mit einem Klatschen an der Windschutzscheibe landete. Als es mir wieder in den Schoß fiel und meine Hose dabei nicht nur Ruß, sondern auch noch etwas widerlich Schleimiges abbekam, kreischte ich erneut.

Maximus blickte um sich, eine Hand am Steuer, ein großes Silbermesser in der anderen.

»Was ist?«

»Was ist?«, wiederholte ich, die Stimme schrill vor tagelang aufgestautem Kummer und Stress. »Du hast mir ohne Vorwarnung ein angekokeltes Leichenteil in den Schoß fallen lassen, *das* ist!«

Er runzelte die Stirn. »Aber du wolltest es doch haben.«

»Weiß ich!«

Frustriert strich ich mir das Haar aus dem Gesicht, wobei ich schon wieder etwas Schleimiges zu spüren glaubte. Ein Blick auf meine behandschuhte Hand brachte das Fass zum Überlaufen. Ich hatte mir gerade rußigen Bomberschleim auf die Wange geschmiert.

Ich warf das Leichenteil in Richtung Maximus und sprang aus dem Auto. Sofort riss ich mir die verdreckten Handschuhe herunter und rannte auf den Bürgersteig zu. Dort entledigte ich mich meiner Jacke, warf sie aber noch nicht weg, sondern knüllte sie erst noch zusammen, um mir wie besessen die Wange damit abzuschrubben. Auch mein Oberteil hatte Schleim abbekommen, und so musste es auch dran glauben, sodass ich schließlich nur noch in BH, Jeans und Turnschuhen dastand. Ohne genaues Ziel rannte ich den Bürgersteig entlang. Ich wusste nur, dass ich keine Sekunde länger von den schleimigen Überresten dieses Mörders besudelt sein wollte.

»Leila!«

Ich ignorierte Maximus' Rufen, aber das bewirkte nichts. Binnen einem Herzschlag packte er mich und wirbelte mich herum, sodass ich ihn ansehen musste.

»Rühr mich nicht an«, fauchte ich. Jeder rationale Gedanke

in mir war der Verfassung eines verwundeten Tieres gewichen. »Du hast ihn überall an dir!«

Ehe ich mich versah, lagen sein Mantel und Hemd auf dem Boden. Zu dieser Stunde waren die Läden in der Gegend geschlossen, doch Straßenlaternen leuchteten jeden Zentimeter seines Oberkörpers aus. Wie Vlad hatte er viele alte verblasste Narben, doch anders als bei Vlad war seine Brust glatt. Kein krauses Haar, nur bleiche, straffe Haut, unter der Muskeln spielten, als er mich in die Arme schloss. Er zuckte nicht zurück, als er meine bloße Haut berührte und einen Stromstoß abbekam. Er zog mich sogar noch näher.

»Ist ja gut«, sagte er leise. »Jetzt bist du in Sicherheit.«

Bis er es gesagt hatte, war mir nicht bewusst gewesen, wie sehr ich das hatte hören wollen. All der Schmerz, die Einsamkeit und der Kummer der vergangenen zwei Wochen drängten sich an die Oberfläche, um Trost zu suchen, wo sie ihn fanden. Ich weiß nicht, ob Maximus den Kopf senkte oder ich meinen hob. Ich weiß nur, dass er mich küsste und ich mich seit Beginn dieses schrecklichen Martyriums zum ersten Mal nicht allein und zurückgewiesen fühlte.

Als Maximus' Zunge in meinen Mund glitt, ließ ich es dankbar zu. Er hatte mich schon einmal geküsst, vor Monaten, und damals hatte es mir gefallen, aber das große Feuerwerk war ausgeblieben. Jetzt war ich so einsam, dass ich seinen Mund ebenso gierig erforschte wie er meinen. Mir war egal, dass er nicht der Mann war, den ich liebte. Er war hier, nur das zählte.

Nach einigen Augenblicken wich Maximus etwas von mir zurück.

»Ich wünschte, ich würde nicht so viel für dich empfinden.«

»Was?«, fragte ich atemlos. Vampire brauchten zwar keinen Sauerstoff, aber ich konnte einen solchen Kuss nicht ohne Atemnot durchstehen.

Seine Augen sahen fast aus wie die nahe Ampel, so grün waren sie. »Du bist gestresst, übermüdet und emotional instabil. Ich werde das nicht ausnutzen, aber wenn du mir weniger bedeuten würdest, Leila«, seine Stimme wurde tiefer, »hättest du mich in der nächsten dunklen Gasse zwischen deinen Schenkeln.«

Auf seine drastischen Worte hin hätte Hitze in mir aufwallen sollen. Stattdessen überkam mich die Scham wie ein Kübel Eiswasser, den jemand über mir ausgeleert hatte. Was *machte* ich da bloß? Ich war doch gar nicht scharf auf Maximus. Ich wollte Martys Mörder finden – der hoffentlich nicht Vlad war –, ihn umbringen, um meinen besten Freund trauern und mir ein neues Leben aufbauen. Eine Affäre mit dem Intimus meines Exgeliebten war das Letzte, was ich jetzt brauchen konnte.

Maximus hatte meinen Stimmungsumschwung wohl gespürt, denn er ließ mich los, und seine grellgrünen Augen färbten sich wieder rauchgrau.

»Genau das meinte ich«, sagte er trocken.

Ich verschränkte die Arme vor der Brust und wünschte mir, ich hätte nicht meinen Mantel *und* das Oberteil weggeworfen. »Sorry. Ich wollte nicht, äh …«

»Schon gut«, unterbrach Maximus mich knapp. Dann wurde seine Stimme wieder weicher. »Ich verstehe schon. Du brauchtest mal eine schöne Erfahrung, während alles um dich herum zusammenbricht, auch wenn sie nur einen Augenblick dauert. Auf so etwas haben die Menschen kein Monopol, Leila. Vampire brauchen das manchmal ebenfalls.«

Damit hob er sein Hemd und den Mantel auf, schenkte mir noch einen strengen Blick und wandte sich zum Gehen.

»Aber jetzt müssen wir erst einmal zurück zum Auto, und dann musst *du* herausfinden, wer diesen Bombenbauer umgebracht hat.«

11

Ich brauchte nicht lange, um die Bilder zu finden, die ich suchte. Der Tod war eben für jeden ein herausstechendes Ereignis, auch wenn nichts so mit Erinnerungen vollgestopft war wie jemandes Gebeine. Zu schade, dass sich die Bilder nur wie Ausschnitte aus einem Film vor meinem inneren Auge abspielten und ich nicht in Adrians Kopf war, als sein Mörder vor der Tür stand.

»Wer da?«, meldete sich Adrian auf das Klopfen, als könnte er das nicht auf dem Monitor sehen.

»Sei nicht so ein Langweiler, Herzblatt«, war die Antwort.

Ich zog die Augenbrauen hoch. Adrians Mörder war eine Frau. *Sie hatte keinen ausgeprägten Akzent, lediglich ihr charmantes Timbre war etwas auffällig, doch ich bezweifelte, dass sie Amerikanerin war.*

Adrian klickte das Bild der Überwachungskamera weg, bevor er die Tür öffnete. Die Frau trat ein. Sie trug eine dunkle Brille und ein Kopftuch. Zu allem Überfluss konnte ich das, was von ihrem Gesicht zu sehen war, nur undeutlich erkennen. Ausgerechnet jetzt mussten mich meine medialen Fähigkeiten im Stich lassen.

»Fühl dich wie zu Hause«, sagte Adrian gedehnt, während er die Tür hinter ihr schloss. »Durst?«

»Natürlich«, schnurrte sie.

Mich hätte ihr Tonfall gewarnt, doch Adrian schien sich keiner Gefahr bewusst zu sein. »Was darf's denn sein?«, fragte er.

»Dein Blut, wenn wir fertig sind«, antwortete sie munter.

Verdutzt drehte er sich um und erstarrte, als sie die Brille abnahm. Obwohl ihre Züge nach wie vor verschwommen wirkten, war das übernatürliche Leuchten ihrer Augen doch deutlich zu erkennen. Fast konnte ich sehen, wie Adrians Willenskraft von ihren Hypnosekräften gelähmt wurde. Hätte er nicht zufällig eine Bombe gebaut, durch die mein bester Freund umgekommen war, hätte ich Mitleid mit ihm bekommen.

»Du wirst alles auslöschen, was auf unsere Zusammenarbeit hinweist, von den Überweisungen bis hin zu den Aufzeichnungen deiner Türspionkamera«, wies ihn die Frau an.

Nein!, *dachte ich, was Adrian natürlich nicht aufhalten konnte. Er ging zu seinem PC, öffnete einige Dateien und löschte sie dann systematisch. Sehr zu meinem Leidwesen mussten auch alle Sicherungskopien und Ghost-Dateien dran glauben.*

»Fertig«, sagte er ausdruckslos, als seine Arbeit getan war.

Die Frau nahm ihr Kopftuch ab, und ich erhaschte einen kurzen Blick auf volles dunkles Haar, bevor alles wieder neblig wurde.

»Zeit für meinen Drink, Herzblatt.«

Damit riss sie mit einem Rucken Adrians Kopf zur Seite und schlug die Zähne in seinen Hals. Als sein Tod die Vision beendete, steigerte sich mein Frust noch.

Nicht einmal hatte ich einen richtigen Blick auf ihr Gesicht werfen können.

»Einen Meter sechzig groß, fünfundfünfzig Kilo, dunkelhaarig, leichter Akzent, walisisch, britisch, schottisch oder irisch vielleicht.«

Maximus machte ein finsteres Gesicht. »Das ist alles? Eine Vampirin, die *vielleicht* aus dem Vereinigten Königreich stammt?«

Ich wusste, wie nutzlos diese Informationen waren. »Ich versuche es gleich noch mal, vielleicht klappt's ja jetzt besser.«

Trotz meines Ekels strich ich noch einmal über das verkohlte Leichenteil, das Maximus aus Adrians Überresten gemopst hatte. Lichtblitze folgten einem Gefühl des Schaukelns, doch als ich mich weiter konzentrierte, verblassten die Bilder, und mir wurde schwindlig.

»Leila? Alles okay mit dir?«

»Ja, ja. Mir ist nur ein bisschen schlecht vom Autofahren«, murmelte ich und versuchte es erneut. Einige Augenblicke später erhaschte ich einen Blick auf eine Frau in demselben Outfit wie Adrians Mörderin, doch nur daran und an ihrem vollen, walnussfarbenen Haar konnte ich erkennen, dass sie es auch wirklich war. Die winzige blaue Kammer, in der sie sich befand, schaukelte seltsamerweise. Dann richtete ich all meine Aufmerksamkeit auf das, was sie sagte.

»... nein, es war nicht zu riskant ... Ich hab mich drum gekümmert, Herzblatt. Er ist tot, uns kann also niemand mehr auf die Schliche kommen.«

Ihrem Tonfall nach zu urteilen, telefonierte sie. Ich starrte den nebligen Flecken an, der ihr Gesicht verbarg, und konzentrierte mich, doch das Bild wurde immer nur noch verschwommener.

»Du überreagierst«, fuhr sie fort. »Selbst wenn sie einen

Verdacht haben, wird er nirgendwohin führen. Was immer sie ihm lebend bedeutet haben mag, ist sie tot weniger gefährlich für uns …«

Ich versuchte, mich mehr auf die Frau zu konzentrieren, aber wieder setzte ein heftiges Schwindelgefühl ein. In meinen Ohren klingelte es, und ich spürte etwas Feuchtes herauslaufen.

Maximus fluchte. Dann machte der Wagen einen so abrupten Schwenk, dass er ausbrach; jetzt musste ich auch noch befürchten, Maximus würde einen Unfall bauen. Irgendwie bekam ich aber keine Protestlaute über die Lippen, und sehen konnte ich nur noch große dunkle Flecken. *Das hat nichts Gutes zu bedeuten,* dachte ich, kurz bevor mich etwas Hartes an der Stirn traf.

Eine Weile verharrte ich in seligem Unwissen, bis mir klar wurde, dass ich an einer kupfrig schmeckenden Flüssigkeit würgte. Ich versuchte, sie auszuspucken, doch eine kräftige Hand hielt mir den Mund zu.

»Schluck endlich, verdammt noch mal!«

Mir blieb keine Wahl, also gehorchte ich und zog eine Grimasse, als ich den Geschmack erkannte. Vampirblut. Pürierte Pennys wären mir weniger widerwärtig gewesen. Als ich die Augen öffnete, sah ich Maximus über mir kauern. Sein Anschnallgurt war gelöst, und mein Sitz war ganz nach hinten gekippt. Wenigstens war er rechts rangefahren, bevor er die Straße ganz aus den Augen gelassen hatte.

»Igitt«, sagte ich, als er endlich die Hand von meinem Mund nahm.

Er wirkte eher erleichtert als beleidigt. Da fiel mir auf, dass seine beiden Hände blutbeschmiert waren, genau wie die Vorderseite meines Hemds. Das konnte nicht alles von Maximus' unfreiwilliger Blutspende kommen. Da Vampire keinen Puls hatten, bluteten sie nicht besonders stark, selbst dann nicht, wenn sie sich schnitten. Mir fiel auf, dass das Lenkrad herausgerissen war, also war mir etwas Wichtiges entgangen.

»Was ist passiert?«

Maximus warf das Lenkrad auf die Rückbank, bevor er sich wieder in den Fahrersitz plumpsen ließ. »Du hast aus Augen, Ohren und Nase geblutet. Dann hattest du einen Herzstillstand. Ich musste dir eine Herzdruckmassage verpassen und Blut geben, um dich zurückzuholen.«

Ich hätte schockiert sein müssen, als ich hörte, wie nahe ich dem Tod gewesen war, doch ich konnte mich nur zu einer Bemerkung durchringen: »Was für ein beschissener Tag!«

Als ich Maximus' entgeisterte Miene sah, hätte ich am liebsten losgelacht, was noch viel unpassender gewesen wäre, aber was hätte ich tun sollen? Heulen ging nicht, weil dadurch auch nichts besser würde, und mich schlotternd vor und zurück zu wiegen war die einzig andere Option, die mir im Augenblick verlockend vorkam.

»Ich habe wohl in zu kurzer Zeit zu viel Kraft verbraucht«, sagte ich. »Und ich bin zwar nicht mehr feuerfest, aber vielleicht haftet mir noch ein Rest von Vlads Aura an und macht mir Probleme. Hätte mir eigentlich denken können, dass mein Körper da nicht mitmacht.«

Maximus starrte mich weiter an, als könnte er nicht glauben, wie gleichmütig ich meine Nahtoderfahrung hinnahm. Ich ignorierte ihn, um meine Aufmerksamkeit wieder wichtigeren Dingen zuzuwenden.

»Was ist mit dem Lenkrad passiert?«

»Es war im Weg, als du Hilfe brauchtest«, antwortete er.

»Tja.« Ich zwang mich zu einem Lächeln, das bestenfalls schief ausfiel. »Danke. Zu schade, dass wir jetzt ein neues Auto brauchen.«

Maximus' Zähne blitzten auf, als er sich ebenfalls zu einem freudlosen Grinsen hinreißen ließ. »Das ist unser geringstes Problem.«

Klasse. »Was ist denn das schlimmste?«

Maximus zog sein Handy hervor und schwenkte es vor mir hin und her. Es klingelte nicht, aber das Display leuchtete zum Zeichen, dass jemand anrief.

»Vlad versucht, mich jetzt schon zum dritten Mal zu erreichen. Ich muss rangehen, sonst wird er misstrauisch.«

»Mach das bloß n…!«

Maximus hob den Zeigefinger. »Atme nicht mal laut«, murmelte er, bevor er mit einem knappen »Ja?« ans Handy ging.

Als ich Vlads Stimme hörte, erstarrte ich. Sein vertrauter, kultivierter Tonfall überwältigte mich ein paar Augenblicke lang so sehr, dass ich überhaupt nicht atmete.

»Maximus«, sagte mein Ex kühl. »Habe ich dich gestört?«

Rauchgraue Augen blickten bohrend in meine, als Maximus antwortete: »Nein, warum?« Ich stutzte, so beiläufig klang er. Guter Lügner; musste ich mir merken.

»Weil ich dich schon zum dritten Mal anrufe«, war Vlads unversöhnliche Antwort. Er hatte wohl schon Verdacht geschöpft.

»Ich habe mein Handy im Auto gelassen und mir jemanden zum Essen gesucht«, antwortete Maximus ungezwungen. »Alles klar bei dir?«

Auch ohne Maximus praktisch auf dem Schoß zu sitzen,

hätte ich Vlads Antwort wie einen Peitschenhieb gehört. »Nein, gar nichts ist klar. Wann hast du Leila zuletzt gesehen?«

Ich konnte es nicht verhindern – ich sog hörbar die Luft ein. Maximus warf mir einen bösen Blick zu, bevor er antwortete: »Letzte Woche, als ich sie bei Marty in Atlanta abgesetzt habe.«

Von Vlad kam lange keine Reaktion. Ich fragte mich schon, ob er die Stimme so weit gesenkt hatte, dass ich als Mensch ihn nicht hören konnte. »Bist du noch dran?«, fragte Maximus schließlich, sodass ich nicht länger zu rätseln brauchte.

»Ja.«

Ein Wort, so heftig hervorgestoßen, dass ich zusammenfuhr. Irgendwas hatte Vlad in Rage versetzt. Ich wollte mir das Handy schnappen und ihn fragen, ob er versucht hatte, mich umzubringen, was ich natürlich nicht tat. Ich wartete und atmete so flach, wie es mir bei meinem rasend klopfenden Herz nur möglich war.

»Warum fragst du nach Leila?«, wollte Maximus in nach wie vor perfektem Plauderton wissen.

Wieder ein beredtes Schweigen. Dann antwortete Vlad: »Sie ist tot.« Er klang dabei so beiläufig, dass mir die Tränen in die Augen schossen. Es war ihm egal, auch wenn er vielleicht nicht hinter dem Anschlag steckte. Diese Gleichgültigkeit traf mich härter, als ich es je für möglich gehalten hätte.

Ich hatte wohl irgendeinen Laut von mir gegeben, denn Maximus warf mir einen bösen Blick zu und hielt sich den Finger vor die Lippen, um mir Schweigen zu bedeuten. Dann sagte er: »Was? Wie?«, und in seiner Stimme schwang ein solches Entsetzen mit, dass ich mein Prädikat »guter Lügner« zurücknahm und in »fantastischer Lügner« änderte.

»In der Nähe von Martys Wohnwagen hat eine Gasleitung geleckt. Angeblich waren beide sofort tot. Ich mache mich heute noch auf den Weg in die Staaten, um Leilas Überreste an ihre Familie zu überstellen.«

Oh Scheiße! Ich hatte glatt vergessen, dass Gretchen und mein Vater mich auch für tot halten würden. Mit Händen und Füßen wollte ich Maximus klarmachen, dass er Vlad aufhalten musste, doch er schlug mir die Hand vor den Mund und drückte noch fester zu, als ich anfing, erstickte Laute von mir zu geben.

»Wie schrecklich«, sagte er und ließ mit einer Hand das Autofenster herunter. Bald mischte sich Verkehrslärm mit meinem Geschnaufe und dämpfte es. Hätte Maximus mir letzte Woche nicht wiederholt das Leben gerettet, hätte ich mir die Handschuhe abgestreift und ihm einen solchen Elektroschock verpasst, dass er leuchtete, aber er war mein Retter, also funkelte ich ihn nur wütend an.

Na ja, gebissen habe ich ihn auch. Geschah ihm nur recht.

»Ja, tragisch«, meinte Vlad, diesmal in gelangweiltem Tonfall. »Wir treffen uns morgen in Atlanta. Von dort aus fliegen wir zu Gretchen.«

»Das könnte schwierig werden«, antwortete Maximus und ließ die Reißzähne aufblitzen, als ich weiter auf seinem Handballen herumkaute. *Lass das, oder ich beiß zurück*, sollte das wohl heißen, also hörte ich nach einem letzten, wütenden Schnappen auf.

Vlads Stimme wurde wieder eisig. »Warum?«

»Ich habe dir doch gesagt, dass ich in den Staaten noch bei

ein paar meiner Leute vorbeischauen will. Wie es aussieht, haben ein paar der jüngeren angefangen, öffentlich Leute anzufallen. Das muss ich natürlich abstellen.«

»Natürlich«, antwortete Vlad beinahe schnurrend. »Wer weiß, was für Scherereien sie dir in Zukunft noch machen, wenn du sie jetzt nicht für ihren Ungehorsam bestrafst.«

Aus Maximus' erstarrten Gesichtszügen schloss ich, dass auch er diese Worte mehr als Warnung denn als Rat auffasste.

»Bestelle Leilas Familie mein herzliches Beileid«, sagte er und formte an mich gewandt mit den Lippen: *Keinen Mucks.*

Da er mir noch immer den Mund zuhielt, konnte ich eh nichts sagen, doch mein wütender Blick drohte ihm Konsequenzen an.

»Mach ich«, antwortete Vlad.

Damit legte er auf. Vampire verabschiedeten sich nicht groß, wie ich in den Jahren bei Marty gelernt hatte. Nachdem er sich wiederholt versichert hatte, dass die Verbindung tatsächlich unterbrochen war, hörte Maximus auf, mir den Mund zuzuhalten.

»Wir dürfen nicht zulassen, dass meine Familie mich für tot hält«, waren meine ersten Worte. »Das ist grausam.«

»Was ist wichtiger? Ihre Sicherheit oder ihr Schmerz, wenn sie eine Weile um dich trauern?«, gab er zurück, während er mich mit seinem strengen Blick durchbohrte.

»Sicherheit? Sie haben mit dem Ganzen nichts zu tun!«

»Noch nicht«, korrigierte er unbarmherzig, »aber das werden sie, wenn du sie wissen lässt, dass du lebst. Glaubst du, sie könnten Vlad an der Nase herumführen? Ein Schnüffeln, und er weiß, dass ihre Trauer gespielt ist.«

Das war zwar logisch, doch ich war weiter hin- und hergerissen. Mein Vater war stark, aber ich wusste nicht, wie viel Gretchen verkraften konnte. Sie war emotional labil, seit sie mich nach dem Selbstmordversuch vor zehn Jahren gefunden hatte, als meine neu erworbenen Fähigkeiten mich fast in den Wahnsinn getrieben hätten.

»Ich glaube trotzdem nicht, dass Vlad hinter dem Anschlag steckt. Mein Tod mag ihm gleichgültig sein, aber wenn wir ihn bei seiner Ehre packen, wäre er ein toller Verbündeter bei der Suche nach dem wahren Schuldigen.«

Der Blick, den Maximus mir zuwarf, war gleichermaßen verärgert wie mitleidig. »Er wäre ein noch schlimmerer Feind, wenn du falsch liegst, und was, glaubst du, würde dann aus deiner Familie werden?«

Ich hieb auf den Autositz ein. Ja, ich wusste es. Vlad würde sie gegen mich ausspielen. Und selbst wenn er nicht hinter dem Bombenanschlag steckte, würde der wahre Mörder es tun, wenn herauskam, dass ich noch lebte. Am besten geschützt war meine Familie, wenn wir sie in dem Glauben ließen, ich wäre tot. Blieb zu hoffen, dass sie mir diese Täuschung eines Tages vergeben würden.

Ich seufzte. »Dafür werden sie mich hassen.«

»Aber sie werden am Leben sein«, meinte Maximus, und das war das Wichtigste.

Ich schenkte ihm einen grimmigen Blick, als mir noch etwas klar wurde.

»Mal angenommen, Vlad ist unschuldig. Was machst du, wenn er dahinterkommt, dass du ihn die ganze Zeit angelogen hast?«

Maximus' plötzlich verschlossen wirkendes Gesicht sagte mir, dass er darüber bereits nachgedacht hatte. »Ich muss ihn dazu überreden, mich nicht umzubringen«, antwortete er so munter, als wäre alles nur ein Spiel.

Ich schloss die Augen und hatte auf einmal das irrationale Bedürfnis, ein Gebet zu sprechen. Wir beide wussten, dass das leichter gesagt als getan war.

12

Maximus hypnotisierte einen vorbeikommenden Autofahrer, damit er uns zu einem Motel 6 in Indiana brachte. Dort zwang ich mich, das Fastfood hinunterzuwürgen, das Maximus an einem Drive-in-Schalter gekauft hatte, obwohl mir die Reise mit dem abgetrennten Leichenteil den Appetit verdorben hatte. Schließlich nahm ich noch eine Dusche und ließ mich auf das freie Bett fallen.

Ich war hellwach, obwohl ich in den vergangenen Tagen nur wenige Stunden Schlaf gefunden hatte. Maximus dagegen schien allem Anschein nach im Reich der Träume angekommen, kaum dass sein Kopf das Kissen berührte.

Ich sah zu dem Plastikbeutel auf dem Tisch zwischen unseren Betten. Wenigstens bannte er den Gestank von Adrians knusprig gebratenem … was auch immer. In den nächsten Tagen konnte ich unmöglich das Risiko eingehen, noch einmal Kontakt zu der Vampirin herzustellen. Nur dank regelmäßiger Dosen von Vampirblut blieb ich überhaupt am Leben, selbst wenn ich meine Fähigkeiten *nicht* überstrapazierte oder von einer hartnäckigen pyrokinetischen Aura außer Gefecht gesetzt wurde.

Wieder einmal musste ich mir meinen Neid auf Vampire eingestehen, diesmal, weil sie über solch effektive Selbstheilungskräfte verfügten. Wäre ich kein Mensch gewesen, hätte ich sofort und nicht erst in ein paar Tagen mit der Suche nach Adrians Mörderin beginnen können. Die Grenzen, die meine Schwäche und Sterblichkeit mir auferlegten, waren frustrierend, doch ich hatte das Angebot abgelehnt, die Seiten zu wechseln. Nun, da Marty tot war und Vlad und ich uns getrennt hatten, gab es keinen Vampir mehr, dem ich genug vertraute, um ihn als meinen »Erschaffer« zu akzeptieren. Vlad hatte zu Recht behauptet, es wäre ein ewiger Bund. Und ich glaubte kaum, dass ich mich einem Vampir noch einmal so nahefühlen würde, um eine derart enge Bindung eingehen zu wollen.

Aber mit ein wenig Ruhe, regelmäßigen Mahlzeiten und etwas Vampirblut sollte ich bald ausreichend wiederhergestellt sein, um die Frau, die beinahe meinen Mord arrangiert hätte, aufspüren zu können, ohne erneut einen Blutsturz oder Herzinfarkt zu riskieren. Die hübsche brünette Vampirin tauchte wieder vor meinem inneren Auge auf, sodass ich neue Entschlossenheit spürte. Selbst wenn es nicht klappte, würde ich es in ein paar Tagen noch einmal versuchen. Marty und Dawn mussten gerächt werden, und die Unversehrtheit meiner Familie stand auch auf dem Spiel. Wenn ich damit diese Frau – und ihren mysteriösen Auftraggeber – aufhielt, war es das Risiko wert.

Ich schwebte im Inneren eines luxuriösen Privatjets und wusste sofort, wo ich war. Vlads Flugzeug. Er war nur etwa einen Meter von mir entfernt, bekleidet mit einem anthrazitfarbenen Trenchcoat über schwarzer Hose und schwarzem Hemd. In diesem Outfit hatte ich ihn mir auch in dem Leichenschauhaus vorgestellt, doch jetzt bedrohte er niemanden. Seine Au-

gen waren geschlossen, und das Haar fiel ihm über die Schultern, sodass es farblich in die dunkle Kleidung überging.

Das musste wieder ein Traum sein. Da nichts von alledem real war, konnte ich tun, wonach ich mich in den letzten Wochen gesehnt hatte. Ich schwebte zu Vlad hinüber, ging tiefer, bis ich neben ihm war, und streckte die Hand aus, um sein Gesicht zu streicheln.

Ich konnte die Bartstoppeln auf seinem Kinn nicht spüren. Meine Hand ging durch es hindurch. Aber die Berührung stillte ein Bedürfnis, das mir seit unserer Trennung Tag und Nacht keine Ruhe gelassen hatte. Obwohl alles beim Teufel war und ich im Augenblick womöglich vor Vlad fliehen musste, konnte ich mir nicht verkneifen, seine Wange, die Augenbrauen und schließlich noch seine Lippen zu streicheln. Ein Teil meines Selbst hasste ihn für sein gefühlloses Verhalten, doch der Rest vermisste ihn so heftig, dass es wehtat.

»Wie ich sehe, sind deine Kräfte zurück, Leila.«

Ich fuhr zurück und floh zum anderen Ende des Fliegers. Vlads Augen waren noch immer geschlossen, doch das sardonische Zucken um seine Mundwinkel sagte mir, dass ich mir die Worte nicht eingebildet hatte.

»Das ist nur ein Traum«, sagte ich eher zu mir als zu ihm. »Und wir sind in diesem Flieger, weil du Maximus gesagt hast, dass du in die Staaten kommen würdest, und so hat mein Unterbewusstsein dieses Detail eingebaut.«

Na also. Nichts Beunruhigendes, *beschwichtigte ich mich selbst. Zu schade, dass Vlad nicht mal kurz die Klappe hielt, damit ich noch ein paar Augenblicke des Trostes für mich herausschlagen konnte. Typisch Vlad, dass er sich nicht mal im Traum entgegenkommend verhielt.*

»Du bist bei Maximus.« Eine Feststellung, keine Frage.

Ich zuckte mit den Schultern, obwohl er es nicht sehen konnte. »Geht dich nichts an.«

Flammen loderten auf, krochen von seinen Händen ausgehend zu den Oberarmen. »Oh doch.«

Dann öffnete er die Augen, setzte sich auf und sah sich um, als wollte er herausfinden, wo ich war. Ich wedelte mit der Hand, erfreut, als er nicht einmal einen kurzen Blick in meine Richtung warf. Hatte ich ihm früher nachspioniert, schien Vlad stets sofort zu wissen, wo ich gerade war, also wertete ich das als erneuten Beweis dafür, dass ich träumte.

»Es hat aufgehört, dich etwas anzugehen, als du mich einfach so hast sitzen lassen«, stellte ich fest, froh über die Chance, meinem Kummer ein wenig Luft machen zu können. Danke, Unterbewusstsein!

»Ich *habe* dich *sitzen lassen?« Er brachte ein gleichermaßen verächtliches wie kultiviertes Schnauben hervor. »Ich wollte dir alles bieten, aber du hast es schmählich zurückgewiesen. Ich hatte schon Feinde, die weniger grausam waren.«*

Ich wollte ihn bei den Schultern packen, doch meine Hände gingen geradewegs durch sie hindurch. Nicht einmal schütteln konnte ich ihn, damit er Vernunft annahm!

»Ich bin grausam? Ich wollte doch nur, dass du mich liebst, aber deiner Meinung nach war DAS ja zu viel verlangt.«

Die Flammen verloschen. Gut. Ich wollte schließlich nicht davon träumen, wie er fahrlässig seinen Flieger abfackelte.

»Worte.« Sein Tonfall war schärfer geworden. »Ich habe mein Heim, mein Bett und mein Blut mit dir geteilt und dir außerdem einen immerwährenden Platz in meinem Leben angeboten. Was sind dagegen schon Worte?«

Ich seufzte, doch meine Wut verrauchte so schnell wie die Flammen auf seinen Armen. »Oh Vlad, wenn du wirklich so denken würdest, hättest du mir schon um des lieben Friedens willen gesagt, was ich hören wollte. Aber das hast du nicht, was wieder nur beweist, dass die Worte ›Ich liebe dich‹ von allergrößter Bedeutung für dich sind.«

Seine zusammengezogenen Brauen wirkten wie Gewitterwolken. »Genug jetzt. Sag mir, wo du bist.«

»South Bend, Indiana«, hätte ich beinahe geantwortet, denn was wäre schon so schlimm daran gewesen, es meinem Traum-Vlad zu erzählen? Dann besann ich mich. Warum sollte ich ihm die Genugtuung verschaffen?

»Ich bin zwischen Geht-dich-nix-an und Leck-mich.«

Er versetzte der Armlehne einen Boxhieb, dass sie abriss. »Fordere mich nicht heraus. Du weißt, dass die Gasleitungsexplosion kein Unfall war.«

»Und ich weiß auch, wer vielleicht dahintersteckt«, gab ich gehässig zurück, auch wenn ich dieser Vermutung selbst keinen Glauben schenkte.

Abwechselnd ballten und lockerten sich seine Fäuste. Hätte ich nicht geträumt, hätte ich geschworen, Rauch riechen zu können. »Ich habe das jedenfalls nicht eingefädelt.«

Wieder ein für ihn unsichtbares Schulterzucken. »Maximus sagt, dein Stolz hätte dich vielleicht dazu verleitet, mir einen kleinen Dämpfer zu verpassen, weil ich mit dir Schluss gemacht habe.«

Vlads Kehle entrang sich ein Laut, der so primitiv klang, dass er kaum noch als Knurren bezeichnet werden konnte. »Damit hat er zum zweiten Mal sein eigenes Todesurteil unterzeichnet.«

Nicht mal im Traum konnte man vernünftig mit ihm reden. »Ich muss aufwachen. Der Traum nervt.«

»Du schläfst? Klingt deshalb deine Stimme schwächer, und ich bekomme die meisten deiner Gedanken nicht mit?«

Alarmglocken schrillten. Hoffentlich war mein Unterbewusstsein nur AUSSERORDENTLICH kreativ.

Vlad hatte mein Schweigen offensichtlich als Ja aufgefasst. Er lächelte, und aus seiner düster verhängnisvollen Miene wurde ein Ausdruck nerviger Genugtuung.

»Im Wachen würdest du nie Kontakt zu mir aufnehmen, aber im Schlaf sehnst du dich nach mir. Das müsste dir eigentlich deutlich machen, wem du wirklich traust.«

Ich kniff mich in den Arm. Fest. Traum hin oder her, es wühlte mich zu sehr auf, mit ihm zu reden.

»Denk darüber nach, wenn du wieder aufwachst«, fuhr er fort, jedes Wort vor mit Honig überzogenem Stahl triefend. »Maximus hat dich schon immer begehrt. Seit der Explosion gibt er sich als dein Retter und redet dir ein, du könntest niemand anderem vertrauen. Ein glücklicher Zufall?«

Wach auf, wach auf!, *sagte ich mir stumm vor. Laut sagte ich: »Maximus würde mir nie wehtun, ganz im Gegensatz zu dir; du hast mich sogar verletzt, wenn du es gar nicht wolltest.«*

Vlads Lächeln verflog, aber seine Lippen blieben geschürzt, sodass ich seine Fänge sehen konnte, die weiter ausgefahren waren als je zuvor.

»Ich komme dich holen, Leila. Wenn dir etwas an Maximus liegt, verlass ihn und sag mir dann, wo du bist. In der Zwischenzeit kann er sich aus dem Staub machen. Andernfalls bringe ich ihn um, sobald ich bei euch bin.«

Das wagst du nicht!, wollte ich unwillkürlich rufen, aber ich sagte nichts, weil ich sehr wohl wusste, dass er es ernst meinte.

»Ich weiß gar nicht, warum ich mir je eingebildet habe, dich zu lieben«, warf ich ihm stattdessen an den Kopf, mein Tonfall brutal vor Furcht und Zorn.

Über Vlads Gesicht glitt ein Ausdruck, den ich bei jedem anderen als Schmerz gedeutet hätte. Allerdings war das unmöglich. Nicht einmal im Traum hatte Vlad genug für mich übrig, dass ich ihn hätte verletzen können.

Und damit lag ich ganz richtig, wie sich herausstellte, als seine Miene wieder ausdruckslos wurde. »Bis bald«, sagte er mit einer Geste, als wäre ich entlassen.

Ein Wutanfall ließ mich im Bett hochfahren. Die abrupte Bewegung schreckte Maximus auf, der sofort hellwach war. Ich war noch immer dabei, die Tatsache zu verdauen, dass ich nicht mehr träumte, als er schon vor mir stand und mit seinen großen Händen mein Gesicht umfasste.

»Nicht schon wieder«, murmelte er und schlitzte sich mit einem seiner Reißzähne das Handgelenk auf.

»Lass«, protestierte ich, als er mir die blutige Wunde an die Lippen drückte, aber ich konnte ihn nicht einmal aufhalten, indem ich nach seinem Arm schlug.

»Schluck«, sagte er streng.

Ich gehorchte zwar, fluchte aber die ganze Zeit auf die Vampire und ihre selbstherrliche Art. Als Maximus endlich locker ließ, stieß ich ihn weg, womit ich ungefähr so viel bewirkte wie eine Fliege, die versucht, eine Backsteinmauer einzureißen.

»Was soll das?«, fuhr ich ihn an.

Er berührte mich kurz unter der Nase und zeigte mir dann seinen roten Finger. »Du hast geblutet. Ich wollte nicht abwarten, ob dein Herz diesmal auch wieder schlappmacht.«

Schon wieder Nasenbluten? Aber ich hatte meine Kräfte doch gar nicht …

Sofort ging mein Blick nach unten. Ja, die Handschuhe hatte ich noch an, und im Schlaf konnte ich ja auch zu niemandem Kontakt aufnehmen. Aber die Zufälle häuften sich allmählich.

»Ruf Vlad an«, sagte ich, weil ich mir unbedingt beweisen wollte, dass ich mich irrte.

Maximus zog die Augenbrauen hoch. »Warum?«

»Um zu erfahren, ob er *(droht, dich umzubringen, mich sprechen will, irgend so was eben)* einen komischen Eindruck macht«, beendete ich lahm meinen Satz.

Maximus starrte mich äußerst skeptisch an.

»Es ist wichtig«, sagte ich und packte ihn am Oberarm.

Nachdem er mir einen weiteren bohrenden Blick zugeworfen hatte, ging er zu seinem Mantel und zog sein Handy hervor.

»Vlad«, meldete er sich nach einer kurzen Pause. »Sorry. Hab wohl versehentlich die Nummer des letzten Anrufers gedrückt …«

Ich wartete mit angehaltenem Atem, darauf gefasst, jede Sekunde meinen Namen und eine ganze Kanonade von Drohungen zu hören zu bekommen. Doch obwohl eindeutig Vlad am anderen Ende der Leitung sprach, war sein Tonfall so leise, dass ich nichts verstehen konnte. Maximus beendete das Gespräch mit einem Achselzucken.

»Er klingt ganz normal.«

Mit einem Seufzer, der wirklich aus tiefstem Herzen kam, stieß ich den Atem aus. *Bloß ein Traum!*, freute ich mich im Stillen. Es hatte sich zwar echt angefühlt, und Nasenbluten hatte ich auch bekommen, aber wäre es echt gewesen, hätte Vlad Maximus fertiggemacht, kaum dass er seine Stimme gehört hätte …

Ich erstarrte, und Zweifel krochen mir wie Klauenhände über den Rücken. *Oder etwa nicht?* Vlad hatte mir aufgetragen, mich von Maximus zu trennen und dann Kontakt zu ihm aufzunehmen. Wenn Maximus wusste, dass die Sache mit meinem vermeintlichen Tod aufgeflogen war, würde er mich nicht aus den Augen lassen, sodass ich keine Zeit dazu haben würde. Vlad hatte auch angedeutet, dass womöglich *Maximus* hinter dem Bombenanschlag steckte. Wenn er das glaubte, würde er sich da anmerken lassen, dass ich die Fähigkeit hatte, im Schlaf Kontakt zu ihm aufzunehmen?

Nein. Vlads Gerissenheit grenzte schon fast an Soziopathie. Einen solchen Trumpf würde er erst ausspielen, wenn ihm keine anderen Mittel mehr blieben.

Aber es konnte auch ganz anders sein. Womöglich wollte Vlad mich nur kirre machen, indem er sich nicht anmerken ließ, dass ich im Traum bei ihm gewesen war.

»Verrätst du mir jetzt, warum ich gerade einen Scherzanruf bei meinem Erschaffer gemacht habe?«

Maximus' sarkastische Stimme durchbrach meine grüblerischen Gedanken. Obwohl ich den Anspielungen des Traum-Vlad keinen Glauben schenkte, hielten nagende Zweifel mich davon ab, wahrheitsgemäß zu antworten.

»Ich, äh, habe geträumt, sein Flugzeug wäre abgestürzt«, sagte ich und schaffte es, seinem Blick standzuhalten, obwohl ich mir vorkam, als stünde mir das Wort »Lügnerin!« in Neonlettern auf die Stirn geschrieben.

Ein Schnauben. »Du musst über ihn hinwegkommen. Du machst dich sonst nur verrückt.«

Mich verrückt machen?, dachte ich finster. Alles deutete darauf hin, dass ich das bereits war.

13

Meine Kleidung war schweißnass, und meine Muskeln schmerzten, doch ich hob und senkte die Beine weiter in einem gleichmäßigen, kontrollierten Rhythmus. Hundertneununddreißig … hundertvierzig …

»Du musst aufhören. Das tut dir nicht gut.«

Maximus hatte die Arme vor der Brust verschränkt und einen finsteren Ausdruck auf dem attraktiven Gesicht. Ich ignorierte ihn und machte mit dem Beinheben weiter.

Kühle Hände schlossen sich um meine Fußgelenke, sodass ich die Beine nicht mehr bewegen konnte. »Ich mein's ernst, Leila. Hör auf.«

Ich funkelte Maximus von unten herauf böse an. »Lass mich los.«

Er packte mich nur noch fester. »Erst wenn du mir erzählst, was dich seit ein paar Tagen so umtreibt.«

Keuchend vor Anstrengung lachte ich auf. »Womit soll ich anfangen? Damit, dass mein bester Freund in tausend Stücke zerfetzt worden ist, oder damit, dass du glaubst, mein Exgeliebter könnte der Killer sein?«

Vielleicht bist es ja sogar du?, fügte meine fiese innere Stimme hinzu.

Ich versuchte, sie zu ignorieren, aber in letzter Zeit war sie immer lauter geworden. Maximus behauptete zwar, er hätte nicht gewusst, dass ich feuerfest war, aber er konnte etwas mitbekommen haben, als ich noch bei Vlad gewohnt hatte. Er hatte mir zwar geholfen, den Attentäter zu suchen, doch was, wenn er gewusst hatte, dass Adrian längst tot sein würde, wenn wir ihn fanden? Seither hatte er alles darangesetzt, mich von der Suche nach der mysteriösen Vampirin abzuhalten, indem er Sorge um meine Gesundheit vorschützte. Was aber, wenn ich überhaupt nie einen Herzinfarkt gehabt hatte? Was, wenn ein bisschen Nasenbluten das Einzige war, was der intensive Gebrauch meiner Macht bei mir ausgelöst hatte?

»Dir liegt doch noch etwas auf dem Herzen«, meinte Maximus und ließ meine Knöchel los. Ich setzte mich auf und wählte meine Worte sorgfältig.

»Der Sport kräftigt mich, und Kraft brauche ich, um morgen noch einmal Kontakt zu der Vampirin aufzunehmen. Ich habe lange genug gewartet.«

Maximus schnaubte. »Manchmal erinnerst du mich an Vlad.«

»Soll heißen?«, fragte ich streng.

»Diese Rachsucht. Als Nächstes willst du die Vampirin womöglich noch pfählen, wenn du sie gefunden hast.«

Die Vorstellung war *durchaus* verlockend, aber …

»Mir geht es nicht um Rache. Meine Familie wird zur Zielscheibe werden, sobald die Killer herausfinden, dass ich noch am Leben bin.« Dann änderte ich die Taktik. »Außerdem habe ich ständig Alpträume, dass Vlad uns findet. Der Sport hilft mir, ruhig zu schlafen.«

Das stimmte. Gestern Abend hatte ich es langsam angehen lassen und mir dafür prompt von Traum-Vlad anhören müssen, er wäre hinter mir her. Und obwohl es nur ein Traum gewesen war, hatte ich beim Aufwachen Nasenbluten und ein ungutes Bauchgefühl gehabt, was ich vor Maximus verbarg.

Seine grauen Augen färbten sich grünlich. »Es gibt Alternativen, um sich vor dem Einschlafen auszupowern.«

Es war das erste Mal, dass er mir Avancen machte, seit wir uns auf dem Gehweg geküsst hatten; ziemlich galant von ihm, wenn man bedachte, dass wir einander seit fast zwei Tagen so dicht auf der Pelle saßen. Ich wollte ihm gerade eine sanfte Abfuhr verpassen, als meine innere Stimme sich vehement zu Wort meldete.

Das ist deine Chance! Nimm die Handschuhe ab und berühre ihn. Wenn die Essenz der Brünetten an ihm ist, hat er's faustdick hinter den Ohren.

Ich hielt inne. Durfte ich so skrupellos sein?

Du schwimmst in einem Haifischbecken, fuhr die Stimme mich erbarmungslos an. *Entweder legst du dir auch ein paar scharfe Zähne zu, oder du lässt dich fressen.*

Maximus' Augen leuchteten greller auf. Er hatte ja keine Ahnung, *warum* ich auf seine Offerte eingehen wollte. In mir kämpften Schuldgefühle und kühle Logik um die Oberhand. Maximus war immer freundlich zu mir gewesen, aber wie gut kannte ich ihn wirklich? Vlad war immerhin schon seit Jahrhunderten mit ihm vertraut, und Maximus hinterging ihn trotzdem.

Martys Gesicht tauchte vor meinem geistigen Auge auf, gefolgt von dem meines Vaters und Gretchens. Irgendjemand hatte meinen besten Freund auf dem Gewissen und würde meiner Familie schaden, um mich aus der Reserve zu locken. Ich konnte mir keine naive Vertrauensseligkeit leisten, wenn ich ebenso gut Gewissheit haben konnte.

Ganz langsam streifte ich die Handschuhe ab. Maximus' Augen leuchteten noch heller auf und tauchten den Raum in weiches, smaragdgrünes Licht. Dann kam er zu mir und kniete sich hin, sehr bedächtig, als könnte jede plötzliche Bewegung mich in die Flucht schlagen.

Was auch gut hätte sein können. Mein Herz klopfte so schnell, dass mir ein bisschen schwindlig wurde. Ich war im Begriff, eine Art erotisches russisches Roulette mit dem fast tausend Jahre alten, über ein Meter neunzig großen Vampir zu spielen, der da vor mir kniete. Zwischen Überlebenswillen und Leichtsinn verlief ein schmaler Grat, und im Augenblick war ich mir nicht sicher, auf welcher Seite ich mich bewegte.

Auf seine behäbige, löwenhafte Art rückte Maximus näher. Als er nur noch Zentimeter von mir entfernt war, atmete er ein und krauste die Stirn.

»Was ist?«

Diese verdammten Vampire und ihre Fähigkeit, Gefühle wittern zu können. Ich sah erst meine Hände, dann wieder ihn an. Lügen sind immer überzeugender, wenn sie ein Quäntchen Wahrheit enthalten.

»Ich will dir nicht wehtun, aber meine Handschuhe möchte ich auch nicht wieder anziehen.« Ich schluckte den Klumpen in meiner Kehle hinunter, der nicht nur von meiner Nervosität herrührte. »I… ich will dich berühren.«

Sein leises Knurren jagte mir heißkalte Schauder über den Rücken. Noch bevor ich wieder Atem holen konnte, war ich auch schon in seinen Armen. Er küsste mich so leidenschaftlich, dass ich kurz mein Ziel aus den Augen verlor. Dann zog er mich auf seinen Schoß, bis ich rittlings auf ihm saß.

Eine große Beule ragte zwischen meinen Schenkeln auf. Er

packte mich bei den Hüften und wiegte mich hin und her, sodass sein hartes Geschlecht an meiner sensibelsten Körperstelle rieb. Ich seufzte, aber leise Verzweiflung lag darin. Es fühlte sich gut an … aber auch bedeutungslos. Mit plötzlicher Klarheit wurde mir der Unterschied zwischen Lust und Liebe bewusst. Hätte ich Sex mit Maximus gehabt, hätte ich ihn genossen wie chinesisches Essen – in dem Wissen, dass ich mich innerlich schon allzu bald wieder leer fühlen würde.

Verdammter Vlad! Selbst in den Armen eines anderen quälte mich die Erinnerung an diesen hartherzigen Vampir. Ich riss mich von Maximus' Lippen los.

»Maximus, hör auf.«

Seine Hände hielten inne, doch er fuhr mir einmal lange und gierig mit der Zunge über den Hals.

»Was hast du?«

Erstens bist du nicht der Mann, den ich immer noch liebe. Und außerdem bin ich mir nicht sicher, ob ich dir trauen kann. »E… es ist zu früh.«

Bei diesen Worten ließ ich die Hände sinken, sodass meine Finger leicht über seine Schultern strichen, als wollte ich mich entschuldigen. *Keine Spur einer fremden Essenz.* Ich rückte mit einem Seufzer etwas von ihm ab und fuhr ihm mit den Händen über die Arme. Eine mir allzu vertraute Essenzspur sprang mir entgegen, sodass ich Vlad im Stillen abermals verfluchte. Er war nicht nur mir unter die Haut gegangen; Maximus auch.

Seine Hände glitten über meinen Schenkel. »Zu früh für Sex, aber wir können auch was anderes machen.«

Ich hielt ihn auf, indem ich über seine Arme nach unten strich und seine Hände packte.

»Sorry. Dafür ist es, äh, auch noch zu früh.«

Sein enttäuschter Seufzer ließ Schuldgefühle in mir aufkommen. *Du kleines Luder!*, höhnte mein Gewissen. Meiner fiesen inneren Stimme war es egal. Sie drängte mich, in gespielter Sorge seine Hände zu halten, damit ich dort nach verräterischen Essenzspuren suchen konnte.

»Ist schon okay.« Bitteres Lächeln. »Ich werde ja nicht älter.«

Ah, da gab es *doch* noch eine Essenzspur auf seiner rechten Hand, aber sie passte weder zu der brünetten Vampirin noch zu Vlad. Wer auch immer sie hinterlassen hatte, er – oder sie – hatte ein schlechtes Gewissen gehabt, als er Maximus berührte. Da es aber nicht die Killerin gewesen war, ging es mich nichts an.

»Danke für dein Verständnis«, sagte ich, bevor ich die Hände sinken ließ und mich erhob. »Ich, äh, werde dann mal unter die Dusche hüpfen.«

Und die musste nicht mal kalt sein. Zum dritten Mal verfluchte ich Vlad. Es war nicht fair, dass er der einzige Mann war, der sowohl mein Herz *als auch* meinen Körper entflammen konnte. Wo auch immer er sein mochte, ich hoffte, dass auch ihn die Erinnerung an mich in den Wahnsinn trieb.

Maximus stand ebenfalls auf. Er legte den Kopf schief, als würde er auf etwas lauschen – und schon lag ich am Boden, und sein massiger Körper schützte mich vor den herumfliegenden Glasscherben. Über den Lärm des berstenden Fensters hinweg hörte ich ihn stöhnen. Ich spürte, wie es ihn so heftig schüttelte, dass sein Griff schmerzhaft wurde, aber bevor ich aufschreien konnte, ließ er mich los. Dann schnappte er sich mehrere Messer und sprang auf.

Ich tat es ihm nach und spürte, wie der Angst- und Adrenalinschub mir die Elektrizität in die rechte Hand jagte. Vlad hatte uns offensichtlich gefunden! Genau so hatte er das Hotelzimmer gestürmt, als wir uns das erste Mal begegnet waren. Ich wartete darauf, dass um uns herum Feuer ausbrach, doch nichts geschah. Stattdessen ertönten Schüsse. Maximus warf mich zu Boden und schützte mich abermals mit seinem eigenen Körper, sprang aber nicht wieder auf, als die Schüsse verklangen. Er kippte nach vorn, das Gesicht schmerzverzerrt, den Leib voller blutiger Einschüsse.

»Die Geschosse sind aus flüssigem Silber«, krächzte er. »Lauf!«

Ich war entsetzt. Nicht einmal die Selbstheilungskräfte eines Vampirs konnten flüssiges Silber aus dem Körper treiben, und das Material würde Maximus nicht nur lähmen, er würde das Gefühl haben, innerlich von Säure verätzt zu werden. Ich schob ihn von mir herunter, aber nicht um wegzulaufen. Ich wollte demjenigen, der noch einmal mit dieser giftigen Munition auf ihn schoss, einen Blitz in den Leib jagen. Ich riss mir die Handschuhe herunter, erfüllt von grimmiger Genugtuung, als ich den unirdischen Glanz sah, in den meine Hand getaucht war. Ich hob sie und ließ meinerseits ein Knurren hören.

»Du willst ihn umbringen, Vlad? Dann musst du erst an mir vorbei!«

Hohngelächter erklang. Die Tür öffnete sich nicht einfach – sie flog quer durchs Zimmer und krachte gegen das Bett. Eine vermummte Gestalt erschien im Türrahmen, das Gesicht im Schatten, doch ich konnte kurz einen Blick auf schwarzes Haar erhaschen. Ich erstarrte und spürte einen Stich im Herzen, während die Elektrizität, die in meine Hand fuhr, noch stärker wurde. Konnte ich den Mann, den ich liebte, töten, um einen anderen zu schützen, für den ich nichts empfand?

»Keine Bewegung, wenn du willst, dass er am Leben bleibt.«

Mondlicht fiel auf das Gesicht des Vermummten und beschien kurzes schwarzes Haar, ein glatt rasiertes Kinn und breite, volle Lippen. Nicht Vlad, wie ich erkannte, und auch kein anderes mir vertrautes Gesicht. Wer zum Teufel war das?

Der Fremde lächelte und bleckte dabei die Reißzähne. »Du hast Fragen, aber wir haben nur Zeit genug, um eine zu beantworten. Wird er sterben oder leben?« Ein abschätziges Nicken in Richtung des sich vor Schmerzen windenden Maximus. »Willst du, dass er stirbt, dann kämpfe gegen mich. Kommst du freiwillig mit, lasse ich ihn am Leben.«

»Hör nicht auf ihn«, stieß Maximus hervor.

Ich sah ihn nicht an, denn dann hätte ich den Fremden aus den Augen lassen müssen; ein Fehler, den ich nicht machen würde.

»Und warum sollte ich dir trauen?«, erkundigte ich mich voller Sarkasmus.

Die Augen des Mannes blitzten grün auf. »Weil ich mein bestes Druckmittel gegen dich nicht verlieren will.«

Dieser eine Satz sprach Bände. Wer auch immer der Fremde war, dumm war er nicht. Und er war auch keiner von Vlads Leuten. Vlad hätte nie versucht, Maximus als Druckmittel gegen mich einzusetzen. Er hätte gewusst, dass das sinnlos war, weil er mir ja bereits angekündigt hatte, dass er ihn umbringen wollte.

In der Ferne heulten Sirenen. Der Fremde seufzte. »Die Zeit ist um, Vögelchen. Wie lautet deine Entscheidung?«

Meine Hand schmerzte, so heftig pulsierte der Strom darin, aber ich ließ sie ganz langsam sinken. Jetzt war nicht der richtige Zeitpunkt. Maximus fluchte zwischen abgehackten Stöhnlauten. Der Fremde lächelte.

»Ich habe schon gehört, dass du schlau bist. Hoffen wir, dein Freund ist es auch.«

Etwas Hartes traf mich an der Brust. Ich sah an mir herab und erkannte etwas, das aussah wie ein aus mir herausragender Dartpfeil. Als ich den Blick wieder auf den Fremden richtete, konnte ich schon nur noch verschwommen sehen, und meine Beine fühlten sich an wie Pudding.

»Nimm auf jeden Fall ihre Handschuhe mit«, war das Letzte, was ich hörte, bevor mir schwarz vor Augen wurde.

14

Als ich zu mir kam, öffnete ich weder die Augen, noch veränderte ich meinen Atemrhythmus. Stattdessen peilte ich die Lage, während ich vorgab, noch ohnmächtig zu sein. Kopfschmerzen, keine Überraschung, aber ansonsten ging es mir ganz gut. Meine Arme waren hinter dem Rücken gefesselt. Das dicke Material, in dem meine Hände steckten, waren Handschuhe, das enge um meine Hand- und Fußgelenke Fesseln. Störender war der Knebel im Mund, selbstredend.

Ich wandte mich der Umgebung zu. Das Geschaukel musste von Wellen herrühren, was bedeutete, dass ich mich auf einem Schiff befand. Dem Klang der Stimmen nach hielten sich ein paar der Typen, die mich gefangen genommen hatten, an Deck auf, einer war allerdings bei mir. Er sagte zwar kein Wort, doch durch Jahre des Zusammenlebens mit einem Vampir hatte ich Übung darin, die kaum hörbaren Laute wahrzunehmen, die sie von sich gaben.

Als ich die Augen öffnete, fiel mein Blick direkt auf den schwarzhaarigen Vampir mir gegenüber. Ein Blinzeln war das einzige Zeichen der Verwunderung, das er erkennen ließ.

»Hätte nicht gedacht, dass du schon so bald wieder zu dir kommst«, sagte er gedehnt.

Ich blickte auf den Knebel und zog die Brauen hoch.

Er verstand die stumme Botschaft. »Muss ich dir erst sagen, dass Schreien zwecklos ist?«

Ich verdrehte die Augen. Hatten wir heute Anfängertag? Er lächelte, bevor er sich vom Bett erhob. »Dachte ich's mir doch.«

In der kurzen Zeit, die er brauchte, um den Raum zu durchqueren und meinen Knebel zu lösen, versuchte ich mir, so gut es ging, ein Bild von ihm zu machen. Der Vampir sah etwa so alt aus wie ich, doch seiner narbenfreien Haut, den kurzen Haaren, dem glatt rasierten Gesicht und seiner durchschnittlichen Statur nach zu urteilen, konnte er höchstens hundert Vampirjahre alt sein. Ältere Blutsauger hatten meist vernarbte Gesichter und keinen Sinn für trendige Haarschnitte. Am verräterischsten aber war sein Blick. In den Augen wirklich alter Vampire lag so eine Art … Gewicht, als hätten die vielen Jahrhunderte eine greifbare Schwere hinterlassen. Meinem namenlosen Kerkermeister fehlte diese Besonderheit, und wenn ich Glück hatte, auch allen anderen auf diesem Schiff.

Junge Vampire waren leichter umzulegen.

»Wasser«, sagte ich, als er mir den Knebel entfernt hatte. Durch ihn und das Barbiturat, das man mir verabreicht hatte, war mein Mund so trocken, dass meine Zunge sich anfühlte wie eine zusammengeknüllte Socke.

Der Vampir verschwand und kam mit einer Dose Cola zurück. Ich schluckte gierig, als er sie mir an die Lippen hielt, was zur Folge hatte, dass ich am Ende einen herzhaften Rülpser hören ließ. Wenn mein Bewacher ihn direkt ins Gesicht bekam, war das nicht meine Schuld. Ich war gefesselt.

»Reizend«, meinte der Vampir trocken.

»Der Sinn für Artigkeiten ist mir abhandengekommen, als ihr meinen Freund mit flüssigem Silber beschossen habt«, antwortete ich mit ruhiger Stimme. »Und wo wir gerade dabei sind: Ich will ihn sehen.«

Die Lippen des Vampirs zuckten. »Du bist nicht in der Position, Forderungen zu stellen, aber ja, er ist noch am Leben.«

»Du willst mich also nicht zu ihm bringen, schön«, antwortete ich einer Eingebung folgend. »Ich nehme an, du weißt, dass ich per Berührung Visionen empfangen kann, also nimm mir die Handschuhe ab und lass mich dich anfassen. Dann weiß ich, ob du die Wahrheit sagst.«

Der Vampir lachte in sich hinein, während ein grelleres Grün sich in seinen torfmoosfarbigen Augen ausbreitete. »Mich anfassen? Meinst du nicht eher, deine tödliche Elektropeitsche einsetzen, um mich in Stücke zu hauen?«

Ich fuhr zusammen. Woher wusste er das? Die meisten Leute, die gesehen hatten, wie ich meine Macht einsetzte, waren tot.

»Genau aus dem Grund sind deine Gummihandschuhe mit Klebeband befestigt«, fuhr er unverdrossen fort. »Nur für den Fall.«

»Wie heißt du noch mal?«, erkundigte ich mich, froh, dass meine Stimme beiläufig klang.

Die vollen Lippen des Mannes verzogen sich zu einem noch breiteren Grinsen. »Nenn mich Hannibal.«

Ich erwiderte sein Lächeln. »Okay, Hannibal, was soll ich machen? Meine Fähigkeiten einsetzen, um einen Feind von dir aufzuspüren? Dir sagen, ob jemand dich hintergeht? Oder die Vergangenheit aus einem Gegenstand lesen?«

Hannibal lachte, und obwohl es nicht unbedingt eiskalt, sondern eher nach Dr. Evil klang, war es doch bedrohlich genug, um mir einen Schauer über den Rücken zu jagen.

»Ich will gar nichts von dir, Vögelchen. Ich bin nur der Botenjunge. Mich interessiert nicht mal, bei wem ich dich abliefern soll. Ich weiß nur, dass du lebend dreimal so viel wert bist wie tot, aber wenn du irgendwelche krummen Dinger abziehst, bringst du mir tot immer noch ordentlich Kohle ein.«

Mit einem fröhlichen Winken verließ Hannibal den Raum. Ich sagte nichts, ganz darauf konzentriert, einen Ausweg aus dieser Zwickmühle zu finden. Ich würde mich *nicht* bei irgendeinem Fiesling abliefern lassen. Ich würde eine Lösung finden, und wenn ich dabei draufging.

Die Tatsache, dass ich eventuell mein Leben würde aufs Spiel setzen müssen, schreckte mich nicht ab. Nach allem, was passiert war, wollte ich lieber einen frühen Tod im Kampf sterben, als weiterzuleben und noch mehr bereuen zu müssen als jetzt schon.

Alle zehn Minuten sahen meine Entführer nach mir. Außer Hannibal zählte ich noch vier andere Gesichter, und wenn man sich die holzvertäfelten Wände, das große Bett, die Vorhänge am Fenster und anderen hübschen Details ansah, war klar, dass ihr unbekannter Auftraggeber einen Haufen Kies in der Einfahrt hatte. Wäre ich nicht an das Behindertengeländer gefesselt gewesen, hätte mir die Reise auf einem so schönen Schiff bestimmt Spaß gemacht.

Die Vorhänge vor dem einzigen Fenster waren zugezogen, da aber kein Licht durch die Ritzen drang, war es wohl noch Nacht. Hannibal hatte wohl die Wahrheit gesagt, als er mir erzählt hatte, ich wäre nicht lange ohnmächtig gewesen. Der Lake Michigan war von unserem Hotel aus das nächste größere Gewässer, größer sogar als manches Meer, sodass es noch eine gute Weile dauern konnte, bis wir unser Ziel erreichten. Vielleicht aber auch nur Minuten.

Deshalb konzentrierte ich mich angestrengt, versuchte, allen in mir fließenden Strom in meine rechte Hand zu lenken. Nach ein paar Augenblicken begann das immense Energiepotential sich anzufühlen wie eine Art Zacke. Ich drückte damit von innen gegen meinen Handschuh und suchte nach einem klitzekleinen Riss, durch den sich der Strom seinen Weg aus dem unförmigen Gummikäfig bahnen konnte.

Da war zwar nichts, aber ich würde trotzdem weitermachen. Besser, bei einem Fluchtversuch draufzugehen als mich wie ein Opferlamm an die Person ausliefern zu lassen, die mich tot oder lebend haben wollte. Ich hätte mich Hannibal nie ergeben dürfen, aber ich hatte ja keine Ahnung gehabt, dass er über das gesamte Ausmaß meiner Fähigkeiten Bescheid wusste, und immerhin hatte Maximus' Leben auf dem Spiel gestanden.

Bestimmt ist er längst tot, wisperte meine fiese innere Stimme. *Du hast dich für nichts geopfert!*

Ich knirschte mit den Zähnen. Wie ich den dunklen Teil meines Selbst hasste, der mir ständig Versagen oder Sinnlosigkeit prophezeite. Egal, wie schlecht die Chancen standen, ich würde einen Ausweg finden.

Wieder konzentrierte ich mich auf meine rechte Hand, lenkte noch mehr Strom hinein. War die Energiespitze scharf und stabil genug geworden, würde ich mit ihr den Gummi durchstechen und mich befreien. *Komm schon,* drängte ich mich im Stillen. *Weiterbohren, Baby, immer weiter!*

Bildete ich mir das nur ein, oder fühlte sich die Gummischicht um die Energiezacke plötzlich an, als würde sie sich … ausbeulen?

Mein Herz hämmerte vor Aufregung und Anstrengung. Ich brauchte keinen Arzt, um zu wissen, dass die Erzeugung von so viel Elektrizität ein Risiko für meine Gesundheit darstellte, doch ich konzentrierte mich weiter darauf, den in mir fließenden Strom anschwellen und stärker werden zu lassen. Auf meiner Oberlippe bildeten sich Schweißperlen, ich konnte nur noch verschwommen sehen, und mein ganzer Körper begann zu zittern, aber ich ließ nicht nach …

Kurz durchflutete weißes Licht den Raum, und ich hörte ein *Ssst!*, bevor zu meinen Füßen ein ominöses Knacken ertönte. Ich sah hinunter und erkannte erfreut und mit leisem Entsetzen ein kleines, aber deutliches Loch. Sehr gut: Ich hatte den Handschuh durchbohrt. Eher schlecht: Womöglich hatte ich auch den Schiffsrumpf beschädigt.

Schritte hörte ich zwar keine, rechnete aber damit, dass man jedem ungewöhnlichen Geräusch nachgehen würde. Als Augenblicke später die Wache mit dem dichten Bart und dem langen schwarzen Haar in der Tür auftauchte, hatte ich das Loch bereits mit dem Fuß verdeckt.

Falls allerdings Wasser hindurchdrang, war ich tot.

»Ihr müsst mich rauslassen!«, improvisierte ich, während ich gegen die Stange hämmerte und jede Menge Lärm machte. »Ich muss pinkeln!«

Der Wachmann, den ich wegen seines Aussehens Captain Morgan getauft hatte, schüttelte angeekelt den Kopf.

»Menschen«, murrte er. Und verschwand.

Ich wartete mit angehaltenem Atem, aber er tauchte nicht wieder auf, und unter meinem Fuß kam auch kein Wasser hervorgeschossen. Schließlich atmete ich erleichtert und voller Kampfeslust auf. Noch zehn Minuten, bis der nächste Wächter nach mir sehen würde. In dieser Zeit musste ich mich befreien, dann würde ich sie alle umbringen.

15

Zum Glück kam ich frei, ohne den Boden weiter zu beschädigen, schaffte es aber nur knapp bis hinter die Tür, bevor der nächste Wächter kam, um nach mir zu sehen. Ich verfluchte mein schlagendes Herz, während ich auf die leise näher kommenden Schritte lauschte. Konnte der Typ hören, dass ich nicht mehr gefesselt war? Wenn ja, hatte ich gerade mein eigenes Todesurteil unterschrieben. Hannibals Warnung klang mir noch im Ohr.

Nervosität und Furcht ließen noch mehr Elektrizität in meine Hand schießen, sodass ein winziger Funkenregen aus ihr hervorstiebte. Die Luft schien sich zu verdichten, und ich roch Ozon. Der Wachmann blieb kurz in der Tür stehen, bevor er mit einem gemurmelten »Was?« nach vorn stürzte.

Ich machte eine Bewegung aus dem Handgelenk, und der Strom schoss hervor, als hätte er einen eigenen Willen. Der blonde Wächter sagte kein Wort mehr, nur sein Mund bewegte sich noch, als sein Kopf zu Boden fiel. Der Rest von ihm blieb noch einige Augenblicke aufrecht stehen, mit wedelnden Armen, als würde er um sein Gleichgewicht ringen.

Ich war zu aufgewühlt, um Übelkeit zu empfinden. Die Angst jagte mir das Adrenalin durch die Adern, und das wirkte auf die Energie in mir wie eine Art Starthilfekabel. Ich spähte in den Gang, sah niemanden und ergriff sofort die Chance, einen weiteren meiner Bewacher anzulocken, ohne Verdacht zu erregen.

»Was machst du da?«, rief ich mit schriller Stimme. »Stopp! Nimm deine dreckigen Finger von mir!«

Ich untermalte meine Worte mit einem Klatschen und heulte dann wie unter Schmerzen auf. Dann gab ich noch ein paar abgehackt wimmernde Laute von mir und schrie immer mal wieder: »Nicht, nein, aufhören!«

Augenblicke später murrte Hannibal: »Ich habe dir doch gesagt, du sollst die Ware nicht beschädigen, Stephen. Fick doch einfach jemanden aus dem Frachtraum …«

Kaum trat Hannibal über die Türschwelle, schnellte meine Hand vor, aber er warf nur einen Blick auf die Leiche und schlug mir die Tür vor der Nase zu. Statt seines Halses traf meine Elektropeitsche seine Taille, aber der Schnitt ging nicht tief genug. Er stand nach wie vor aufrecht.

»Miststück«, fauchte Hannibal, als etwas Rotes auf den Boden tropfte.

Innerlich kreischte ich vor Entsetzen, aber mein Überlebensinstinkt war stärker. Hannibal stürzte sich auf mich, und ich feuerte einen weiteren knisternden Peitschenhieb in seine Richtung ab. Er durchtrennte ihn von der Schulter bis zur Flanke, sodass sein Blut mich über und über vollspritzte, als er mit Schwung auf mir landete.

Ich schob ihn von mir. Er fiel, doch die Hälfte von ihm, an der sein Kopf war, fing wieder an, auf mich zuzutorkeln. Nur ein paar Zentimeter Gewebe verbanden seine linke Hälfte mit seinem Torso, und er war trotzdem nicht tot?

»Miststück«, krächzte er.

Ich machte große Augen. Und *reden* konnte er auch noch?

Ich wartete nicht ab, was Hannibal sonst noch konnte. Ein Stromschlag, und er mutierte von einem großen Y zu einem I mit Pünktchen, aber mir blieb keine Zeit, erleichtert aufzuseufzen. Wieder waren im Gang Schritte zu hören.

»Bin ich nicht zu eurer Party eingeladen?«, erkundigte sich eine amüsierte Stimme.

Ich wartete nicht ab, bis er merkte, dass die »Party« eine tödliche Wendung genommen hatte. Kaum hörte es sich an, als wären die Schritte nahe genug, feuerte ich einen Blitz in den Gang ab, der den Captain-Morgan-Doppelgänger traf. Er starrte mich mit einem ganz sonderbaren Gesichtsausdruck an. Dann rutschte alles oberhalb seines Kinns weg und traf den Boden mit einem dumpfen Schlag, den wenig später auch sein Körper machte.

»Zum *Teufel* noch mal.«

Wieder schoss mir das Adrenalin durch die Adern. Der fünfte Wachmann starrte ungläubig auf die Überreste von Captain Morgan. Dann verschwand er mit vampirischer Geschwindigkeit über die Treppe nach oben.

Ich jagte ihm nach und hatte dabei das Gefühl, mein Herz würde vor Verzweiflung oder Überanstrengung bersten. Der Vampir war bereits am Steuer und drückte einen Knopf, während er mir über die Schulter einen Blick zuwarf …

Der Blitz, den ich abfeuerte, traf ihn im Gesicht, aber ich war zu weit entfernt, um ihn zu töten. Ich feuerte noch einen ab und rannte dabei so schnell über Deck, dass ich hinfiel. Sofort wurde ich von etwas Schwerem zu Boden gerissen, und mein Kopf knallte auf das Schiffsdeck.

Der fünfte Wachmann hatte in den Kampf eingegriffen.

Die Welt vor meinen Augen verschwamm, und mein Kopf schmerzte wie wild, aber wenn ich mich darauf konzentrierte, war ich tot. Statt also instinktiv meinen Kopf zu schützen, legte ich die rechte Hand auf den Körper des Vampirs und jagte alles, was noch an Energie in mir war, in ihn hinein.

Sofort verschwand sein Gewicht. Ich krabbelte so schnell rückwärts, dass ich beinahe über Bord gegangen wäre, konnte aber gerade noch rechtzeitig die Reling packen. Ich klammerte mich fest und sah mich mit hektischer Entschlossenheit nach dem letzten Angreifer um.

Niemand stürzte sich auf mich. Gar nichts regte sich. Ich hievte mich an der Reling hoch. In meinem Kopf drehte sich noch immer alles; Übelkeit und Seegang machten es mir schwer, mich aufrecht zu halten. Noch bevor ich einen Schritt gelaufen war, stolperte ich und verfluchte meine Ungeschicklichkeit. Dann senkte ich den Blick … und stutzte.

Ich war nicht ins Stolpern geraten, weil man mir den Schädel aufs Schiffsdeck geschlagen hatte. Ich war gestolpert, weil das Deck mit einer an Lasagne erinnernden Masse bedeckt war. Ich brauchte ein paar Sekunden, um zu begreifen, was ich sah.

Keine Lasagne. Die Überreste des Vampirs, der sich auf mich gestürzt hatte. So musste es sein, denn der andere Vampir war über das Steuer gekippt und schrumpelte vor sich hin wie alle Vampire nach ihrem endgültigen Tod. Ich hatte so viel Elektrizität in meinen Angreifer gejagt, dass er explodiert war.

Ich wusste nicht, ob ich vor Erleichterung loslachen oder zurück zur Reling krabbeln und mich übergeben sollte, bis ich ohnmächtig wurde. Ich hatte meine Entführer umbringen wollen, und das hatte ich auch geschafft, doch ich war nicht darauf vorbereitet gewesen, das ganze Ausmaß meiner Fähigkeiten vor Augen geführt zu bekommen. Wie üblich hatte das Leben nicht auf mein Einverständnis gewartet, als es mir gezeigt hatte, welche Überraschungen es bereithielt.

Mehrmaliges heftiges Rumsen lenkte meine Aufmerksamkeit von dem entsetzlichen Anblick um mich herum ab. Es kam von unten, und mein Misstrauen vermischte sich mit Hoffnung. War das Maximus? Oder noch ein Bewacher, der mich jetzt unter Deck in die tödliche Falle locken wollte, die vorhin seinen Kollegen zum Verhängnis geworden war?

Ich näherte mich der engen, abwärts führenden Stiege und beäugte sie resigniert. Mein Körper war völlig ausgelaugt, der Kampf aber womöglich noch nicht vorbei. Die bösen Buben nahmen keine Auszeit, und ich konnte mir das ebenso wenig erlauben.

Ich machte mir nicht die Mühe, leise zu sein. Sosehr ich es auch versuchte, einen Vampir, der wusste, was ihm blühte, konnte ich nicht überrumpeln. Meine einzige Waffe war meine rechte Hand, und die fühlte sich an wie eine Glühbirne, die beim nächsten Anschalten durchbrennen würde. Das Pochen ging weiter, es kam von unten, obwohl ich bereits unter Deck war.

Bei jedem Schaukeln des Schiffs fuhr ich zusammen und erwartete, es mit einem sechsten Angreifer zu tun zu bekommen. Die einzige Tür in dem engen Gang war voller Leichen, aber ich war nicht allein. Das fortwährende Rumsen war der Beweis.

Ich war bereits am Ende des Ganges angekommen, als es direkt unter meinem Fuß hämmerte. Ich fuhr zurück, und meine Hand schlug Funken, bevor mir die Luke im Boden auffiel.

Ein von außen verriegelter Laderaum. Ein Überraschungsangriff durch einen sechsten Bewacher drohte also nicht. Wieder hörte ich das Hämmern. Maximus, dachte ich und fiel vor Erleichterung auf die Knie. Ich entriegelte die Luke, riss sie auf … und machte große Augen.

»Bitte«, murmelte ein blutverschmiertes Mädchen. Es hatte die Augen geschlossen, und ich konnte noch weitere blutige Gestalten erkennen.

Ich wollte das Mädchen hochziehen, durfte es aber nicht anfassen. Selbst entkräftet, wie ich war, hatte ich noch genug Saft in mir, um ihr zu schaden, und sie sah jetzt schon aus wie der bleiche Tod. Hannibals Befehl an Stephen klang mir noch im Ohr. *Fick doch einfach jemanden aus dem Frachtraum.* Ich war nicht die einzige Ware, die Hannibal an Bord hatte.

»Alles wird gut.«

Die Wut verlieh meiner Stimme eine Stärke, die gar nicht mehr in mir war. Das Mädchen öffnete schwach die Augen.

»Wer bist du?«, murmelte es.

»Ich bin diejenige, die sämtliche Vampire auf diesem Schiff umgelegt hat«, verkündete ich. Jetzt, wo ich gesehen hatte, was im Frachtraum war, fand ich mein Tun nicht mehr abstoßend. Ich freute mich sogar, dass ich den fünften Bewacher in Stücke gerissen hatte.

Das Mädchen schenkte mir ein mattes Lächeln, das schließlich verblasste, und schloss die Augen. Ich rüttelte an der Tür, um ihre Aufmerksamkeit zu gewinnen.

»Nicht. Du musst wach bleiben, und falls noch andere am Leben sind, musst du sie auch aufwecken. Sag mir, dass du das kapiert hast.«

Das Mädchen öffnete die Augen, deren Blau mich an Gretchens Augen erinnerte. Sie schien auch in ihrem Alter zu sein. Mein Zorn wuchs.

»Hab's kapiert.« Damit begann sie, die Gestalt neben sich zu schütteln.

»Aufwachen, Janice. Hilfe ist unterwegs.«

Von neuer Entschlossenheit gepackt erhob ich mich. Sie hatte verdammt noch mal recht.

Dann öffnete ich jede Tür in dem winzigen Gang. Zwei gehörten zu Staukästen, eine führte zu einem Badezimmer, und die vierte …

Ich stürzte hinein. Maximus lag in einem winzigen Schlafzimmer auf dem Boden, den Mund mit Klebeband verschlossen. Von den Fußgelenken bis zum Hals war er mit etwas gefesselt, das aussah wie silberner Stacheldraht. Er war so eng um ihn geschlungen, dass er an manchen Stellen in sein Fleisch schnitt, als hätte er vergebens versucht, sich zu befreien.

Ich hätte mir die Finger abgesäbelt, wenn ich versucht hätte, das Zeug abzubekommen, doch das Klebeband über seinem Mund konnte ich lösen. Ich riss es herunter und gab ihm Klapse auf die Wangen, als er trotz allem nicht die Augen öffnete.

»Maximus, wach auf!«

Keine Regung. Hätte ich nicht gewusst, dass Vampire zu schrumpligen Kadavern wurden, wenn sie starben, hätte ich geschworen, es wäre bereits zu spät. Schließlich öffnete er quälend langsam die Augen.

Ich starrte ihn entsetzt an. Das Weiße war von grauen Linien durchzogen. Als ich genauer hinsah, merkte ich, dass seine Haut unter all dem verkrusteten Blut ähnliche Striemen aufwies.

»Sie haben das flüssige Silber nicht aus dir entfernt«, flüsterte ich.

Keine Antwort von Maximus. Er verdrehte die Augen und erbebte so heftig, dass der Draht ganze Fleischstücke aus ihm herausriss. Marty hatte mir erzählt, was mit einem Vampir passierte, der zu lange flüssiges Silber im Körper hatte. Umbringen würde es Maximus nicht. Die Folgen waren schlimmer: Es würde sein Gehirn schädigen, bis er dem Wahnsinn verfiel, und wenn es einmal so weit war, konnte es nicht mehr rückgängig gemacht werden. Selbst wenn ich ihn von dem Stacheldraht befreite, würde ihn das wahre Gift weiter von innen heraus zerfressen.

Maximus konnte mir nicht helfen, die sterbenden Menschen aus dem Laderaum zu retten. Er konnte sich ja nicht einmal selbst helfen.

16

Ich durchsuchte die Leichen der Vampire. Hannibal war der Einzige mit einem Handy, doch es war mit dem Rest seines Oberkörpers in zwei Hälften gespalten worden. Dann probierte ich mehrere Minuten lang vergeblich, das Kommunikationssystem des Schiffes in Gang zu bringen, aber das hatte ich überlastet, als ich den Vampir getötet hatte, der jetzt darübergesackt lag. Selbst wenn es also eine Vampir-Notrufnummer gegeben hätte, hätte ich sie nicht erreichen können. Ich sah auch keine Lichter von anderen Schiffen in der Nähe und hätte sie auch gar nicht ansteuern können. Den Motor hatte ich zusammen mit dem Kommunikationssystem lahmgelegt.

Vor lauter Frust hätte ich am liebsten laut losgebrüllt. Irgendetwas *musste* ich doch tun können!

Allmählich konnte ich wieder klar denken. Ich konnte abwarten, bis wir irgendwann an Land trieben oder die Route eines anderen Schiffes kreuzten. Allerdings gab es da einen Vampir, zu dem ich ohne irgendwelche Technik Kontakt herstellen konnte, und obwohl ich das aus vielerlei Gründen nicht wollte, blieb mir keine Wahl, wenn ich Maximus nicht dem Wahnsinn ausliefern und die Menschen nicht sterben lassen wollte.

Ich setzte mich auf eine Stelle an Deck, die nicht von Leichenteilen bedeckt war. Während ich mir die kühle Brise durchs Haar wehen ließ, fuhr ich mir mit der rechten Hand über die Haut, bis ich eine vertraute Essenzspur fand, der ich folgen konnte. Binnen Sekunden verschwand das Deck, und ich fand mich auf dem Parkplatz des Motel 6 in South Bend wieder.

Lichter von drei Polizeiautos beleuchteten das zerstörte Äußere des Hotelzimmers, in dem ich gewohnt hatte, rot und blau. Ein Großteil des Fensters fehlte, und Einschusslöcher überzogen wie Pockennarben die Wände. Das Innere sah bestimmt ebenfalls aus wie Schweizer Käse. Dann fiel mir die dunkelhaarige Gestalt am Rand des Parkplatzes auf, die wütend auf Rumänisch in ihr Handy schnauzte.

Dass er am Ort meiner Entführung aufgetaucht war, verhieß nichts Gutes, aber wenn ich Maximus und die armen Menschen ins Verderben stürzte, weil ich diese Chance nicht ergriff, konnte ich ohnehin unmöglich weiterleben.

»Vlad«, sagte ich knapp. »Wir müssen reden.«

Kurz flackerte Verwunderung in seinem Gesicht auf. Er fuhr herum, als suchte er mich, und brach dann das Telefonat sofort ab.

»Leila. Wo …«

»Bist du hier, um dich am Werk deines Lakaien zu ergötzen?«, schnitt ich ihm, in die Offensive gehend, das Wort ab. »Wenn ja, kannst du stolz sein. Hannibal hat das Hotel zerlegt, ohne Rücksicht darauf zu nehmen, dass Unschuldige in die Schusslinie kommen könnten. Dann hat er Maximus so mit flüssigem Silber vollgepumpt, dass er sich kaum noch bewegen kann.«

Seine Hände flammten auf. »Ich habe nichts damit zu tun, also sag mir, wo du bist. Sofort.«

Womöglich suchte er mich, weil er gemerkt hatte, dass ich entkommen war, doch wie ich bereits zu Maximus gesagt hatte, wäre Vlad weit weniger feige zu Werke gegangen, wenn er mich hätte tot sehen wollen. Ich stellte ihm dennoch die nächstliegende Frage.

»Warum bist du dann hier? Und knips deine Hände aus, hier wimmelt es nur so von Polizisten.«

Wie aufs Stichwort kam ein Beamter anmarschiert und beäugte Vlad misstrauisch. »Sie da. Was ist mit Ihren Händen …«

»Klappe halten und Abmarsch«, raunzte Vlad mit einem Aufblitzen seiner Augen, doch er löschte tatsächlich die Flammen, die auf seinen Händen züngelten. Der Beamte trollte sich in Richtung Hotel, und Vlad fuhr fort, als wäre nichts gewesen.

»Ich bin hier, weil ich Maximus' Handysignal bis in diese Gegend verfolgt habe, aber mit dem Anschlag habe ich nichts *zu tun.«*

»Dann haben wir ein anderes Problem, weil der Vampir, der mich entführt hat, Dinge über meine Fähigkeiten weiß, die nur dir und einigen deiner Wachen bekannt sind.«

Vlads Züge verhärteten sich zu brillantgleichen Facetten. »Oh?«

»Also von Anfang an. Du bist nicht überrascht, dass ich noch lebe, also habe ich in meinen Träumen wirklich Kontakt zu dir aufgenommen, nicht wahr?«

Seine Hände entflammten nicht noch einmal, wurden aber kurz orange, als wollte das Feuer sich seinen Weg bahnen und er hielte es zurück.

»Ja. Vielleicht musst du nichts physisch berühren, um eine

Verbindung zu mir herzustellen, weil wir unser Blut miteinander geteilt haben. Vielleicht liegt es aber auch daran, dass deine Kräfte stärker sind, als dir bewusst ist. So oder so waren deine ›Träume‹ Wirklichkeit.«

Ich seufzte. Tief drinnen hatte ich das sowieso schon gewusst, obwohl ich es mir ums Verrecken nicht hatte eingestehen wollen. Was natürlich bedeutete, dass ich erst einen Deal auszuhandeln hatte.

»Versprich mir, dass du Maximus nicht umbringst, dann erzähle ich dir, was ich über den Ort weiß, an dem ich mich befinde.«

Vlad knurrte etwas auf Rumänisch, das ich nicht ganz übersetzen konnte, aber ein paar Schimpfwörter erkannte ich.

»Wir haben keine Zeit für Spielchen«, sagte er schließlich.

»Ich weiß«, schoss ich zurück. »Ich habe hier einige Menschen, die medizinische Hilfe brauchen, und einen Vampir, der durch eine Silbervergiftung allmählich verrückt wird, aber du hast gedroht, Maximus zu töten. Solange du also nicht bei den Gräbern deines Vaters und deines Sohnes schwörst, dass du das sein lässt, verrate ich dir nicht, wo ich bin. Oh, und foltern darfst du ihn auch nicht«, fügte ich noch hinzu, als mir wieder einfiel, wie hinterlistig er sein Versprechen, Marty nicht umzubringen, eingelöst hatte.

Vlads Augenfarbe wechselte von Kupfer zu einem Grün, das so grell leuchtete, dass mir der Gedanke durch den Kopf schoss, Drachen würden solche Augen haben, wenn es sie wirklich gäbe. Mein nächster Gedanke war: »Wir sind angeschissen«, weil Vlad jetzt auf diese drohend verbindliche Art lächelte, wie er es immer tat, bevor er jemanden zu Asche verbrannte.

»Bei den Gräbern meines Vaters und Sohnes schwöre ich, Vladislav Dracul, Rossal de Payen, den Mann, den du als Maximus kennst, weder zu foltern noch zu töten.« Er verstummte kurz, als wollte er die Worte wirken lassen. »Also, Leila. Wo bist du?«

Vlad war für seine Aufrichtigkeit bekannt, doch sein Lächeln gab mir das Gefühl, etwas übersehen zu haben. Egal, ich hatte mein Bestes gegeben, und Vlad war die einzige Chance, die Maximus und diese Menschen hatten.

»Ich bin auf einem Schiff, und weil ich nicht lange ohnmächtig war, müssen wir auf dem Lake Michigan sein …«

Die Sonne war schon vor drei Stunden aufgegangen, aber ein anderes Schiff hatte ich noch immer nicht zu sehen bekommen. In gewisser Hinsicht war das auch gut so. Ich würde der Küstenwache die Sauerei an Deck nicht erklären müssen, und Hannibals Boss war auch noch nicht dahintergestiegen, dass seine »Ware« die Botenjungen abgemurkst hatte.

Ich war unter Deck und sah abwechselnd nach Maximus und den lebensbedrohlich ausgebluteten Opfern. Meine Hilfe beschränkte sich allerdings darauf, Decken, Klebeband und Stoff für Verbände zu verteilen und denen zu trinken zu geben, die noch bei sich waren. Ich war schon auf die Idee gekommen, Maximus eine Wunde beizubringen, um ihnen etwas von seinem Blut einzuflößen, doch als ich das letzte Mal in seiner Nähe gewesen war, hatte ich nur durch einen Satz rückwärts verhindern können, dass er mir ein Stück Bein abbiss. Entweder trieb der Schmerz ihn zur Raserei, oder der Wahnsinn begann schon von ihm Besitz zu ergreifen.

Ich ertappte mich dabei, wie ich zu irgendeinem höheren

Wesen, das mir vielleicht zuhörte, betete, dass unsere Helfer nicht zu spät kommen würden.

Ich war gerade wieder auf dem Rückweg zum Laderaum, als ich mit einem Mal buchstäblich wie *erstarrt* war. Es war, als hätte eine riesige, unsichtbare Faust mich gepackt und schnürte mir abrupt die Luft ab. Innerlich schrie ich in Panik auf, konnte aber weder zucken noch Atem holen. Selbst der Elektrizität in mir schien urplötzlich der Saft ausgegangen zu sein.

In meinen Ohren begann es zu rauschen, immer lauter, während die Sekunden sich dehnten. Dann war das entsetzliche Engegefühl ebenso abrupt vorbei, wie es gekommen war. Nach Luft schnappend kippte ich vornüber. Ich musste mehrmals blinzeln, um die Tränen und dunklen Flecken aus meinem Blickfeld zu vertreiben. Als ich wieder klar sehen konnte, blickte ich hoch – und erstarrte, diesmal aus einem anderen Grund.

Vlad stand über mir, das dunkle Haar wirr zerzaust, eine wilde Mischung aus Zorn und Triumph auf dem hageren, stoppelbärtigen Gesicht. Seine Hose und sein Hemd waren klatschnass und durch ihr helles Blau fast durchsichtig. Ich stutzte und fragte mich, ob ich vielleicht doch ohnmächtig geworden war.

Ein müdes Lächeln zuckte um Vlads Mundwinkel. »Ich bin es wirklich, Leila. Siehst du?«

Er packte mich bei den Armen und zog mich hoch. Meine Beine schlotterten, trugen mich aber, und mit Händen, an denen noch Fetzen von Gummi hingen, berührte ich seine bloßen Handgelenke. Hitze versengte mir die Haut, während er einen Stromschlag abbekam.

Oh ja, er war es wirklich.

Er sieht sogar noch besser aus, als ich ihn in Erinnerung

hatte, dachte ich unwillkürlich. Und das war natürlich das Letzte, was er mitbekommen sollte. Es war mir egal. Sein breiter werdendes Lächeln zeigte mir, dass er mich tatsächlich belauscht hatte. Ich ließ ihn los, um mich einem wichtigeren Thema zuzuwenden.

»Was war das eben? Ich konnte mich nicht bewegen?«

»Mencheres ist mitgekommen«, antwortete er, als würde das alles erklären.

Ich zog die Augenbrauen hoch. »*Und?*«

Er ließ meine eine Hand los, packte die andere aber noch fester. »Komm.«

Ich folgte Vlad die enge Stiege nach oben. An Deck sah ich den ägyptischen Vampir, der, ebenfalls klitschnass, mit beiläufiger Hochachtung die Überreste meiner Entführer beäugte. Dann wandte er sich um, die Augen vor der grellen Morgensonne abschirmend.

»Verzeihung, dass ich meine Macht gegen dich eingesetzt habe, Leila. Wir hielten es für notwendig, die gesamte Besatzung bewegungsunfähig zu machen, falls irgendwelche Entführer überlebt haben sollten.«

Glaubt ihr im Ernst, ich hätte es nicht gemerkt, wenn mir noch einer ans Leder gewollt hätte?, dachte ich matt.

»Es hätte jemand über Bord springen können, um dich irgendwann aus dem Hinterhalt anzugreifen«, antwortete Mencheres, woraufhin mir wieder einfiel, dass Vlad nicht der einzige Gedankenleser an Bord war. »Daher sind wir die letzten paar Meilen geschwommen. Unter Wasser wird man nicht so leicht gesehen.«

»Deinetwegen hatte ich also das Gefühl, ich würde in unsichtbarem Karbonit stecken?«

Der Vampir zuckte mit den Schultern. »Ich kann per Gedankenkraft Einfluss auf meine Umgebung ausüben«, sagte er in einem Tonfall, als wäre das keine große Sache.

Wenn Mencheres eine solch ungeheure Fähigkeit besaß, sollte Vlad ihn auf all seine Rettungsmissionen mitnehmen. Und auch bei allen Angriffen.

Ein Knurren ließ mich aufsehen. Vlads Gesicht wirkte verschlossen, was mir in Erinnerung rief, dass dies kein glückliches Wiedersehen war.

»Danke, dass ihr gekommen seid«, sagte ich, nun wieder in sachlichem Tonfall. »Die Verletzten sind im Frachtraum, und Maximus liegt in einer Kabine unter Deck.«

Wieder ein unheilvoller Laut von Vlad. »Ich weiß. Ich habe ihn gewittert.«

»Die Menschen brauchen dringend Blut«, sagte ich. »Und aus Maximus müsst ihr das Silber entfernen. Er wirkt schon … mental instabil.«

Damit machte ich mich auf den Weg unter Deck, wobei ich im Stillen alles vor mich hinsang, was mir in den Sinn kam. Wirklich in Vlads Nähe zu sein, war so viel schwieriger, als ihn im Traum zu sehen. Alle Emotionen, die ich zu unterdrücken versucht hatte, drängten mit erbarmungsloser Intensität an die Oberfläche, und das war lediglich die Wirkung, die er auf mein Herz hatte. Meine Hände kribbelten noch von dem kurzen Kontakt mit seiner Haut, und hätten seine nassen Klamotten seinen Körper noch ein bisschen expliziter nachgezeichnet, hätte ich bald für jeden Vampir im Umkreis nach *Eau de Bordell* geduftet.

Bald würde er wieder fort sein, tröstete ich mich. Dann konnte ich meine verräterischen Gefühle wieder durch die

Jagd nach Martys Mörder vertreiben. Hannibal hatte behauptet, er würde seinen Auftraggeber nicht kennen, doch wenn ich erst seine Gebeine abgetastet hatte, würde ich wissen, ob er die Wahrheit gesagt hatte.

Ohne nachzudenken, war ich in Maximus' Kabine gegangen. Er lag noch da wie zuvor, allerdings mit einem auffallenden Unterschied. Er hatte die Augen geöffnet. Silber durchzog das Weiße wie ein gruseliges Adernetz, und sein Blick fixierte eine Stelle oberhalb meiner Schulter.

Ich drehte mich um. Vlad stand hinter mir in der Tür. Ausdruckslos starrte er auf Maximus hinab und zückte ein Messer.

Maximus' Lider schlossen sich flatternd; ob er resigniert oder das Bewusstsein verloren hatte, war schwer zu sagen. Ohne dass ich mich hätte konzentrieren müssen, produzierte meine Hand eine elektrische Peitschenschnur.

»Du hast es versprochen!«

Vlad warf einen Blick auf den gleißenden Strahl, und seine Augen wurden grün.

»Drohst du mir etwa?«

Seine Stimme klang butterweich – und todbringend. Mein Magen verkrampfte sich vor Furcht und Entschlossenheit. Er war fähig, mich zu verbrennen, bevor ich mit meiner Peitsche zuschlagen konnte, aber ich würde nicht nachgeben.

»Ja, wenn du wortbrüchig werden willst.«

Abrupt packte er mein Handgelenk mit eisernem Griff. Jeder andere Vampir wäre rückwärtsgeschleudert worden, wenn er meine voll unter Strom stehende rechte Hand berührt hätte, doch Vlad schluckte die Energie wie einen leichten Stromschlag. Dann beugte er sich vor und strich mir mit der freien Hand das Haar zurück.

Es war die Hand, in der er noch das Messer hielt.

»Ich habe es dir schon einmal gesagt: Ich lasse mich nicht gern als Lügner bezeichnen.« Als er sprach, traf sein Atem meinen Hals wie ganz sachte Schläge. »Aber viel wichtiger ist, dass du mich nicht daran hindern könntest, wenn ich doch mein Wort brechen wollte.«

Ebenso blitzschnell kniete er sich vor Maximus hin und durchtrennte den Stacheldraht mit brutaler Effizienz. Die Peitschenschnur aus Elektrizität, die ich erzeugt hatte, rollte sich zusammen, bevor sie in meiner Hand verschwand wie eine Schildkröte, die den Schutz ihres Panzers sucht.

Nein, er hatte bewiesen, dass ich ihn nicht aufhalten konnte, selbst wenn er seine pyrokinetischen Fähigkeiten aus dem Spiel ließ. Im Augenblick fühlte ich mich ganz als das, was ich war: eine Frau, die sich mit Kreaturen angelegt hatte, die ihr weit überlegen waren. Urplötzlich überwältigte mich ein Gefühl der Einsamkeit. Ich gehörte nicht in die Welt der Vampire, doch dank meiner Besonderheiten passte ich ebenso wenig in die der Menschen.

Ich machte auf dem Absatz kehrt und ging. Es war nicht zu ändern; in jeder Gesellschaft war ich eine Ausgestoßene, aber wenigstens konnte ich die traumatisierten Überlebenden wissen lassen, dass doch noch Hilfe gekommen war.

17

Mencheres und Vlad standen dicht beisammen und redeten so leise, dass ich nichts verstehen konnte. Trotzdem verstummten sie, sobald ich an Deck kam.

Müde verkniff ich mir ein Schnauben. Sie versuchten offenbar nicht mal, sich zu verstellen.

»Mein Verbündeter wird bald hier sein und uns wegbringen«, verkündete Mencheres.

Gut. Ich hatte gerade noch einmal nach Maximus gesehen, weil es ihm schlechter zu gehen schien als den Menschen, was durchaus etwas heißen wollte.

»Setzt mich einfach irgendwo ab, wenn ihr euch um alles gekümmert habt«, sagte ich mit einem abschätzenden Blick auf die Leichen. Als ich vorhin nach Handys gesucht hatte, war es mir egal gewesen, aber jetzt fiel mir ein, dass ein paar der Toten Bargeld bei sich gehabt hatten. Das würde ich für die Suche nach der Vampirin brauchen.

»Leichenfledderei ist unnötig. Du kommst mit mir.«

Ungläubig riss ich den Kopf hoch. Vlad schenkte mir ein Lächeln, das gleichzeitig charmant und herausfordernd wirkte, während man seinen Gesichtsausdruck fast schon als streitlustig hätte bezeichnen können.

Ich reagierte meinerseits aggressiv.

»Ich werde nicht mit dir kommen, weil meine Probleme dich nichts mehr angehen.« Eis war wärmer als mein Tonfall. »Vielen Dank also für die arrogante Anmaßung, aber ich muss leider ablehnen.«

»Deine Probleme gehen mich sehr wohl etwas an«, antwortete er, sein Tonfall so heiter wie meiner kühl gewesen war. »Wenn ich tatenlos zusehe, wie jemand versucht, meine Ex-geliebte in die Luft zu jagen und zu kidnappen, halten meine Feinde mich für schwach und greifen meine Leute an.«

»Ich gehöre nicht zu deinen Leuten, und ich brauche deinen Schutz nicht, wie die ganzen Leichen auf diesem Schiff ausreichend unter Beweis stellen dürften.«

Vlad verging das charmante Lächeln nicht. Ich erstarrte, als mir wieder einfiel, dass er am gefährlichsten war, wenn er lächelte.

»Wie du möchtest.« Dann warf er einen Blick auf die Tür zum Frachtraum. »Ihr Herzschlag ist schwach, und vielleicht schaffen sie es nicht mehr bis ins Krankenhaus. Schade.«

Meine geballten Fäuste waren das einzige äußere Anzeichen für den Zorn, der in mir aufkam. »Du hast mir versprochen, sie zu heilen.«

»Nein«, entgegnete er sofort. »Du hast mich schwören lassen, Maximus weder zu töten noch zu foltern, aber die Menschen hast du vergessen. Ich setze sie gratis im Krankenhaus ab, aber mein Blut hat seinen Preis.«

Ich hatte die Menschen vergessen, weil man Vlad für gewöhnlich nicht bestechen musste, damit er unschuldigen Opfern half. Seinem Gesichtausdruck nach würde er sie, falls ich nicht mit ihm kam, tatsächlich nur im Krankenhaus absetzen. Aber nur Vampirblut konnte ihr Überleben garantieren.

Ich warf Mencheres einen hilfesuchenden Blick zu, doch der andere Vampir schien von den gegen den Schiffsrumpf klatschenden Wellen wie gebannt zu sein. *Echt, jetzt?*, dachte ich angewidert.

Ein beiläufiges Achselzucken war die Antwort. Von ihm war also auch keine Hilfe zu erwarten. Wieder einmal verfluchte ich die Beschränktheit meiner menschlichen Existenz. Vlad hatte mich in die Enge getrieben, und das wussten wir beide.

»Heile sie und bringe sie in Sicherheit, dann komme ich mit dir«, sagte ich, die Kiefer so zusammengepresst, dass ich kaum sprechen konnte.

Sein Zähnefletschen wirkte zu raubtierhaft, um noch als Lächeln durchzugehen. »Kluge Entscheidung.«

Wohl eher nicht, doch wenn ich das Leben dieser Leute nicht gefährden wollte, blieb mir keine Wahl.

Vom Hubschrauber aus sah ich auf das Schiff hinab. Wir waren inzwischen so hoch, dass das Wasser von den Rotorblättern nicht länger aufgewirbelt wurde. Vlad saß zusammen mit Mencheres vorn, während ich hinten bei den Menschen war und versuchte, die weinenden Mädchen davon zu überzeugen, dass *diese* Vampire sie nicht aussaugen würden.

Meine Tröstungsversuche wurden jäh unterbrochen, als das Boot von einem unirdischen blauen Leuchten erfasst wurde. Einige Augenblicke lang konnte ich mir nicht erklären, was da vor sich ging. Dann lenkte ein feuriges Blitzen meine Aufmerksamkeit auf Vlad. Der saß mit schiefem Lächeln im Gesicht da, als wäre er vollkommen entspannt, doch seine beiden Hände standen in Flammen.

Mein Blick ging wieder zum Schiff. Jetzt war mir klar, was das blaue Leuchten zu bedeuten hatte. Feuer. Vlad saß weiter ganz entspannt da, selbst noch als das Schiff mit einem derart spektakulären *Rums!* in die Luft flog, dass der Helikopter erbebte und überall im See flammende Trümmerteile landeten.

»Jetzt können wir los«, sagt er zu dem Piloten, einem muskulösen blonden Vampir, den Mencheres Gorgon genannt hatte.

Ich schloss den Mund mit einem hörbaren Klacken. Vlad hatte keinen Sprengstoff im Schiff angebracht. Er hatte es allein mit seiner Macht zerstört, und obwohl ich schon gesehen hatte, wie er Leute in Flammen aufgehen ließ, war mir das volle Ausmaß seiner Fähigkeiten nicht bewusst gewesen. Da er gerade eben eine Vierzig-Meter-Yacht wie einen Feuerwerkskörper in die Luft gejagt hatte, durfte ich mich wohl geschmeichelt fühlen, weil er als Antwort auf meine Drohung vorhin nicht laut losgelacht hatte. Die Explosion eben hatte eine genauso zerstörerische Wirkung gehabt wie die Gasleitungsbombe …

»Scheiße«, entfuhr es mir, als mir etwas einfiel. »Wir haben keine Knochen von den Vampiren mitgenommen.«

Den verkokelten Körperteil von Adrians Leiche hatte ich auch nicht mehr. Hannibal hätte ihn nicht mal mitgenommen, wenn ich ihn darum gebeten hätte. Entführer waren notorisch unkcoperativ.

»Das waren bezahlte Söldner, aus ihren Knochen hättest du kaum etwas Sinnvolles erfahren«, bemerkte Vlad. Er fragte mich nicht, was es mit meinen Gedanken an Adrians Überreste auf sich hatte. Konnte sich wohl denken, warum Maximus und ich das Zeug mit uns herumgeschleppt hatten.

»Das Schiff habe ich in die Luft gejagt, damit niemand dir

etwas nachweisen kann, und damit Hannibals Auftraggeber weiß, dass er es von jetzt an mit mir zu tun kriegt. Falls es keine Auftraggeberin ist«, fügte er nachdenklich hinzu.

Das hatte er wohl auch aus meinen Gedanken. In dem Augenblick stöhnte Maximus laut, was meine Aufmerksamkeit wieder auf ihn lenkte.

»Warum hast du noch nicht angefangen, das Silber aus ihm zu entfernen?«

Vlads Lächeln blieb, wurde aber strenger.

»Dazu muss ich viel schneiden, andernfalls ist es wirklich Folter für ihn. Gorgon steuert den Hubschrauber. Mencheres könnte ihn zwar niederhalten, aber du weißt nicht, wie man das Zeug korrekt entfernt.«

Ich schluckte. Die Vorstellung, dass Maximus weiter leiden musste, war mir zwar ein Gräuel, doch ich wollte Vlad auch nicht die indirekte Erlaubnis erteilen, ihn zu foltern. Also hieß es weiter abwarten.

»Wohin fliegen wir?« *Bitte sag jetzt nicht, zurück zu deiner Festung, bitte sag nicht, zurück zu deiner Festung …*

»Gut.« In Vlads glänzenden Kupferaugen tauchten smaragdfarbene Fünkchen auf. »Ich sag's nicht.«

Zum zweiten Mal innerhalb von zehn Minuten entfuhr mir das Wort »Scheiße«. Vlad lachte nur in sich hinein, ein Laut, so verlockend und unbarmherzig wie der Mann selbst.

Mencheres wohnte mit seiner Frau Kira nahe Chicago, was erklärte, warum er so schnell bei Vlad hatte sein können. Als Erstes legten wir einen Halt bei ihm zu Hause ein, was mich aus zweierlei Gründen erleichterte. Erstens begannen mehrere von Mencheres' Leuten sofort, sich mit Maximus zu beschäftigen. Zweitens konnte ich duschen und den übergroßen Kälteanzug ausziehen, in den Hannibal mich gesteckt hatte. Kira lieh mir netterweise ein paar Klamotten, und so vornehm, wie Mencheres und sie wohnten, würde sie die so schnell auch nicht wieder brauchen.

Ich hatte mich kaum angezogen, da war es auch schon Zeit zu gehen. Gorgon brachte Vlad und mich mit dem Heli zu einem nahegelegenen Privatflugplatz, wo Vlads Jet aufgetankt bereitstand. Und was Maximus anging … na ja. Vlad hielt zwar sein Wort, hatte ihm aber offensichtlich nicht verziehen. Ich bekam nicht mal die Chance, mich von ihm zu verabschieden, doch darauf zu bestehen, hätte alles nur noch schlimmer gemacht. Ich hatte keinen Keil zwischen die beiden treiben wollen, aber geschehen war geschehen.

Erst als wir in Vlads schicken Lear Jet stiegen, wurde mir voll bewusst, worauf ich mich eingelassen hatte. Zum zweiten Mal in meinem Leben wurde ich in Vlads Festung verschleppt, weil irgendein Unbekannter versuchte, mich auszunutzen oder umzubringen, vielleicht auch beides. Und Vlad schützte mich nur, weil es in seinem Interesse lag. Was für ein Déjà-vu.

Als er sich setzte und mir wie bei unserem ersten Flug nach Rumänien die Hand entgegenstreckte, machte irgendetwas in mir klick.

»Nein.«

Er zog die Augenbrauen hoch. »Wäre es dir lieber, wenn das Flugzeug abstürzt, weil du zufällig die Elektronik lahmlegst? Sei nicht kindisch, Leila, du weißt, dass du sonst Handschuhe tragen müsstest, und wir haben keine.«

»Mir egal.«

Zu meinem Entsetzen schossen mir Tränen in die Augen,

doch ich hatte schon meine gesamte Kraft verbraucht, um mich zu befreien und meine Entführer zur Strecke zu bringen, und so hatte ich keine mehr übrig, um dagegen anzukämpfen.

»Letzten Monat bin ich zurückgewiesen, in die Luft gejagt, beschossen, unter Drogen gesetzt und entführt worden, aber ich würde lieber all das noch einmal durchstehen, als deine Hand zu halten und so zu tun, als ob … als ob alles, was zwischen uns passiert ist, bedeutungslos wäre.« Meine Stimme brach. »Für dich ist das ja vielleicht so, aber mir tut schon das Zusammensein mit dir weh, und ich kann mir nicht vormachen, dass es nicht noch tausendmal schlimmer wird, wenn ich dich anfasse.«

Ich wischte mir die verräterischen Tränen weg und machte mich auf Vlads Spott gefasst. Oder darauf, dass er mir mal wieder auf seine kühle, pragmatische Art klarmachte, dass es ihm nur um meine Gesundheit ging. Aber er sagte nichts. Er sah mich nur an, erst noch zynisch distanziert, dann fast schon bohrend.

»Ich möchte dich auch nicht anfassen.«

Die Worte waren wie ein Schlag ins Gesicht, doch bevor ich etwas erwidern konnte, fuhr er fort.

»Niemand fühlt sich so an wie du, und schon die leichteste Berührung erinnert mich grausam an das, was ich verloren habe. Ich kann deinen Anblick kaum ertragen, weil du noch schöner bist, als ich dich in Erinnerung behalten wollte, und als ich Maximus von diesem Draht befreit und dich überall an ihm gerochen habe, wollte ich ihn dringender töten als jemals irgendjemanden sonst, doch das durfte ich nicht, weil ich es dir versprochen hatte.«

Seine Stimme wurde heiser. »Und jetzt setz dich und nimm

meine Hand, Leila. Die Piloten warten auf das Kommando zum Abflug.«

Immer weiter rannen mir die Tränen über die Wangen, jetzt allerdings aus einem anderen Grund.

»Ich bedeute dir etwas.«

Ich hatte die Worte in einer Art verzweifeltem Staunen geflüstert. Er würde von seinem Schwur, niemanden zu lieben, eindeutig nicht abweichen, doch was seine Gefühllosigkeit anging, hatte ich mich getäuscht. Dass er all das zugegeben hatte, war bereits Überraschung genug; die Tatsache, dass er es in Hörweite der Piloten getan hatte, war allerdings ein echter Schock.

Vlad schnaubte. »Keine Bange. Ich bringe sie um, sobald wir gelandet sind.«

Ich lachte, was ich vor fünf Minuten noch für unmöglich gehalten hätte. »Tust du nicht.«

»Doch, wenn sie irgendetwas weitertratschen.«

Das glaubte ich ihm, und obwohl es mir nur noch einmal vor Augen führte, warum ich vor diesem todbringenden, arroganten, nervtötend komplexen Mann hätte fliehen sollen, setzte ich mich und ergriff seine Hand. Ich hätte so tun können, als bliebe mir keine Wahl, aber das wäre gelogen gewesen. Er hätte einen seiner Piloten Handschuhe kaufen lassen können. Verdammt, er hätte bereits jemanden damit beauftragen können, als wir noch bei Mencheres gewesen waren. Ich selbst hätte den Gummianzug mitnehmen können, in den meine Kidnapper mich gesteckt hatten; das Fliegen war schließlich immer schon ein Problem für mich. Aber wir hatten beide nichts unternommen. Tief drinnen hatten wir es wohl beide so gewollt, egal, wie sehr es uns schmerzte.

Seine Hand schloss sich um meine, und der Strom, der in mir floss, fuhr in ihn, als hätte er ihn auch vermisst. Ich erwiderte seinen Blick, und noch etwas entflammte zwischen uns, nichts Spürbares wie der Strom, der aus meinem Körper in seinen floss, aber genauso real. Ich bekam kaum mit, wie er die Piloten anwies zu starten, und das Grollen der Triebwerke war leise im Vergleich zu meinem Herzschlag, als er mir das Haar zurückstrich und mein Gesicht streichelte.

»Du hättest mich nie verlassen dürfen.«

Auch ich streckte die Hand aus und fuhr ihm mit den Fingern über das stoppelbärtige Kinn, bevor ich sie höher zu den glatten Bogen seiner Wangenknochen wandern ließ. »Du hättest mich nicht so weit treiben dürfen.«

Seine Lippen formten sich zu etwas, das man nicht ganz als Lächeln bezeichnen konnte. »Du willst doch eigentlich gar nicht von mir geliebt werden, Leila.«

Ich stieß ein Schnauben aus. »Willst du dir das einreden?«

»Ich weiß es«, sagte er, jetzt mit einem Hauch Zorn in der Stimme.

»Weißt du noch, der Traum, den ich immer hatte?«, flüsterte ich. »Der mit der Kaskade aus Flammen? Irgendwann bin ich darauf gekommen, wessen Stimme mir zur Flucht geraten hat. Es war meine, und du bist das Feuer, das ich nicht festhalten konnte, egal, wie sehr ich es versuchte. Deshalb musste ich gehen, Vlad. Wäre ich geblieben, hätte mich deine Weigerung, auch nur in Betracht zu ziehen, dass du mich lieben könntest, irgendwann zerstört.«

Als er zu einer Antwort ansetzen wollte, schloss ich die Augen und legte ihm den Zeigefinger auf die Lippen.

»Ich will mich nicht streiten. Im Augenblick will ich einfach nur das tun, was ich vorhatte, als ich vor ein paar Tagen davon geträumt habe, hier mit dir im Flieger zu sein.«

Und damit vergrub ich den Kopf an seiner Halsbeuge und legte ihm den Arm über die Brust. Er machte sich steif, schickte sich aber nicht an, mich wegzuschieben.

»Das wolltest du also tun, als du in jener Nacht zu mir gekommen bist?« Seine Stimme klang rau.

Ich nickte und fragte mich, ob er wütend war. Es war zwar eine Verletzung seiner Privatsphäre, und Vlad ließ sich nicht einfach von jedem anfassen, aber immerhin hatte ich ja geglaubt, ich würde träumen …

Schließlich legte er den freien Arm um mich und entspannte sich. Dann spürte ich eine Berührung auf dem Scheitel, zu kurz, um sagen zu können, ob sie von seinem Kinn oder seinen Lippen kam. Irgendwo tief in mir begann sich ein fest verschnürter, schmerzhafter Knoten zu lösen.

Und mit einem Mal wünschte ich mir, der Flug nach Rumänien würde länger als zwölf Stunden dauern.

18

Entweder hatten die Drogen, mit denen Hannibal mich vollgepumpt hatte, eine nachhaltige Wirkung, oder ich hatte gar nicht gemerkt, wie erschöpft ich war. So oder so; ich verschlief fast den ganzen Flug. Als ich aufwachte, war Vlad wieder so reserviert wie immer, was, wie ich mir sagte, auch das Beste war. Im Grunde hatte sich ja nichts geändert, nur wusste ich jetzt, dass unsere Trennung nicht nur mir zugesetzt hatte – ein schwacher Trost für meinen gekränkten Stolz, aber keine Hilfe für mein nach wie vor blutendes Herz. Die letzten paar Stunden verbrachten wir in gespanntem Schweigen. Als wir gelandet waren und ins Auto umstiegen, konnte ich es nicht erwarten, zu seinem Anwesen zu kommen, um etwas Abstand zwischen uns zu schaffen.

Mein Wunsch wurde mir zwar erfüllt, aber natürlich mal wieder auf grandios lausige Weise.

Ich hatte Vlads Anwesen schon oft gesehen, doch als wir vorfuhren und ich ausstieg, verschlug es mir von Neuem den Atem. Über vier Etagen leuchtend weißes und graues Mauerwerk erhoben sich vor mir, dessen beeindruckende Wirkung noch von den dreieckigen Türmchen verstärkt wurde, die an jeder Ecke des Gebäudes prangten. Jede Säule, jeder Balkon und jedes Fenster war von prächtigen Ornamenten geschmückt, und steinerne Wasserspeier hielten auf himmelhohen Türmen Wacht. Die ganze Limousine hätte durch das dreieinhalb Meter hohe und vier Meter fünfzig breite Eingangstor mit seinen antik wirkenden Türklopfern in Drachenform gepasst, die eigentlich gar nicht gebraucht wurden. Kaum hielt der Wagen an, schwangen die Torflügel weit auf, und links und rechts davon tauchten Wächter auf.

Gerade staunte ich darüber, wie grün die Bäume geworden waren, als ein zierliches Mädchen mit schulterlangem schwarzen Haar aus dem Haus geschossen kam.

»Gretchen«, sagte ich, gleichermaßen überrascht wie erfreut, meine Schwester zu sehen. »Was machst du hie…?«

Eine schallende Ohrfeige schnitt mir das Wort ab. Ich starrte Gretchen mit offenem Mund an und rieb mir die Stelle, an der sie mich getroffen hatte.

»Wie *konntest* du nur?«, rief sie. »Du hast uns glauben lassen, du wärst *tot*! Dad und ich haben schon deine verdammte *Beerdigung* arrangiert, als er«, eine wilde Geste in Richtung Vlad, »aufgetaucht ist und gesagt hast, du wärst am Leben, und wir müssten zu unserer eigenen Sicherheit mit ihm kommen! Dann rufst du nicht *ein*mal an, und keiner sagt uns was, bis es vor zehn Minuten heißt, du kommst gleich!«

»Dad ist auch hier?«

»Ja, bin ich«, erklang eine stahlharte Stimme hinter Gretchen.

Ich schluckte schwer und hatte plötzlich das Gefühl, in der Zeit zurückversetzt und wieder ein Kind zu sein, das seine Strafe erwartet. Ein schlanker Mann mit grau meliertem Haar erschien in der Tür, aufrecht, obwohl er sich stärker auf seinen Gehstock stützte als bei unserem letzten Zusammentreffen.

»Du hast Wort gehalten«, sagte mein Vater, aber er sah nicht mich an. Sein Blick ging zu Vlad.

»Ich halte immer mein Wort«, antwortete der Angesprochene, bevor er an meinem Vater vorbei in die große Eingangshalle ging.

»Was hast du zu deiner Verteidigung zu sagen?«, wollte Gretchen von mir wissen, was meine Aufmerksamkeit wieder auf sie lenkte.

Ich machte den Mund auf … und nichts kam heraus. Was *konnte* ich auch sagen? Ich hatte ihnen verschwiegen, dass ich noch lebte, weil ich fürchtete, Vlad würde sie als Faustpfand benutzen, falls er hinter dem Bombenanschlag steckte. Damals hatte das plausibel geklungen, ließ sich heute aber getrost ausschließen, da Vlad sie schnellstmöglich in Sicherheit gebracht hatte.

Mein schlechtes Gewissen traf mich härter als gerade noch die Ohrfeige meiner Schwester. Nicht nur meine Familie hatte ich glauben lassen, ich wäre tot, auch Vlad. Und während ich mit Maximus durchgebrannt war und an ihm gezweifelt hatte, hatte er meine Familie in Sicherheit gebracht und mich gesucht.

Das Wort *Entschuldigung* wurde der Situation nicht einmal annähernd gerecht.

»Ich wollte euch nicht wehtun«, sagte ich, und es klang so unpassend, wie es war.

Gretchen schenkte mir einen vernichtenden Blick. Dann machte sie auf dem Absatz kehrt und stürmte davon. Augenblicke später schlug eine Tür zu.

Ich blieb mit meinem Vater und den beiden Vampiren zurück, die mit ausdruckslosen Gesichtern weiter die Türflügel aufhielten. Hugh Dalton warf mir einen langen, wortlosen Blick zu und seufzte dann.

»Vlad meinte, du hättest uns durch deine Täuschung schützen wollen. Stimmt das?«

»Ja.« In meiner Kehle formte sich ein Kloß. *Er wusste auch, warum ich es getan hatte.* Meine Beschämung hätte größer nicht sein können.

»Tja.« Mein Vater schenkte mir ein kühles Lächeln. »Ich würde noch mehr sagen, aber ich denke, durch Gretchens Ohrfeige erübrigt sich das. Denk nächstes Mal besser nach, ja?«

Ich schluckte schwer, weil ich so vieles bereute, dass ich gar nicht wusste, wo ich mit den Selbstvorwürfen anfangen sollte.

»Mach ich.«

Ein Vampir namens Oscar eskortierte mich zu genau dem Zimmer, das ich vor meiner Trennung von Vlad bewohnt hatte. Es lag im ersten Stock, ganze zwei Etagen unter Vlads Suite. Das Bett mit dem Spitzenhimmel, der Marmorkamin, der riesige antike Kleiderschrank und die indigoblauen Wände hätten eigentlich kein deprimierender Anblick sein sollen, waren es aber. Einige Monate zuvor hatte ich den Raum das Blaue Gemach getauft, weil es in dieser Farbe gestrichen war und mir in einer Vision eine weinende junge Frau erschienen war, die vor mir hier gewohnt und offensichtlich den Blues gehabt hatte. Ihre Beziehungsprobleme hatten sich am Ende in Wohlgefallen aufgelöst, wie ich feststellen durfte, als ich später sie und ihren Mann kennenlernte. Meine eigene Lage war aussichtslos.

Laut rumänischer Ortszeit hatten wir zwar gerade mal zehn Uhr morgens, doch in Greenwich-Vampir-Zeit war es praktisch mitten in der Nacht. Ich unternahm daher auch keinen Versuch, das Gespräch mit Vlad zu suchen. Ich hatte zwar den ganzen Flug verschlafen, aber womöglich war er die ganze Zeit wachgeblieben, um sicherzugehen, dass meine Hand nicht zufällig die Maschine lahmlegte. Außerdem wusste ich nicht so recht, was ich ihm sagen sollte.

Ich duschte und zog mir etwas über, das ich in dem vollen Kleiderschrank vorfand, und war nicht überrascht, dass mir die Sachen perfekt passten. Vlads Haus war stets mit allem ausgestattet. Dann ging ich ins Erdgeschoss, an mehreren prächtigen Räumen vorbei, und steuerte eine abgelegene Ecke im Osten des Anwesens an.

Es war die Küche, und als ich dort angekommen war, freute ich mich, ein vertrautes Gesicht zu sehen.

»Hi, Isha«, grüßte ich die rundliche, grauhaarige Frau, eine der vielen Köchinnen im Haus. Vlads Wachen waren zwar Vampire, wie auch der Rest seiner Bediensteten, doch er sorgte stets dafür, dass die menschlichen Blutspender, die hier wohnten, wie Könige lebten und verköstigt wurden. Gleiches galt für seine Gäste. Ich hätte mir das Essen aufs Zimmer bringen lassen können, wollte aber nicht die feine Dame spielen.

Isha hielt im Gemüsehacken inne. »Miss Dalton«, antwortete sie mit ihrem ausgeprägten rumänischen Akzent. »Wie kann ich Ihnen helfen?«

Ich stutzte. Früher hatte sie mich geduzt. Bildete ich mir das nur ein, oder maß sie mich mit einem verbindlich-scheelen Blick?

»Lass nur. Ich wollte mir nur etwas Obst und Käse holen.«

Isha stand vor dem riesigen Kühlschrank, bevor ich auch nur zwei Schritte in die Küche getan hatte.

»Miss Dalton, bitte lassen Sie mich wissen, wo Sie Ihr Frühstück einnehmen möchten; ich lasse es Ihnen jederzeit bringen.«

Jetzt war ich wirklich fassungslos. Unzählige Male schon hatte ich mich hier selbst bedient und dabei meist noch einen netten Plausch mit Isha oder einem der anderen Köche gehalten.

»Keine Ursache, ich hole mir selbst etwas«, versuchte ich es noch einmal.

Ishas Augen wurden schmal, während sie ein Lächeln aufsetzte, das Fältchen in ihrem Gesicht zum Vorschein brachte, die erkennen ließen, dass sie bei ihrer Verwandlung bereits um die sechzig gewesen sein musste.

»Unsinn, es ist mir ein Vergnügen. Möchten Sie das Essen in Ihrem Schlafgemach oder im Salon im ersten Stock serviert haben?«

Ihr Tonfall hätte verbindlicher nicht sein können. Ebenso ihre Worte, und doch kam es mir vor, als hätte ich einen Tadel erhalten.

»Im Salon, bitte. Äh, danke, Miss …« Mist, ich kannte nicht einmal ihren Nachnamen. »Nennen Sie mich Isha, Liebes!«, hatte sie bei unserem ersten Zusammentreffen gesagt, und seither hatten wir uns immer geduzt.

Ohne ein Wort drehte sie sich um und wandte sich wieder ihrem Schneidebrett zu. Schneller als eine Küchenmaschine zerkleinerte sie einen Haufen Gemüse, während die Morgensonne auf der Schneide ihres Messers blitzte.

Ich ging, beschloss aber, den langen Weg zurück zu meinem Zimmer zu nehmen. Ich wollte noch etwas nachprüfen.

Auf meinem Rundgang im Erdgeschoss grüßte ich geflissentlich jeden, den ich kannte. Alle waren einwandfrei höflich, aber Leute, die ich einst als meine Freunde betrachtet hatte, ließen die Frauen von Stepford jetzt geradezu herzlich aussehen. Hätte ich die Sinne eines Untoten gehabt, hätte der Dunst ihrer Missbilligung mir bestimmt den Atem verschlagen.

Woran das lag, konnte ich mir leicht denken. Ich hatte wohl etwas Unverzeihliches getan, als ich mich von ihrem Herrn und Meister getrennt hatte. Selbst wenn sie gelauscht hatten und meine Gründe kannten, meinten sie offenbar, ich sollte dankbar für jeden Krümel Aufmerksamkeit sein, den Vlad mir zukommen ließ.

Jetzt wusste ich, wie sich eine Flipperkugel im Automaten fühlte – alles, was ich berührte, schien mich so schnell wie möglich von sich wegzustoßen. Eigentlich hätte es mich nicht kümmern sollen, dass Vlads Angestellte mir die kalte Schulter zeigten, aber es kränkte mich trotzdem. Mein Magen knurrte und erinnerte mich daran, dass ich schon über einen Tag lang nichts zu mir genommen hatte, doch statt in den ersten Stock ging ich zu einer schmalen Treppe hinter dem Wintergarten. Ich stieg hinab und öffnete die zweite Tür hinter der Kapelle.

Der Fitnessraum. Ich hatte fast meine ganze Kindheit in Sporthallen verbracht, sodass die Seilzüge, Matten, Gewichte, das Trampolin und die Stufenbarren für mich mehr als nur Sportgeräte waren. Sie waren Zeitmaschinen, die mich in eine unbekümmerte Vergangenheit zurückversetzten, eine Zeit, bevor ich die abgerissene Hochspannungsleitung berührt hatte. Ich stieg aufs Trampolin und begann eine Sprungfolge, doch sie erinnerte mich zu sehr an meine Nummer mit Marty. Ich sprang also herunter und wandte mich einer Turnmatte zu, um dort etwas gegen meinen Kummer zu tun.

Ich begann mit dem Programm, das ich bis zur Perfektion geübt hatte, als ich dreizehn gewesen war und die Chance hatte, in die Olympiariege der Bodenturner vorzustoßen. Im Augenblick war ich zwar weder im Training, noch trug ich die richtigen Klamotten, schaffte aber trotzdem alle Übungen. Dann eine andere Sequenz und noch eine. Bald waren meine Jeans und mein T-Shirt schweißnass, aber ich dachte nicht ans Aufhören. Irgendwann war ich so verausgabt, dass ich fast die Stimme meiner Mutter hören konnte.

»Na, meine kleine Meisterturnerin? Ich bin so stolz auf dich, Schätzchen …«

»Leila!«

Die weibliche Stimme hatte ich mir nicht eingebildet. Sie kam von einem Mädchen mit erdbeerblonden Haaren am anderen Ende des Raumes.

»Hey, alle zusammen, Leila ist wieder da!«, rief Sandra in den Flur. Dann kam sie grinsend auf mich zugestürmt. »Warum hast du uns nichts gesagt?«

Ihre ehrliche Freude war Balsam für meine Seele. Hätte ich ihr damit keinen tödlichen Elektroschock verpasst, hätte ich sie bestimmt eine Stunde lang an mich gedrückt.

»Ich, äh …« *Ich hatte Angst, dass ich wieder angebrüllt oder abgewiesen werde,* hätte ich ehrlicherweise antworten müssen. »… wusste nicht genau, ob ihr wach seid«, sagte ich schließlich lahm.

Sandra lachte. »Vor einer Stunde habe ich noch geschlafen, aber das wäre schon okay gewesen. Wieso bist du wieder da? Hast du dich wieder mit Vlad …«

»Da ist sie ja!«, schnitt Joe ihr das Wort ab. Und ehe ich mich versah, hatte ich auch schon allen meinen alten Freunden Hallo gesagt und die für die Morgenschicht eingeteilten neuen Blutspender kennengelernt.

»Los, du musst uns alles erzählen«, bestimmte Sandra. Dann grinste sie. »Ich wollte eigentlich eh keinen Sport machen.«

Alles konnte ich ihr zwar nicht erzählen, aber ein paar Details waren schon drin. Außerdem gab es hier unten auch eine Küche, und anders als oben waren dort keine Vampire, die schlecht auf mich zu sprechen waren.

19

Nach einigen vergnüglichen Stunden mit Sandra und den anderen Sterblichen ging ich zurück nach oben. Dort verbrachte ich einige weniger vergnügliche Stunden mit Gretchen und meinem Vater, denen ich zu erklären versuchte, dass irgendein *Unbekannter* die Gasleitungsbombe gelegt hatte und ebendieser Unbekannte meine Familie als exzellenten Köder angesehen hätte, falls ihm – oder ihr – klar geworden wäre, dass ich überlebt habe. Mein Vater, ein Lieutenant Colonel a. D., verstand das und schien bereit, mir zu verzeihen. Ich fragte mich, ob Gretchen das je können würde.

Schließlich zog ich mich auf mein Zimmer zurück und nahm eine Dusche. Als ich sauber und angezogen war, sah ich aus dem Fenster in den dunkler werdenden Himmel und versuchte, mich nicht zu fragen, ob Vlad gerade wach wurde. Er hatte schließlich jedes Recht, wütend auf mich zu sein. Egal, wie kühl er unsere Beziehung beendet hatte und wie schwer es mir fiel, in seiner Nähe zu sein, schuldete ich ihm doch noch eine Entschuldigung, weil ich geglaubt hatte, er würde hinter dem Bombenanschlag auf mich stecken. Wenn ich ihn das nächste Mal sah, würde ich das nachholen.

Bis dahin lenkte ich mich ab, indem ich mich fragte, wie es Maximus wohl gerade ging. Die Angestellten wollte ich nicht fragen, und Vlad würde wohl im wahrsten Sinne des Wortes explodieren, wenn ich mich bei ihm erkundigte. Es gab jedoch noch eine andere Möglichkeit herauszufinden, ob es Maximus besser ging.

Ich fuhr mir mit der rechten Hand über die Haut, um die Essenzspur zu finden, die Maximus dort hinterlassen hatte. Dann konzentrierte ich mich darauf, bis das Blaue Gemach verschwand und völlige Finsternis mich umgab. Einen Augenblick lang war ich verwirrt. Dann sah ich ein grünes Leuchten und hörte Vlads Stimme.

»… mein Wunsch war es nicht. Ich würde dich lieber umbringen.«

Ein schwerer Seufzer. »Und warum tust du es dann nicht?«

Maximus' Stimme. Ich konnte ihn noch immer nicht sehen, doch zu meiner Erleichterung schien er bei Sinnen zu sein. Wo waren die beiden, dass das einzige Licht aus Vlads Augen kam?

»Leila.« Mein Name hing in der pechschwarzen Finsternis. Vlad ließ ein kurzes Auflachen hören. »Sie wollte mir erst sagen, wo sie ist, wenn ich ihr schwöre, dass ich dich weder foltern noch töten werde.«

Auch Maximus stieß ein Auflachen aus, und es klang ebenso freudlos wie das von Vlad. »Ewige Gefangenschaft hat sie vergessen zu erwähnen.«

»Sie ist jung«, sagte Vlad, »und ewig wird es vielleicht nicht dauern. In ein, zwei Jahrhunderten ist mein Zorn auf dich womöglich verraucht, und ich lasse dich frei.«

Ein Klirren, dann tauchten zwei weitere grüne Leuchtpunkte in der Dunkelheit auf. Maximus' Augen, die ausreichend Helligkeit spendeten, dass ich sehen konnte, wie sein Gesicht sich gegen dicke Metallstangen presste.

»Bis dahin ist sie längst tot«, krächzte er.

Vlads Augen begannen heller zu leuchten. »Ach ja?«

Jetzt wusste ich, wo die beiden waren, und Zorn überkam mich. Maximus war nicht bei Mencheres. Er war ungefähr dreißig Meter unter mir in Vlads Verlies!

»Leila hat dein Angebot abgelehnt, sich von dir zur Vampirin machen zu lassen.« Maximus' Tonfall wurde strenger. »Sie ist fertig mit dir, schon vergessen?«

Vlads Lachen erschallte, ein tiefes, unerbittliches Grollen wie Donner während eines Frühlingsgewitters. »Würdest du das glauben, hättest du mir nicht verheimlicht, dass sie noch am Leben ist. Dir war wohl klar, dass ich sie zwar gehen, aber nicht *los*lassen würde. Deshalb hast du dafür gesorgt, dass sie mich nicht anruft, indem du ihr eingeredet hast, ich würde hinter dem Bombenanschlag stecken.«

»Wäre durchaus möglich gewesen.«

Vlads Hände schnellten vor und schlossen sich um die von Maximus. Nur die dicken Metallstangen trennten noch die Gesichter der beiden Vampire, als Vlad sich vorbeugte.

»Das musst du dir ja einreden«, sagte er leise. »Sonst hättest du mich für nichts hintergangen.«

Die grell leuchtenden Augen der beiden Vampire ließen jede Nuance ihrer kieselharten Mienen erkennen. Irgendwann verzog Maximus den Mund und riss sich von Vlad los.

»Oh, für *nichts* würde ich nicht sagen.«

Mir klappte die Kinnlade runter. Was er damit meinte, war klar, wie Vlads aufflammende Hände bewiesen. Einerseits verletzte mich Maximus' Lüge, andererseits wollte ich Hurra schreien, weil er Vlad seiner Hilflosigkeit zum Trotz eins ausgewischt hatte.

Und ich würde Maximus helfen. Ihn in ein Verlies zu sperren, war in meinen Augen Folter, insbesondere da Vlad ihn dort ein oder zwei Jahrhunderte schmoren lassen wollte.

Vlad schnauzte eine Antwort, doch um mich herum verschwamm alles, und jede Menge Blau ersetzte die Schwärze des Verlieses, als meine Verbindung zu Maximus abriss. Als ich die Orientierung wiedergewonnen hatte, war mir schwindlig, und ich brauchte keinen Spiegel, um zu merken, was das Warme war, das mir aus der Nase lief. Ich war so wütend, dass es mich nicht kümmerte. Vlad dachte wohl, er hätte mir einen Dämpfer verpasst, aber ich würde ihm das Gegenteil beweisen.

Ich wischte mir das Blut von der Oberlippe, stürmte aus dem Zimmer und nahm die Treppen zum Wintergarten und ins Untergeschoss praktisch im Laufschritt. Statt wie üblich nach rechts, bog ich diesmal in den linken Gang ab. Meine Schritte hallten in der Enge, aber ich bremste erst auf den letzten zwanzig Metern ab. Immerhin wollte ich an den Wachen vorbei, und denen entgegenzurennen, würde mir nichts bringen.

Der Gang beschrieb eine Kurve, wurde noch schmaler und endete schließlich vor zwei Vampiren, die eine dreißig Zentimeter dicke Eisentür bewachten.

»Tut mir leid, Miss Dalton, Sie können hier nicht rein«, sagte der Blonde. Dann runzelte er die Stirn. »Sie bluten ja.«

Ich schenkte ihm mein bestes Hilfloses-Frauchen-Lächeln und hoffte, dass er den Zorn, nach dem ich stank, für etwas anderes halten würde.

»Ich weiß, deshalb müssen Sie mich ja auch durchlassen. Vlad muss sich um mich kümmern. Vielleicht ist es was Ernstes.«

Die Wachen tauschten einen misstrauischen Blick. »Er sagt, Sie dürfen hier nicht runter«, verkündete der vierschrötige, rothaarige Wachmann. »Ich stelle Ihnen aber gern mein eigenes Blut zur Verfügung …«

»Würde Vlad da nicht wütend werden?«, unterbrach ich ihn mit weit aufgerissenen Augen. »Wenn ich Ihr Blut trinke, obwohl er ganz in der Nähe ist?«

Die Wachen tauschten einen noch misstrauischeren Blick, und ich lächelte. *Ja, ja. Denkt schön darüber nach, wie eifersüchtig ihr Vampire seid, und dass ich während meines ersten Aufenthalts hier ausschließlich Vlads Blut getrunken habe.* Ich trug noch dicker auf, indem ich tat, als würde ich schwanken, woraufhin der blonde Wachmann mich zwar eilfertig stützte, aber auch gleich wieder die Hände zurückriss und sich schuldbewusst umsah, sobald ich mich wieder aufgerichtet hatte.

Schachmatt.

»Ich hole Erlaubnis ein, Sie durchzulassen«, versprach der Rothaarige. *Der* ließ sich nicht so leicht an der Nase herumführen. War wohl verheiratet.

Ich sackte dramatisch in mich zusammen. Wie erwartet fingen starke Arme mich auf, bevor ich zu Boden fiel. Dann spürte ich, wie ich hochgehoben und schnell wie der Wind die schmale Stiege zum Verlies hinuntergetragen wurde. Mit geschlossenen Augen und hängendem Kopf ließ ich mich an mehreren Kontrollpunkten vorbeiwinken. Keiner der Wachleute wollte schuld an meinem Tod sein, aber sie hatten auch alle zu viel Angst, um mir ihr Blut einzuflößen.

Als schließlich mit einem Quietschen die vierte und letzte Tür aufschwang, setzte ich mich auf und versuchte, mich aus den Armen zu lösen, die mich hielten. Ich musste es den Wachen ja nicht noch einfacher machen, mich wegzuschleppen, wenn meine List aufflog.

»Lassen Sie mich runter«, befahl ich dem Wachmann, bei dem es sich, wie sich herausstellte, nicht um den Rotschopf, sondern um den Blonden handelte. Na klar.

Meine Füße hatten kaum den Boden berührt, da zerschnitt Vlads donnernde Stimme die uns umgebende Finsternis.

»Was zum Teufel macht sie hier?«

20

Ehe Vlad selbst erschien, zeigte sich ein orangefarbenes Leuchten, in dem ich erkennen konnte, dass der Monolith im Zentrum des Verlieses – anders als bei meinem letzten Besuch – nicht leer war. Zwei Vampire hingen an den dornengespickten Silberketten, einen dritten hatte man vor ihnen gepfählt. Als Vlad näher kam, erkannte ich im Licht seiner flammenden Hände, durch welche Körperöffnung der lange Pfahl eingedrungen war.

»Das ist *krank*«, keuchte ich, vorübergehend abgelenkt.

Vlad ignorierte es und stieß dem Wachmann einen flammenden Finger in die Brust. »Du hast dir eine schmerzhafte Zeit zum Nachdenken eingehandelt, Jameson.«

»Aber sie blutet doch!«, protestierte der Wachmann und gab mir einen leichten Schubs nach vorn.

»Dann *hol* mich«, sagte Vlad eisig. Die Flammen an seinen Händen erloschen, als er mich am Kinn packte und meinen Kopf so drehte, dass ich die Gefangenen nicht mehr ansehen konnte.

»Ohne Erlaubnis darf sie keinesfalls hier herunter«, fuhr er fort, noch immer an Jameson gewandt, obwohl er dabei mich anstarrte. »Eine Woche am Pfahl wird dir das einbläuen.«

»Ich wollte nicht, dass du schon wieder abhaust, also habe

ich ihm vorgeschwindelt, ich wäre in Ohnmacht gefallen«, fuhr ich Vlad an und versuchte, seine Hand wegzustoßen. »Du willst jemanden bestrafen? Dann bestrafe mich.«

Vlad packte mich bei einer Handvoll meiner Haare. Weil er mich gleichzeitig noch immer am Kinn festhielt, konnte ich mich nicht rühren, als er sich vorbeugte und seine Lippen an mein Ohr legte.

»Ich *bestrafe* dich doch«, flüsterte er. »Jeden Tag, den er an dem Pfahl verbringt, wirst du unter Schuldgefühlen leiden. Dann überlegst du es dir nächstes Mal vielleicht vorher, ob du meine Wachen hereinlegst.«

Genau in dem Augenblick, als er mich losließ, versuchte ich, ihn wegzustoßen, sodass meine Hände ins Leere griffen. Vlad stand ein Stück weit entfernt in der Dunkelheit, durch sein anthrazitgraues Hemd und die schwarze Hose fast unsichtbar. Wäre da nicht der smaragdfarbene Glanz seiner Augen gewesen, hätte ich ihn gar nicht sehen können.

»Und jetzt entschuldige dich für dein Eindringen.«

Das war kein Flüstern. Eher ein Befehl, der in dem höhlenartigen Gelass laut hallte. Trotzdem konnte ich mir ein Schnauben nicht verkneifen.

»Da würde ich lieber verbluten.«

»Wärst du irgendjemand anders, wären das deine letzten Worte gewesen.«

Ganz plötzlich wurde mir wieder bewusst, dass die meisten, die hier landeten, nie mehr freikamen. Ich hatte mein Eindringen aus meinem Blickwinkel gesehen: Ich wollte meinem Exfreund den Arsch aufreißen, weil er so hinterlistig sein Versprechen gebrochen hatte, und deshalb musste ich an einigen seiner Spießgesellen vorbei.

Aus der Sicht eines Vampirs hatte ich eine Reihe gestandener Wachleute dazu gebracht, ihren Dienstherren zu hintergehen, indem sie mir Zugang zum Hochsicherheitsbereich seines Anwesens verschafft hatten. Dass das auch vor den Augen feindlicher Kombattanten geschehen war, machte alles noch schlimmer.

»Endlich beginnst du zu verstehen«, sagte Vlad, jetzt in ironischem Tonfall.

Den blonden Wachmann, den ich dazu gebracht hatte, mich ins Verlies zu bringen, konnte ich nicht mehr sehen, doch selbst wenn Jameson fort war, hörte er noch zu. Bestimmt hörten *alle* Wachen zu, die ich an der Nase herumgeführt hatte, und die wiederum würden alles brühwarm Vlads übrigen Leuten erzählen, die es anderen Vampiren weitererzählen würden, die es dann schließlich seinen Feinden verraten konnten. Jede Strafe, die Vlad jetzt über mich hätte verhängen müssen, wäre mir lieber gewesen, als mich bei ihm zu entschuldigen, aber hier ging es nicht nur um mich.

Was nicht heißen sollte, dass ich einfach über das hinwegsehen würde, was er Maximus angetan hatte. *Fürs Erste spiele ich mit, aber wenn du dich dann immer noch weigerst, mit mir zu reden, mache ich dir eine solche Szene, dass du mich pfählen wirst,* dachte ich trotzig. Dann räusperte ich mich und entschuldigte mich in aller Förmlichkeit.

»Bitte verzeih mir mein Eindringen. Ich hätte nicht hier herunterkommen sollen, und es tut mir leid.«

Mein Tonfall war glaubhaft, aber ich konnte nicht verhindern, dass meine rechte Hand aus Protest ein paar Fünkchen versprühte.

Ein Lächeln huschte über Vlads Gesicht.

»Ich verzeihe dir, aber nur, weil du ›bitte‹ gesagt hast.«

Klugscheißer, dachte ich. Als Vlads Gefangene daraufhin im Chor »Bitte!« riefen und um Gnade flehten, stöhnte ich auf. Kein Wunder, dass er das Wort satthatte.

»Ich bin nur gegenüber einer Person pro Tag gnädig«, warf er den Gefangenen über die Schulter hinweg zu. »Und wie heißt es doch so schön: Heute ist nicht euer Tag, und morgen sieht's auch nicht besser aus.«

Dann landete sein Blick wieder auf mir. »Und jetzt bitte mich, dich zu heilen.«

Du lehnst dich ZIEMLICH weit aus dem Fenster, dachte ich, ihn wütend anfunkelnd.

Er bleckte die Zähne zu einem charmant barbarischen Grinsen. »Mein Kerker, meine Regeln.«

Im Geiste verfluchte ich ihn auf Englisch *und* Rumänisch, aber laut sagte ich: »Würdest du mir etwas von deinem Blut geben, um mich zu heilen?«

Wieder blitzten seine Zähne auf, nur waren jetzt auch die Fänge ausgefahren. »Komm und hol's dir.«

Ich näherte mich ihm wie einer angriffslustigen Kobra – mit äußerster Vorsicht. Vlad nahe zu sein, war gefährlich, insbesondere, da wir beide noch Gefühle füreinander hatten. Die sonderbare »Waffenruhe«, die wir uns im Flieger gegönnt hatten, war vorbei, und wenn ich ihn anfasste, spielte ich – buchstäblich – mit dem Feuer, aber er hatte dafür gesorgt, dass mir keine Wahl blieb.

Und ob, zischte meine innere Stimme. *Hol dir doch eine Abreibung!*

Als ich innehielt, um über diese Möglichkeit nachzudenken, riss Vlad mich an sich. Meinem Zorn zum Trotz hatte ich das

Gefühl, kleine prickelnde Elektroschocks abzubekommen, als sein Körper den meinen berührte. Ganz kurz schloss ich die Augen und genoss das Gefühl. Dann riss ich sie wieder auf und starrte Vlad von unten herauf herausfordernd an.

»Gibst du mir jetzt dein Blut oder nicht?«

Sein Grinsen war verschwunden, verdrängt von einem schmallippig wilden und leidenschaftlichen Gesichtsausdruck. Schließlich hob er das Handgelenk, bohrte die Fänge tief hinein und hielt es mir an den Mund.

Ich wandte den Blick nicht ab, als ich den Mund öffnete und die warme, herb schmeckende Flüssigkeit trank. Nie hätte ich gedacht, dass ich den Geschmack von Blut vermissen würde, doch schon beim ersten Schluck wusste ich, dass es so war. Ein sonderbares Gefühl der Ekstase ließ meine Lider sinken, und doch wollte ich die Augen nicht schließen. Sie offen zu lassen, erwies sich allerdings als beinahe ebenso tückisch. Der Ausdruck in Vlads Augen, als ich die Lippen auf die Bisswunde legte und zu saugen begann, ließ Hitzewellen bis in meine sensibelste Stelle fahren.

Hast du das auch vermisst?, wisperte es aus einem dunklen Ort tief in mir. Nicht meine verhasste innere Stimme war es; sie kam anderswoher. Von einem Ort, der, so kam es mir vor, nur zum Leben erwachte, wenn Vlad in der Nähe war.

Seine Lippen teilten sich, ließen die Spitzen seiner Fangzähne sehen. »Frag mich noch einmal, und ich zeig's dir.«

Eine Drohung? Eine sinnliche Verheißung? Beides? Ich befeuchtete meine Lippen. Beides zusammen würde mir schier unerträgliche Lust bereiten …

»Nein«, sagte ich, ein Wort, voller Nachdruck ausgesprochen.

Vlads Umarmung war meine Droge, und wie jeder Abhängige wusste ich, dass einmal Probieren zu viel war – und tausendmal nicht genug.

Damit schob ich ihn von mir. Etwas Gefährliches schwelte in seinem Blick, doch er machte keine Anstalten, mich zurückzuhalten. Mehrere Fackeln entflammten, sodass ich den Ausgang fand, ohne zu stolpern oder um mich zu tasten. Als ich an der Tür angekommen war, wandte ich mich noch einmal zu Vlad um. »Ich habe es ernst gemeint. Wir müssen reden.«

»Komm heute Abend um zehn Uhr in meinen privaten Salon. Wenn du nicht erscheinst, betrachte ich die Angelegenheit als erledigt.«

Sein privater Salon, das Zimmer, durch das ich jeden Morgen hatte gehen müssen, weil es sein Schlafzimmer mit dem Raum verband, in dem ich früher gewohnt hatte. Lieber hätte ich mich einem Exekutionskommando gestellt, als noch einmal dorthin zu gehen, aber wenn ich ablehnte, würde Maximus womöglich für Jahrhunderte im Kerker schmoren.

Das flüchtige Lächeln, das Vlad mir schenkte, bevor er in der Finsternis verschwand, gab mir zu verstehen, dass er bereits wusste, wie ich mich entscheiden würde.

21

Um Punkt zehn betrat ich den Salon. Vlad saß auf dem Sofa, zwei Gläser und eine Flasche Wein auf dem Obsidiantisch vor sich. Der Fernseher war ausgeschaltet, und das Kaminfeuer tauchte die rostfarbene Couch in sanftes Licht.

Die Erinnerungen brachen so unbarmherzig über mich herein, wie ich befürchtet hatte. An so vielen Abenden hatten Vlad und ich uns bei einer Flasche Wein auf dieser Couch entspannt. Anderen Aktivitäten hatten wir uns auch hingegeben. Die ungebetene Wärme, die mich bei dem Gedanken durchflutete, hatte nichts mit dem prasselnden Kaminfeuer zu tun.

Ich versuchte, sie mit Kaltschnäuzigkeit zu überspielen. »Du machst dir doch keine falschen Hoffnungen, was den Anlass unseres Treffens angeht, oder?«

Er stieß ein Auflachen aus, das halb Knurren, halb amüsiertes Schnurren war und mir die Sinne benebelte, obwohl es mich wütend machte.

»Du glaubst also, ich will dich verführen? Wie anmaßend angesichts der Tatsache, dass ich keine meiner ehemaligen Geliebten je wieder in mein Bett gelassen habe.«

Ich ließ den Blick über die Weingläser und das romantische Kaminfeuer schweifen, bevor ich wieder ihn ansah. Wenn Vlad mich damit nicht verführen wollte, wollte er mir wohl unter die

Nase reiben, was ich aufgegeben hatte. Ich war in ein schlichtes marineblaues Etuikleid geschlüpft, das mir fast bis zu den Knien reichte. Er trug eine schwarze, eng anliegende Hose und ein weißes Hemd, das sich wie Schnee von seinem perfekt sitzenden ebenholzfarbenen Jackett abhob. Das Hemd war ein Stück weit aufgeknöpft, sodass seine Kehle und die ersten paar Zentimeter seiner Brust zu sehen waren. Manschettenknöpfe aus Platin blitzten im Feuerschein auf, und sein langes dunkles Haar war zurückgekämmt, was seine hager sinnlichen Züge und die hypnotischen Kupferaugen noch betonte.

Jetzt hätte er sich nur noch gemächlich heißen Karamell über die nackte Brust kippen müssen, dann hätte jedes Gericht der Welt ihn der vorsätzlichen Verführung für schuldig befunden.

Sein Lächeln wurde breiter. Mist, ich hatte vergessen, mir etwas vorzusingen, damit er meine Gedanken nicht lesen konnte.

»Na schön. Wir sind beide aus rein platonischen Gründen hier, also belassen wir es dabei«, sagte ich und schämte mich für meine plötzlich ganz rauchig klingende Stimme.

»Gut.«

Urplötzlich hatte er sich mir bis auf wenige Zentimeter genähert, sodass ich direkt auf die von seinem geöffneten Hemdkragen entblößte Haut blickte, die ich mir gerade noch mit Süßkram beschmiert vorgestellt hatte. Ich schluckte. *Denk an den Kerker und sein gebrochenes Versprechen, nicht daran, wie berauschend er schon schmeckt, wenn er nicht mit Konfiseriewaren vollgekleistert ist!*

Der Gedanke an den Kerker half. »Lass Maximus frei«, forderte ich, diesmal mit festerer Stimme.

»Nein. Wein?«

Ich stutzte, und Wut verdrängte das Verlangen in mir. »Du hast mir versprochen, ihn nicht zu foltern, aber jahrhundertelange Kerkerhaft ist eindeutig Folter.«

Vlad bot mir ein Glas Wein an, das er dann selbst trank, als ich mit einem vehementen Kopfschütteln ablehnte.

»Das stimmt nicht«, entgegnete er wieder in diesem vermaledeit unbeeindruckten Tonfall. »Da ich auf beiden Gebieten Erfahrungen aus erster Hand vorzuweisen habe, kann ich dir versichern, dass Folter und Kerkerhaft zwei völlig verschiedene Dinge sind.«

»Haarspalterei. Du hast *genau* gewusst, was ich meinte, als ich dir das Versprechen abgenommen habe.«

Ein Achselzucken. »Ich habe getan, was von mir verlangt wurde. Wenn du mehr wolltest, hättest du dich klarer ausdrücken müssen.«

»Ich stand unter Drogen!«

»Und ich unter Zwang«, antwortete er mit strenger werdendem Blick. »Für viele wäre das Grund genug, ein Versprechen als nichtig anzusehen. Für mich nicht, und Maximus hat gewusst, zu welchem Preis er mich hintergeht. Dank deiner Intervention ist dieser Preis bereits deutlich geringer ausgefallen.«

»Genauso hast du es bei Marty gemacht«, fuhr ich ihn an. »Erst gibst du mir ein Versprechen, das keinen Wert mehr hat, wenn du mit deiner Wortklauberei fertig bist, und wenn ich dich dann als Lügner bezeichne, fühlst du dich angegriffen!«

Vlad stellte sein Weinglas so heftig ab, dass ich erstaunt war, dass der Stiel heil blieb. Schließlich ging er zur Tür. Als er sie öffnete, dachte ich, er wollte mich fortschicken. Doch er war es, der ging.

»Was hast du vor?«, rief ich ihm nach.

»Ich bringe Maximus um«, erschallte seine Antwort. »Wenn ich ein Lügner bin, kann ich mich auch so benehmen.«

»Warte!«

Er war bereits am Flurende angekommen, als ich ihm nachrannte, doch auf mein verzweifeltes Rufen hin drehte er sich um.

»Du kannst nicht beides haben, Leila. Entweder bin ich ein Lügner oder nicht, und wenn nicht, hast du keinen Grund, dich darüber zu beschweren, wie ich Maximus behandle.«

Vor lauter Frust ging ich ihm direkt an die Gurgel. »Nur durch ihn habe ich den Bombenanschlag überlebt. Bedeutet dir das *gar* nichts?«

Er kam in jener gemächlichen Gangart auf mich zu, die allen echten Raubtieren eigen ist, sodass ich das Gefühl hatte, die Flurwände würden um mich herum schrumpfen. Je näher er kam, desto weiter wich ich instinktiv vor ihm zurück. Erst als die mahagonivertäfelten Wände wieder in mein Blickfeld kamen, merkte ich, dass er mich zurück in den Salon dirigiert hatte.

»Doch, und deshalb verzeihe ich ihm auch, dass er mir weisgemacht hat, er würde nach seinen Leuten sehen, während er in Wirklichkeit dir nachgelaufen ist. Seine wiederholten Lügen nach dem Anschlag werde ich ihm allerdings nicht nachsehen. Sie dienten nicht deinem Schutz. Sie sollten dich von mir fernhalten, weil er dich für sich allein wollte.«

»Er hat wirklich geglaubt, du könntest dahinterstecken«, murmelte ich.

Vlad verdrehte die Augen. »*Du* hast das geglaubt, aber Maximus wusste, dass ich niemals aus reiner Bosheit eine Unschuldige hätte ermorden lassen.«

»Er dachte, dein angeknackstes Ego würde dich besonders gefährlich machen.«

»Nein, er wollte dich ficken.«

Mit Vlads Gleichmut war es vorbei, und sein Tonfall hörte sich an wie Rasierklingen auf zerbrochenem Glas.

»Falls er überhaupt irgendetwas von seinem eigenen Gerede geglaubt hat, dann nur, um das schlechte Gewissen zu beruhigen, das er hatte, weil er ein Verräter war.« Binnen einem Wimpernschlag wurden seine kupferfarbenen Augen smaragdgrün. »Er war von Anfang an scharf auf dich. Als ich wusste, dass du noch lebst, habe ich mich gefragt, ob er bei dir hat landen können und ihr beide die Bombe gelegt habt, um gemeinsam untertauchen zu können.«

»Du hast mir also zugetraut, dass ich im wahrsten Sinne des Wortes über Leichen gehen würde, um meinen eigenen Tod vorzutäuschen und mit Maximus durchzubrennen?« Wäre meine Stimme noch schriller gewesen, wäre alles Glas im Raum zersprungen.

»Immerhin hast du geglaubt, ich hätte aus gekränktem Stolz einen Mordanschlag auf dich verüben lassen.« Er musterte mich abschätzend. »Tu nicht so, als wäre nur dir Unrecht geschehen. Du hast immerhin auch falsche Schlüsse gezogen.«

Jetzt ging mein Temperament endgültig mit mir durch. »Was wäre wohl wahrscheinlicher gewesen? Dass ich jemanden umbringe, oder du?«

Sein Lächeln erinnerte mich an einen Hai; ein bloßes, humorloses Zähnefletschen. »Ich, aber du hättest es trotzdem besser wissen müssen. Marty habe ich tatsächlich schon einmal gefoltert, und er hat trotzdem nach der Explosion Kontakt zu mir aufgenommen, weil ihm klar war, dass ich nichts damit zu tun habe. Wohingegen du, meine einst so teure Geliebte, mir gegenüber solche Vorbehalte hattest, dass du mich lieber hast glauben lassen, du wärst tot.«

Den letzten Satz hatte ich schon kaum noch mitbekommen. Plötzlich galten all meine Gedanken nur noch einem Thema, und Schock verdrängte meinen Zorn.

»Marty hat sich *nach* dem Anschlag an dich gewandt? Aber dann wäre er … dann ist er nicht …«

»Er ist nicht bei dem Anschlag ums Leben gekommen«, beendete Vlad meinen Satz und kräuselte die Lippen. »Schrecklich grausam von mir, dich glauben zu lassen, eine Person, die dir so viel bedeutet, wäre tot, nicht wahr?«

In mir kollidierten Zorn und überwältigende Freude. Das daraus resultierende Gefühlschaos brachte das Fass endgültig zum Überlaufen. »Du Mistkerl!«, fauchte ich und stürzte mich mit Freudentränen in den Augen auf Vlad.

Er fing mich ab und hob mich ein paar Zentimeter in die Höhe. Jetzt waren wir auf Augenhöhe, und hätte ich es gekonnt, wäre ich vor ihm zurückgewichen, als ich seinen Gesichtsausdruck sah.

»Nicht«, sagte er, ein Wort wie ein Hammerschlag. »Du bist die Einzige, die mich bisher ungestraft hat ohrfeigen dürfen, aber du bist nicht länger meine Geliebte, und ich werde dir das nicht noch einmal durchgehen lassen.«

Ich hatte ihn gar nicht schlagen wollen. Ja, ich wollte ihn schütteln, bis ihm die Fänge klapperten, weil er mich hatte glauben lassen, mein bester Freund wäre tot – wehe, wenn ich Marty in die Finger kriegte! –, doch der Drang verflog, als ich ihm weiter in die Augen sah. Sein Gesichtsausdruck war so bedrohlich, dass ich hätte Angst kriegen sollen, aber etwas anderes flackerte in mir auf. Unfähig, mich zurückzuhalten, betrachtete ich seine Lippen. Hart wirkten sie, doch wenn ich mich nur ein paar Zentimeter vorbeugte, würden sie sich ganz anders anfühlen, ich wusste es …

Urplötzlich pressten seine Lippen sich auf meine, und ich merkte, dass ich mich getäuscht hatte. Sie *waren* hart. Und auch die Bartstoppeln an seinem Kinn schienen sich rauer als sonst anzufühlen.

Aber nichts hatte sich je besser angefühlt. Ekstase überkam mich. verbrannte alles, was ihr im Wege war. Ich erwiderte Vlads Kuss so leidenschaftlich, dass ich mir die Lippen an seinen Fängen aufriss, aber das bemerkte ich gar nicht. Da war nur sein Geschmack, wie Würzwein vermischt mit den dunkelsten Fantasien. Wie seine Arme mich an ihn drückten und die Hitze durch meine Kleidung drang. Die sinnlich brutale Art, mit der seine Zunge die meine bearbeitete, und der überwältigende Drang in mir, ihn zu berühren, so heftig wie möglich. Ich brauchte ihn so sehr wie die abgehackten Atemzüge, die ich zwischen unseren Küssen einschob, aber ein anderes Gefühl erwies sich als stärker, sodass ich die Kraft fand, ihn wegzustoßen, obwohl jede Zelle in meinem Körper vor Protest aufheulte.

»Was soll das?«, keuchte ich.

Sein Gesichtsausdruck war der eines wilden Tieres, und wäre sein Blick noch hitziger geworden, wäre ich unter ihm verbrannt.

»Du hattest noch nie Sex nach einem Streit. Ich werde dir zeigen, was du verpasst hast.«

Das Pochen zwischen meinen Schenkeln wurde beinahe

schmerzhaft. Trotzdem hielt ich ihn zurück, als er sich zu mir herunterbeugte, um mich noch einmal zu küssen.

»Du hast gesagt, du würdest keine Exgeliebte zurücknehmen.«

Seine Lippen hefteten sich mit vernichtender Wirkung auf meine Kehle. »Wie's aussieht, bist du die berühmte Ausnahme von der Regel.«

Seine Lippen fühlten sich so heiß an, dass der kühle Druck seiner Fangzähne umso erotischer wirkte. Trotzdem überschattete das tief sitzende Gefühl der Kränkung die Leidenschaft, die mich überwältigt hatte.

»Nicht von *all* deinen Regeln.«

Vlad stieß einen Laut aus, der zu harsch war, um noch als Knurren durchzugehen. »Du gibst erst Ruhe, wenn du mich in die Knie gezwungen hast, was?«

»Warum nicht?«, platzte es mit all der Leichtsinnigkeit meines nach wie vor gebrochenen Herzens aus mir heraus. »Du hast es mit mir ja genauso gemacht.«

Er ließ mich so abrupt los, dass ich mich an der Couch abstützen musste, um nicht hinzufallen. Ohne seinen heißen Körper war mir trotz der angenehmen Wärme im Zimmer kalt.

»Ich habe dir bereits gesagt, dass du nicht beides haben kannst, und das trifft auch auf uns zu.«

Hatte ich was nicht mitbekommen? »Was soll das heißen?«

»Ich bin Vlad der Pfähler«, sagte er, jedes Wort einzeln ausstoßend. »Und ich habe nur deshalb mehr als fünfhundert Jahre überlebt, weil ich jeden umbringe, der sich mit mir anlegt, und mich an jedem räche, der mich verrät. Das habe ich dir bereits kurz nach unserem Kennenlernen gesagt, aber du wirst nach wie vor zur Furie, wenn ich nach diesen Grundsätzen handle.«

»Oh, du musst mich nicht daran erinnern, wie skrupellos du bist«, sagte ich, und Bitterkeit kam in mir auf.

»Anscheinend doch«, antwortete er. Dann umfasste er mein Gesicht mit Händen so heiß wie Brandeisen.

»Du gibst vor, mich zu lieben, aber der Mann, den du liebst, existiert nicht. Jener Mann hätte als Junge keine jahrelangen Prügel und Vergewaltigungen überstanden, weil purer Hass ihn vor dem Zusammenbruch bewahrte. Jener Mann hätte nicht zwanzigtausend Gefangene gepfählt, um eine überlegene Armee in Angst und Schrecken zu versetzen, weil Furcht sein einziger taktischer Vorteil war, und jener Mann hätte nicht einen seiner engsten Freunde gefangen gesetzt, weil er ihn wegen einer Frau belogen hat. Ich bin nicht jener Mann.«

Er ließ die Hände sinken und trat zurück, im Gesicht noch immer diesen beängstigend aufgewühlten Ausdruck.

»Wie du siehst, willst du gar nicht von *mir* geliebt werden. Du sehnst dich nach einer von dir erdachten Fantasieversion meiner selbst. Nach dem Ritter, aber ich bin der Drache und werde es immer sein.«

Damit ging er fort. Und diesmal blieb er nicht stehen, als ich ihm hinterherrief. In den wenigen Sekunden, die ich brauchte, um in den Flur zu laufen, war er bereits verschwunden, und das Fenster am Ende des Gangs vibrierte noch, so schnell war er hindurchgesprungen.

22

Als ich in den ersten Stock hinunterging, war ich so aufgebracht über Vlads Anschuldigungen, dass ich an Gretchen und meinem Vater vorbeilief, ohne sie überhaupt wahrzunehmen.

»Leila«, fuhr Gretchen mich an, was meine Aufmerksamkeit abrupt auf den Salon lenkte, an dem ich gerade vorbeigekommen war. »Was hast du eigentlich?«

»Was ich habe?« Hysterisches Gelächter wollte aus mir heraussprudeln, aber ich unterdrückte es. »Ich weiß nicht mal, wo ich anfangen soll.«

Mein Vater ließ den Blick über mein zerzaustes Haar, die geschwollenen Lippen und die Funken sprühende rechte Hand schweifen.

»Gretchen, ich würde jetzt gern mit deiner Schwester sprechen.«

Sie zuckte mit den Achseln. »Nur zu, ich halte dich nicht auf.«

»Er meint, du sollst dich verkrümeln«, sagte ich müde.

Das war das Letzte, was ich jetzt brauchte, aber mein Vater war gerade erst meinetwegen durch die Hölle gegangen, und so war das eben mit der ausgleichenden Gerechtigkeit.

»Du kannst von Glück sagen, dass Vlad für dieses Jahr all

meine Ausgaben übernimmt«, murmelte Gretchen leise, als sie aufstand.

»Was?«

»Gretchen, geh«, verlangte mein Vater.

Sie gehorchte, sodass ich allein mit meinem Vater zurückblieb. Ich ließ mich auf die Couch ihm gegenüber sinken, und mir fiel auf, wie anders dieser Salon im Vergleich zu dem war, den ich gerade verlassen hatte. Er war in helleren Farben gehalten, und über dem Kamin prangten weder Waffen noch martialisch anmutende Schilde. Mit einem Mal hasste ich das apricot- und cremefarbene Dekor und den breiten Kamin mit der langweiligen Landschaft in Öl, die darüber hing. Dem Raum fehlte es an Komplexität, an Würze, an Leidenschaft …

Es fehlte ihm an allem, was Vlad ausmachte.

»Er übernimmt also Gretchens Ausgaben für das ganze Jahr.« Natürlich hatte Vlad mir das nicht erzählt. Seine milden Taten erwähnte er selten. »Das ist sehr großzügig von ihm.«

Mein Vater ließ vielsagend den Blick durchs Zimmer schweifen. »Er kann es sich leisten.«

»Er kann ihr auch eine Gehirnwäsche verpassen, und sie dann ohne einen Cent daheim absetzen«, antwortete ich brüsk. »Komm schon, Dad. Ehre, wem Ehre gebührt.«

Ruckartig hob er das grau melierte Haupt. »Stimmt. Er hat versprochen, dich sicher zurückzubringen, und er hat es getan. Er hat versprochen, dass wir unser altes Leben wieder aufnehmen können, wenn keine Gefahr mehr besteht, und ich glaube ihm. Aber er hat sich geweigert, mir zu versprechen, dass er dich in Ruhe lässt, und so wie du gerade aussiehst, kann er tatsächlich die Finger nicht von dir lassen.«

Ich war zwar eine erwachsene Frau, aber es würde mir wohl

immer unangenehm bleiben, mit meinem Vater über mein Sexualleben zu sprechen. In diesem Fall aber waren seine Sorgen unbegründet.

»Es ist nicht, wie du denkst. Wir haben uns nicht versöhnt.«

»Du bist nach wie vor in ihn verliebt«, stellte er unverblümt fest.

Vlads Meinung nach nicht!, höhnte meine innere Stimme. *Er glaubt, ich liebe ein Fantasiewesen, das es nicht gibt.*

Ich holte tief Luft. Hätte ich mir meine innere Stimme herausreißen können, hätte ich sie mit aller Kraft meiner körpereigenen Elektrizität auf den Mond geschossen. Aber wenn ich weiter so dachte, würde ich am Ende noch zu Gollum aus *Der Herr der Ringe* mutieren. Womöglich würde ich bald anfangen, mit meinem eigenen Spiegelbild zu reden.

»Seit wann löst Liebe alle Probleme?«, antwortete ich.

Mein Vater schnaubte. »Du bist zu jung, um schon so abgestumpft zu sein.«

Mit einem kurzen Auflachen hob ich die rechte Hand. »Du weißt doch noch, was ich dank der hier alles sehe, oder? Jedermanns schlimmste Sünden. Ich mag zwar erst fünfundzwanzig sein, aber *jung* bin ich längst nicht mehr.«

Dad schwieg eine Weile. Schließlich nickte er. »Das stimmt wohl.«

Dann beugte er sich vor und senkte die Stimme zu einem Flüstern. »Aber Kleines, du musst dich wirklich von Vlad fernhalten. Während meiner Militärzeit habe ich alle möglichen hartgesottenen Männer kennengelernt, aber bei keinem von ihnen habe ich Angst verspürt, wenn ich ihm in die Augen gesehen habe. Wenn ich in Vlads Augen sehe, läuft es mir kalt über den Rücken.«

Eine verständliche Reaktion angesichts der Tatsache, dass man Vlad nicht mit den typischen Soldaten, Söldnern, Kriegsherren und anderen Gestalten vergleichen konnte, mit denen es mein Vater zu tun gehabt hatte. In vielerlei Hinsicht war er ein Stück lebendige, ungezähmte Vergangenheit im Hier und Jetzt, und doch gab es für mich nur eine Antwort. Zwar war es das Letzte, was mein Vater hören wollte, aber es war auch die Wahrheit.

»So geht es mir nicht, wenn ich ihn ansehe.«

Damit erhob ich mich voll neuer Entschlossenheit. Vlad glaubte also, ich wäre in eine Fantasieversion seiner selbst verliebt, weil ich die volle Dosis Dracula nicht ertragen konnte? Ich würde ihm – und meiner verhassten inneren Stimme – beweisen, dass er falschlag.

»Gute Nacht, Dad. Ich habe noch etwas zu erledigen.«

Für den Fall, dass Vlad doch noch zurückgekommen war, trällerte ich im Geiste hingebungsvoll das nervigste Lied vor mich hin, das mir einfiel. Mein Vorhaben war riskant, aber wann war mein Leben schon mal *nicht* riskant gewesen? Außerdem hatte ich lediglich Nasenbluten bekommen, als ich die letzten beiden Male meine Fähigkeiten eingesetzt hatte. Und Vlad hatte mir heute erst Blut gespendet, was die Gefahr ebenfalls verringerte. Kurz gesagt hieß es: jetzt oder nie.

Im Erdgeschoss ließ ich den Speisesaal, die Bibliothek und den Wintergarten links liegen und näherte mich einem Raum, den ich für gewöhnlich mied. Die Waffenkammer, wie ich ihn nannte.

Was blutrünstige Erinnerungen anging, konnte sich lediglich der Kerker mit diesem Zimmer messen. Es war angefüllt mit Kettenpanzern, Rüstungen, Schwertern, langen Krummmessern, Keulen, Schilden, Speeren, Armbrüsten und Spießen, die meisten übersät mit Dellen, Flecken und anderen Gebrauchsspuren. Die bloße Nähe zu diesen Gegenständen ließ meine rechte Hand prickeln, als würden die in den Objekten gefangenen Essenzen nach mir greifen.

Als ich das letzte Mal hier gewesen war, hatte ich die rechte Hand fest an mich gedrückt, weil ich nicht hatte wissen wollen, was für Gräuelgeschichten diese Objekte zu erzählen hatten. Diesmal streckte ich die Hand aus, um den Ereignissen nachzuspüren, die Vlad zu dem Mann gemacht hatten, von dem er glaubte, ich könnte ihn unmöglich lieben. Zuerst berührte ich einen langen Speer.

Ich erhob meinen Speer mit einem Brüllen, in das Tausende hinter mir stehende Soldaten einfielen. Wir waren zwar in der Unterzahl, aber ich würde eher sterben als zulassen, dass die Walachei in die Hände der Eroberer fiel. Ich trieb also mein Pferd den steilen Hang hinunter und hörte am Donnern der Hufe, dass meine Männer mir folgten.

Das Bild verblasste, und ich nahm mir den Schild vor, indem ich das ins Metall gehämmerte Drachenemblem berührte.

Ein Hagel aus Pfeilen schwärzte den Himmel. Ich hob meinen Schild zur Abwehr und wartete, ob ich leben oder sterben würde. Als mein Schild nicht mehr bebte, erhob ich mich und hackte die darin steckenden Pfeile mit einem kräftigen Schwerthieb ab. Dann grinste ich, obwohl mir das Blut von der Stirn rann. Noch war ich nicht tot …

Die Schlachtenbilder ließen mein Herz rasen, aber ich wollte nicht aufgeben. Als Nächstes ließ ich meine rechte Hand über eine martialisch anmutende Keule gleiten.

Auf meinem Thron sitzend, ließ ich den Zorn nicht erkennen, der in mir wütete. Mehmed glaubte, er könnte mich einschüchtern, indem er seinem Gesandten drei meiner früheren Kerkermeister zur Seite gestellt hatte. Er irrte sich.

»Aus Frömmigkeit könnt ihr eure Turbane in meiner Gegenwart nicht abnehmen?«, hakte ich nach. Dann schenkte ich den Peinigern meiner Jugendzeit ein Lächeln. »Lasst mich euch behilflich sein, dass ihr sie auch sicher nicht verliert. Haltet sie.«

Meine Wachen packten die Männer, während ich eine Keule und einige lange Nägel herbeiholte. Und während mein Zorn kalter Entschlossenheit wich, nagelte ich ihnen die Turbane auf den Köpfen fest. Als der dritte Mann leblos zu Boden fiel, schleuderte ich dem entsetzten Gesandten die Keule entgegen.

»Hier, meine Antwort auf die Bedingungen des Sultans.«

Ehe mir bewusst wurde, was ich als Nächstes berührte, tauchte ich auch schon in eine andere Erinnerung ein. Die Welt verschwamm mir vor Augen, während Bild um Bild aus der Vergangenheit das Hier und Jetzt verdrängte. Kurz sah ich eine Frau mit üppigem braunen Haar, aber als ich versuchte, einen Blick auf ihr Gesicht zu werfen, wurde es undeutlich. Schon war sie wieder verschwunden, und ich berührte einen anderen Gegenstand, immer in dem Bestreben, mir all das anzusehen, was ich Vlad zufolge nicht verkraften könnte. Mit jedem neuen Gegenstand brachen Phantomschmerzen und -emotionen über mich herein. Sie kamen so schnell und erbarmungslos, dass die Realität in immer weitere Ferne glitt. Ich war nicht länger eine Frau, die ihre Liebe zu ihrem Exfreund unter Beweis stellen wollte.

Ich war Vladislav Basarab Dracul, als Junge vom eigenen Vater als politisches Faustpfand verschachert. Ein junger Mann, der Schlacht um Schlacht die Freiheit seines Landes erkämpfen musste, um dann von seinen Lehnsleuten, der Kirche und sogar dem eigenen Bruder verraten zu werden. Selbst der Vampir, der mich erschaffen hatte, verließ mich irgendwann. Eine Frau, die mich für meine Taten verabscheute, machte mich zum Witwer, und Mihaly Szilagyi, ein Vampir, der durch mich die Herrschaft über die Walachei erlangen wollte, steckte mich in den Kerker. Verrat, Schmerz und Tod waren meine ständigen Begleiter, aber ich ließ mich dadurch nicht brechen. Im Gegenteil; ich nutzte sie, um meine Gegner zu brechen.

»Leila!«

Wie von weither hörte ich Vlads Stimme. Ich spürte, wie er mich packte, konnte ihn aber nicht sehen. Vor meinen Augen war alles rot.

Wieder rief Vlad meinen Namen, aber seine Stimme klang leiser. Schon hörte und spürte ich ihn nicht mehr. Gut. Merkte er denn nicht, dass ich schlafen wollte?

Etwas rann mir die Kehle hinunter, und ich kam wieder zu Bewusstsein. Durch einen roten Schleier hindurch sah ich Vlads Gesicht. Spürte seine starken Arme um mich, während er mir das Handgelenk an die Lippen presste.

»Leila, kannst du mich hören?«, fragte er und nahm seine Hand weg, damit ich antworten konnte.

Ich blinzelte, aber der rote Schleier vor meinen Augen wollte nicht weichen. Dann gab ich ihm den Gegenstand, den ich noch immer umklammert hielt, mir vage bewusst, dass es sich um eine uralte Krone handelte.

»Du irrst dich«, flüsterte ich. »Ich liebe doch dein wirkliches Ich.«

Falls Vlad antwortete, hörte ich es nicht mehr. Ein heftiges Schwindelgefühl, gefolgt von überwältigendem Schmerz, durchfuhr mich, und dann spürte ich gar nichts mehr.

23

Ist es Ihnen schon einmal passiert, dass Sie wach genug waren, um anhand von Lautfetzen mitzubekommen, was um Sie herum vorgeht, aber zu groggy, um irgendwie darauf zu reagieren? Mir kam es wie Stunden vor, die ich in diesem seltsamen, halb bewussten Zustand verbrachte und bruchstückhaft Gretchens Stimme, die meines Vaters, Vlads, ja sogar die von Marty hörte. Irgendwann brüllten sie dann alle um die Wette, aber als ich endlich glaubte, einen Sinn in ihren Worten zu erkennen, wurde ich wieder ohnmächtig.

Als ich wieder zu mir kam, konnte ich zwei Dinge deutlich wahrnehmen: Blutgeruch und Trommelschläge. Dieser Geruch und des nervige *Bu-bumm, Bu-bumm* hinderten mich daran, wieder einzuschlafen, was mich nervte, weil ich *hunde*müde war. Äußerst widerstrebend öffnete ich die Augen und sah über mir etwas verschwommen Weißes mit silbernen Ästen.

»Aufhören … mit der Trommelei«, krächzte ich.

Etwas Dunkles tauchte in meinem Gesichtsfeld auf. Ich musste mehrfach blinzeln, bis ich erkannte, dass es Vlads Gesicht war. Seine Bartstoppeln waren dichter als sonst und sein Haar an manchen Stellen klumpig und steif. Leute, die eine Nacht durchgezecht hatten, wirkten manchmal so aufgelöst, aber ich war überrascht, dass Vlad aussah, als hätte er zu tief in die Tequila-Flasche geguckt. Und – schnupper – ER war es, der nach Blut roch? Was war da los?

»Dad, Leila ist wach!«

Gretchens erregte Stimme klang schneidend. Auch die Trommeln wurden lauter, ihre Schläge überlagerten sich, als hätten sich noch mehr Leute der Band angeschlossen. Ich stöhnte und schloss die Augen. *Bitte, sie sollen aufhören!*

»Geht, beide«, befahl Vlad. »Das ist zu viel für sie.«

»Sie ist meine Tochter, also gehst *du*«, brüllte mein Vater.

Jetzt öffnete ich die Augen – Hugh Dalton hob selten die Stimme. Störte sich denn niemand daran, dass diese verdammte Band ihre normalen Trommeln gegen Steel Drums eingetauscht hatte?

»Geht. Sofort«, bellte Vlad mit grün aufleuchtenden Augen.

Eigentlich hätte ich dagegen protestieren sollen, dass er meine Familie hypnotisieren wollte, doch da bemerkte ich noch drei Dinge. Was ich anfangs für silberne Äste gehalten hatte, waren eigentlich Infusionsständer, ich trug neue Gummihandschuhe, und als mein Vater und Gretchen wortlos den Raum verlassen hatten, kam das einzige Trommeln, das ich hörte, aus meiner eigenen Brust.

»Was ist los?«, fragte ich und fuhr beim Dröhnen meiner eigenen Stimme zusammen. »Und warum siehst du aus, als hättest du dich auf dem Boden eines Schlachthofs gewälzt?«, fügte ich hinzu, schockiert, als meine Stimme bei dem Versuch zu flüstern nicht weniger laut klang.

Vlad starrte mich an, und der unnachgiebige Gesichtsausdruck, mit dem er eben noch meine Familie bedacht hatte, wurde zu etwas, das ich nur als zärtliches Missfallen interpretieren konnte.

»Ich sehe so aus, weil du in meinen Armen verblutet bist und ich mich noch nicht umgezogen habe.«

Mir klappte der Unterkiefer runter. »Ich war tot? Und warum muss ich jetzt so brüllen?«

Ein ganz leises Lächeln huschte über sein Gesicht. »Du brüllst nicht. Ich habe dir so viel von meinem Blut verabreicht, dass deine Sinne überstimuliert sind. Deshalb hast du deinen Herzschlag für Trommelschläge gehalten und den deines Vaters und deiner Schwester auch.«

Ich warf noch einen Blick auf die Infusionsständer. An einem hing ein Beutel mit klarer Flüssigkeit, aber in dem anderen befand sich etwas Rotes, Dickflüssiges.

»Ich bekomme immer noch Blutinfusionen?«, frag-brüllte ich.

»Du bist gerade erst aus dem Koma erwacht«, antwortete er ruhig.

Ich war gestorben und hatte im Koma gelegen? Konnte es noch schlimmer kommen?

»Wie lange?«, fragte ich so leise wie möglich.

Vlad lehnte sich in seinem Sessel zurück und trommelte mit den Fingern auf die Armlehne, während seine Augenfarbe von poliertem Kupfer zu grellem Smaragdgrün wechselte.

»Das Koma? Drei Tage. Tot? Sechs Minuten, vierzig Sekunden.«

Ich brauchte keine Turbosinne, um die mühsam unterdrückte Wut in seiner Stimme zu hören und den Grund dafür zu erahnen.

»Vlad …«

»Nicht.«

Nur ein Wort, aber es hallte in dem Raum, den ich jetzt als ziemlich chaotisches Krankenhauszimmer erkannte. In der Ecke stand ein leicht angesengter Defibrillator, Injektionsnadeln lagen auf einem Tisch verstreut, und ein geschwärztes EKG-Gerät lag umgekippt neben der Tür.

»Wenn du das nächste Mal das Bedürfnis verspürst, deine Fähigkeiten überzustrapazieren, erinnerst du dich an Folgendes«, fuhr er in dem gleichen stahlharten Tonfall fort. »Ich *werde* dich zurückholen, mit allen Mitteln. Wenn dir also deine Menschlichkeit lieb ist, mach das nicht noch einmal.«

Damit erhob er sich, sodass ich einen Blick auf den Rest seines blutverschmierten, zerknautschten und deutlich miefenden Outfits werfen konnte, bevor er sich zu mir herunterbeugte und meine Wange streichelte.

»Was den Grund deines Handelns angeht«, sagte er, jetzt mit tieferer, kehligerer Stimme, »darüber sprechen wir, wenn du wieder gesund bist. Noch ein Tag Bluttransfusionen und Bettruhe, das dürfte genügen. Und jetzt habe ich Geschäfte zu erledigen, und auf dich wartet Besuch.«

Marty erschien in der Tür und wirkte gleichermaßen erleichtert wie verlegen.

»Hey, Kleines.«

Vlad ließ die Hand sinken und ging ohne ein weiteres Wort. Ich wünschte mir, dass er blieb, aber er wollte vermutlich duschen und sich umziehen, was ich ihm nicht verdenken konnte. Außerdem war da jemand, der mir eine Umarmung schuldete – und eine Erklärung.

»Komm her, Marty«, sagte ich und hoffte, dass es lediglich für mich so klang, als würde ich ihn anschreien.

Als er näher kam, formte sich ein Kloß in meiner Kehle. Ich hatte geglaubt, ich würde seine stämmige, einen Meter zwanzig große Gestalt und das buschige schwarze Haar nie wiedersehen, und als er auf Vlads Stuhl kletterte, um mich zu umarmen, konnte ich die Tränen nicht zurückhalten.

»Hab dich vermisst, Kind«, murmelte er und wischte mir über die feuchte Wange. »Und wärst du so lieb, mit den Nahtoderfahrungen aufzuhören?«

»Gerade du musst das sagen«, gab ich schniefend zurück. »Was ist passiert? Ich habe den Wohnwagen gesehen. Da drin hätte keiner überlebt.«

Marty tätschelte mir noch ein letztes Mal die Schulter, bevor er sich aus meinen Infusionsschläuchen wand und auf dem Stuhl Platz nahm.

»Stimmt, aber ich war nicht im Wohnwagen, als die Bombe hochgegangen ist. Dawn und ich hatten gerade unseren Auftritt hinter uns und waren noch auf dem Weg dorthin. Da habe ich diese Frau auf dem Parkplatz gesehen, ganz allein, wie sie eine Packung Eiscreme richtiggehend *herunterschlang* …«

Ich musste lachen, obwohl es mir um Dawn leidtat.

»Also hat deine Vorliebe für Süßes, beziehungsweise süßes Blut, dir das Leben gerettet.« Mein Lachen verebbte, und ich konnte nicht verhindern, dass ich verletzt klang, als ich fragte: »Warum hast du nach der Explosion nicht nach mir gesucht? Ich habe dich immer wieder gerufen, aber du bist nicht gekommen. Nur Maximus.«

Er stieß einen Seufzer aus. »Ich wusste, dass du bei Edgar warst, weil ich gesehen hatte, wie du in seinen Wohnwagen gegangen bist. Dann die Explosion …«

Seine Züge verhärteten sich. »Alles in einem Umkreis von

fünfzig Metern war zerstört. Selbst die Frau, von der ich getrunken hatte, ist verletzt worden, und die war doppelt so weit vom Tatort entfernt, aber ich habe trotzdem versucht, zu dir durchzukommen. Die Hitze hat mir die Haut versengt, bevor ich bei Edgars Wohnwagen ankam, also musste ich umkehren. Dann all die Schreie … Menschen, die in ihren Wohnwagen eingeschlossen waren oder brennend durch die Gegend rannten. Dich konnte ich zwar nicht retten, aber ich habe versucht, so viele andere wie möglich in Sicherheit zu bringen. Nachdem die Sanitäter die Notfälle weggebracht hatten, bin ich gegangen. Ich habe es einfach nicht über mich gebracht, dazubleiben und zuzusehen, wie sie deinen Leichnam bergen.«

Bei dem Wort Leichnam brach seine Stimme. Ich nahm seine Hand, froh, dass ich ihm dank meiner neuen Handschuhe dabei keinen Elektroschock verpasste. »Und dann hast du Vlad angerufen«, ergänzte ich, eins und eins zusammenzählend.

Marty stieß ein Schnauben aus. »Er hat es gar nicht gut aufgenommen. Hat mir aufgetragen herauszufinden, wo sie die Leichen hinbringen, und ist dann in seinen Flieger gesprungen. Ich habe ihm gesagt, der Versuch, dich wiederauferstehen zu lassen, würde nicht lohnen, weil bestimmt nicht genug von dir übrig wäre.«

»Mich wiederauferstehen zu lassen?«, wunderte ich mich, bevor es mir dämmerte. Ghule erschuf man, indem man einer Person Vampirblut zu trinken gab, sie dann tötete und ihr Herz durch das eines Ghuls ersetzte. Da ich regelmäßig Vampirblut zu mir nahm und Vlad wusste, dass ich zum Zeitpunkt meines Todes feuerfest gewesen war, hatte er sich auch denken können, dass eine solche Transformation im Bereich des Möglichen lag, falls die Explosion mich nicht gerade atomisiert hatte …

Das hatte er also in der Leichenhalle gewollt, als ich im Traum eine Verbindung zu ihm hergestellt hatte! Er hatte meinen Leichnam nicht sehen wollen, um zu trauern – oder zu frohlocken, wie ich damals geglaubt hatte. Er war gekommen, um mich ins Leben zurückzuholen.

»Dich als Ghul wiederauferstehen zu lassen«, sagte Marty, der nicht wusste, dass ich bereits meine eigenen Schlüsse gezogen hatte. Er zuckte mit den Schultern. »Du würdest noch genauso aussehen, bräuchtest aber halt ab und an ein bisschen *ganz* besonderes Fleisch.«

Ich war noch immer ganz aufgewühlt von dieser Enthüllung. Hatte Vlad schon beim Anblick der Gebeine gewusst, dass ich noch am Leben war? Oder war es ihm erst klar geworden, als er »gehört« hatte, wie ich ihm nachspionierte? Und die wichtigste Frage überhaupt: Warum hatte er so gleichgültig reagiert, als ich ihn verlassen hatte, wenn ich ihm so wichtig war, dass er bei der Nachricht von meinem Tod sofort ins Ausland geflogen und in die Leichenhalle gestürmt war, um mich von den Toten wiederzuerwecken?

»… siehst blass aus, Leila. Ich geh dann mal, damit du dich ausruhen kannst.«

Das hörte ich, aber was immer er davor gesagt hatte, war mir entgangen.

»Ich habe drei Tage lang geschlafen, da sollte man doch meinen, dass ich ausgeruht bin.«

Nur war ich das nicht. Ich hatte allerdings noch einiges zu regeln. »Könntest du Dad und Gretchen ausfindig machen?

Vlad hat sie weggeschickt, aber ich denke, ich kann ihre Herzschläge inzwischen ertragen.«

Und ihre Stimmen. Mir fiel wieder ein, dass im Augenblick für mich alles wie Gebrüll klang.

»Natürlich.« Marty räusperte sich. »Eins musst du wissen. Als du so viel Blut verloren hattest, dass dein Herz aussetzte, hat Vlad dir Venenzugänge gelegt und Unmengen von seinem Blut verabreicht. Dann musste der Defibrillator dran glauben, damit dein Herz wieder in Gang kam. Hätte das nicht geklappt, wärst du als Untote erwacht, und dein Vater hätte rein gar nichts dagegen tun können.«

Ich schloss die Augen. War das das Gebrüll gewesen, das ich in meinem halb ohnmächtigen Zustand gehört hatte? *Ich werde dich zurückholen, mit allen Mitteln,* hatte Vlad gesagt, und offensichtlich war es ihm ernst gewesen.

Was hieß, dass ich ihm weitaus mehr bedeutete, als er zugeben wollte.

Gab es vielleicht doch noch Hoffnung für uns?

24

Dr. Natalia Romanov war Vlads Privatärztin, und anders als der Rest seines Personals war sie ausgesprochen freundlich. Als ich sie scherzhaft fragte, ob ich dieses Jahr ihre erste Patientin sei – in einer größtenteils aus Vampiren bestehenden Hausgemeinschaft konnte ja nicht oft ärztlicher Beistand vonnöten sein –, antwortete Natalia, dass sie Vlads gesamtes menschliches Personal überwachte, um sicherzustellen, dass es gesund genug zum Blutspenden war, und sie als Expertin für neuromuskuläre Manipulation überdies bei Folterungen assistierte.

Na ja, ich hatte sie gefragt.

Als sie gegangen war, sahen mein Vater und Gretchen noch einmal nach mir. Ich entschuldigte mich dafür, dass Vlad ihnen gegenüber die Hypnosekeule ausgepackt hatte, was meinen Vater allerdings gar nicht besänftigte. Gretchen schien seltsamerweise eher fasziniert als wütend zu sein.

»Ich wollte nicht gehen, aber meine Beine haben mich einfach aus dem Zimmer getragen. Er hätte mir alles befehlen können, stimmt's?«

»Stimmt«, sagte ich und stellte entsetzt fest, dass mein Vater ein Gesicht machte, als hätte er gemahlenes Glas geschluckt. Dann murmelte er leise etwas, das ich ohne meine getunten Sinne niemals gehört hätte.

»Nein, mich hypnotisiert er nicht. Erstens bin ich durch das ganze Vampirblut immun. Und zweitens hätten wir uns sonst nicht getrennt. Er hätte mir schließlich einreden können, dass ich unsere Beziehung ganz prima finde, so wie sie ist.«

Misstrauen schlich sich in den ungläubigen Blick meines Vaters. »Dass du mich gehört hast, beweist, wie gefährlich dieser Mann für dich ist. Er verwandelt dich in etwas nicht Menschliches. Ihn zu *verlassen,* war die weiseste Entscheidung, die du je getroffen hast.«

Gretchen zuckte mit den Schultern. »Jetzt, wo ich gesehen habe, wie er sich aufgeführt hat, als du fast gestorben wärst, fange ich an zu verstehen, warum du mit ihm zusammen bist.« Dann wurde ihr Tonfall strenger. »Also wirklich, Leila. Das ist jetzt schon das zweite Mal.«

Von Schuldgefühlen geplagt, schloss ich die Augen. Ja, es war das zweite Mal, dass Gretchen mich auf der Schwelle zum Tod gesehen hatte, aber anders als bei meinem Selbstmordversuch mit sechzehn war das hier ein Unfall gewesen. Was nicht hieß, dass die Wirkung auf sie weniger traumatisch war. Auf Gretchen hatte sich mein Unfall mit der Hochspannungsleitung in vielerlei Hinsicht ebenso dramatisch ausgewirkt wie auf mich, nur war sie nicht in den Genuss der wenigen Vorteile gekommen, die er mit sich brachte.

»Tut mir leid«, sagte ich, als ich die Augen öffnete.

Wieder ein Achselzucken, als wäre alles nicht so tragisch. »Muss dein Freund eben noch ein paar Therapiestunden für mich bezahlen.«

»Du wirst nichts mehr von ihm annehmen, und er ist auch nicht mehr Leilas Freund.« Mein Vater machte von seiner Lieutenant-Colonel-Stimme Gebrauch. Gretchen reagierte darauf für gewöhnlich mit sofortigem Gehorsam, nur diesmal blieb sie völlig ungerührt.

»Ich nehme diese Dinge sehr wohl von ihm an, und wenn er nicht mehr Leilas Freund ist, sollte *ihm* das jemand sagen. Du hast doch gesehen, wie er ausgetickt ist, als sie fast gestorben wäre. Dann hat er sich nicht mehr von ihrer Seite gerührt, bis sie wieder zu sich gekommen ist.«

»Vlad war die ganzen drei Tage über hier?«

Gretchen nickte. »Wie einer seiner steinernen Wasserspeier.«

Mein Vater warf Gretchen einen Blick zu, dem, wäre sie irgendjemand anders gewesen, todsicher ein Boxhieb gefolgt wäre.

»Jetzt reicht's«, stieß er hervor.

»Oh nein«, gab ich scharf zurück. »Du hast kein Recht, Gretchen den Mund zu verbieten, nur weil dir die Wahrheit nicht gefällt. Welche Probleme Vlad und ich auch hatten, er ist doch schlimmstenfalls ein treuer Freund, der mir, dir und Gretchen schon mehr als einmal das Leben gerettet hat. Und wie sagte Mom doch immer so schön: Wenn du nichts Nettes über jemanden zu berichten weißt …«

Dann halt verdammt noch mal die Klappe, sprach meine versteinerte Miene.

Mein Vater presste die Lippen zu einer dünnen Linie zusammen, erhob sich und humpelte zur Tür.

»Ich freue mich, dass es dir besser geht, aber ich will nicht, dass deine Schwester sich mit diesen lebenden Toten einlässt, denn genau das sind sie, egal, wie sehr du es dir schönredest.«

Ich blieb ihm die Antwort schuldig, denn was immer ich jetzt im Zorn gesagt hätte, ich hätte es hinterher bereut. Immerhin hatte ich nicht um die Fähigkeiten gebeten, die mich zum Entführungsopfer der Wahl für die Untoten machten und meine Familie in Gefahr brachten, weil sie eine lohnenswerte Beute für böse Buben abgab. Mein Vater wusste das, aber er gab mir dennoch die Schuld.

Gretchen wartete, bis er gegangen war, bevor sie etwas sagte.

»Wow. War das fies von ihm.«

Dieses eine Mal waren meine kleine Schwester und ich völlig einer Meinung.

25

Mit etwas Hilfe von Gretchen nahm ich eine Dusche, froh, mir die Nachwirkungen von drei Tagen Koma und einer Nahtoderfahrung wegschrubben zu können. Dann aß ich einen Teller Suppe und machte ein Schläfchen, wonach mich Dr. Romanov noch einmal durchcheckte und ich Besuch von Sandra, Joe und den anderen Sterblichen bekam, mit denen ich mich angefreundet hatte. Am Abend kamen Marty und Gretchen noch einmal bei mir vorbei. Selbst mein Vater brachte mir ein paar Bücher, damit ich noch etwas anderes zu tun hatte, als meiner Infusionslösung beim Tropfen zuzusehen. Die Person, die ich am liebsten wiedergesehen hätte, tauchte allerdings nicht auf.

Am nächsten Morgen befand Dr. Romanov mich für gesund genug, um die Krankenstation verlassen zu können. Der Zwangsaufenthalt in dem kleinen, fensterlosen Raum und die Infusionen aus Kochsalzlösung und Vampirblut hatten mich rein körperlich zwar bestens wiederhergestellt, mein überaktiver Verstand allerdings spielte verrückt. Warum war Vlad nicht zurückgekommen? Als ich im Koma gelegen hatte, war er drei Tage lang nicht von meiner Seite gewichen, und jetzt, wo es mir besser ging, kam er nicht einmal auf eine kurze Stippvisite vorbei?

Vielleicht wollte er nur seine hellsichtige Waffe nicht verlieren, spottete meine innere Stimme. *Jetzt, wo es dir besser geht, hat er erst wieder Grund, zu dir zu kommen, wenn er etwas braucht.*

Klappe, gab ich zurück.

Seit meiner Rückkehr hatte Vlad mich kein einziges Mal darum gebeten, Visionen heraufzubeschwören, indem ich einen Gegenstand berührte. Natürlich war ich die meiste Zeit über bewusstlos gewesen, aber das hieß nicht, dass es ihm nur um meine Fähigkeiten ging. Mein fieses inneres Stimmchen konnte Gift und Galle spucken, wie es wollte. Das änderte nichts an der Tatsache, dass zwischen Vlad und mir noch ein *Fünkchen* am Glimmen war. Und was die Frage anging, warum er mich in den letzten vierundzwanzig Stunden gemieden hatte: Auf die würde ich jetzt eine Antwort finden.

Ich verließ die Krankenstation, ging auf mein Zimmer und nahm eine Dusche, nachdem ich all meine aufgestaute Elektrizität in den Blitzableiter entsorgt hatte, den Vlad vor dem Fenster hatte anbringen lassen. Dann ging ich zu dem antiken Kleiderschrank, öffnete die Türen – und staunte nicht schlecht.

Leer. Kein einziger Kleiderbügel war mehr da. Ich wandte mich zunehmend ungläubig den Kommoden zu.

Ebenfalls leer. Wären da nicht die Handtücher und der Morgenmantel im Badezimmer gewesen, hätte ich nackt dagestanden.

Ich hüllte mich fester in den Morgenmantel und zog an der langen Quastenschnur neben der Tür. Kurz darauf erschien der albinohafte Vampir namens Oscar.

»Womit kann ich dienen?«, erkundigte er sich mit einer Verneigung.

»Weißt du, was mit der Kleidung aus diesem Zimmer passiert ist?«

»Ja.«

Ich wartete, als er jedoch nichts weiter sagte, versuchte ich es zähneknirschend noch einmal.

»Und *warum*, bitte, ist sie nicht mehr hier?«

Ein müder Blick. »Weil Sie nicht mehr hier wohnen.«

Was?

»Nicht?«, fragte ich noch einmal nach, für den Fall, dass ich kurz weggetreten war und ihn falsch verstanden hatte.

»Korrekt«, antwortete er und verbeugte sich noch einmal.

Vlad schmiss mich raus? Klar, er war sauer, dass ich meine Fähigkeiten überstrapaziert hatte, aber dass er so drastische Maßnahmen ergreifen würde, wollte mir nicht in den Kopf.

Ich hab dir ja gesagt, dass du ihm nichts bedeutest!, frohlockte meine innere Stimme.

Leck mich!, schnauzte ich zurück.

»Wo ist Vlad jetzt?«, wollte ich wissen und hoffte, dass nur mein übersensibles Gehör die Frage wie ein Kreischen klingen ließ.

»In seinem Gemach.«

Mit einem gemurmelten »Danke« marschierte ich an Oscar vorbei auf die Treppe zu. Beim Hinaufgehen hielt ich die Seiten meines Bademantels zusammen, um niemanden mit nackten Tatsachen zu konfrontieren.

Auf der Treppe begegnete ich keiner Seele. Auch der lange, mit Schiefer gepflasterte Flur war verlassen. Ich bog nach links ab und bereitete mich schon mal mental auf den anstehenden Streit vor. Das würde ich mir von Vlad *nicht* bieten lassen. Wir hatten noch zu viele Rechnungen offen.

Ohne anzuklopfen betrat ich Vlads Gemach. Er schloss nie ab, was wahrscheinlich daran lag, dass jeder, der unerlaubt hier eindrang, den Tod riskierte. Ich war diese Woche schon einmal gestorben, also ließ ich mich davon nicht aufhalten.

»Wir müssen reden«, sagte ich.

Gott sei Dank war das Licht an, sodass er wohl wach war. Ich war zwar wild entschlossen, mich mit ihm auszusprechen, aber Vlad war definitiv *kein* Sonnenschein, wenn man ihn aus dem Schlaf riss. Ich schloss die Tür und spähte umher. Vlads Suite war in vier Bereiche aufgeteilt: die Mini-Bibliothek, wie ich den Teil mit den Sofas und den wandfüllenden Bücherregalen nannte, das Schlafzimmer, das Bad und den begehbaren Kleiderschrank.

Vlad kam aus dem Ankleidebereich, angetan mit Hose und Jackett in der Farbe von Gewitterwolken. Sein rohseidenes Hemd war ein paar Nuancen heller, genau wie der dichter gewebte, lange Seidenschal, den er lässig elegant um den Hals trug. Ich hatte ihn wohl beim Ankleiden erwischt, denn seine Füße waren nackt, sodass er sich mir sogar noch leiser als sonst nähern konnte.

Ich hob die Hand. »Hör mich an, bevor du etwas sagst.«

Ohne abzuwarten, ob er einverstanden war, preschte ich voran.

»Ich kenne dich, dein *wirkliches* Ich, und obwohl mir nicht alles daran gefällt, weil du ein Diplom in mittelalterlicher Foltertechnik hast, ganz zu schweigen von deiner Weigerung zuzugeben, dass du außer Lust noch andere Gefühle für mich hegst, was jeder Seelenklempner als Bindungsangst interpretieren würde«, einmal tief Luft holen für den nächsten Teil, »liebe ich dich, Vlad. Dich, den Drachen, nicht den Ritter aus meinen Träumen, und ich lasse mich nicht von dir rauswerfen, weil ich … ich glaube, dass du mich auch liebst.«

Nach so vielen Worten und zu wenig Sauerstoff ging mir die Puste aus. Während meiner zwar emphatischen, aber wenig eloquenten Ansprache war Vlad immer näher gekommen. Ein Duft nach Zimt, anderen Gewürzen und Rauch stieg mir in die Nase. Das war wohl Vlads Eigengeruch, was mir erst dank meines getunten Geruchssinnes auffiel.

Ich starrte ihn an und wünschte mir, ich könnte wie er Gedanken lesen, weil seine Miene rein gar nichts verriet. Nachdem ich sein Gesicht ausgiebig gemustert hatte, fiel mir lediglich auf, dass sein Stoppelbart wieder den Acht-Uhr-Schatten hatte und das geschmolzene Kupfer seiner Augen mit smaragdgrünen Sprenkeln durchsetzt war.

»Du hast recht«, sagte er schließlich, und in seiner Stimme lag so vieles, was ich nicht benennen konnte.

»Womit? Mit der ganzen Folterei, den Bindungsängsten oder dieser anderen Sache?«

Sein Lächeln war unwiderstehlich und Furcht einflößend zugleich, als würde man ausgepeitscht und stellte fest, dass einem der Schmerz gefiel. Ich konnte den Schauder nicht unterdrücken, der mich überlief, als ich den Mann ansah, der noch immer auf so gefährliche Weise Macht über mein Herz hatte.

»Mit allem.«

Während er sprach, packte er mich und grub eine Hand in mein Haar, während sich die andere auf meinen Rücken legte. Die Hitze, die von ihr ausging, war nichts im Vergleich zu seinen Lippen, die er mir jetzt auf die Kehle presste.

»Weißt du, wie es das letzte Mal war, als ich jemanden geliebt habe?«

Er knurrte die Worte mit solch mühsam unterdrückter Rohheit auf meine Haut, dass mein Schaudern sich in ein Beben verwandelte. Ich nickte.

»Nein, weißt du nicht.« Wieder ein todbringendes Knurren. »Du weißt nur, wie sie gestorben ist. Ich will dir erzählen, wie sie gelebt hat – in Furcht. Sie war entsetzt über meine Taten, genauso entsetzt wie du. Meine Feinde haben sie benutzt, genau wie sie dich benutzen, aber mehr als eine anrückende Armee hat sie dazu gebracht, sich vom Dach zu stürzen. Ich war es.«

Beim Sprechen hatte er mir absichtlich die Fänge an die Kehle gepresst, als bräuchte ich noch einen bildlichen Beweis dafür, wie gefährlich das Leben an seiner Seite sein würde. Als Antwort darauf schlang ich ihm die Arme um den Hals und verschränkte sie in seinem Nacken. Einen nach dem anderen zog ich mir die Handschuhe aus. Dann vergrub ich die Hände in sein Haar und ließ der Elektrizität in mir freien Lauf, während ich ihn fester an meinen Hals presste.

»Ich bin nicht sie.«

Ich war froh, dass die Worte vibrierten, so nachdrücklich hatte ich sie ausgesprochen. Ich wollte, dass er sie nicht nur hören, sondern auch spüren konnte.

»Du bist der furchteinflößendste Mann, der mir je begegnet ist, aber ich habe *keine* Angst vor dir. Was deine Feinde angeht, lass sie kommen. Ich konnte schon einmal gegen sie bestehen und werde es wieder schaffen.«

Sein Lachen kitzelte meinen Hals – heiß, harsch und seidiger als das schwere Gewebe seiner Kleidung. Dann hob er den Kopf, und sein Blick hielt meinen gefangen, als hätte er mich hypnotisiert.

»Du solltest aber Angst haben. Große Angst. Ich habe dir gesagt, ich würde dich ziehen lassen, wenn du unsere Beziehung beenden willst, aber das, Leila«, seine Stimme wurde tiefer, »war gelogen.«

26

Die Worte klangen wie eine Drohung, und doch konnte ich nicht verhindern, dass ein Grinsen um meine Lippen spielte.

»Heißt das, du hast nicht mehr vor, mich rauszuschmeißen?«

Er drehte sich um und sah zur Tür seines begehbaren Kleiderschranks. »Sieh mal.«

Mit fragendem Blick näherte ich mich dem Raum. Ja, er war noch immer so groß wie der Wohnwagen, in dem ich mit Marty gehaust hatte, und ja, das automatische System, mit dem man die Outfits per Knopfdruck an sich vorbeigleiten lassen konnte, fand ich immer noch cool. Was also …

Gerade als mir der Atem stockte, zog Vlad mich an sich, indem er von hinten die Arme um mich legte.

»Beantwortet das deine Frage?«

Oh ja, und als Oscar gesagt hatte, ich würde nicht mehr hier wohnen, hatte ich ihn komplett missverstanden. Ich hatte geglaubt, er meinte Vlads Anwesen. Dabei war es ihm nur um das *Zimmer* gegangen. Alle Klamotten, die in meinem Kleiderschrank und den Kommoden verstaut gewesen waren, befanden sich jetzt hier, bis hin zu den BHs, die in dem Teil des begehbaren Kleiderschanks untergebracht waren, in dem Vlad früher seine vielen Krawatten aufbewahrt hatte.

Selbst als ich mich noch offiziell seine Geliebte hatte nennen dürfen, waren meine Sachen nicht hier verstaut gewesen. Sie befanden sich in dem angrenzenden Zimmer, in dem ich auch ab und zu geschlafen hatte. Vlad hätte mir nicht deutlicher zeigen können, dass er mich zurückhaben wollte, aber natürlich hatte er mal wieder ganz selbstverständlich angenommen, dass er auch bekam, was er sich wünschte.

Wenn unsere Beziehung eine Chance haben sollte, musste das aufhören.

Ich drehte mich um und versuchte, den Aufruhr meiner Gefühle unter Kontrolle zu bekommen. »Du kannst meine Sachen nicht einfach in dein Zimmer räumen, ohne mich vorher zu fragen. Was, wenn ich es nicht so schnell angehen will?«

Er stieß ein Schnauben aus. »Du hast dein Leben riskiert, um zu beweisen, dass ich der Mann bin, den du liebst, aber *das* kommt dir übertrieben vor?«

Ich reckte das Kinn hoch. »Um zu lieben braucht es nur eine Person, aber damit eine Beziehung funktioniert, sind zwei vonnöten. Wenn wir es noch einmal miteinander versuchen wollen, kann es nicht immer nur nach deinem Kopf gehen, Vlad.«

Er strich mir mit den Händen über die Arme und sah mich auf eine Art und Weise an, die mich an ekstatische Schreie und bluttriefenden Stahl denken ließ. Eifersucht war harmlos dagegen.

»Ich will nichts versuchen. Ich will, dass du mich heiratest.«

Da hatte ich schon gedacht, mit den Überraschungen wäre es für heute vorbei. Jetzt wusste ich erst, was das Wort wirklich bedeutete. Einige Augenblicke lang war ich überzeugt, nicht richtig gehört zu haben.

In Vlads Lächeln lag etwas Wildes. »Die Liebe ist eine

furchtbare Schwäche. Sie macht einen zur perfekten Zielscheibe, vernebelt einem den Verstand, lässt einen leichtsinnig werden … und das sind nur die positiven Seiten.«

Liebkosend wanderten seine Hände zu meiner Taille, die Hitze, die von ihnen ausging, kaum gemindert vom dünnen Stoff meines Bademantels.

»Im schlimmsten Fall«, fuhr er fort, und seine Stimme wurde schroff, »kann sie einen zerstören. Dem wollte ich mich nie wieder aussetzen, und so habe ich dich nie ganz an mich herangelassen. Sogar zugelassen, dass du mich verlässt, habe ich, um mir zu beweisen, dass du mir nicht mehr bedeutest als meine früheren Geliebten. Und dann hat Marty angerufen und mir gesagt, du wärst ums Leben gekommen.«

Sein Griff wurde schmerzhaft, dann ließ er mich los, die Hände zu Fäusten geballt.

»Da war mir alles egal. Ob ich meine Feinde besiegte, meine Leute beschützte oder wie ärgerlich ich es fand, dass ich mich deiner Meinung nach wie ein moderner Mann benehmen sollte, als könnte ich ein halbes Jahrtausend einfach abschütteln, weil du es so willst.«

Letzteres war unfair, aber darauf würde ich später noch zurückkommen.

»Dann kam ich in diese Leichenhalle und habe gesehen, dass nicht deine Gebeine dort lagen, habe wieder deine Stimme in meinem Kopf gehört«, er schloss die Augen, »und da war mir wieder alles egal.«

Er verzog den Mund und öffnete die Augen. »Und schließlich habe ich herausgefunden, dass du mit Maximus durchgebrannt bist, weil du dachtest, ich wollte dich umbringen. Das hat mich wütend gemacht, aber ich war entschlossen, dich aufzuspüren. Als es dann so weit war, warst du noch genauso eine Nervensäge wie früher, aber in den vergangenen Tagen ist mir klar geworden, dass es zu spät ist.«

Vlad umfasste mein Gesicht mit den Händen und sah mit so durchdringendem Blick auf mich herunter, dass mein Herz dröhnte wie ein Vorschlaghammer.

»Ich liebe dich, Leila, und das ist alles, was zählt.«

Ich hatte nicht gewusst, dass Freude eine körperliche Empfindung sein konnte, aber ich bildete mir die Welle nicht ein, die von Kopf bis Fuß durch mich hindurchschwappte. Die Kehle wurde mir eng, die Brust schwoll mir an, und meine Finger kribbelten. Unterdessen fügte sich etwas, das vor langer Zeit in meiner Seele kaputtgegangen war, wieder zusammen, und obwohl ich es nicht körperlich spürte, war es doch ein ebenso reales – und machtvolles – Gefühl.

»Ich liebe dich auch, Vlad.«

Ich hätte noch mehr gesagt, aber seine Lippen versengten meine mit einem so leidenschaftlichen Kuss, dass ich nicht atmen konnte. Ja, es fiel mir sogar schwer, noch etwas anderes zu denken als das leidenschaftliche, gestotterte Mantra: *liebdichbrauchdichwilldich!*

Er hob den Kopf und hielt mich unglaublicherweise auf, als ich beginnen wollte, ihm das Hemd aufzuknöpfen.

»Keine Zeit«, murmelte er.

Ich war völlig entgeistert. »Du hast Wichtigeres zu tun?«

Ich nicht. Wären meine Brustwarzen noch härter gewesen, hätten sie den Stoff durchbohrt, wo der Bademantel über sie rieb.

Er warf einen Blick nach unten, als wollte er sich selbst einen Eindruck verschaffen, und ein harscher Laut entfuhr ihm.

»Wichtigeres nicht, aber bis zur Zeremonie heute Abend werden wir beide ziemlich beschäftigt sein.«

»Zeremonie?« Was für eine Zeremonie?

Das Lächeln, das er mir schenkte, war teils amüsiert, teils raubtierhaft. »Unsere Hochzeitszeremonie?«

Einen Sekundenbruchteil lang dachte ich: *Das ist alles ein Traum*. So musste es sein, denn er hatte doch wohl *nicht* gerade gesagt, dass wir heute Abend heiraten würden.

»Ich habe noch nicht Ja gesagt.«

Sein Lächeln verschwand. »Du sagst Nein?«

»Nein. Äh, nicht Nein, aber auch nicht, du weißt schon …«

Mir war klar, dass ich Unsinn redete, aber in meinem Kopf herrschte ein Chaos aus Freude, Schock und Unglauben. Gleichzeitig meldete sich nachdrücklich mein gesunder Menschenverstand: *Krieg dich wieder ein, Leila!* Noch ein gestottertes Wort, und ich würde mich auf magische Weise in eine Südstaatenschönheit aus dem neunzehnten Jahrhundert verwandeln, mir Luft zufächeln und hauchen: »Das kommt alles so *plötzlich*!«

Ich riss mich am Riemen und versuchte es noch einmal.

»Ich weiß ja, dass dieses Missverständnis mit dem Ring zu unserer Trennung geführt hat, aber wie ich dir damals schon gesagt habe, ging es mir nicht darum, dass du mir einen Antrag machst. Ich wollte, dass du dich der Liebe gegenüber öffnest …«

Er lachte, sodass ich mitten im Satz verstummte, denn das war nicht sein sinnliches In-sich-Hineinlachen, und erst recht nicht klang es überheblich-spöttisch. Es war etwas Neues, und hätte ich ein Etikett draufkleben müssen, hätte da fett »*Das hast du dir selbst zuzuschreiben*« gestanden.

»Was glaubtest du denn, würde passieren, wenn du mich dazu bringst einzusehen, dass ich mich in dich verliebt habe? Dass wir noch eine Weile miteinander ausgehen, damit wir irgendwann Verlobung feiern können?«

Wieder ein Lachen, das mir trotz der Hitze, die sein Körper ausstrahlte, Gänsehaut verursachte. Dann verebbte sein Lachen, und er beugte sich zu mir herunter, bis sein Mund nur noch Millimeter von meinem entfernt war.

»Glaubst du, ich würde mich mit weniger zufriedengeben, als dich so schnell wie möglich ganz zu der Meinen zu machen?«

Er war mir so nah, dass ich sein Gesicht nur verschwommen sehen konnte, doch seine Augen hatten nie heller geleuchtet. Ich schloss meinerseits die Augen, und es änderte nichts. Durch die geschlossenen Lider hindurch konnte ich seine Augen noch immer sehen.

»Ich gehöre dir«, flüsterte ich, und das war nicht nur ein Satz. Es war ein Versprechen.

Während ich sprach, drängte ich mich an ihn, sehnte mich nach mehr als der Berührung seiner Hände. Einige knisternde Augenblicke lang kam er meinem Begehren nach und küsste mich so leidenschaftlich, dass mir die Knie weich wurden. Als ich wieder anfing, sein Hemd aufzuknöpfen, entzog er sich mir und verzog die Lippen zu einem sinnlich grausamen Lächeln.

»Erst, wenn wir verheiratet sind.«

Ich sah ihn entgeistert an. »Du benutzt Sexentzug als Druckmittel?«

Sein Lächeln wurde breiter. »Wer hat behauptet, ich würde fair spielen?«

Meine Lippen zuckten, aber das Thema war zu ernst für Witze. »Ich will dich ja heiraten, Vlad. Heute Abend noch nicht, aber …«

»Warum?«

Seine Frage klang nicht im Mindesten witzig. Zu spät merkte ich, dass es ihm ernst war. Und da kam doch die Südstaatenprinzessin in mir durch.

»Weil das alles so plötzlich kommt!«

Nach diesem Ausbruch, der selbst Scarlett O'Haras Missfallen erregt hätte, versuchte ich, mich noch einmal deutlicher auszudrücken.

»Ich möchte, dass unsere Hochzeit etwas Besonderes ist. Ich habe kein Kleid, du hast keinen Trauzeugen, und statt Blumendeko haben wir gepfählte Leichen vor dem Haus.«

»Blumen sind unterwegs, genau wie mein Trauzeuge, drei Näherinnen stehen bereit, dir ein Kleid ganz nach deinen Wünschen anzufertigen, und die Leichen lasse ich entfernen«, antwortete er, ohne zu zögern.

Wenn er schon Näherinnen parat stehen hatte, dazu Blumen und einen Trauzeugen, war es ihm nicht nur ernst mit der Hochzeit heute Abend. Er hatte sie *geplant*.

In mir begann ein mächtiges Tauziehen. Ich liebte Vlad und wollte den Rest meines Lebens mit ihm verbringen; daran hatte ich keinen Zweifel. Seine Arroganz und Komplexität würden mich noch in den Wahnsinn treiben, und an seine Angewohnheit, Gefangene zu pfählen, würde ich mich auch nie gewöhnen; *das* stand ebenfalls außer Zweifel. Würde eine lange Verlobungszeit etwas an alledem ändern können? Nein, aber der Spruch »*Drum prüfe, wer sich ewig bindet*« war nicht ohne Grund so berühmt …

»Habe ich schon erwähnt, dass ich es mit der Tradition halte, einen Brautpreis zu zahlen?«, erkundigte er sich in beiläufigem Tonfall, als wäre seine Miene nicht immer düsterer geworden, während er meinen Gedanken gelauscht hatte.

»Falls dir das nichts sagt; ein Brautpreis ist ein Geschenk des Bräutigams an seine zukünftige Frau«, fuhr er fort. »Das Geschenk soll den Wert widerspiegeln, den der Bräutigam der Braut beimisst. Und weil du mir so viel bedeutest, würde ich dir natürlich alles schenken, was du haben möchtest, sofern es in meiner Macht steht.«

Als er angefangen hatte, mir das zu erklären, war ich ganz starr geworden, so sehr verletzte es mich, dass Vlad glaubte, meine Bedenken mit Geld aus der Welt schaffen zu können. Dann hatte er den letzten Satz so zärtlich formuliert, dass er glänzte wie der Apfel, mit dem die Schlange Eva verführt hatte. Was glaubte er denn, dass ich wollte? Er liebte mich – das war mein größter Wunsch gewesen, und soweit ich wusste, hatte ich in seiner Gegenwart neulich nicht *Material Girl* gesungen …

Da ging mir ein Licht auf. Alles, was in seiner Macht stand, was immer es sein sollte. *Du UNBARMHERZIGER diabolischer Mistkerl,* dachte ich gleichzeitig bestürzt und bewundernd.

»Lass mich raten – du zahlst erst, wenn ich dich heirate?«

Ein verschlagenes Lächeln spielte um seine Lippen. »Korrekt.«

»Du spielst *wirklich* nicht fair, wenn du etwas haben willst, was?«, hauchte ich.

Seine Augen leuchteten. »Du machst dir keine Vorstellung.«

Ein Versprechen und eine Drohung zugleich. Und das traf auch auf meine Entscheidung zu, in der sowohl Hoffnung auf nie gekannte Freuden als auch die Aussicht auf nicht wiedergutzumachenden Kummer lag.

»Jetzt hast du mir also gesagt, dass du mich heiraten willst«, sagte ich, die Stimme kehlig von all den Emotionen, die in mir hochkamen. »Aber du hast mir keinen *Antrag* gemacht.«

Das war ihm bestimmt gar nicht aufgefallen. Für ihn gab es da sicher keinen großen Unterschied, und das verdeutlichte, wie viele Probleme noch zwischen uns standen. *Siehst du? Du kannst ihn heute Abend nicht heiraten, und auch sonst nicht, denn das mit euch wird NIE Bestand haben!*, mischte sich meine innere Stimme ein.

Vlad starrte mich an, und der Kupferton in seinen Augen verstärkte sich, bis das smaragdgrüne Leuchten komplett aus ihnen verschwunden war. Dann kniete er sich langsam vor mich hin, im Gesicht noch immer diese Mischung aus Herausforderung und Verheißung.

»Leila Dalton, meine einzig wahre Liebe, willst du mir die Ehre erweisen, meine Frau zu werden?«

Letztlich hatte ich Vlad also doch in die Knie gezwungen, aber in vielerlei Hinsicht würde er sich mir nie beugen. Das wusste ich so sicher, wie mir klar war, dass ich ihn immer lieben würde, und mir fiel nur eine Antwort ein.

»Ja, Vlad. Ich *will* deine Frau werden. Heute noch.«

Meine verhasste innere Stimme hatte mich bisher immer nur in die Irre geführt. Ich wollte verdammt sein, wenn ich jetzt anfing, auf sie zu hören.

27

Jetzt wusste ich, warum Vlad mir gestern keinen Krankenbesuch abgestattet hatte: Er musste Vorbereitungen für eine Hochzeit treffen, von der ich bis dahin noch nichts geahnt hatte. Das mit den Näherinnen, den Blumen und allem anderen war kein Witz gewesen. Die Angestellten wuselten durch die Räume, um das Haus zu dekorieren, Speisen für eine ganze Armee zuzubereiten und so viele Kerzen aufzustellen, dass die Umgegend wohl bald unter einer Wachsknappheit würde leiden müssen. So eisig Vlads Leute mir zuvor auch begegnet waren, so strahlend präsentierten sie sich mir jetzt, und wenn sich noch einer mehr vor mir verneigte, würde mir wahrscheinlich ein Diadem aus dem Schädel sprießen.

Bevor ich mir aber ein Kleid aussuchte oder irgendwelche anderen plötzlich so dringenden Dinge erledigte, musste ich mit meiner Familie sprechen. Der ganzen Familie, was auch den Vampir einschloss, der biologisch nicht mit mir verwandt war.

Vlad saß neben mir im Gobelinzimmer. Mittelalterliche Alltagsszenen, Schlachten- und Naturimpressionen waren kunstfertig in die riesigen Wandbehänge gewirkt. Die Motive wurden in den Schnitzereien wieder aufgenommen, mit denen die in die Zimmerdecke eingelassenen Kassetten verziert waren. Der Effekt war atemberaubend, aber ich glaubte kaum, dass mein Vater das im Augenblick zu würdigen wusste. Er starrte mich mit einem Entsetzen im Blick an, wie ich es bisher nur auf den Gesichtern von Menschen gesehen hatte, denen die Hinrichtung bevorstand.

»Du heiratest ihn *heute Abend*?«

Gretchen reagierte ausnahmsweise mal mit mehr Nonchalance. »Ach, deshalb rennen alle durch die Gegend, als hätten sie Hummeln im Arsch.«

Marty machte ein bemüht ausdrucksloses Gesicht, aber so wie er abwechselnd Vlad und mich ansah, war er kaum sonderlich begeistert.

»Wozu die Eile?«, wollte Gretchen wissen. Dann fiel ihr Blick auf meinen Bauch. »Du bist doch nicht etwa schwanger, oder?«

»Vampire können keine Menschen schwängern«, erklärte ich.

Mein Vater wirkte erleichtert, aber ich war zwiespältig. Vlad hätte ebenso gut ein Mensch sein können; ich wusste seit meiner Teenagerzeit, dass ich nicht in der Lage war, Kinder zu bekommen. Kein Baby der Welt hätte die Hochspannung in meinem Körper überlebt.

Irgendwann verhärteten sich die Züge meines Vaters. »Du kannst nicht erwarten, dass ich dir meinen Segen zu dieser desaströsen Fehlentscheidung gebe.«

Die Worte waren an mich gerichtet gewesen, aber Vlad antwortete.

»Ich würde Ihnen niemals die Beleidigung antun, Sie darum zu bitten. Wir wissen beide, dass Sie unsere Verbindung missbilligen, und wir wissen beide, dass mich das nicht stört. Nur Leilas Meinung zählt, und sie hat Ja gesagt.«

Mein Vater musterte die Gegenstände auf dem vor ihm stehenden Silbertablett. Vlad schenkte ihm ein charmantes Lächeln.

»Das würden Sie niemals schaffen.«

Einen Augenblick lang kapierte ich gar nichts. Dann blieb mir der Mund offen stehen.

»Dad! Du hast doch wohl nicht *ernsthaft* daran gedacht, meinen Verlobten mit einem Silbermesser zu erstechen!«

Marty eilte zu meinem Vater. »Hugh, Sie müssen sich beruhigen«, murmelte er, während er Vlad argwöhnische Blicke zuwarf. »Gehen wir doch ein Stück spazieren, hmm?«

»Nicht nötig, ich werde ihn nicht umbringen«, sagte Vlad in einem Tonfall, in dem die meisten Leute das Wetter kommentiert hätten.

»Das ist voll abgedreht«, murmelte Gretchen. »Ich bekomme Dracula zum Schwager.«

Ich ignorierte sie, um weiter meinen Vater anzufunkeln.

»Ich hatte ja nicht erwartet, dass du dich freuen würdest. Aber dass du gleich zum *Mörder* werden musst. Ich habe jahrelang mit einem Vampir zusammengelebt, weißt du nicht mehr? Sie sind gar nicht so anders als wir.«

»Du glaubst, ich hätte Vorbehalte, weil er ein Vampir ist?«, bellte mein Vater. »Wolltest du Marty heiraten, hättest du meinen Segen, weil er ein ehrenwerter Mann ist. Er«, er stach mit dem Zeigefinger in Vlads Richtung, »ist es nicht.«

Ich seufzte. »Du hast die Leichen im Vorgarten gesehen, stimmt's?«

Mein Vater stieß ein Schnauben aus. »Als wüsste ich das nicht auch so. Ich hab's dir gesagt, Leila, ich habe eine gute Menschenkenntnis, und Vlad ist ohne Zweifel die gewalttätigste Person, die mir je begegnet ist.«

»Ganz recht.«

Vlad gab sich nach wie vor entspannt, und auch sein umgängliches Lächeln war nicht gewichen. Er machte eine Handbewegung in Richtung Gretchen und Marty.

»Ihr beide habt euch mit der Hochzeit abzufinden, also lasst uns allein.«

Gretchen stand auf und warf noch schnell einen Seitenblick auf meine Hand. »Immer noch kein Brillantring. So passiert's, wenn man es den Kerlen zu leicht macht, Schwesterchen.«

Ich verdrehte die Augen. »Wenn du mir helfen möchtest, das Kleid zu entwerfen, komm in einer halben Stunde in die Bibliothek.«

Marty schenkte mir einen langen Blick. »Ich hoffe, du weißt, was du tust, Kind«, sagte er. Dann tat er es Gretchen nach und trollte sich.

Als ich Vlad ansah, merkte ich, dass er und mein Vater versuchten, einander niederzustarren. Vlads Augen hatten noch ihre normale dunkle Kupferfarbe, doch auch ohne dass er seinen Vampirblick einsetzte, war klar, dass Hugh Dalton keine Chance hatte.

»Dad, ich weiß, dass du eine bestimmte Meinung von Vlad hast, aber wenn du ihn erst kennenlernst, siehst du das bestimmt ...«, setzte ich an, doch Vlads leises Lachen ließ mich verstummen.

»Das wird nichts bringen, weil er ja recht hat. Ich bin ein gewalttätiger Mann, und das war noch nie anders. Du liebe Zeit, schon als ich halb so alt war wie er und noch ein Mensch, habe ich die Edelleute der Gegend zu einem Festmahl geladen, sie allesamt abgeschlachtet, während ihnen noch die Essensreste im Bart hingen, und mich prächtig dabei amüsiert.«

»Musste das sein?«, murmelte ich.

Er ignorierte es und sah meinem Vater in die strengen blauen Augen.

»Und jetzt zu etwas, das Sie noch nicht wissen: Ich bin nie ohne Grund gewalttätig. Jene Edelleute hatten meinen Vater verraten; er wurde geblendet und lebendig begraben. Ein paar von ihnen hatten sogar selbst geholfen, ihn einzumauern, und doch waren sie ohne Furcht zu mir gekommen, weil sie mich unterschätzt hatten. Anders als Sie, und das ist einer der beiden Gründe, weshalb ich Sie respektiere.«

Er beugte sich vor, und sein Lächeln verblasste.

»Der andere Grund ist der: Loyalität. Sie haben gesehen, wie reich und mächtig ich bin, und doch haben Sie nie versucht, Ihre Töchter dazu zu benutzen, auch einen Teil vom Kuchen abzubekommen.«

»Das tue ich nicht aus Loyalität, sondern weil ich ihr Vater bin.«

»Mein Vater hat mich und meinen kleinen Bruder an seinen schlimmsten Feind verschachert, um sich politische Sicherheit zu erkaufen«, antwortete Vlad unverblümt. »Und seither habe ich noch weit Schlimmeres gesehen. Nicht weil Sie ein Vater sind, bedeuten Ihnen Ihre Töchter mehr als Geld, Macht oder die Heilung Ihres Beines, zu der ich Ihnen verhelfen könnte. Sie sind loyal, jetzt wohl erst recht, da Sie einmal einen Verrat begangen und dafür einen Verlust erlitten haben.«

Ich wusste nicht, was mich mehr schockierte: dass Vlad behauptete, er könnte das kranke Bein meines Vaters heilen, oder dass er ihm das Wissen um seinen Ehebruch unter die Nase rieb. Meine Schuldgefühle hatten mich dazu getrieben, Vlad die Geschichte zu erzählen. Ich hatte meiner Mutter die verfänglichen Briefe gezeigt, die ich in der Tasche meines Vaters gefunden hatte, weil ich sauer war, dass sie mit uns nach Deutschland ziehen und mich aus dem Training reißen wollte. Mit dreizehn Jahren war mir die Chance, an den Olympischen Spielen teilnehmen zu können, wichtiger gewesen als der Kummer, den ich meiner Mutter zufügte. Nachdem sie meinen Vater verlassen hatte, zogen wir bei meiner Tante ein, wo meine Mutter ums Leben kam, als sie versuchte, mir bei meinem Unfall mit der Hochspannungsleitung zu Hilfe zu kommen.

Auch mein Vater wirkte verdutzt, stand aber schließlich auf und stieß mit seinem Gehstock in Richtung Vlad. »Wie können Sie es wagen?«

Seine Stimme bebte vor Zorn. Vlad zuckte nicht mit der Wimper.

»Ich wage es, weil ich nicht will, dass zwischen uns Missverständnisse aufkommen. Ich bin genau so, wie Sie mich einschätzen, aber ich liebe Ihre Tochter, und was ich liebe, das beschütze ich mit aller mir eigenen Grausamkeit, und die ist, wie Sie bereits erkannt haben, immens.«

Als Vlad zu Ende gesprochen hatte, trat Schweigen ein. Selbst das Personal hatte offenbar in seiner hektischen Betriebsamkeit innegehalten, denn aus dem Nebenzimmer war kein Geräusch mehr zu hören. Das Gesicht meines Vaters blieb unnachgiebig, während ich mich in einen inneren Disput vertiefte.

Er hätte wirklich nicht erwähnen müssen, wie viele Leute er schon umgebracht hat …

Warum? Das kann man sogar googeln.

Schon gut, aber dass er das mit Dads Seitensprung ausgeplaudert hat …

Er hat sich im Ton vergriffen, als er etwas Bestimmtes klarstellen wollte? Er ist Vlad der Pfähler. Für gewöhnlich regelt er so etwas mit einem Holzpflock.

Schon, aber die beiden werden ja jetzt zu einer Familie gehören …

Hast du gehört, was Vlad von seiner *Familie erzählt hat? Und dabei hat er noch nicht mal erwähnt, dass sein kleiner Bruder mehrmals versucht hat, ihn umzubringen.*

Und so weiter und so fort. Wie ich bereits befürchtet hatte, mutierte ich allmählich zu Gollum.

Was ich nach einigen langen Sekunden schließlich sagte, war Folgendes:

»Ich kann dir nicht verdenken, dass du sauer bist, Dad. Würde meine Tochter mir sagen, dass sie den untoten Fürsten der Finsternis heiraten will, würde ich auch ausflippen. Es muss dir weder gefallen, noch musst du es billigen, aber du kannst mich nicht davon abhalten, und ich hoffe …« Ich versuchte, den Kloß hinunterzuschlucken, der mir plötzlich in der Kehle saß. »Ich hoffe, du kommst zu meiner Hochzeit.«

Damit ging ich zu ihm und gab ihm einen Kuss auf die Wange, bevor ich mich zum Gehen wandte. Was immer mein Vater, Gretchen und Marty auch tun würden, ich musste mich für meine Hochzeit zurechtmachen.

28

Irgendwann war ich mir sicher, dass ich gleich aufwachen würde. Das war nicht ich, die zu ihrer Hochzeit ein Kleid auf den Leib geschneidert bekam, so flink wie von Feenhand gefertigt. Ich war das Mädchen, das seine Mutter verloren hatte, bevor es sie richtig hatte kennenlernen können. Dessen Träume zunichtegemacht wurden, dessen Familie feindselig war, das Mädchen, das niemanden berühren konnte, ohne ihn in Lebensgefahr zu bringen, und das in Finsternis versank, weil es durch seine Fähigkeiten gezwungen war, so viele schwere Sünden anderer nachzuerleben.

Aus dem Spiegel sah mir eine ganz andere entgegen. Mein Kleid hatte ein cremefarbenes Mieder mit überlappendem Brustteil, das meine moderaten Kurven üppiger wirken ließ. Das mehrlagige Rockteil aus Chiffon war mit Spitze und Stabperlen bestickt. Der Spitzenbolero ließ mein Dekolleté unbedeckt, schmiegte sich um Nacken und Schultern und endete in hauchzarten Ärmeln. Sie reichten mir bis zu den Fingern, sodass die Stickereien meine lange zickzackförmige Narbe verdeckten. Mein Haar war zu einem Dutt hochgesteckt, unter dem ein diamantgeschmückter Clip meinen durchsichtigen, ebenfalls mit Perlen verzierten langen Schleier hielt. Noch war das Vorderteil zurückgeschlagen, für den

Fall, dass mein Make-up noch letzter Auffrischungen bedurfte.

Nein, das Mädchen im Spiegel sah nicht aus, als hätte es unter Einsamkeit, Isolation oder Visionen von schlimmen Gräueltaten zu leiden. Das Mädchen im Spiegel wirkte glücklich. Fast hätte man das Wort »gesegnet« bemühen mögen. Kaum verwunderlich, wie schwer es mir fiel zu glauben, dass ich das war.

Gretchens Gestalt tauchte im Spiegel auf. »Denk nicht mal dran, beim Gelübde zu heulen. Du ruinierst dir das Make-up.«

Der Kommentar meiner Schwester holte mich aus der Unwirklichkeit meiner Situation in die Realität zurück, aber das war okay. Sie war da, gekleidet in ein trägerloses amethystfarbenes Satinkleid, das Kurven betonte, die sich bei mir nur durch kreative Schnittführung vortäuschen ließen. Ihr schulterlanges schwarzes Haar war hochgesteckt, was ihr eine kultivierte Ausstrahlung verlieh, und ihr dunkles Augen-Makeup ließ sie älter als zweiundzwanzig wirken.

»Du siehst toll aus«, sagte ich zu ihr.

»Nein«, antwortete sie, und ihre Stimme wurde weich. »Du siehst toll aus.«

Dann schloss sie mich zu meiner Überraschung in die Arme. Durch das Haarspray und die Bodylotion hindurch konnte ich ihren Körpergeruch nach Zitronen und Meeresbrandung wahrnehmen. Ich atmete ein und wusste, dass ich bei diesem Geruch ab jetzt immer an meine Schwester würde denken müssen.

Sie ließ mit einem Schnauben von mir ab. »Hast du gerade an mir *geschnuppert?*«

Ich nickte verlegen. »Das ganze Blut, das Vlad mir verabreicht hat, hat mehr als nur mein Gehör geschärft.«

Wieder ein Schnauben. »Du wirst mit jedem Tag seltsamer, weißt du das?« Dann sah sie sich um, doch die drei Schneidermeisterinnen waren fort. »Und, rieche ich okay? An Parfum ist hier nämlich für Geld und gute Worte nicht ranzukommen.«

In einem Haus voller Leute mit hyperaktivem Geruchssinn? Ganz bestimmt nicht. Auf Vampire wirkte Parfum wie eine chemische Keule.

»Du riechst gut«, versicherte ich ihr.

Es klopfte an der Tür. Gretchen öffnete, und Marty erschien. Er trug einen schwarzen Smoking, der ihm gerade erst auf den Leib geschneidert worden sein musste, weil er selbst keinen besaß, und er passte ihm wie angegossen. Seine buschigen Koteletten waren ordentlich gestutzt, und sein dichtes schwarzes Haar streng zurückgekämmt, was seiner förmlichen Aufmachung einen verwegenen Touch verlieh.

»Es ist Zeit«, sagte er. Dann geriet er ins Stutzen. »Wow, Kind. Ihr beide«, fügte er hastig hinzu.

Ich drehte mich, damit Marty mein Kleid vollständig begutachten konnte, immer darauf bedacht, nicht über meine Schleppe zu stolpern. »Ich kann immer noch nicht glauben, dass Sinead, Frances und Bertrice das in sechs Stunden geschafft haben. Diese Vampirinnen haben so schnell genäht, dass beinahe das Garn Feuer gefangen hätte.«

Meine Stimme verebbte, als noch jemand hinter Marty auftauchte. Hugh Dalton trug ebenfalls einen Smoking, und sein grauschwarzes Haar war frisch geschnitten. Die Falten in seinem Gesicht wirkten ausgeprägter, doch seine zu einem Schlitz zusammengepressten Lippen wurden etwas weicher, als er mich ansah.

»Egal, was ich davon halte, Leila, du bist meine Tochter, also schreitest du *nicht* allein zum Altar.«

Ich schluckte schwer. Gretchen zischte: »Augen-Make-up!«, und stieß mich mit dem Ellbogen an, aber auch ihre Augen hatten einen feuchten Glanz bekommen. Es war schon zu lange her, seit wir zuletzt etwas gemeinsam als Familie unternommen hatten.

Marty nahm Gretchens Arm. »Na komm, Schönste. Ich zeig dir den Weg.«

Sie zupfte noch ein letztes Mal ihr Haar zurecht und warf mir dann eine Kusshand zu. »Bis bald, Schwesterchen.«

Die beiden gingen. Mein Vater sah mich unverwandt an. Dann stieß er einen Seufzer aus, der aus seinem tiefsten Inneren zu kommen schien.

»Bist du dir sicher, dass du das willst?«

»Ich bin mir sicher«, antwortete ich mit fester Stimme.

Er nahm meinen Arm. Meine neuen elfenbeinfarbenen Iso-Handschuhe reichten mir nur bis zu den Handgelenken, sodass er einen Schlag abbekam, aber er verbarg sein Zucken hinter einem angestrengten Lächeln.

»Ich hatte befürchtet, dass du das sagen würdest.«

Ich erkannte den zweiten Stock kaum wieder. Die normale Möblierung war verschwunden, die dunklen Wände waren mit weißer Seide verhangen. Auch von der Decke hing Seidenstoff, was einen eleganten Zelteffekt erzeugte. Im Gang waren Blumen um weiße Steinfackeln geschlungen, zwischen denen polierte Schilde platziert waren. Sie reflektierten den Feuerschein, sodass der ganze Gang in einen goldenen Schimmer getaucht war. Der Duft, der mir in die seit Neuestem so feine Nase stieg, war schwer und süß. Es war, als würde ich durch einen verzauberten Tunnel schreiten.

Marty und Gretchen betraten den Ballsaal durch den Haupteingang. Mein Vater und ich folgten ihnen, und als wir auftauchten, verschluckte die aufbrandende Orgelmusik mein Keuchen.

Nicht das verwandelte Aussehen des Ballsaales raubte mir den Atem, obwohl die riesigen Säulen weißer Rosen und die massigen antiken Kerzenleuchter mit Hunderten entzündeter Kerzen den Raum in eine schwüle Traumkulisse verwandelt hatten. All die Gesichter waren es, die sich uns zuwandten. Bestimmt zweitausend Gäste waren gekommen und bildeten ein Meer aus schwarzen Smokings, hier und da gesprenkelt von Farbtupfern in Gestalt von Frauen in förmlichen Roben.

Hat Vlad die ganze Stadt eingeladen?, fragte ich mich ungläubig.

Der Gedanke verflog, als ich meinen Bräutigam erblickte. Vlad stand erhöht auf einem weißen Podest, über das sich etwa einen Meter oberhalb seines Kopfes ein Baldachin aus ineinander verschlungenen Eisenreben spannte. Er trug keinen Smoking. Klar, dass er wieder aus der Reihe tanzen musste. Sein ebenholzfarbenes Jackett war um die Schultern mit dicken Achselschnüren geschmückt, was mich an die Paradeuniformen denken ließ, die Könige bei offiziellen Anlässen trugen. Der hohe Kragen war bis über den Hals zugeknöpft und bildete einen Rahmen für seine markante, fein gemeißelte Kinnpartie. Die Hose war ebenfalls schwarz, doch der Mantel, der ihm über die Schultern und bis zu den Füßen fiel, leuchtete scharlachrot. Der Saum war aus Hermelin, und geschlossen wurde er durch eine breite Goldkette, in deren Mitte ein Anhänger aus Gold und Gagat baumelte, so groß wie Vlads Faust.

Kurz gesagt, er war ein fantastischer Anblick.

Als ich den Gang entlangschritt, nahm ich kaum jemanden um mich herum wahr. Selbst den Druck, den die Hand meines Vaters ausübte, spürte ich nicht mehr. Vlads Haar war streng zurückgekämmt, was seine leichten Geheimratsecken erkennen ließ. Ohne seine dunkle Mähne wirkten seine hageren Züge, die markanten Augenbrauen und hohen Wangenknochen umso eindrucksvoller, und seine kupfrigen Augen schienen bis in meine Seele zu blicken.

Komm zu mir, befahlen sie stumm. Und ich hätte mich beim besten Willen nicht widersetzen können.

Noch etwa sechs Meter trennten mich von Vlad, da züngelten Flammen den eisernen Baldachin empor, um sich durch die verschlungenen Reben zu winden. Mein Vater hielt inne und packte meine Hand fester, um mich zurückzuhalten.

»Leila …«

»Schon okay«, sagte ich. Wenn ich bei Vlad war, fürchtete ich kein Feuer.

Damit entzog ich mich dem Griff meines Vaters und ging die letzten paar Meter allein. Der Baldachin stand weiter in Flammen, aber kein Fünkchen fiel zu Boden. Als ich oben angekommen war und Vlads Hand nahm, hatte die Hitze des Feuers das Eisen zum Glühen gebracht, bis es aussah, als hätte das Metall sich in flüssiges Gold verwandelt.

Zu sagen, ich würde mich immer an diesen Augenblick erinnern, wäre eine Untertreibung gewesen.

Ich war so geblendet, dass es eine Sekunde dauerte, bis ich merkte, dass auch von hinten eine Treppe auf das Podest führte. Ein grauhaariger Herr in einer langen weißen Robe stieg zu uns empor. Dann machte er das Kreuzzeichen und intonierte etwas auf Lateinisch. Als er fertig war, setzten sich alle fast vollkommen gleichzeitig. Diese Synchronizität der Bewegungen sagte mir, dass die meisten Gäste offensichtlich Vampire waren.

Ich wusste ja nicht, dass du so viele Freunde hast!, rutschte es mir in Gedanken heraus, bevor mir bewusst wurde, wie sich das anhörte.

Vlads Lippen zuckten. Dann begann der Geistliche? – Offiziant? –, auf Englisch zu sprechen, sodass ich ihn endlich verstehen konnte.

»Liebe Freunde«, begann er mit ausgeprägtem italienischen Akzent. »Wir sind heute hier zusammengekommen, um zu bezeugen, wie dieser Mann und diese Frau in den heiligen Stand der Ehe treten.«

Dank meiner Fähigkeiten hatte ich schon jede Menge Hochzeiten miterleben dürfen. Und auch ausreichend Scheidungen, um zu wissen, dass das Gelöbnis, das wir gleich ablegen würden, mit fünfzigprozentiger Wahrscheinlichkeit keinen Bestand haben würde, aber das machte mir keine Angst. Ich war schon in auswegloseren Situationen gewesen, und um Vlad kämpfte ich gern.

Als er das hörte, lächelte er mich an: wissend, herausfordernd und ach so sinnlich.

»Kein Kampf«, murmelte er. »Unser Bund gilt für die Ewigkeit. Diese erste Zeremonie dient nur dazu, dir das und allen anderen öffentlich zu zeigen.«

Erste Zeremonie?, fragte ich mich, doch dann sagte der Offiziant: »Dürfte ich bitte die Ringe haben?«, und ich erstarrte.

Der heutige Tag war so hektisch gewesen, dass ich die Ringe ganz vergessen hatte. Was nun?

Zu meiner Überraschung bestieg nun Gretchen zusammen mit Mencheres das Podest. Der langhaarige Ägypter war wohl Vlads Trauzeuge. Er reichte Vlad etwas, und meine Schwester nahm mir den Brautstrauß ab, um mir ebenfalls etwas in die Hand zu drücken.

Ich sah darauf herunter und erblickte einen aus verschlungenen Goldbändern geformten, ungewöhnlichen Ring. Schließlich warf ich auch einen neugierigen Blick auf Vlads geschlossene Hand. Was für einen Ring hatte er für mich ausgewählt?

»Sie dürfen der Braut jetzt den Ring anstecken«, sagte der Offiziant. »Wollen Sie, Vladislav Basarab, die hier anwesende Leila Dalton zu ihrer rechtmäßig angetrauten …«

Die Worte wurden zu weißem Rauschen, als ich den breiten Goldring mit dem juwelenbesetzten Drachenemblem sah, den Vlad mir an den Finger steckte. Vlad musste mir nicht sagen, dass das keine Kopie war. Ich konnte spüren, wie die Essenzen der altehrwürdigen Fürsten, die ihn vor mir getragen hatten, Vlad eingeschlossen, darin pulsierten.

Vlad schenkte mir keinen gewöhnlichen Diamantring. Er hatte mir das fürstliche Siegel der Draculs vermacht, nur die Ringgröße war angepasst worden.

Ich hörte nicht, wie der Offiziant zum Ende kam, aber Vlad sagte »Ich will«, erst auf Englisch, dann auf Rumänisch. Das Toben der Menge riss mich aus meinem Schockzustand. Sollten die Gäste mit ihren Jubelbekundungen nicht warten, bis wir *beide* unser Jawort gegeben hatten?

Dann war ich an der Reihe, Vlad den Ring an den Finger zu

stecken und zu geloben, ihn zu lieben, zu ehren und zu achten. Kein Toben, als ich zu Ende gesprochen hatte. Es trat sogar völliges Stillschweigen ein, als der Offiziant verkündete, dass, falls jemand etwas gegen unsere Verbindung einzuwenden hätte, er es jetzt tun oder für immer schweigen möge.

Zu meiner Erleichterung meldeten sich weder mein Vater noch Marty zu Wort. Vlads Fanmeute hätte sie sonst wohl auch gleich vor Ort noch »für immer« zum Schweigen gebracht.

Dann kamen die Worte, die ich nie zu hören geglaubt hatte – Mann und Frau –, gefolgt von einem sengenden Kuss, den ich nie vergessen würde.

Diesmal war der Jubel ohrenbetäubend.

29

Während ich mich beglückwünschen ließ, erfuhr ich, wer neunundneunzig Prozent unserer Gäste waren. Vlads Sippenmitglieder der ersten Generation, also Vampire, die er selbst zu solchen gemacht hatte. Offenbar war seine Nachkommenschaft so verzweigt, dass nicht einmal das riesige Anwesen groß genug war, um auch denen noch Platz zu bieten, die wiederum von *seinen* Leuten erschaffen worden waren. Vlads untote Sippschaft kam, den Akzenten nach zu urteilen, aus aller Welt. Offenbar hatten sie alles stehen und liegen lassen, um heute Abend hier sein zu können.

Abzusagen hätte vermutlich eh keiner gewagt. Ein lapidares »Ich war gerade am Chillen« hätte Vlad auch kaum als Entschuldigung für ein Nichterscheinen bei seiner Vermählung akzeptiert.

Die Gäste waren so zahlreich erschienen, dass ich mir drei Stunden lang die behandschuhte Hand küssen lassen und dabei Namen anhören musste, an die ich mich im Leben nicht mehr erinnern würde. Die folgende Stunde brachte ich damit zu, Häppchen eines derart riesigen Festmahls zu kosten, dass die nahe gelegene Ortschaft noch tagelang mit den Resten hätte versorgt werden können. Dann folgten endlose Trinksprüche, bis ich nur noch so tat, als würde ich dem Alkohol zusprechen, sonst wäre ich auf meiner eigenen Hochzeitsfeier hackedicht gewesen.

Gretchen hatte da weniger Bedenken. Sie war längst über die Kicherphase hinaus und schien sich allmählich zu fragen, ob es der Raum war, der sich drehte, oder sie selbst. Mein Vater hielt sich dicht bei ihr und bedachte jeden männlichen Untoten, der sie einmal zu oft ansah, mit finsteren Blicken. Einen Toast hatte er zwar nicht ausgebracht, aber immerhin war er noch da.

Gerade als die riesige Uhr zwei geschlagen hatte, stand Vlad auf und bot mir die Hand. Ich ergriff sie, überrascht, als daraufhin Jubel aufbrandete. Hieß das, dass wir den Abgang machten? Ich hoffte es. Allmählich ging mir die Energie aus, und ich wollte den letzten Rest nicht hier verpulvern, so überaus prächtig die Feier auch sein mochte.

Vlad lachte leise. »Glaub mir, das wirst du nicht.«

Dann schloss er mich leidenschaftlich in die Arme und hob mich hoch, woraufhin weiterer Applaus und nicht wenig wissendes Gekicher erschallte. Ich konnte nicht mal mehr gute Nacht sagen, da hatte er mich aus dem Ballsaal hinaus und die Treppe hinaufgetragen. Den Flur nahm ich nur noch verschwommen wahr, bevor sich nachdrücklich eine Tür hinter uns schloss.

Zwar hatte nicht ich ihn in weniger als fünf Sekunden über hundert Meter weit getragen, aber mein Herz pochte trotzdem wie wild. So hektisch, wie er mich eben noch hierher verschleppt hatte, so gemächlich ließ er mich jetzt Zentimeter um verlockenden Zentimeter an seinem Körper entlang nach unten gleiten, bis ich wieder auf eigenen Füßen stand. Dabei sah er mich die ganze Zeit über so eindringlich an, dass Worte beleidigend trivial geklungen hätten.

Ich vergaß die vielen tausend Gäste mit übernatürlich scharfem Gehör einen Stock tiefer. Mir war es gleichgültig, ob irgendwo eine Vampirin, die mir zusammen mit ihren Helfershelfern nach dem Leben trachtete, gerade herausfand, dass ich noch lebte *und* Vlad geheiratet hatte.

Vlad löste die Goldkette, die seinen prunkvollen scharlachroten Umhang zusammenhielt. Mit einem gedämpften Laut fiel sie zu Boden. Ich zog mir die Spange, mit der mein Schleier befestigt gewesen war, aus dem Haar und löste meinen Dutt. Die duftige Spitze landete zu meinen Füßen, während mir das Haar über die Schultern fiel.

Vlads Hände wühlten sich in die dunkle Flut, bevor sie sich zu den verdeckten Häkchen vortasteten, die mein Kleid am Rücken zusammenhielten. Ich hielt den Atem an, als Spitze und Chiffon sich lösten, ersetzt durch die sengende Berührung seiner Finger. Dann versuchte ich, ihm das Jackett auszuziehen, aber mit meinen Handschuhen wollte mir das nicht gelingen. Ich zog sie aus und verlor dabei den Ring, den ich mit ihnen abgestreift hatte. Vlad kam mir zuvor und fing ihn auf. Seine Augen färbten sich grün, als er ihn mir an den bloßen Finger steckte.

Dann strich er sich mit der Hand über die Brust, und das Jackett öffnete sich wie durch Zauber. Ich konnte nur einen kurzen Blick auf das Hemd darunter erhaschen, bevor es ebenfalls verschwunden war und er mit nacktem Oberkörper vor mir stand. Ich genoss den Anblick seiner muskulösen Brust mit dem feinen schwarzen Haarflaum und den vielen Narben. In Vlads Erscheinungsbild zeigte sich, was er war – ein Krieger, der sich durch Schlachten gekämpft hatte, die einen weniger standhaften Mann das Leben gekostet hätten. Unbekleidet verbarg nichts seine überbordende Männlichkeit und die unterschwellige Gefahr, die von ihm ausging. All das lag jetzt völlig offen, und genau so wollte ich es. Ein Stöhnen entfuhr mir, als ich die Hand ausstreckte und seinen festen, erhitzten Körper berührte.

Er streifte mir das Kleid von den Schultern und die Ärmel einzeln herunter, bis ich nur noch in Bustier, Slip und Seidenstrümpfen dastand. Ich war nicht einmal nackt, aber als sein Blick über mich wanderte, fühlte ich mich schutzloser denn je. Vlad schien durch meine Haut hindurch Orte in meiner Seele zu erblicken, die ich noch nie jemandem offenbart hatte, und in der kurzen Zeit, die das dauerte, nahm er davon Besitz.

Ich betrachtete ihn genauso vereinnahmend. Was er auch getan hatte, wer immer er gewesen war und in Zukunft sein würde, er war mein. Wenn es noch Schilde gab, die sein Herz schützten, würde ich sie herunterreißen oder aufsprengen. *Du kannst mich ganz haben*, ließ ich ihn stumm wissen, *aber dafür will ich auch dich ganz.*

Sein Lächeln wirkte sinnlich und provozierend, forderte mich heraus, mein Versprechen einzulösen. Dann zog er mich in seine Arme, und seine bloße Haut ließ heiße Schockwellen durch meinen Körper wandern. Er hob mich hoch, schob mit dem Fuß mein Brautkleid beiseite und legte seine Lippen auf meine.

Er schmeckte nach Champagner und dem Blut, das aus der Wunde kam, die er sich mit einem Fangzahn in die Zunge gerissen hatte. Ich spürte einen stechenden Schmerz, als er dann mir eine Wunde beibrachte, auch wenn sein Blut sie fast sofort wieder heilte. Der Kupfergeschmack wurde stärker, doch als ich instinktiv angeekelt zurückweichen wollte, packte er mich fester.

»Ich dachte, wir würden auch unser Blut teilen, wenn wir einander ganz gehören wollen.«

Schon stellte er mein Versprechen auf die Probe. Ich hatte es zwar nicht anders erwartet, aber wenn er glaubte, ich würde kapitulieren, hatte er sich getäuscht.

»Halte nichts zurück.«

Ich spürte ihn an meinen Lippen lächeln. »Habe ich nicht vor.«

Schließlich hob er mich hoch, doch statt zum Bett, trug er mich zum Kamin. Er setzte mich auf dem dicken Fell ab, das davor auf dem Boden lag, und sah mir unverwandt in die Augen, während er mir Schuhe und Strümpfe auszog.

Ich wollte mich an seiner Hose zu schaffen machen, doch er packte meine Hände und hielt sie mir über dem Kopf zusammen, während er mir das Bustier aufhakte. Mein Atem ging schneller, als er es mir ausgezogen hatte, sodass ich nur noch meinen Slip trug. Die Begierde in Vlads Augen ließ meine Brustwarzen steif werden, und als sein Blick tiefer wanderte, konnte ich fast spüren, wie auch mein Blut dorthin schoss. Wollust ließ die Stellen anschwellen, an denen ich von ihm berührt werden wollte, und mein Unterleib schien in einem ganz eigenen Rhythmus zu pulsieren. Es war so lange her, dass ich ihn zum letzten Mal in mir gespürt hatte. Ich wollte keine Sekunde mehr warten.

Ich versuchte, ihn an mich zu ziehen, aber er packte meine Handgelenke nur noch fester. »Noch nicht.«

Da musste ich widersprechen. Er hielt zwar meine Hände fest, aber nicht meine Beine. Eins schlang ich ihm um die Hüfte, sodass unsere Becken aneinandergepresst wurden und mir ein Keuchen entfuhr, als ich sein pralles, hartes Geschlecht spüren konnte. Sein leises Lachen war gleichermaßen erotisch wie drohend.

»Das wirst du bereuen und genießen.«

Damit wanderte sein Mund tiefer, und seine heiße, feuchte Zunge machte sich mit flinken Bewegungen an meinen Brustwarzen zu schaffen, bis sie prickelten. Er ließ meine Handgelenke los und liebkoste meinen Rücken, bevor er mir langsam den Slip abzustreifen begann. Jedes Mal, wenn ich versuchte, seine Hose zu fassen zu bekommen, hielt er mich mit einem leisen Auflachen zurück. Als er mir den Slip ausgezogen hatte, drückte er mich auf den Boden und legte sich auf mich. Einige Augenblicke lang konnte ich sein Gewicht auf mir genießen, das Spiel seiner Muskeln und sein Brusthaar, das erotisch meine Brustwarzen kitzelte, bevor seine Lippen sich an meine Brust hefteten. Er saugte daran, bis aus dem Prickeln ein Pochen wurde, und als ich spürte, wie er die Fänge weiter ausfuhr, wölbte ich mich ihm in stummer Aufforderung entgegen.

Schneller als ich stöhnen konnte, folgte auf das kurze Stechen die Lust. Dann breitete sich Wärme in mir aus – die Wirkung der winzigen Gifttropfen, die aus seinen Fängen traten. Sein Saugen wurde heftiger, bevor er die Rollen vertauschte und mich auf sich zog, während er sich meiner anderen Brust zuwandte.

Er saugte fest daran, und ich presste ihn immer leidenschaftlicher an mich. Ich ließ die Beine herabgleiten, bis ich rittlings auf ihm saß, und als die harte Beule in seiner Hose ganz leicht an meiner Klitoris rieb, sprühte meine Hand Funken, so überwältigt war ich von den vielen Sinneseindrücken.

Und da biss er zu, sodass meine Brust von Wärme überschwemmt wurde und meine Brustwarze sinnlich brannte. Mein Kopf kippte in den Nacken, und ein animalischer Laut entrang sich mir. Vlad packte mich bei den Hüften und presste mich noch enger an sich. Dann verstärkte er die Reibung seines Körpers, während seine Fänge noch tiefer in mich eindrangen.

Die doppelte Lust, die auf mich einstürmte, überwältigte mich. Ich schrie auf, als Tausende von Nervenenden in meinem Innern gleichzeitig zusammenzuckten. Mein Aufschrei verwandelte sich in ein Stöhnen, als die Ekstase mich überschwemmte und mein Verlangen süße Erlösung fand. Mein eben noch donnernder Pulsschlag schien sich zu verlangsamen, während Mattigkeit sich in meine Glieder stahl, bis sie sich ganz schwer anfühlten.

Noch ein letztes Lecken, und Vlads Lippen lösten sich von meiner Brust. Als sengende Spur wanderten sie über meine Schulter und meinen Hals hinauf, bevor er mich küsste und dabei in das seidige Fell drückte, das vor dem Kamin lag. Diesmal merkte ich kaum, wie kupfrig sein Mund schmeckte. Zu gebannt war ich davon, wie seine Zunge die meine liebkoste, seine feste Brust sich an meine hypersensitiven Brustwarzen drückte und meine Lust erneut erwachte, als er seine Hose abstreifte.

Ich spreizte die Beine und stöhnte, als er meinen Schenkel packte und an seine Hüften zog. Voll köstlicher Erwartung zogen sich die Muskeln in meinem Innern zusammen, sodass ich noch feuchter wurde. Als Vlads Hand tiefer glitt und seine Finger in mich eindrangen, packte ich ihn und zog ihn mehr fordernd als einladend an mich.

Sein leises Lachen endete in einem feurigen Kuss. Seine

Finger drangen tiefer in mich ein, steigerten mein Verlangen, das mich dazu brachte, mich seiner Hand entgegenzudrängen. Mein Atem war nur mehr ein ersticktes Keuchen, während er mich immer leidenschaftlicher küsste, meinen Mund mit Lippen und Zunge in Besitz nahm. Dann ließ seine Hand von der sinnlichen Folter ab und glitt unter meine Hüften, um mich anzuheben.

Ich war mehr als bereit, aber er war groß, und es war schon eine Weile her, seit wir das letzte Mal miteinander geschlafen hatten. Mein Inneres wurde gedehnt, als er in mich eindrang, und als er ganz in mir war, stieß ich eine Art Schluchzer aus.

Seine Hand löste sich von meiner Hüfte und wühlte sich in mein Haar, während sein Daumen meine Kinnpartie liebkoste. Auch sein Kuss veränderte sich, wurde so träge, wie er sich aus mir zurückzog. Mein Körper hatte sich noch nicht vollends an seine Größe gewöhnt, aber ich umschlang ihn mit den Beinen und schickte ihm in Gedanken einen einzigen, leidenschaftlichen Befehl.

Hör nicht auf und halte nichts zurück.

Was für ein Laut, den er von sich gab. Rauer als ein Stöhnen, animalischer als ein Knurren. Dann stieß er in mich, und seine Fänge gruben sich in meine Kehle.

Schmerz durchzuckte die Einstichstellen, dann folgte überwältigende, herrliche Lust. Mir blieb keine Zeit aufzuschreien, bevor ein weiterer Stoß/Biss mich erneut mit Leidenschaft erfüllte. Meine Nägel kratzten über Vlads Rücken, als die Elektrizität, die ich nicht mehr zurückhalten konnte, in ihn fuhr. Er packte mich nur noch fester und stieß leidenschaftlich und hart in mich. Als mir auffiel, dass er aufgehört hatte, mich zu beißen, war mir bereits alles egal. Er hätte mich bis zum letzten Tropfen aussaugen können. Solange es sich so anfühlte, war es mir recht.

Meine Sinne schärften sich, während meine Lust ihrem Höhepunkt entgegenstrebte. Vlads Körpergeruch nach Rauch und Gewürzen war nie berauschender gewesen. Sein Körper war glühend heiß, die muskulösen Schenkel, die sich an meine pressten, härter als Stein, und sein Mund verschlang mich geradezu. Ich hatte mich in ihm verloren, und als überwältigende Zuckungen mich von innen heraus erbeben ließen, überkam mich ein ganz seltsames Gefühl der Verletzlichkeit. Er hatte mich ganz gewollt, und er hatte alles bekommen. Bedeutete das, dass ich nichts mehr zu geben hatte?

»Nein«, murmelte er mit vor Leidenschaft heiserer Stimme. »Ich gehöre dir, und ich liebe dich.«

Dann küsste er mich, bewegte sich schneller, und wieder verschwamm alles um mich herum. Als sein Höhepunkt mit Macht über ihn hinwegfegte, wusste ich nicht mehr, worüber ich mir Sorgen gemacht hatte. Mich zu verlieren, hieß, ihn zu gewinnen, und umgekehrt. Das war jeden Preis wert.

30

Gestern noch war ich mit gebrochenem Herzen auf der Krankenstation zu mir gekommen. Heute erwachte ich in Vlads Bett als Mrs. Dracula. Was sich innerhalb eines Tages so alles tun konnte.

»Wenn du dich irgendjemandem als Mrs. Dracula vorstellst, beiße ich dich so, dass du keinen Spaß dran hast.«

Ich lächelte, ohne die Augen zu öffnen. Manches änderte sich nie. Dass Vlad nach dem Aufwachen übellaunig war, zum Beispiel.

»Ich zittere vor Angst.«

»Das solltest du auch, und ich war schon wach, meine süße frischgebackene Ehefrau.«

Jetzt öffnete ich doch die Augen. Zu meiner Enttäuschung war Vlad bereits angezogen und saß mit seinem iPad auf dem Schoß in einem Sessel. Er stand auf und kam mit so ernstem Gesicht auf mich zu, dass ich erstarrte.

»Was ist?«

»Ich lese nur ein paar E-Mails«, antwortete er, während seine Finger über das winzige Tastenfeld huschten. Dann hielt er mir den Bildschirm entgegen.

Jemand in diesem Haus hintergeht mich.

Ich sog scharf die Luft ein. Ein ironisches Lächeln spielte um Vlads Mundwinkel, als er weitertippte und wieder das iPad hochhielt.

Maximus natürlich nicht.

Ich beließ es dabei. *Woher weißt du das?*, dachte ich.

Wieder hektisches Tippen. *Ich bin misstrauisch geworden, als meine Leute über Maximus' Handysignal dieses Hotel ausfindig gemacht hatten, aber Hannibal vor mir da war. Du sagtest, Hannibal hätte Details über deine Fähigkeiten gekannt, von denen nur Bewohner dieses Hauses wussten. Der abschließende Beweis war eine E-Mail, die Mencheres mir gerade gesandt hat. Laut der sind noch mehr heikle Informationen durchgesickert, die nur jemand von hier verraten haben kann.*

Hannibals allzu fundiertes Wissen war mir natürlich auch aufgefallen. Da ich inzwischen allerdings entführt worden und gestorben war, im Koma gelegen und Vlad geheiratet hatte, alles innerhalb einer knappen Woche, hatte ich das nicht mehr so auf dem Schirm.

Vlad offensichtlich schon. *Weißt du, wer es ist?*

Er verdrehte die Augen, bevor er weiterschrieb. *Würde ich denjenigen dann nicht längst foltern?*

Doch. Und obwohl es durchaus im Bereich des Möglichen lag, dass einfach nur die falschen Leute Genaueres über meine Fähigkeiten mitbekommen hatten, war es doch keine Kleinigkeit mehr, wenn jemand Hannibals Boss verraten hatte, wo Maximus und ich uns aufhielten.

Da wurde mir erst die ganze Tragweite dessen bewusst, was Vlad mir sagen wollte. *Du glaubst also, der Verräter befindet sich in diesem Stockwerk?*

Vampire hatten ein feines Gehör, aber die Wände von Vlads Schlafzimmer waren so gut wie schalldicht. Dann waren da noch die vielen anderen Hausbewohner, die eine Menge Hintergrundlärm erzeugten. Hätte Vlad nicht geglaubt, dass der Verräter ganz in der Nähe war, hätte er gesprochen statt geschrieben.

Und nur seine engsten Vertrauten waren in diesem Stockwerk untergebracht.

Ich erstarrte. *Tut mir leid.*

Um mich muss es dir nicht leidtun, tippte er blitzschnell. *Spar dir das für den Typen auf, der eines qualvollen Todes sterben wird, wenn ich ihm auf die Schliche komme.*

Ja, der würde mir wohl leidtun, wenn es so weit war, aber erst einmal mussten wir ihn finden. Von grimmiger Entschlossenheit erfüllt hob ich die rechte Hand.

Ich werde dir helfen, ihn zur Strecke zu bringen.

Vlad sah mich an, und die Kälte in seinem Blick verwandelte sich in etwas Unergründliches. Dreimal las ich seine getippte Antwort und konnte doch nicht glauben, was er geschrieben hatte.

Nicht solange du menschlich bist.

Ich stieg die schmale Treppe zum Kerker hinab, und die Wachen, die ich zuvor hatte austricksen müssen, verneigten sich vor mir, als ich an ihnen vorbeiging. Marty ging vor mir, zwei silberne Krummsäbel am Gürtel. Die Klingen reichten ihm bis zu den Knien, sodass er fast komisch aussah, aber ich wusste, wie flink Marty war. Vlad wusste es auch. Deshalb war Marty jetzt auch mein Bodyguard.

Nicht nur aufgrund unseres Streits hatte ich Vlad als Begleitung abgelehnt. Mir war bewusst gewesen, dass unsere Ehe stürmisch sein würde, aber ich hatte doch nicht erwartet, dass das Kräftemessen schon knapp vierundzwanzig Stunden nach dem Jawort losgehen würde.

Wie war das noch in dem Song? »What a difference a day made«, spottete meine verfluchte innere Stimme.

Ich ignorierte sie und ging weiter, während ich dem Wachmann zunickte, der uns durch die Tür ließ. Drinnen spendeten Fackeln eben so viel Licht, dass ich sehen konnte, wohin ich die Füße setzte. Der Monolith mit seinen vielen Hand- und Fußschellen im Zentrum des Raumes war jetzt leer, genau wie die Pfähle davor. Ich wusste nicht so recht, was das zu bedeuten hatte, und wollte auch nicht fragen.

»Hier entlang«, sagte Marty und bog nach rechts ab.

In diesen Teil des Kerkers hatte ich mich bislang noch nicht vorgewagt, und als ich das Gelass sah, in das wir kamen, wollte ich auch nicht noch einmal hin. Im Fackelschein waren sowohl antike als auch hochmoderne schauerliche Apparaturen mitsamt Zubehör zu erkennen, deren Zweck sich selbst meinem aufgrund meiner Visionen recht lebhaften Vorstellungsvermögen nicht erschloss. Der Teil des Kerkers, in dem die Pfähle aufgestellt waren, nahm sich dagegen so harmlos aus wie ein Wartezimmer.

»Krass, oder?«, grunzte Marty. »Jeder Gefangene kriegt erst mal eine Führung. Dann kettet man ihn an die Steinmauer, damit er über das Gesehene nachdenken kann. Als Nächstes kommt der Pfahl, wo Runde eins des Verhörs beginnt. Sind die Antworten des Gefangenen nicht zufriedenstellend, kommt er hierher zur Motivationssteigerung.«

Schaudernd blickte ich mich um. Warum sollten Vlads Gefolgsleute ihn hintergehen, wenn sie wussten, dass sie in diesem Vorhof zur Hölle landen würden, wenn sie aufflogen?

Aber ich würde es wohl bald erfahren, denn ich war hier, um jemanden aufzusuchen, der genau das gerade erst getan hatte.

Marty führte mich durch die Kammer mit den gruseligen Gerätschaften zu einem weiteren engen Durchlass. Dahinter wartete kein weiteres Vorzimmer. Stattdessen waren mehrere Zellen in den bloßen Fels gehauen. Die meisten waren nur so hoch wie Marty, sodass die unglücklichen Insassen nicht darin stehen konnten. In diesem Teil des Verlieses war es auch kälter. Mein türkisfarbener Rock reichte mir bis zu den Knöcheln, und ich trug ein langärmliges Oberteil, aber ich hätte mir noch einen Mantel mitnehmen sollen.

Nichts regte sich in den kleineren Zellen, als ich an ihnen vorbeiging. Wie der Rest des Kerkers schienen sie leer zu sein.

Ich musste fragen. »Weißt du, wo die Gefangenen sind?«

Marty öffnete den Mund, aber eine andere Stimme antwortete.

»Vlad hat sie zur Feier seiner Vermählung alle exekutieren lassen.«

Maximus' Tonfall war härter als die uns umgebenden Felswände. Ich schluckte und folgte dem Klang bis zum Ende des Ganges, an dem sich schließlich doch noch ein paar normal große Zellen befanden.

»Wie nett von ihm.«

Das war nicht sarkastisch gemeint. Mir selbst wäre der Tod lieber gewesen als das, was in diesem Verlies auf einen wartete. Und wenn jemand Vlad so geschadet hatte, dass er hier endete, kam er nur tot wieder raus.

Na ja, meistens jedenfalls.

Ich ging noch ein Stück und konnte schließlich Maximus

erkennen. Seit unserem letzten Zusammentreffen hatte er offensichtlich Klamotten zum Wechseln bekommen, aber sein Haar war noch rötlich von geronnenem Blut. Er lehnte an den Gitterstäben, die grauen Augen grün leuchtend. Dann warf er einen Blick auf den Ring an meinem behandschuhten Finger, und seine Mundwinkel verzogen sich nach unten.

»Ich würde dir ja gratulieren, aber wir beide wissen, dass das geheuchelt wäre.«

Ich legte die Hände auf die Gitterstäbe. »In deiner Lage kann ich dir das nicht verdenken.«

»Daran liegt es nicht.«

Flink wie eine zuschnappende Schlange, packte er meine Hände und drückte sie so fest, dass ich mich ihm nicht entziehen konnte.

»Nach eurer Trennung dachte ich, Vlad wäre nur deshalb so auf dich fixiert, weil *du* es gewesen bist, die Schluss gemacht hat. Dann ist er zusammen mit Mencheres auf dem Schiff aufgetaucht, obwohl es ihm als Schwäche ausgelegt werden kann, wenn er die Hilfe eines anderen Meisters in Anspruch nimmt, um seine Leute zu retten. Da habe ich es gewusst.«

»Was gewusst?«

»Dass er dich liebt«, antwortete Maximus in dem Tonfall, den Leute normalerweise anschlagen, wenn sie schlechte Neuigkeiten zu verkünden haben.

Meine Mundwinkel zuckten. »Ja, er hat es mir gesagt. Aber selbst wenn er das nicht getan hätte, sein Heiratsantrag wäre ein recht deutlicher Hinweis gewesen.«

Maximus stieß einen scharfen Laut aus, ließ meine Hände los und drehte sich abrupt weg. »Du romantisierst es, aber jetzt sitzt du in der Falle. Er hat seiner ersten Frau nicht erlaubt, sich von ihm zu trennen. Warum hat sie sich deiner Meinung nach vom Dach gestürzt?«

»Weil sie ihn für tot hielt und eine Armee im Anmarsch war, die sie verschleppen wollte.« Das konnte man ja sogar bei Wikipedia nachlesen.

»Und da hat sie ihren kleinen Sohn dem Feind überlassen?«, hakte Maximus nach und wandte sich wieder mir zu. »Wohl kaum. Er war Claras Ein und Alles.«

Ich sagte nichts, während ich zwei neue Fakten zu verdauen hatte. Zum einen hatte Vlad mir den Namen seiner ersten Frau nicht verraten; geschichtlich war er nicht überliefert. Wichtiger aber war das zweite Detail.

»Du hast sie gekannt.«

Ein freudloses Lächeln huschte über seine Lippen. »Ich gehörte zu den Wachen, die Clara mit in ihr neues Zuhause genommen hatte.«

Vlads Worte vom Vortag hallten mir noch im Ohr. *Sie war entsetzt über meine Taten, genauso entsetzt wie du … aber mehr als eine anrückende Armee hat sie dazu gebracht, sich vom Dach zu stürzen. Ich war es …*

Hatte Maximus recht? War Vlads erste Frau in den Tod gesprungen, weil sie ihm nur so hatte entfliehen können?

»Welche Gründe sie auch hatte, ich bin nicht sie. Ich kenne Vlads dunkle Seite, und ich komme damit klar.«

Maximus seufzte. »Wirklich? Die Narben an deinen Handgelenken beweisen, dass die Dunkelheit dich schon einmal in die Knie gezwungen hat.«

Ich erstarrte. »Wenn du Vlad für eine so abscheuliche Person hältst, warum bist du dann all die Jahre über an seiner Seite geblieben?«

Sein Lachen klang hohl.

»Du missverstehst mich. Ich liebe Vlad und würde bereitwillig für ihn sterben. Aber immer wenn *er* etwas liebt, zerstört er es irgendwann. Er kann nicht anders. So ist er einfach.«

Marty warf mir einen strengen Blick zu. Er sah das eindeutig genauso, sagte aber lediglich: »Tu, wozu du hergekommen bist.«

Ich sah Maximus unverwandt an, während ich auf der Tastatur an seiner Zelle einen Code eingab. Der Kerker sah zwar mittelalterlich aus, war aber mit all dem Schnickschnack ausgestattet, den es in modernen Gefängnissen gab. Mit einem leisen Zischen versanken die Gitterstäbe im Felsboden.

Maximus blieb stehen wie angewurzelt. »Was soll das?«

»Mein Brautpreis«, sagte ich kühl. »Vlad meinte, ich darf mir wünschen, was ich will. Ich habe mich für deine Freiheit entschieden, was er bereits vermutet hatte.«

Maximus blieb weiter regungslos stehen. Ich machte eine ausladende Armbewegung. »Falls du auf einen roten Teppich wartest, der war nicht inbegriffen.«

Sehr langsam trat Maximus aus der Zelle und blickte dabei um sich, als erwartete er, jeden Augenblick von einem Hagel aus Silbermessern getroffen zu werden. Ich hatte meine Aufgabe erledigt und machte auf dem Absatz kehrt.

»Da ich dich wahrscheinlich nie wiedersehen werde: Danke, dass du mir das Leben gerettet hast. Jetzt sind wir quitt, also viel Glück noch.«

»Warte.«

Kühle Finger gruben sich in meine Schulter. Ich fuhr herum und riss mir vor Zorn über die düstere Zukunft, die er mir prophezeit hatte, den rechten Handschuh herunter.

»Lass mich los, sonst mache ich von der hier Gebrauch.«

Maximus ließ die Hand sinken, und eine Mischung aus Frustration und Mitgefühl trat in seine Züge. »Leila, hätte ich vorher gewusst, was Vlad wirklich für dich empfindet, wäre ich nie …«

»Auf die Idee gekommen, mir einzureden, er würde hinter dem Bombenanschlag stecken? Ihn glauben zu lassen, ich wäre tot? Oder mit mir zu schlafen?«

»Alles zusammen«, antwortete er ruhig. »Aber sei trotzdem auf der Hut. Du kennst ihn nicht so gut wie ich.«

Da hat er recht, wisperte meine verhasste innere Stimme.

Ich wandte mich wieder ab. Ob ich nun sauer auf Vlad war oder nicht, ich würde mir nicht länger anhören, wie Maximus über ihn herzog.

»Er lässt dich frei, Maximus. Das hast du wohl nicht erwartet, also kennst vielleicht *du* ihn weniger gut, als du glaubst.«

31

Gestern waren so viele Gäste da gewesen, dass ich vermutet hatte, das Haus wäre immer noch voller Leute. Aber alles wirkte normal, eine Erleichterung für mich. Ich war nicht in der Stimmung für Smalltalk mit Hunderten von Fremden. Entgegen der landläufigen Meinung wusste ich nämlich *durchaus*, wo meine Grenzen lagen. Ich war zwar nur ein Mensch unter Vampiren, die mehr Zeit verschlafen hatten, als ich am Leben war, aber ich konnte mich immer noch selbst am besten einschätzen.

»Danke, Marty«, sagte ich, als wir am Fuß der großen Treppe angekommen waren. »Ich gehe zurück auf mein Zimmer.«

»Ohne Umwege?«, fragte er mit strenger werdendem Blick.

Ich hoffte, er würde die Lüge nicht wittern, als ich ihm antwortete. »Natürlich.«

Er warf mir noch einen misstrauischen Blick zu, trollte sich aber.

Während ich die große Treppe emporhastete, schmetterte ich im Geiste *Ice Ice Baby*. Damit musste Vlad erst mal fertigwerden, wenn er hören wollte, was ich wirklich vorhatte. Aber mir blieb nicht viel Zeit. Bald würde Vlad merken, dass ich meinen Abschiedsbesuch bei Maximus um zwanzig Minuten verkürzt hatte.

Ich ging schnurstracks in den dritten Stock, doch statt mein neues Domizil anzusteuern, bog ich in einen Gang ein, den ich bisher noch nicht betreten hatte. Irgendwo hier musste der Verräter eine Essenzspur hinterlassen haben. Ich zog meinen rechten Handschuh aus und fuhr mit der bloßen Hand über den ersten Türknauf, an dem ich vorbeikam.

Bilder von Oscar erfüllten mein Unterbewusstsein. Ich erfuhr lediglich, dass der Albinovampir für gewöhnlich müde war, wenn er dieses Zimmer aufsuchte, sonst nichts Besonderes. Ich ließ den Knauf los und checkte kurz, wie ich mich fühlte. Weder Schwindel noch Nasenbluten, gut. Meine Kräfte waren offenbar noch nicht gefährlich überstrapaziert, also weiter zur nächsten Tür.

Hinter der lag, wie sich herausstellte, Lachlans altes Zimmer, unnütz, da er vor Monaten in einen Hinterhalt Szilagyis geraten und umgebracht worden war. Als ich nach einem weiteren Gesundheitscheck noch immer keine Warnzeichen erkennen konnte, fühlte ich mich sicher genug, um mich dem dritten Türknauf zuzuwenden.

Maximus' altes Zimmer, und die tiefe Einsamkeit, die sich in den Türknauf eingebrannt hatte, ließ meinen Zorn über seine düsteren Zukunftsprognosen ein wenig milder werden. Hatte er, was mich betraf, auch aus diesem Grund Vlad angelogen? Weil er lieber mit der falschen Frau zusammen sein wollte als eine weitere traurige Nacht allein zu verbringen?

Ich ließ den Türgriff los. Welche Gründe Maximus auch gehabt haben mochte – geschehen war geschehen, und ich hatte keine Zeit, mir über das Warum den Kopf zu zerbrechen. Ich ging zur vierten Tür, doch sie öffnete sich, bevor ich den Griff berühren konnte. Shrapnels Gesicht starrte mir entgegen.

»Leila. Was machst du hier?«, fragte er überrascht.

Schnell zog ich die Hand zurück. »Äh, ich …«

Noch verdutzter war ich, als Maximus' Tür ebenfalls aufging, aber nicht er herauskam. Eine bildhübsche rothaarige Frau trat in den Flur.

»Du solltest doch zur *dritten* Tür kommen, Leila«, sagte sie und schenkte Shrapnel ein strahlendes Lächeln. »Natürlich kann man sich in diesem riesigen Kasten auch leicht verirren.«

Ich hatte sie vor Monaten schon einmal gesehen. Vlad betrachtete sie als Freundin, weshalb sie auch zu unserer Hochzeit gekommen war, aber ich konnte mich ums Verrecken nicht an ihren Namen erinnern. Ich wandte mich trotzdem noch einmal in Richtung Shrapnel, bedachte ihn mit einem entschuldigenden Achselzucken, dankbar für die Ausrede, und steckte die Hand in die Rocktasche. Hätte Shrapnel gewusst, was ich wirklich vorgehabt hatte, wäre er sofort zu Vlad gerannt.

»Sorry, falsche Tür.« Dann, an die Rothaarige gewandt: »Fertig?«

Wieder reagierte sie mit einem strahlenden Lächeln. »Klar doch.«

Ihre barbiehaft perfekten Züge halfen meiner Erinnerung auf die Sprünge. Ach ja, sie hieß Cat und war mit Bones verheiratet, dem Vampir, der mir beigebracht hatte, Vlads telepathische Fähigkeiten zu blockieren, indem ich mir im Geist etwas vorsang. So hatte Cat auch mitbekommen, dass Shrapnel mir fast auf die Schliche gekommen wäre. Auch sie konnte Gedanken lesen, und dass sie mir aus der Klemme half, ließ sie vertrauenswürdig erscheinen. Schließlich hätte sie den Dingen auch einfach ihren Lauf lassen können.

Danke, dachte ich an sie gewandt.

Sie machte eine vage abwinkende Handbewegung. »Ich kann's kaum erwarten, die Nachrichtenzentrale zu sehen«, sagte sie, als hätten wir uns vorher schon darüber unterhalten. »Sie ist auf diesem Stock, oder?«

Die Frage war an Shrapnel gerichtet, der jetzt wieder misstrauisch dreinblickte. »Ja, aber nur autorisierte Personen haben dort Zutritt.«

Cat schnaubte. »Vlads *Frau* ist also nicht ›autorisiert‹?«

Shrapnel machte den Mund auf … und blieb stumm. Jetzt, da ich mit seinem Vorgesetzten verheiratet war, konnte er schlecht einschätzen, ob es noch Dinge gab, die ich nicht durfte. Cat nahm meinen Arm, stieß einen Pfiff bei dem Stromschlag aus, den sie abbekam, und plauderte weiter munter drauflos.

»Zum Schutz seiner Leute hat Vlad bestimmt den neuesten High-Tech-Krempel angeschafft. Das Nachrichtenzentrum ist also die erste Wahl, wenn du Informationen über die sprachaktivierte Software haben willst, die dich so interessiert.«

Um ein Haar hätte ich sie geküsst. Wo hatte der Verräter wohl am ehesten belastende Essenzspuren hinterlassen? In dem Raum, von dem aus Maximus' Handysignal geortet worden war. Cat hatte heute Morgen offenbar meine Gedanken belauscht; deshalb wusste sie so genau, was ich vorhatte.

Mit Mühe konnte ich mir ein Grinsen verkneifen. »Klasse. Es nervt mich wirklich, keine technischen Geräte bedienen zu können.« Dann wandte ich mich an Shrapnel. »Wohin müssen wir noch mal?«

Missbilligend schürzte er die vollen Lippen. »Am Ende des Ganges links, dann die erste Tür im zweiten Flur rechts.«

»Danke!«

Kaum waren Cat und ich außer Sichtweite von Shrapnel, hielt ich sie auf.

Du musst nicht weiter mitkommen, schickte ich ihr rasch eine Gedankenbotschaft. *Wenn Vlad rauskriegt, dass du mir geholfen hast, rastet er bestimmt total aus.*

»Aus genau diesem Grund ist Bones auch schon am Packen«, kicherte sie. Dann beugte sie sich vor und senkte die Stimme. »Aber man lässt ja seine beste Waffe nicht ungenutzt, bloß weil es riskant ist, sie einzusetzen. Vlad hat das mal zu mir gesagt. Im Augenblick ist er bloß so auf seine männliche Beschützerrolle programmiert, dass er das vergessen hat.«

»Das kannst du laut sagen«, antwortete ich trocken.

Sie verdrehte die Augen. »Hab selbst ausreichend Erfahrung auf diesem Gebiet. Irgendwann setzen wir uns mal auf ein paar Drinks zusammen und quatschen uns richtig aus. Aber sei schlauer als ich, Leila! Du musst deine Grenzen kennen und um Hilfe bitten, wenn du sie erreichst.«

»Glaub mir, ich habe nicht vor, mich in den Tod zu stürzen.«

Bei dem Blick, den sie mir zuwarf, fragte ich mich, ob ich ihr Alter falsch eingeschätzt hatte. In ihren Augen schien das Gewicht vieler Jahrhunderte zu liegen, obwohl sie meiner Meinung nach erst seit Kurzem untot sein konnte.

»Manchmal findet dich der Tod, ob du ihn suchst oder nicht.«

Ich sagte nichts und verbarg meine Gedanken wieder hinter dem einzig berühmten Song von Vanilla Ice. Ich würde das durchziehen, auch auf die Gefahr hin, dass ich dadurch einen Schritt näher an den Tod heranrückte. Bis wir den Verräter gefunden hatten, war niemand in diesem Haus sicher, am allerwenigsten ich.

Die Nachrichtenzentrale sah in etwa so aus, wie ich mir die NASA in klein vorstellte. Ein Dutzend PC-Arbeitsplätze umgaben eine riesige Weltkarte, auf der kleine Punkte konspirative Verstecke für Vlads Leute anzeigten. Eine zweite interaktive Landkarte ließ sich wie ein 3-D-Touchscreen im leeren Raum durch Berührung bearbeiten, und ein drittes 3-D-Modell stellte ein digitales Abbild des Anwesens dar. Im Augenblick waren alle Linien darin grün. Färbte sich etwas rot, war eine Sicherheitslücke aufgetreten.

Als Cat und ich unangemeldet die Tür öffneten, wurde der Raum im Modell rot. Dann kamen Vlads Leute, ähnlich wie Shrapnel, zu dem Schluss, dass sie nicht befugt waren, mir zu sagen, ich bräuchte mehr als den Ehering an meinem Finger, um Zugang zu diesem Raum zu haben, und der Bereich färbte sich wieder grün.

»Sieh mal hier, Leila«, sagte Cat und deutete auf den Bildschirm vor ihr. »Die unterschiedlichen Sektionen dieses Sicherheitssystems zeigen an, wenn Unbefugte sich auf dem Gelände, im Luftraum und dreißig Meter tief *unter* der Erde befinden.«

»Stimmt genau«, bestätigte der zuständige Techniker.

Ein knappes Nicken von Cat. »So was Ähnliches habe ich für meinen alten Arbeitgeber auch erstellt.«

Ich beugte mich ebenfalls vor, als faszinierten mich die sicherheitstechnischen Einzelheiten. In Wirklichkeit mopste ich einen Stift und ließ ihn in der Rocktasche verschwinden. Dann gingen wir zum nächsten PC, wo ich eine Heftklammer mitgehen ließ. Nachdem ich endlich bei allen Arbeitsplätzen Interesse geheuchelt hatte, war meine Rocktasche voller Diebesgut.

Cat gab mir Rückendeckung, indem sie sich immer so stellte, dass mein Tun schwer zu beobachten war, aber ich konnte trotzdem nur hoffen, dass man mich höchstens für eine Kleptomanin halten würde, falls irgendein aufmerksamer Mitarbeiter *doch* etwas gesehen hatte. Jetzt hieß es, schnell die Flucht anzutreten. Ich hatte jede Minute der halben Stunde genutzt, die ich angeblich gebraucht hatte, um Maximus über seine Freilassung zu informieren. Wenn Vlad herausbekam, wo ich wirklich gewesen war, hatte ich mein Diebesgut mit etwas Glück vielleicht bereits unter die Lupe genommen und wusste, ob einer der Männer, die gerade Schicht hatten, der Verräter war.

»Das war echt klasse, vielen Dank«, sagte ich in die Runde, als wir gingen. Im Flur schenkte ich Cat ein dankbares Lächeln.

»Du hast was gut bei mir. Und jetzt nichts wie weg.«

Sie grinste. »Du hast meinem Mann einen Riesengefallen getan, ehrlich. Vlad hat einmal aus Spott zu Bones gesagt, er hätte besser ein braves Frauchen geheiratet, das daheim in der Küche bleibt, weil er sich mir gegenüber derart als Beschützer aufspielt.«

Dann drückte sie mich kurz an sich und machte sich davon, indem sie mir noch ein freches »Jedem das Seine!« über die Schulter zurief. Und dann war sie auch schon verschwunden.

Ich lächelte noch immer in mich hinein, während ich um die nächste Ecke bog … und beinahe mit Vlad zusammenstieß. *Ice Ice Baby, too cold!*, hallte es in meinem Kopf, während ich ihn entschuldigend ansah.

»Hi. Cat hat mir nur Gesellschaft geleistet, bis du wiederkommst.«

Er blickte in die Richtung, in die sie verschwunden war, bevor er seine Aufmerksamkeit wieder mir zuwandte.

»Vierzehnhunderteinunddreißig.«

Ich stutzte. »Was?«

»Das Jahr, in dem ich geboren wurde, was, wie du sicher weißt, nicht *gestern* war.«

Ich unterdrückte ein Stöhnen. »Vlad, ich …«

»Nicht hier«, unterbrach er mich und packte meinen Arm. Dann schob er mich den Flur entlang in unser Schlafzimmer, allerdings mit weit weniger romantischen Absichten als am Abend zuvor. Kaum war die Tür hinter uns ins Schloss gefallen, fing ich wieder an, mich zu rechtfertigen.

»Ehrlich, ich war vorsichtig. Siehst du? Null Blut, null problemo.«

Vlad beugte sich vor, bis seine Lippen dicht an meinem Ohr waren. »Bevor Maximus das Anwesen verlassen hat, hatte ich meinen Brautpreis noch nicht bezahlt. Statt seiner Freiheit hättest du dir aussuchen können, die Erlaubnis zu erhalten, den Verräter mit deinen Fähigkeiten aufzuspüren.«

»Das ist *un*fair«, zischte ich genauso leise zurück.

Er drückte mir ein Küsschen auf die Wange, bevor er antwortete. »So ist das im Leben.«

Ich stieß ihn weg und ließ ihm das, was ich als Nächstes zu sagen hatte, in Gedanken zukommen, weil ich so wütend war, dass ich sonst laut geworden wäre.

Du kannst nicht von mir erwarten, dass ich untätig herumsitze, wenn ich meine Fähigkeiten einsetzen kann, um demjenigen auf die Schliche zu kommen, der den Informanten für Hannibal gespielt UND aller Wahrscheinlichkeit nach auch noch dem Bombenleger vom Zirkus geholfen hat.

Lässig verschränkte Vlad die Arme vor der Brust. »Doch, wenn du dabei jederzeit ums Leben kommen kannst.«

Mir geht's gut!, brüllte ich telepathisch.

»So gut, wie es dir ging, als du in meinen Armen verblutet bist, nachdem du deine Fähigkeiten eingesetzt hattest.«

Seine Stimme klang so scharf, dass jahrhundertealte Vampire zusammengezuckt wären. Mich machte das nur noch wütender.

Ach, aber alles ist gut, solange ich in deinen Armen verblute und du mich dabei in einen Vampir verwandeln kannst?

Nicht die leiseste Scham klang in seinem Tonfall mit, als er antwortete. »Ja.«

Stolz richtete ich mich auf.

Du musst mich schon hier drinnen einsperren, wenn du mich davon abhalten willst, meine Fähigkeiten einzusetzen, um dem Verräter auf die Schliche zu kommen.

Das Grinsen, das er mir schenkte, sagte mir, dass ich einen entscheidenden Fehler gemacht hatte.

»Wage es bloß nicht«, sagte ich laut.

Er trat dicht an mich heran, nach wie vor mit diesem charmanten Wolfslächeln im Gesicht. Ich blieb stocksteif stehen, obwohl sich in mir durchaus etwas zu regen begann, als ich seinen Körper spürte.

Ich mein's ernst. Versuch es, und du wirst es BÜSSEN.

Wieder streiften seine Lippen mein Ohr. »Mein frischvermähltes Eheweib in unserem gemeinsamen Schlafzimmer einsperren? Da wäre ich ja eine lebende Dracula-Karikatur.«

So leicht gab er sich nicht geschlagen. Deshalb entspannte ich mich auch dann nicht, als er sinnlich an meinem Ohrläppchen zu knabbern begann.

»Aber wenn du noch einmal deine Fähigkeiten einsetzt«, murmelte er, »werde ich dich so in meine Aura einhüllen, dass sie für Monate unterdrückt sind.«

Verdammt! Und offensichtlich hatte er sich bereits an die Arbeit gemacht. Ich stieß ihn von mir, aber er rührte sich nicht.

»Für's Erste bist du in Sicherheit, und du hast recht – ich kann dich nicht daran hindern zu tun, was du deiner Meinung nach tun musst. Aber dann tue auch *ich*, was ich tun muss, und du kannst mich ebenfalls nicht daran hindern.«

Er schlug mich mit meinen eigenen Waffen. Ausgerechnet *jetzt* handelte er endlich wie ein moderner Mann.

Sein Mund wanderte zu meinem Kinn, sodass ich seine leicht gekräuselten Lippen sehen konnte. »Pass auf, was du dir wünschst, sagt man nicht so?«

Bevor ich etwas erwidern konnte, küsste er mich so sinnlich, dass ich trotz meines Frusts mit Begierde reagierte. Der Zorn verstärkte meine Lust noch, und ich packte ihn so heftig, dass ich ihm ein paar Haarsträhnen ausriss, als ich seinen Kopf zu mir herunterzog, damit ich ihn auch küssen konnte.

Ein leises Lachen vibrierte an meinen Lippen, bevor er mich zu Boden warf und mir mit einem nachdrücklichen Handgriff den Rock herunterriss.

»Wie's aussieht, werden wir doch noch Sex im Streit haben.«

32

Stunden später stand ich auf und wickelte mir das Bettlaken um den Körper, als wäre es ein großes Handtuch.

Von der anderen Bettseite aus hörte ich ein amüsiertes Schnauben. »Ist ein bisschen spät für Schamgefühle.«

Meine Blase drängte mich, mir das Reden zu verkneifen und die nächste Toilette aufzusuchen. »Geht auch nicht um dich. Ich mache das nur für den Fall, dass einer deiner Bediensteten gerade den Salon putzt, wenn ich durchgehe.«

»Dann hast du heute Morgen wohl die Neuinstallation im Badezimmer nicht gesehen.«

Neuinstallation?

Ich ging in das Badezimmer aus schwarzem Marmor, das ich früher nie benutzt hatte, weil ich mich aus Gewohnheit immer in meinem eigenen duschte. In der Lücke zwischen der riesigen Badewanne und der Glasdusche stand jetzt eine glänzend schwarze Toilette. Welch ein banaler Gegenstand, und doch kam es mir vor, als hätte Vlad mich mit einem Zimmer voller Rosen überrascht.

»Vlad, das ist …«

»Du sollst es benutzen, keine Sonette darüber verfassen.«

Ich schloss die Badezimmertür. Egal, wie er sich mokierte, es war trotzdem eine rührende Geste. Kurze Zeit später kam ich zurück, das Haar gekämmt und die Zähne geputzt. Die Toilette war nicht die einzige Veränderung im Badezimmer. Die Hälfte des marmornen Frisiertisches war mit allem bestückt, was ich jemals dort brauchen würde.

»Deine Leute müssen gestern ja *schwer* beschäftigt gewesen sein«, bemerkte ich.

»Das ist nicht gestern gemacht worden.«

Vlad sprach, ohne die Augen zu öffnen. Sein Körper war in flackernden Feuerschein getaucht, sodass seine bleiche Haut einen warmen Bernsteinton annahm. Ich schlüpfte zurück ins Bett und fuhr mit der Hand die Furche auf seiner Brust nach, bevor ich sie zu seinem festen, flachen Bauch hinabwandern ließ.

»Du hast das machen lassen, als ich im Koma gelegen bin?«

Er hielt die Augen geschlossen. »Ich habe alles an dem Tag erledigen lassen, nach dem du mir gesagt hast, dass du mich verlässt.«

Ich war sprachlos, aber nicht in Gedanken. *Was? Warum? Du hast nicht den Eindruck gemacht, als wolltest du mich zurückhaben. Du bist mir tagelang aus dem Weg gegangen und hast dich dann nicht mal von mir verabschiedet!*

»Ich dachte, du würdest deine Meinung noch ändern.« Sardonisches Lächeln. »Aus Stolz wollte ich nicht glauben, dass du wirklich gehst, also habe ich das Badezimmer renovieren lassen und darauf gewartet, dass du dich entschuldigst.«

Ein erstickter Laut entfuhr mir. Vlads Mundwinkel verzogen sich nach unten.

»Stell dir vor, wie schockiert ich war, als du in das Flugzeug gestiegen bist. Dann habe ich mir eingeredet, in ein, zwei Wochen würde dir klar werden, wie sehr du mich vermisst, und du würdest zurückkommen. Also habe ich weiter gewartet, aber angerufen hat nur Marty, der mir von dem Bombenanschlag erzählt hat. Als ich herausfand, dass du nicht tot bist … war ich das Warten leid.«

Ich komme dich holen, hatte er gesagt, als wir zum ersten Mal wieder miteinander gesprochen hatten. Ich hatte geglaubt, es wäre im Traum passiert, und war später der Ansicht gewesen, er wollte nur weiter den mächtigen Beschützer seiner Sippe spielen. Wie's aussah, hatten wir uns gegenseitig unterschätzt.

»Du hast mich nie gefragt, warum ich dir angeboten habe, dich zum Vampir zu machen.«

Seine Worte trafen mich völlig unerwartet, und nicht nur, weil er so abrupt das Thema gewechselt hatte. Als Vlad die Augen öffnete, hatten sich beinahe schimmernde, smaragdgrüne Ringe um die kupferfarbene Iris gebildet.

»Ich habe gar nicht das Thema gewechselt.«

Ich versuchte, den Kloß in meiner Kehle herunterzuschlucken. »Ich dachte, du hättest Angst, dass meine Fähigkeiten mich umbringen würden.«

»Das ist ein Grund. Aber nicht der wichtigste.«

Er fuhr meine Narbe von der Schläfe bis zu den Fingern nach, bevor er weitersprach. »Ich habe es dir vorher schon angeboten, und wenn du jetzt an deinen Fähigkeiten stirbst, ist so viel von meinem Blut in dir, dass du als Ghul wiederauferstehen kannst. Dann wärst du nicht weniger unsterblich, darum geht es also nicht.«

»Worum dann?«

»Zum Beispiel wird unsere Ehe von vielen Vampiren nicht anerkannt.«

»*Was?*«

Als er meinen Tonfall hörte, lächelte er leise. »Vampire akzeptieren nur einen vor Zeugen geleisteten Bluteid, und um diesen Eid ablegen zu können, muss man ein Vampir sein. Für meine Leute bist du meine Frau, weil ich es ihnen sage, aber der Rest der Vampirwelt sieht das anders.«

Jetzt, wo er es sagte, fiel mir ein, dass Marty mir das vor Jahren auch schon erzählt hatte, als ich Näheres über seine Spezies hatte wissen wollen. Das erklärte auch, warum Vlad gesagt hatte, dies sei nur die *erste Zeremonie*.

»Indem du mich in eine Vampirin verwandelst, willst du mich also zur ehrbaren Frau machen? Wie galant von dir«, neckte ich ihn.

»Normalerweise gebe ich nichts auf die Meinung anderer, aber besonderer Schutz steht dir in meiner Welt nur als meiner rechtmäßigen Ehefrau zu. Darum geht es mir, aber das ist noch immer nicht der Hauptgrund.«

Vlad streichelte meine Hand. Die Elektrizität in mir war nicht mehr so stark, weil ich mich beim Sex mit ihm ausgepowert hatte, sodass die Berührung nur ein leises Knistern auslöste. Und das war gar nichts in dem Vergleich zu dem Blitzschlag, der mich durchfuhr, als ich sah, wie eindringlich er mich plötzlich anblickte.

»Blumige Reden sind mir zuwider. Wer sie schwingt, begeht später meist schlimmen Verrat. Deshalb und durch das Leben, das ich geführt habe, bin ich unfähig, dir die schönen Worte zu sagen, die du zu hören verdienst, aber wenn ich dich zur Vampirin machen würde, könntest du meine Gefühle so deutlich spüren, wie ich jetzt deine Gedanken hören kann.«

Dann zog er meine Hand an seine Brust und legte sie auf sein Herz.

»Meine früheren Geliebten habe ich nicht verwandelt, weil ich nicht wollte, dass sie mitbekommen, wie wenig ich für sie empfinde. Dich habe ich geliebt, aber du hast mich verlassen, weil ich meine Gefühle nicht in Worte fassen wollte. Das wird vielleicht wieder vorkommen, aber wenn du spüren könntest, was du mir bedeutest, Leila«, seine Stimme wurde tiefer, »bräuchten wir keine Worte mehr.«

Sein Herz unter meine Hand war still. Wie seit Jahrhunderten, doch Vlad war die lebendigste Person, die mir je begegnet war. Er war auch der komplexeste Mann, den ich kannte, sodass die Vorstellung, seinen vielschichtigen Panzer durch eine Gefühlsverbindung zu ihm abtragen zu können, mich mit wilder Sehnsucht erfüllte. Ich wollte seine Gefühle kennen, seine Geheimnisse und alles andere, was den Mann ausmachte, den ich liebte. Doch sosehr ich es mir auch wünschte, wollte ich doch nicht Ja sagen.

Ich berührte meine eigene Brust. Das stete Pochen unter meiner Hand hielt mich am Leben, aber es *war* nicht mein Leben. Meine Fähigkeiten hatten mich das gelehrt. Ein schlagendes Herz machte nur das Menschsein aus. Liebe und Hass, Leidenschaft und Schmerz, Stärke und Scheitern, Verzweiflung und Vergebung – *das* war das Leben, also lautete die eigentliche Frage: Wie wollte ich leben? Als Mensch, der Vampirblut trinken musste? Oder als Vampir, der Menschenblut trank? Beides brachte sein eigenes Leid und Glück mit sich, doch wenn ich an die Zukunft dachte, schien mir nur ein Weg der richtige zu sein.

Ich rollte mich auf Vlad und strich ihm das Haar zurück, sodass ich seinen Gesichtsausdruck ganz genau beobachten konnte, als ich ihm meine Antwort gab.

»Jetzt kommt ein Wort, das wir brauchen. Ja, Vlad. Die Antwort lautet Ja.«

Vlad war fort, als ich aufwachte, aber diesmal war es keine Überraschung. Bevor ich eingeschlafen war, hatte er gesagt, er würde sich am Morgen mit Mencheres treffen, um weiter nach dem Verräter zu suchen. Vlad ließ bereits alle Telefonate, den SMS- und E-Mail-Verkehr überwachen, und seinen Leuten hatte er gesagt, sie dürften nicht abreisen, weil die Hochzeitsfeier noch nicht zu Ende sei, sodass ich mir nicht vorstellen konnte, wie er den Kreis der Verdächtigen noch einengen wollte, aber er hatte offensichtlich einen Plan. Wenn er zurück war, würde ich ihn danach fragen.

Bis dahin hatte ich ein paar eigene Angelegenheiten zu regeln. Zum Beispiel musste ich meine Familie von meiner Entscheidung in Kenntnis setzen. Den Sprung ins Untotendasein wollte ich zwar noch nicht *heute* wagen, aber ich sah auch keinen Grund, die Sache noch Monate oder Jahre hinauszuschieben. Dank meiner besonderen Fähigkeiten und der Tatsache, dass ich bereits mit zwei Vampiren zusammengelebt hatte, gab es wenig, was ich noch nicht über die Konsequenzen meiner Entscheidung wusste. Mann, wenn man bedachte, wie sehr sich mein Leben nach meinem Unfall verändert hatte, war die Verwandlung, die mir bevorstand, eigentlich gar keine so große Sache.

Als ich aufstand und ins Badezimmer gehen wollte, blieb ich mit dem Fuß an etwas Weichem hängen. Vlads Hemd. Ich kickte es in die Luft, fing es auf und fing dann an, die anderen im Zimmer verstreut liegenden Klamotten aufzusammeln. Vlad war es vielleicht gewohnt, dass Dienstboten hinter ihm herräumten, ich aber nicht. Als ich dann meinen türkisfarbenen Rock aufhob, spürte ich etwas Unförmiges in der Tasche und stutzte. Meine Beute war noch da. Ich hatte geglaubt, der Inhalt der Tasche wäre herausgefallen, als Vlad mir die Kleider vom Leib gerissen hatte. Als ich die Gegenstände nun durch den Stoff hindurch spürte, konnte meine Versuchung sich mit der Pandoras messen, als sie die berühmte Büchse berührte. War die Identität des Verräters irgendwo dort drinnen verewigt? Oder würde ich dank dieser Gegenstände meine Sterblichkeit schneller verlieren, als mir lieb war?

Die Aussicht, als Ghul ab und zu »Langschwein« essen zu müssen, war zwar nicht gerade verlockend, aber wie hätte ich die Chance von mir weisen sollen, den Tod der Schausteller zu rächen und gleichzeitig die Bewohner dieses Hauses zu schützen? Als ich gestern meine Fähigkeiten eingesetzt hatte, war mir nichts Schlimmes passiert. Vielleicht war noch immer so viel von Vlads Blut in mir, dass es den Schaden wieder ausglich, den meine Kräfte anrichteten. Wenigstens jetzt noch.

Noch etwas trieb mich zur Eile an. Als Vampirin würde ich vermutlich keine telepathischen Fähigkeiten mehr haben. Im glimpflichsten Fall würde ich sie eine ganze Weile nicht mehr einsetzen können. Das hier war vielleicht meine letzte Chance herauszufinden, wer Vlad hintergangen hatte, bevor noch jemand zu Schaden kam – oder Schlimmeres.

Ich kann dich nicht davon abhalten, das zu tun, was du deiner Meinung nach tun musst, hatte Vlad gesagt, als er mir Konsequenzen angedroht hatte, wenn er mir auf die Schliche kam. Ich holte einmal lang und tief Luft, bevor ich den rechten Handschuh auszog.

Es muss sein.

Dann steckte ich die bloße Hand in die Rocktasche. Ein Chaos an Bildern strömte auf mich ein, als ich alle Gegenstände gleichzeitig berührte. Unter den vielen, wie im Schnelldurchlauf abgespielten Erlebnissen mehrerer Bediensteter fiel mir eine Person besonders auf, und sie war die Letzte, die ich verdächtigt hätte.

Was hatte Sandra dort verloren?

33

Vlad warf mir einen misstrauischen Blick zu; zweifellos hätte er mich am liebsten ins Verhör genommen.

»Du willst shoppen gehen?«, fragte er ungläubig.

»Ja«, antwortete ich, und das war die reine Wahrheit. »Komm schon, nicht mal das, was ich am Leib trage, gehört mir.«

»Doch, die Kleidung ist neu«, schnitt er mir das Wort ab.

»... und du hast alle Hochzeitsvorbereitungen getroffen, sogar deinen eigenen Ring hast du ausgesucht. Selbst wenn ich nichts für mich kaufen wollte, und das will ich, hätte ich doch gern etwas für *dich*. Wenn du mitkommst, ist es keine richtige Überraschung mehr, oder?«

Er schenkte mir einen weiteren Was-hast-du-wirklich-vor-Blick, aber meine Gedanken passten zu meinen Worten, und meine Unschuldsmiene wäre eines Engels würdig gewesen.

»Komm schon, die Stadt, in die wir gehen, gehört dir«, fügte ich noch hinzu. »Ist ja nicht so, als wollte ich mir den Jet für einen Kurztrip nach Paris ausborgen.«

Seinem Gesichtsausdruck nach wog er seine bösen Vorahnungen gegen die von alters her feststehende Tatsache ab, dass Frauen gerne einkauften.

»Ich gebe dir Wachen mit«, sagte er schließlich.

»Natürlich. Gretchen und Sandra kommen auch mit.«

Er winkte ab, weil Menschen für ihn keine Bedeutung hatten. Insgeheim lachte ich mir ins Fäustchen, dachte aber weiter immer nur an Klamotten, Schuhe und sexy Wäsche. Letzteres gefiel ihm anscheinend, denn seine Nasenlöcher weiteten sich.

»Deine Eskorte ist in zwanzig Minuten abfahrbereit.«

Damit beugte er sich zu mir herunter, und seine Bartstoppeln streiften meine Wange, während er murmelte: »Mir brauchst du nichts mitzubringen. Ich will nur dich.«

Diesmal verkniff ich mir mein Lächeln nicht. *Und du sagst, du hast es nicht so mit blumigen Worten.*

»Dauert nicht lange«, versprach ich.

Zwanzig Minuten später stiegen Sandra, Gretchen und ich in den Fond der Limousine. Shrapnel fuhr, denn seit Maximus' Fortgang war er Vlads rechte Hand. Oscar nahm auf dem Beifahrersitz Platz, und vier weitere Bodyguards folgten uns in einem zweiten Wagen.

»Wozu der große Bahnhof?«, fragte Gretchen. Ich zuckte mit den Schultern, als wüsste ich es nicht.

»Das ist so üblich für die Frau des *Woiwoden*«, antwortete Sandra.

»Was soll das sein, ein Woja-Woda?«, versuchte Gretchen, das Wort nachzusprechen.

»So eine Art Fürst«, erklärte ich. »*Woiwode* war Vlads früherer Adelstitel.«

Meine Schwester schenkte mir ein spitzbübisches Grinsen. »Dann bist du jetzt eine Fürstin?«

»Nein«, sagte ich im gleichen Augenblick, in dem Sandra mit Ja antwortete.

»Nein«, wiederholte ich mit mehr Nachdruck. »Die Leute

verbeugen sich sowieso schon vor mir. Wenn mich jetzt noch jemand Euer Hoheit nennt, explodiert mir der Schädel.«

Sandra lachte und entwirrte mit den Fingern ihr erdbeerblondes Haar. »Wäre ich eine Fürstin, würde ich darauf bestehen. Und auf einer Krone.«

Ach was?, dachte ich kühl, lächelte aber, als hätte sie einen Witz gemacht. »In Rumänien sind Adelstitel üblich. Amerikaner kennen das nicht so.«

Während wir den Hügel hinabfuhren, schaute ich aus dem Fenster. Gerade verschwand der obere Teil des Herrenhauses hinter einer Wand aus Bäumen und Felsen. Die nächsten dreißig Minuten würden wir nicht viel mehr zu sehen bekommen. Nur diese eine Straße führte in die Stadt, und niemand außer Vlads Leuten benutzte sie.

Gretchen plapperte weiter darüber, dass sie jetzt doch auch berühmt wäre, wenn ich eine Adlige war. Wie Kate Middletons Schwester Pippa. Ich machte mir nicht die Mühe, ihr zu sagen, dass abgesehen von einigen uralten rumänischen Vampiren und Vlads Leuten niemand ihn als Fürst betrachtete. Warum sollte ich sie früher als nötig aus ihren Tagträumen reißen?

Ich wartete mit meiner Aktion, bis wir im Niemandsland zwischen Vlads Anwesen und der Stadt waren. Vorher hatte ich nichts unternommen für den Fall, dass Sandra nur im Nachrichtenzentrum gewesen war, weil einer der Arbeiter dort Hunger bekommen hatte. Hätte Vlad gewusst, dass ich auch nur das geringste Misstrauen gegen sie hegte, hätte er die Wahrheit mit *seinen* Methoden aus ihr herausgeholt, und das wollte ich keiner Freundin antun, wenn dieselben Resultate sich auch erzielen ließen, ohne emotionale oder physische Grausamkeit anzuwenden.

Als Vlad also so weit weg war, dass er meine Gedanken nicht mehr lesen konnte, und Sandra keine Fluchtmöglichkeit mehr hatte, weil Shrapnel in vampirtypischer Furchtlosigkeit durch die steilen Kurven bretterte, schenkte ich Sandra ein Lächeln, zog den rechten Handschuh aus und legte ihr die Hand auf den Arm.

Der Aufschrei, den sie ausstieß, als der Stromstoß sie traf, verlor sich für mich in einer Bilderflut.

Ich war gerade eingeschlafen, als das Geräusch meiner sich schließenden Zimmertür mich hochschrecken ließ. Ein dunkler Schatten zeichnete sich vor der zuckerwattepinkfarbenen Wand ab, und als er näher kam, erkannte ich im Mondlicht, dass es ein mir wohlbekannter Vampir war.

»Was machst du hier?« Meine Stimme klang belegt, weil ich so müde war. »Ich bin heute Abend nicht als Blutspenderin eingeteilt.«

Statt zu antworten, kam er weiter auf mich zu. Aus irgendeinem Grund verspürte ich Beklommenheit. Das war dumm von mir. Vlad ließ nicht zu, dass wir schlecht behandelt wurden, und ich hatte diesem Vampir schon oft als Blutspender gedient. Doch als er vor meinem Bett stand, verdrängte instinktive Furcht meinen gesunden Menschenverstand, und ich fuhr zurück.

Nicht schon wieder!, *wollte ich schreien, wusste aber noch immer nicht, warum. Dann wurde ich von einer entsetzlich vertrauten und überwältigenden Mischung aus Entsetzen und schlechtem Gewissen gepackt. Ehe ich etwas sagen konnte, blendete mich ein smaragdfarbenes Leuchten. Meine Sorgen waren wie weggefegt. Als der Vampir mir seine Anweisungen zuraunte, merkte ich, wie ich nickte. Natürlich wür-*

de ich seine Nachricht überbringen, und ich hatte auch eine Nachricht für ihn …

Gretchens Aufschrei katapultierte mich in die Gegenwart zurück, bevor die letzten Bilder in meinem Kopf verblasst waren. Einen Augenblick lang war ich irgendwo zwischen Sandras und meiner Innenwelt gefangen. Daher reagierte ich auch nicht, als der Vampir auf dem Vordersitz das kleine Gerät hochhielt, obwohl ich wusste, was es war. So etwas hatte ich schon einmal gesehen, und obwohl es nicht größer war als ein Handy, bedeutete es den Tod.

Dann löste ich mich endgültig aus Sandras Erinnerungen. Weißes Licht brach aus meiner Hand hervor, als ich einen Stromstoß in Richtung Vordersitz schickte, aber es war zu spät. Shrapnel betätigte den Zünder, noch während meine Peitsche seinen Körper durchschnitt.

Der Knall, der dann kam, ließ die Limousine erbeben, aber nicht wir wurden in Stücke gerissen. Stattdessen erwischte es den Wagen hinter uns, und einige kostbare Augenblicke lang war meine Aufmerksamkeit von dem Feuerball, den die Explosion ausgelöst hatte, gefangen. In dieser kurzen Zeit konnte Shrapnel das Steuer nach links reißen und unseren mit Vollgas dahinrasenden Wagen auf die Leitplanke zusteuern, bevor er sich mit einem Sprung durch die Tür rettete.

Gretchens Schrei, als wir über die Felskante flogen, war das Letzte, was ich hörte, bevor alles um mich herum schwarz wurde.

Blut.

Sein Geschmack erfüllte meinen Mund, und sein kupfriger Geruch lag in der Luft. Ich schluckte in der Erwartung, dass meine Schmerzen vergehen würde, aber das taten sie nicht. Da wurde mir klar, dass ich kein heilendes Vampirblut schluckte. Es war mein eigenes.

Ich zwang mich, die Augen zu öffnen, obwohl es sich anfühlte, als hätten Rasierklingen meine Lider ersetzt. Was ich dann sah, ließ mich den Schmerz vergessen. Gretchen hing in ihrem Sicherheitsgurt über mir; ihr schwarzes Haar verdeckte ihr Gesicht, während rote Flüssigkeit auf das zerschmetterte Glas tropfte, das mich umgab. Auch Sandra hing noch in ihrem Gurt, aber sie blutete stärker. Zwischen uns befand sich zu allem Unglück ein dicker Ast mit blutbespritzten Blättern.

Warum sind wir nicht tot?, war mein erster Gedanke, sofort gefolgt von: *Wo ist Shrapnel?* Ich setzte mich auf und versuchte, nicht vor Schmerz aufzuschreien. Ein Blick in den vorderen Bereich der Limousine zeigte, dass der Fahrersitz leer war. Nicht so der Beifahrersitz. Oscars bleiches Gesicht war in einem Ausdruck des Entsetzens erstarrt, den nicht einmal seine rasch verdorrende Haut auslöschen konnte. Auch er hing mit dem Kopf nach unten im Sicherheitsgurt der umgekippten Limousine, und das Heft eines Silbermessers ragte ihm aus der Brust.

Ruckartig griff ich nach dem Messer, woraufhin sofort wieder sengend heißer Schmerz durch meinen Körper jagte. Anscheinend waren meine Rippen, das Schlüsselbein und der linke Arm gebrochen, und von dem ganzen zerbrochenen Glas hatte ich unzählige Schnittwunden davongetragen. Aber ich hatte trotzdem Glück gehabt. Ohne die Seiten- und Vorderairbags wäre ich tot gewesen. Meinen Sicherheitsgurt hatte ich gelöst, um nach Sandra greifen zu können, falls sie irgendwelche krummen Dinger versuchte. Ich hatte ja nicht gewusst, dass die Gefahr gar nicht vom Fond der Limousine, sondern von den Vordersitzen ausging.

Keuchend vor Schmerz hievte ich mich über das zerbröckelte Fensterglas hinweg in den vorderen Bereich des Wagens. Durch die zerschmetterte Windschutzscheibe sah ich, dass ein Baum unseren Sturz in den Abgrund verhindert hatte. Soweit die guten Nachrichten. Besorgniserregend war das orangefarbene Flackern unter der Motorhaube.

Ich riss gerade das Messer aus Oscars Körper, weil ich Gretchen und Sandra damit aus ihren Gurten befreien wollte, als ein Geräusch mich erstarren ließ. Da kam jemand, und ich war nicht so naiv zu glauben, dass es Retter waren.

Ich leckte so schnell das blutige Messer ab, dass ich mir die Zunge ritzte, doch bevor der Schmerz richtig zu mir durchdringen konnte, war er auch schon wieder verschwunden. In den wenigen Augenblicken, die ich brauchte, um auch die andere Seite der Klinge abzulecken, ging es mir bereits viel besser. Während Shrapnel die Beifahrertür aufriss, kauerte ich vor Gretchen und Sandra, das Messer in einer Hand, die andere elektrisch knisternd. Sofort machte er einen Satz rückwärts, auf einen Angriff von mir gefasst.

»Warum?«, fauchte ich.

Sein Hemd und seine Jacke waren halb zerfetzt, und eine blutige Wunde zeigte an, wo meine Elektropeitsche ihn getroffen hatte. Die üble Verletzung hatte ihn aber nicht umgebracht. Sie hatte ihn nur ausgebremst, bis er wieder fit genug war, um zurückzukommen und seinen Job zu Ende zu bringen.

»Weil du es jetzt weißt«, sagte er mit strenger Stimme.

»Ich meine nicht das hier«, sagte ich und deutete mit einem Kopfrucken auf das Autowrack. »Warum hast du Vlad hintergangen?«

»Das wollte ich nicht.«

Jetzt war seine Stimme beinahe ein Flüstern. Verzweiflung huschte über seine mokkafarbenen Züge, gefolgt von müder Entschlossenheit.

»Das hätte alles nicht passieren sollen. Glaubst du, ich hätte meine Freunde in diesem Wagen umbringen wollen? Nicht einmal dich will ich umbringen, aber ich habe keine Wahl.«

Ich hob die rechte Hand höher. »Wenn du dich auch nur rührst, haue ich dich in Stücke, diesmal aber im Ernst.«

Im Augenblick war er noch zu weit weg, aber wenn er näher kam, konnte ich es noch mal versuchen. Weil der Abhang so steil war, wagte ich keinen Angriff, außerdem wollte ich Gretchen und Sandra nicht hilflos zurücklassen. Also wartete ich darauf, dass er in seiner übernatürlichen Geschwindigkeit auf mich zusausen würde, aber als die Sekunden vergingen und Shrapnel sich nicht rührte, wurde ich misstrauisch. Natürlich bluffte er nicht, aber bald würde Vlad von dem Unfall erfahren. Das musste ihm klar sein, warum also unternahm er nicht mal den Versuch …

Schließlich drang mir ein chemischer Geruch in die Nase. Da begriff ich. Shrapnel musste keinen Finger rühren, um mich umzubringen. Er musste einfach nur abwarten, bis die Flammen den leckenden Tank erreicht hatten.

34

»Wenn du jetzt abhaust, kannst du Vlad vielleicht noch entkommen«, änderte ich meine Taktik. Ich konnte unmöglich Gretchen und Sandra befreien *und* dabei noch Shrapnel abwehren, bevor das Auto in die Luft flog. Das wussten wir beide.

»Es ist bereits zu spät. Du bist bei dem Unfall nicht ums Leben gekommen, und mein Heilungsprozess hat zu lange gedauert, sodass ich nicht schnell genug bei dir war …«

Wieder klang er eher müde als schurkisch. Er seufzte sogar, als würde er unter seiner Last zusammenbrechen.

»Jetzt muss ich nur noch dafür sorgen, dass du stirbst.«

»Was habe ich dir eigentlich getan?«, fauchte ich und hoffte, dass von Vlads Anwesen aus jemand den Rauch gesehen hatte und Hilfe unterwegs war.

»Es geht um das, was du tun wirst, wenn du am Leben bleibst.« Sein Blick ging zu meiner rechten Hand. »Mein Tod steht bereits fest. Ihrer nicht.«

Ihrer. Ich versuchte noch ein letztes Mal, ihn dazu zu bewegen, die Flucht zu ergreifen oder mich zu attackieren.

»Meinst du die hübsche brünette Vampirin?«, fragte ich, fest davon überzeugt, dass es hier um die Frau ging, die ich in meiner Vision gesehen hatte. »Ich sag's dir nicht gern, aber sie ist schon vor Tagen aufgeflogen. Vlads Leute sind bereits hinter ihr her. Wir wussten nur nicht, wer der Verräter war.«

»Lügen«, zischte Shrapnel.

Er trat einen Schritt vor, und ich hielt den Atem an. *Komm schon, nur ein kleines Stückchen noch!*

»Ach ja, alles nur Lügen? Sie ist eins sechzig groß, kurviger als ich, hat volles walnussbraunes Haar, einen leichten Akzent … soll ich weitererzählen?«

Mehr wusste ich nicht, aber mit dem stärker werdenden Benzingeruch wuchs auch meine Verzweiflung. Ich fragte mich, ob ich ihn trotz des steilen Abhangs und seiner ungeheuren Schnelligkeit angreifen sollte. Dann kam er noch einen Schritt näher.

»Wie konntest du ihren Zauberbann brechen und zu ihr durchkommen?«

»Ach, das war leicht«, sagte ich und dachte mir, was für ein Glücksfall es war, dass Shrapnel keine Gedanken lesen konnte, weil ich keine Ahnung hatte, wovon er redete. »Warum habe ich deiner Meinung nach so glattes schwarzes Haar? Ich bin zu einem Viertel Cherokee, und meine Großmutter war eine mächtige Medizinfrau. Sie hat meiner Mutter und mir alle möglichen Zaubertricks beigebracht; da war der Hokuspokus dieser kleinen Kröte für *mich* wirklich keine Herausforderung.«

Das mit der Cherokee-Abstammung stimmte zwar, aber sonst war alles gelogen. Ich hielt den Atem an. Hoffentlich merkte Shrapnel nichts.

»Sprich nicht so von ihr!«, brüllte er.

Er machte noch einen Schritt nach vorn, und das war meine Chance. Ich katapultierte mich aus der Limousine, schnellte auf ihn zu und packte alle elektrische Energie, die ich aufbringen konnte, in eine Peitschenschnur, die so grell leuchtete wie ein Blitzstrahl. Er wollte ihr mit einem Satz ausweichen, aber das schaffte nicht einmal er. Das gleißende Band traf ihn an der Hüfte und ging ganz durch ihn durch.

Seine Beine kippten um wie gefällte Baumstämme, während der Rest von ihm von seinem eigenen Tempo nach vorn geschleudert wurde. Am Ende landete sein Oberkörper so schwer auf mir, dass es mir die Luft abschnürte. Bevor ich ihn wegstoßen konnte, begann er, auf mich einzuprügeln und mit den Reißzähnen nach allem zu schnappen, was er erreichen konnte.

Der brutale Doppelangriff ließ mich aufschreien. Shrapnel war zwar fast zweigeteilt worden, seiner Wildheit hatte das aber keinen Abbruch getan. In seiner Entschlossenheit, mich umzubringen, wirkte er sogar fast schon dämonisch. Ein vernichtender Schlag traf mich in die Rippen und ließ meinen Schrei verstummen. Der Schmerz war so heftig, dass ich nicht mehr denken konnte und der blinde Überlebensinstinkt in mir zutage trat. Ich nahm gar nicht bewusst wahr, wie ich Shrapnel packte und ihm einen Elektroschock verpasste. Ich merkte nur, dass plötzlich sein Gewicht nicht mehr auf mir lastete und ich mich in einer heruntergekommenen Seitenstraße wiederfand.

Die Straßenlaternen waren kaputt, aber ich brauchte ihr Licht nicht, um mich in dem engen Durchgang zwischen den Gebäuden zurechtzufinden.

»Du hast den Bombenbauer auch umgelegt? Wann hörst du endlich auf, solche leichtsinnigen, dummen Risiken einzugehen?«

Meine laute Stimme lenkte einige neugierige Blicke auf mich. Es war mir egal. Die meisten Vampire mieden Orte, an denen Obdachlose sich aufhielten. Durch ihren herben Geruch waren sie nicht besonders schmackhaft.

»So riskant war es gar nicht«, antwortete meine Geliebte ungerührt. »Ich habe alles erledigt, Herzblatt. Er ist tot, und niemand wird uns mehr etwas anhängen können.«

Zornig packte ich das Handy fester, bevor ich wieder locker ließ, damit es nicht in Stücke ging und wir weiterreden konnten.

»Hättest du ihn nicht benutzt, um Leila umzubringen, wäre er erst gar nicht zum Problem geworden. Wenn ich gewusst hätte, was du vorhast, hätte ich dir nie gesagt, wo sie ist. Vlad gibt erst Ruhe, wenn er ihre Killer gefunden hat, falls er die Explosion nicht für einen Unfall hält.«

»Du überreagierst«, sagte sie, und ihr gelangweilter Tonfall traf mich wie Säure. »Selbst wenn jemand einen Verdacht hegt, führt der doch nirgendwohin. Was auch immer sie ihm lebend wert gewesen wäre, tot ist sie für uns weniger gefährlich.«

Mein Lachen klang schroff. »Eines Tages wirst du mir den wahren Grund verraten, warum Vlad das mit uns nicht wissen soll. Bis dahin kommt es mir vor, als hättest du es aus purer Eifersucht auf Leila abgesehen.«

Mein Vorwurf hatte sie verletzen sollen, aber auf ihre giftige Antwort war ich nicht gefasst gewesen.

»Meine Gründe sind ohne Belang. Was wirklich zählt, ist, dass du es warst, der mir verraten hat, wo sie sich aufhält. Dafür wird er dich umbringen, Herzblatt, aber erst nachdem er dich jahrelang gefoltert hat. Wenn dir diese Aussicht wenig verlockend vorkommt, hast du keine andere Wahl, als das hier geheim zu halten.«

Ich legte auf, und meine Verzweiflung war so groß wie das Wissen, dass sie recht hatte. Vlads Reaktion auf meine Beteiligung an Leilas Ermordung stand fest, und bei mir würde er nicht aufhören. Er würde ihr das Gleiche antun, und so zornig ich auch war, konnte ich das nicht zulassen. Ich liebte sie, und wenn ich sie durch eine Lüge retten konnte, würde ich lügen.

Die Gasse vor meinem inneren Auge verschwand, und ich erwartete, dass ich nun wieder in meine eigene Realität zurückkehren würde, aber ohne es überhaupt zu wollen, bekam ich eine Verbindung zu Shrapnels Komplizin. Einen Augenblick lang sah ich sie in ein Kostüm gekleidet auf einem Sofa zurückgelehnt sitzen, einen Martini in der Hand. Bevor ich mich auf ihr Gesicht konzentrieren konnte, verschwammen ihre Züge, bis nur noch ein undeutlicher Fleck umgeben von üppigem walnussbraunem Haar übrig blieb.

Dann überkam mich ein so starkes Schwindelgefühl, als hätte mir jemand eins mit dem Kantholz übergezogen. Ich brach die Verbindung ab und kehrte in die Gegenwart zurück, wo ich zusammengekauert auf der Seite lag, hustete und dazwischen gequält nach Luft schnappte. Blut tropfte mir aus dem Mund, und das Druckgefühl in meiner Brust wurde immer stärker, bis ich es nicht mehr aushielt.

Das kam nicht von den Prügeln, die ich von Shrapnel bezogen hatte. Nein, diesen Schmerz kannte ich. Ich hatte meine Fähigkeiten in gefährlichem Maß überstrapaziert, und der einzige Vampir in der Nähe, der mich hätte heilen können, wollte mich tot sehen.

Das war alles so unfair, dass ich vor lauter Frust am liebsten laut losgeheult hätte. Ich hatte meine Fähigkeiten doch lediglich einsetzen wollen, um herauszufinden, ob Sandra schuldig war oder nicht. Shrapnels Sünde hatte ich nicht sehen wollen, ganz zu schweigen von der miesen Ratte, die diese ganze Scheiße mit dem Bombenanschlag erst ins Rollen gebracht hatte. Jetzt würde mich das alles das Leben kosten.

Ein Stöhnen ließ mich die Augen öffnen. Durch einen roten Schleier hindurch erhaschte ich einen Blick auf Shrapnel. Der Stromstoß, den ich ihm verpasst hatte, hatte ihn fast vier Meter weit weggeschleudert. Seine beiden Arme fehlten, ebenso wie die Beine, und er wirkte auch insgesamt wie durch den Fleischwolf gedreht. Aber er lebte noch, obwohl er so schwer verletzt war. Schließlich drehte er den Kopf langsam in meine Richtung, und unsere Blicke trafen sich.

Vage Überraschung drängte sich in mein schwindendes Bewusstsein. Ich hatte zwar kein Mitgefühl von ihm erwartet, aber ich war auch nicht auf die Mischung aus Erleichterung und Stolz gefasst gewesen, die ihm im Gesicht geschrieben stand. Die Erleichterung war ja noch nachvollziehbar; er wollte mich tot sehen, und dem schmerzhaften Engegefühl in meiner Brust nach zu urteilen, würde sein Wunsch bald in Erfüllung gehen. Warum aber Stolz? Er hatte doch nichts damit zu tun, dass ich meine Fähigkeiten überstrapaziert hatte und nun kurz vor dem Tod stand …

Viel zu spät dämmerte es mir.

Wie konntest du ihren Zauberbann brechen und zu ihr durchkommen?, hatte Shrapnel mich gefragt. Ich hatte geglaubt, die brünette Vampirin hätte bloß irgendeinen Hokuspokus veranstaltet, um ihr Gesicht zu verbergen, wenn ich eine telepathische Verbindung zu ihr herstellte, aber da war mehr dran.

Der Zauber sollte mich auch töten.

35

»Leila!«

Die Stimme meiner Schwester durchdrang den vernichtenden Schmerz, der mich dazu brachte, mich in Fötusstellung zusammenkauern oder sterben zu wollen, je nachdem, was weniger wehtat. *Gretchen. Klingt ängstlich,* konnte ich trotz meiner Höllenqualen noch denken, gefolgt von einer unheilvollen Erinnerung. *Die Limousine brennt.*

Ich stemmte mich auf die Knie und stieß einen gurgelnden Schrei aus. In meinem immer dunkler werdenden Gesichtsfeld konnte ich einen orangefarbenen Schein erkennen. Die Flammen hatten sich weiter an dem Fahrzeug emporgearbeitet. Jeden Augenblick konnten sie den leckenden Tank erreichen.

Ich stürzte auf den Wagen zu und spuckte Blut, als ich trotz des Druckgefühls in der Brust Atem zu schöpfen versuchte. Alles war so verschwommen, dass ich das Messer, das ich hatte fallen lassen, nicht finden konnte, und ich fühlte mich, als würde ich selbst in Flammen stehen. Vielleicht stimmte das ja, und ich merkte es bloß nicht. Aber ich durfte nicht aufgeben. Ich konzentrierte mich auf die Schreie meiner Schwester, die wie ein Adrenalinstoß wirkten und mir die nötige Kraft verliehen, mich weiter vorwärtszuschleppen. Als ich schließlich strauchelte, stieß ich seitlich mit dem Wagen zusammen.

Mir war inzwischen vollends schwarz vor Augen, und Gretchens Stimme klang auch schon schwächer, aber mein Verstand funktionierte noch. Mit der linken Hand fummelte ich herum, bis ich den Verschluss von Gretchens Sicherheitsgurt ertastet hatte. Dann fuhr ich mir mit der rechten Hand über den Arm, bis ich den Gurtverschluss erreichte. Mit dem letzten bisschen Energie, das noch in mir war, feuerte ich einen Energiestoß darauf ab.

Das plötzliche Gewicht, das auf meine Schultern sackte, war das Wundervollste, was ich je gespürt hatte.

»Bring Sandra in Sicherheit«, versuchte ich zu sagen, aber es kam nur ein unverständliches Gurgeln aus meiner Kehle.

Etwas versetzte mir einen heftigen Stoß, und meine Schmerzen wurden noch stärker. *Ist Shrapnel zurückgekommen?,* fragte ich mich, aber als ein herrliches Taubheitsgefühl mich zu überwältigen begann, kümmerte es mich nicht länger. *Nicht gut,* warnte mich mein letztes bisschen gesunder Menschenverstand. *Nicht ohnmächtig werden! Du wachst nicht wieder auf!*

Ich versuchte, mich durch die Dunkelheit und das verführerisch angenehme Gefühl des schwindenden Schmerzes hindurchzukämpfen. Es war, als versuchte ich in Treibsand zu schwimmen – je mehr ich kämpfte, desto tiefer versank ich. Dann spürte ich, wie jemand mich brutal wegschleifte, und mein Bewusstsein kehrte zurück. Meine Rippen fühlten sich an wie Zweige, die jemand in mir zerbrochen hatte, aber ich schaffte es dennoch, ein paarmal keuchend Luft zu holen. Das und der mich erneut bestürmende Schmerz vertrieben die verhängnisvolle Lethargie.

Das Feuer hatte den Tank erreicht.

Durch die engen Schlitze meiner fast geschlossenen Lider erkannte ich, dass ich mich hinter einigen Bäumen befand, deren Stämme mich vor der Explosion schützten. Sandra lag ohnmächtig in der Nähe, und Gretchen …

Ich halluzinierte wohl. Oder hockte meine Schwester gerade tatsächlich fünf Meter entfernt auf Shrapnel? Sie hatte ihm das Messer, mit dem er Oscar umgebracht hatte, in die Brust gestoßen und machte zwar ein entsetztes Gesicht, hielt das Heft aber trotzdem mit beiden Händen fest umklammert.

»Wehe, du versuchst irgendwelche krummen Dinger«, keuchte sie.

Shrapnels Blick war fest auf sie gerichtet, während ihm aus Schultern und Hüfte zweigartige, zuckende Fortsätze sprossen. Bald würden seine Arme und Beine nachgewachsen und die inneren Verletzungen geheilt sein. Gerade wollte ich Gretchen warnend zurufen, dass er *auf jeden Fall* krumme Dinger versuchen würde, als ganz in der Nähe von Shrapnel mit der Wucht herabstürzender Meteoriten drei Gestalten vom Himmel fielen. Die vierte landete vor mir, die Augen grün leuchtend und mit wild peitschendem Haar, während sie sich das Handgelenk aufschlitzte und es mir an die Lippen presste.

Vlad. Dann hatte wohl doch jemand den Rauch bemerkt.

Während ich aus Vlads Wunde zu trinken begann, hievten seine Wachen Shrapnel hoch und entfernten noch schnell das Messer, damit er sich nicht aus der Affäre ziehen konnte, indem er Selbstmord beging. Dann wurde mir vollends schwarz vor Augen. Ich nahm noch einen Schluck, doch die Schmerzen wollten nicht nachlassen. Sie nahmen sogar noch zu, bis ich das Gefühl hatte, jemand würde mir Rasierklingen in den Schädel stecken, während das Engegefühl in meiner Brust auch den Rest meines Körpers erfasste. Jetzt konnte ich nicht einmal mehr schlucken. Selbst zum Weiteratmen fehlte mir die Kraft. Als Kälte mich überkam und den Schmerz durch ihre eisige Umarmung überlagerte, wusste ich, dass Vlad zu spät gekommen war.

»Nein!«

Vlads Schrei hielt mich am Boden, aber nur für einen kurzen Augenblick. Dann barsten in meinem Inneren Ketten, die ich nie zuvor wahrgenommen hatte, und ich stob davon wie eine Pistolenkugel aus ihrem Lauf. Ich lag nicht länger zerschunden am Boden. Ich stieg immer höher, und es war sogar noch schöner als alle Träume, die ich bisher vom Fliegen gehabt hatte. Meine Sicht war nicht länger getrübt von diesem widerlichen Schleier aus Blut und Finsternis. Alles war in gleißend helles Licht getaucht, und der tröstliche Duft von Regenwasser und Freesien umhüllte mich. Ich kannte ihn von früher – sehr lange war das her –, aber ich wusste sofort, wem er gehörte. Und dann sah ich sie.

Die silbernen Strähnen in ihrem schwarzen Haar schienen zu leuchten. Genau wie die feinen Linien in ihrem Gesicht, als sie lächelte. Und da fielen mit einem Mal die Schuldgefühle von mir ab, die ich so lange mit mir herumgeschleppt hatte. Sie sagte nichts. Das musste sie auch nicht. Ich *spürte,* dass sie mich nie für ihren Tod verantwortlich gemacht und mir all meine Sünden vergeben hatte. Stürmisch strebte ich ihr entgegen, aber sie hob mit einem liebevollen Lächeln die Hand, um mich aufzuhalten.

Noch nicht, Kleines, flüsterte sie in meinem Kopf.

Dann riss mich etwas mit brutaler Kraft nach unten. Der süße Geruch der Gestalt verschwand zusammen mit dem kristallklaren Sonnenlicht, in dem ich geschwebt hatte. Entsetzlich schnell begann ich, in die Tiefe zu stürzen, und jeder Versuch, mich zu fangen, wurde mit einem weiteren erbarmungslosen Zerren quittiert. Der Erdboden raste auf mich zu, aber ich konnte nichts gegen die unsichtbare Umklammerung tun, die mich immer weiter hinabzog.

Als ich auf der harten Erdoberfläche aufkam, zerriss mich der Aufprall. Ich wartete auf die kalte, erlösende Umarmung des Todes, aber sie kam nicht.

Ich spürte nur Feuer.

36

Blut.

Meine Zunge war damit benetzt, die Luft geschwängert von seinem Duft, der mir jetzt nicht mehr kupfrig und herb, sondern schwer und berauschend vorkam. Während ich schluckte, atmete ich ein, um den herrlichen Stoff, der meinen Schmerz vergehen ließ, auf jede nur erdenkliche Art in mich aufzunehmen. Einige Augenblicke lang empfand ich solch satte Zufriedenheit, dass ich mich fühlte, als würde ich kommen und gleichzeitig high sein.

Und wie jeder Höhepunkt, verging auch dieser und ließ mich zitternd, schmerzgeplagt und voller Gier nach dem nächsten Schuss zurück.

»Mehr«, knurrte jemand in einem Tonfall, als käme er von einem tollwütigen Tier, das sprechen konnte. Zur Antwort wurde mir ein nasses, kaltes Tuch aufs Gesicht geklatscht. Es nahm das Blut auf, das ich aufzulecken versucht hatte, sodass ich wütend die Augen aufriss. Eine Sekunde lang nahm ich alles um mich herum so grell und überdeutlich wahr, dass ich mich nicht konzentrieren konnte.

»Mehr, habe ich gesagt!«

Zwei Dinge wurden mir gleichzeitig klar. Die animalisch klingende Stimme kam von mir, und ich hatte beim Sprechen keine Atempause gemacht. Als ich zwei winzige Dolchspitzen spürte, die mir in die Lippe piekten, wurde mir endgültig alles klar.

Jetzt hast du es also doch geschafft, spottete meine innere Stimme.

Ich knirschte mit den Zähnen, sodass meine neuen Fänge sich tiefer in meine Unterlippe bohrten. Meine innere Stimme war offenbar *nicht* totzukriegen, obwohl ich selbst gestorben und zum Vampir geworden war.

Schließlich schälten sich dichtere Konturen aus dem Farbenmeer, und ich konnte Vlad sehen. Seine schwarze Hose und das indigoblaue Hemd stanken nach Rauch und verbranntem Gummi, aber das üppige Aroma von Blut durchdrang die anderen Gerüche und ließ alles andere in den Hintergrund treten.

Ich stürzte mich auf Vlad, so versessen auf den köstlichen Nektar, dass ich ihm mit meinen neuen Reißzähnen Haut und Kleidung zerfetzte. Er murmelte etwas, das ich in meiner hektischen Suche nach der Duftquelle nicht mitbekam. Ein Teil von mir war über meine Triebhaftigkeit entsetzt, dem Rest ging es aber nur um eines.

Blut. Brauche es. JETZT.

Vlad stieß mich weg, mit einer Hand meine schnappenden Kiefer abwehrend, während er mit der anderen hinter sich griff. Das Brennen in meinem Innern war wieder da, verzehrte mich mit solch intensivem Schmerz, dass ich ihn einfach nur lossein wollte. Dann rann mir wieder dieses Ambrosia die Kehle hinunter und beendete meine Qualen so nachdrücklich, dass mir Tränen der Dankbarkeit über die Wangen liefen. Ich schluckte, als wollte ich ertrinken, und schloss so erleichtert die Augen, dass ich glaubte, ich würde ohnmächtig werden.

Dann war da plötzlich noch etwas anderes als Erleichterung. Wut, gefolgt von einer gewaltigen Woge des primitivsten und ungezügeltsten Gefühls, das ich je empfunden hatte. Es als Liebe zu bezeichnen, war, als würde man einen Aprilschauer mit einem Hurrikan vergleichen. Und als mir klar wurde, dass es nicht von mir ausging, sondern von dem Vampir, der meine Kiefer mit eisernem Griff umklammert hielt, war ich schockiert.

»Ich kann dich fühlen.«

Auf mein Flüstern hin leuchteten seine Augen greller auf denn je, aber ich konnte seinem Blick mit Leichtigkeit standhalten.

»Weil dein Trick mit dem Einkaufsbummel dich deine Menschlichkeit gekostet hat.«

Die Strenge in seinem Tonfall hätte mich eigentlich dazu bringen sollen zusammenzuzucken, aber da war noch etwas anderes, das über meine Emotionen hinwegschwappte. Verärgerung, ja, aber er war verärgert, weil er Angst hatte, mich zu verlieren. Dass Vlad Furcht empfinden konnte, hätte ich nie für möglich gehalten, und doch durchdrang sie mein Unterbewusstsein zusammen mit einer weiteren Woge wilder, überbordender Leidenschaft. Ich hatte geglaubt, er wäre aus Arroganz so kontrollsüchtig, dabei wollte er mich nur um jeden Preis beschützen. Wäre ich nicht nach wie vor so auf meinen nächsten Schuss fixiert gewesen, hätte ich staunend erkannt, wie viel er sich, seinem übermächtigen Instinkt zum Trotz, von mir hatte bieten lassen.

Dann brachen wieder vernichtende Schmerzen über mich

herein und löschten alles aus bis auf eine Gier, die so stark war, dass ich das Gefühl hatte, ich würde innerhalb eines Sekundenbruchteils tausendmal verhungern. Ich wäre zu Boden gesackt, hätte Vlad mich nicht festgehalten, und bevor das überwältigende Brennen in meinen Eingeweiden mich aufschreien ließ, stillte auch schon ein weiterer Schluck köstlichen Ambrosias meinen Schmerz.

Ich schluckte so gierig wie zuvor, kam diesmal aber bereits wieder zur Besinnung, bevor Vlad mir die Plastikfetzen entreißen konnte, an die ich mich klammerte. *Blutkonserven*, dachte ich, während ich mir aus einem unkontrollierbaren Impuls heraus die Hände ableckte. Sehr modern. Wenn mich nicht alles täuschte, würde ich einen tagelangen Blutrausch durchstehen müssen, bis ich stark genug war, nicht den erstbesten Sterblichen abzumurksen, der mir über den Weg lief. Der Gedanke war niederschmetternd.

Mit etwas Verspätung kam mir eine Frage in den Sinn.

»Wieso bin ich ein Vampir und kein Ghul? Ich weiß noch, dass ich gestorben bin …«

Und meine Mutter gesehen habe. Ich war so verdutzt, dass ich kurz meine Frage vergaß. Sie war kein Trugbild gewesen; das wusste ich absolut sicher. Also *gab* es nach dem Tod etwas. Ich hatte nie daran geglaubt, weil ich keine Visionen davon gehabt hatte, aber vielleicht konnte man nur persönlich einen Blick ins Jenseits werfen.

Vlads Griff lockerte sich, bis er meinen Kiefer ganz losließ und anfing, meinen Hals zu streicheln. »Mein Blut konnte dich diesmal nicht heilen. Aber immerhin hat es den Transformationsprozess eingeleitet.«

»Wie das?«

Er bleckte die Zähne zu einem freudlosen Lächeln. »Um dich zu verwandeln, hätte ich dich aussaugen müssen, bis der Tod eintritt, und dir danach mein Blut einflößen. Du warst so stark verletzt, dass du bereits gefährlich viel Blut verloren hattest, aber du hattest noch so viel von meinem intus, dass der kritische Punkt bereits erreicht war.«

Er ließ die Hand sinken, und ich fühlte wütenden Schmerz über meine Emotionen schrappen, bevor er fortfuhr.

»Das wurde mir natürlich erst klar, als du schon tot warst und mich plötzlich anfallen wolltest.«

Daran konnte ich mich nicht erinnern; nicht einmal, wie ich hierhergekommen war, wusste ich. Meine Erinnerung hatte ausgesetzt, als Shrapnel von Wachen gepackt worden und Vlad vor mir niedergekniet war.

»Gretchen. Sie ist doch wohlauf, oder?«

»Nur leicht verletzt.«

Endlich verspürte ich ein Gefühl der Erleichterung, das nicht von einer Blutmahlzeit herrührte. »Und Sandra?«

»Ihre Verletzungen sind schwerer, aber sie wird's schaffen.«

Ich wollte nicht fragen, aber ich musste es wissen. »Shrapnel?«

Vlad presste die Lippen zu einer schmalen Linie zusammen. »Wo er hingehört.«

Im Kerker also. Vielleicht befanden wir uns ja auch dort. Der Raum sah aus wie eine komfortablere Version der Zellen, in denen die Gefangenen untergebracht wurden, denn Wände, Decke und Boden bestanden aus Fels, und einen Ausgang konnte ich nirgends entdecken. In der Ecke lagen allerdings zwei übereinandergestapelte Matratzen und darauf mehrere dicke Wolldecken. In den Zellen, die mir bis jetzt untergekommen waren, hatte das nicht zur Standardausstattung gehört, obwohl das Fehlen von Licht …

Ich konnte trotzdem prima sehen. Ich blinzelte, als würde sich dann etwas ändern, was natürlich nicht geschah. Kein Fünkchen erhellte das enge Gelass, und doch konnte ich alles kristallklar erkennen bis hin zu den roten Schlieren an den Wänden, die so gut dufteten, dass ich sie ablecken wollte. Als ich zwei schmerzhafte Einstiche in der Unterlippe spürte, wurde mir klar, dass meine Fangzähne wieder hervorgekommen waren.

Überwältigt schloss ich die Augen. Ich hatte nicht schon so bald verwandelt werden wollen und hatte keine Ahnung, ob ich es verkraften würde. Aber ob ich es wollte oder nicht, ich war jetzt ein Vampir. Ich fuhr mir mit der Hand über die Brust bis zu der Stelle, an der mein Herz saß. Fünfundzwanzig Jahre lang hatte es geschlagen und würde von jetzt an doch ewig stumm bleiben wie eine Trommel, die niemand mehr spielte.

Als ich die Augen öffnete, starrte Vlad mich an. Er sagte nichts, aber eine seltsame Mischung aus Mitgefühl und Skrupellosigkeit kratzte über mein Unterbewusstsein. *Das hast du dir selbst zuzuschreiben,* schienen seine Emotionen zu sagen, *aber du musst es nicht allein durchstehen.*

Ich erwiderte seinen Blick und bemerkte eine winzige Narbe nahe seiner Nase, die mir zuvor nie aufgefallen war. Und das war nicht das Einzige, was mir auffiel. Seine Haut wirkte nicht länger bleich; sie schien schwach zu leuchten, als brenne ein Licht darunter. Sein Haar war nicht länger einfach nur dunkelbraun, sondern präsentierte sich als lebendige Palette aus Schwarz-, Umbra- und Kastanientönen. Um ihn herum knisterte die Luft vor Energie, und als er mir diesmal über die

Kehle fuhr, prickelte seine Hand, als wäre er es, der Elektrizität abgab, nicht ich.

»Du hast dich auch verändert«, stellte ich staunend fest.

Seine Mundwinkel zuckten; halb spöttisch, halb amüsiert.

»Du bist ein Vampir. Du siehst Details, für die die Menschen blind sind, ahnst Kräfte, die ihnen immer verschlossen bleiben werden, und hast Gefühle, die stärker sind, als sie es sich vorstellen können.«

Schließlich packte er mein Haar, zog meinen Kopf nach hinten und küsste mich.

»Wie fühlt sich das an?«, murmelte er.

Die raue Liebkosung seiner Bartstoppeln und die sinnliche Weichheit seiner Lippen verblassten neben den Emotionen, die auf mich einstürzten. Lust durchfuhr mich wie ein Feuerstoß, zwang mich beinahe in die Knie und versengte meine Nervenenden so vollkommen wie der Blutrausch, nur weniger schmerzhaft. Im Gegenteil; ich verspürte das überwältigende Bedürfnis, lustvolle Macht auszuüben, bis verzückte Schreie mir in den Ohren hallten, und ich wollte es jetzt.

Ich öffnete den Mund, sodass Vlads Zunge mit meiner verschmelzen konnte, während ich sein Hemd packte. Es zerfiel unter meinen Händen so leicht wie nasses Papier, dann zog er mich an sich, und die Hitze seines Körpers ließ mich aufkeuchen. Er hatte sich immer schon warm angefühlt, aber jetzt war es, als würde er brennen. Er riss mir das Kleid, den BH und das Höschen genauso animalisch vom Leib, wie ich es mit seinem Hemd getan hatte, und warf mich dann auf das Matratzenlager in der Ecke.

Ich stöhnte, als er sich auf mich legte, schockiert darüber, wie anders sich auch das anfühlte. Jedes Mal, wenn unsere

Körper sich berührten, steigerten sich die Empfindungen, bis ich mich mit animalischer Gier an ihn drängte. Jede Liebkosung schien in verborgene Regionen meines Körpers vorzudringen, die nach seiner Berührung gierten. Alles zuvor Gewesene verblasste zu einer farblosen Erinnerung wie die Einblicke in die Vergangenheit, die ich manchmal erhielt. Es war, als liebten wir uns zum ersten Mal, und als er meine Schenkel auseinanderdrückte und den Kopf zwischen sie senkte, ließ die aufflammende Ekstase mich aufschreien.

Ich weiß nicht, wie lange ich mich ihm entgegendrängte, während mit jeder Bewegung seiner Zunge die Wollust mich zu zerreißen drohte. Als er sich aufsetzte und seine Hose öffnete, bebte ich noch von dem Höhepunkt, den ich gerade gehabt hatte, doch als ich seine pralle, erregte Männlichkeit sah, überkam mich bereits neues Verlangen. Ich zog ihn auf mich, und als er über meinen Mund herfiel, kippte mein Kopf zurück, so leidenschaftlich war sein Kuss.

Er schmeckte jetzt herber, salziger und so deutlich nach Sex, dass sich mein feuchtes Geschlecht lustvoll zusammenzog. Sein Körper war ein Inferno, und als er die Hand zwischen unseren Leibern nach unten gleiten ließ, bestand ich vor Sehnsucht nur noch aus Instinkt. Ich beendete unseren Kuss und biss ihm in die Schulter, ohne nachzudenken, schockiert darüber, wie selbstverständlich sich das anfühlte. Lust schwappte durch mich hindurch, und ich schlug die Fänge noch tiefer in ihn. Ob ich meine oder seine Leidenschaft fühlte, wusste ich nicht, und als er meine Hüften hochriss und in mich stieß, war es mir auch egal.

Ich ließ von ihm ab, um einen Schrei auszustoßen, als sein heißes Geschlecht sich in mich bohrte. Hatte sich das früher auch schon so angefühlt? Nein, niemals. Ich hätte das lustvolle Zusammenziehen der Muskeln in meinem Innern nicht aushalten können, das einsetzte, als er ganz in mich eingedrungen war und sein Körper meine Klitoris stimulierte. Oder die Ekstase, als er mich an der Stelle biss, wo einst mein Puls gepocht hatte. Wieder stieß er zu, biss fester zu, und das Gefühl, ganz und gar in Besitz genommen zu werden und doch nie so mächtig gewesen zu sein, nahm mir alle Hemmungen.

Ich stieß seinen Kopf zurück, sodass sein Mund sich gewaltsam von mir löste, und spürte kaum den Schmerz, als meine Haut dabei aufriss. Schließlich schlang ich die Arme um ihn und biss ihn in die gleiche Stelle … Die überwältigende Wollust, die ich durch die Verbindung zu seinen Emotionen verspürte, ließ mich ekstatisch werden. Vlads Stöße wurden schneller, tiefer, er hielt mich so fest, dass es wehtat, und ich genoss es, schlug meine Reißzähne mit jedem harten Stoß in seine Kehle. Meine Nägel kratzten über seinen Rücken, erzeugten eine schlüpfrige Feuchte, die nicht vom Schweiß herrührte. Immer weiter steigerte sich meine Ekstase genau wie das lustvolle Ziehen in meinem Unterleib, das nach mehr verlangte, ohne Rücksicht darauf, ob ich das überhaupt verkraften konnte. Er war zu heiß, zu groß, zu grob – und ich würde sterben, wenn er aufhörte.

Ich ließ von Vlads Kehle ab und keuchte: »Ich liebe dich so sehr.« Und da kündigte sich auch schon bebend ein neuer Höhepunkt an. Durch halb geschlossene Lider sah ich, dass Vlad den Kopf zurückgeworfen hatte und purpurrote Rinnsale seine geschmeidige Kehle verunzierten. Dann senkte er den Kopf und sah mich eindringlich an, während seine Hände mein Gesicht streichelten.

»Und ich liebe dich, meine Frau.«

Ich hatte keine Chance zu antworten. Er glitt an mir nach unten und machte sich mit leidenschaftlicher Wildheit erneut mit der Zunge an mir zu schaffen. Ich drängte mich ihm mit einem halb verzückten, halb frustrierten Stöhnen entgegen. Es fühlte sich unglaublich an, aber ich wollte ihn wieder in mir haben …

All meine Gedanken wurden weggefegt, als er statt seiner Zunge die Reißzähne einsetzte und statt mich zu lecken in meine Klitoris biss. Glühend heiße Leidenschaft durchfuhr mich, sodass meine rechte Hand einen Stromstoß abgab. Sich kräuselnder Rauch stieg in die Luft, wo ich ein Loch in die Matratze gebrannt hatte, aber ich konnte mich nur weiter an den Laken festkrallen, als er mit langen, tiefen Zügen zu saugen begann.

Sein Name drang als ersticktes Schluchzen aus meiner Kehle. Noch einmal saugte er ausgiebig, und ich schrie seinen Namen laut heraus. Dann konnte ich nicht mehr klar denken, sodass mir die Stimme versagte. Mir blieb nur noch, mich an ihn zu klammern, während stumme Schreie sich mir entrangen, und als er mich nach einem letzten, überwältigenden Saugen auf den Bauch drehte, konnte ich mich nicht einmal mehr rühren.

Er zog meine Hüften hoch, und wieder ließ ein tiefer Stoß mich einen erstickten Schrei ausstoßen. Mein Körper pulsierte und prickelte, umfing ihn wie im Krampf, als er sich aus mir zurückziehen wollte. Er hob mich an und zog mich auf seinen Schoß. Wieder bäumten seine Hüften sich auf, und er bohrte sich in mich. Ich packte seine Schenkel und drängte mich mit wiegenden Bewegungen an ihn, spürte seine sengend heißen Lippen auf meinem Nacken, als er mir das Haar zur Seite strich und mich küsste. Dann gab es nur noch den leidenschaftlichen Rhythmus, der meinen Höhepunkt auslöste, kurz bevor er seinen erreichte, und das Beben, das uns ganz und gar erfasste.

37

Als Vlad mich losließ, sank ich auf die Matratze zurück, nur deshalb nicht keuchend, weil ich keinen Sauerstoff mehr brauchte. Ich hatte nie geraucht, aber wenn es in dieser Zelle eine Zigarette gegeben hätte, hätte ich mir zur Feier meines Todes eine angezündet.

Dann krampfte sich wieder mein Magen zusammen. Meine satte Zufriedenheit war wie weggeblasen, ersetzt durch eine so starke Gier, dass ich zu zittern begann.

Vlad riss mich hoch und drückte mich mit einer Hand an die Wand, während er mit der anderen Nummern auf einer in die Wand eingelassenen Tastatur tippte, die mir zuvor gar nicht aufgefallen war. Eine Schublade kam aus der Felswand geglitten, und als ich einen Blick auf ihren Inhalt geworfen hatte, wurde mein Kopf vor Blutdurst ganz leer.

Die nächsten Minuten waren eine wilde Karussellfahrt zwischen Schmerz und Linderung. Als ich wieder klar denken konnte, war ich nach wie vor an die Wand gepresst und saugte unter Vlads Aufsicht an einem zerfetzten Plastikbeutel.

Vlad streckte die Hand aus, und ich zwang mich, von dem Beutel abzulassen, obwohl noch ein paar köstliche scharlachrote Schlieren darin zurückgeblieben waren. Ich würde mich *keinen* Augenblick länger als nötig wie ein Tier benehmen.

Vlad nahm den geschredderten Beutel und die Plastikfetzen zu meinen Füßen an sich und deponierte alles in der Schublade, aus der es gekommen war.

»Woher wusstest du es?«, fragte ich in bemüht ruhigem Tonfall.

Ein Schulterzucken. »Ist mit allen neuen Vampiren das Gleiche. Sex, Wut und Gewalt lösen die Gier aus. Bis du sie im Griff hast, musst du lernen, sie einzuplanen.«

Ich sah an mir herunter. Ich war voller Blut, weil ich mich wie wild auf die Blutkonserven gestürzt hatte, sodass ich aussah wie eine Schauspielerin in einem pornografischen Horrorfilm. Vor mir lagen noch einige Tage animalischer Blutgier, aber es gab Dinge, die nicht warten konnten, bis ich mich wieder im Griff hatte.

Ich ging zu dem Matratzenlager und hüllte mich in eins der Laken. Was ich zu sagen hatte, war ernst, da wollte ich nicht nackt sein.

»Du weißt also, dass Shrapnel der Verräter war«, begann ich.

Ein Schnauben schnitt mir das Wort ab. »Du hättest ihn bestimmt nicht zerhackt, wenn er einfach nur einen *Unfall* gebaut hätte.«

Ich hielt seinem Blick stand. »Er war der einzige Verräter unter deinen Leuten, aber er hatte eine Komplizin.«

Vlads Augen wurden grellgrün. »Wie meinst du das?«

»Sandra hat Botschaften überbracht …«

Weiter kam ich nicht, denn Vlad fuhr herum und drückte auf einen Bereich der Wand, der sich nicht vom Rest der Felswand zu unterscheiden schien, doch plötzlich öffnete sich eine Tür.

»Waters«, schnauzte er. »Nimm Sandra sofort in Gewahrsam.«

Nicht, schrie ich ihm in Gedanken entgegen. *Sie hat keine Schuld!*

Er sagte nichts darauf. Ach ja, er konnte ja nicht mehr hören, was ich dachte. Das und den spektakulären Sex verbuchte ich als Vorteile, die das Vampirleben mit sich brachte.

»Sie wusste von nichts«, sagte ich laut. »Shrapnel hat sie hypnotisiert. Ich habe es gesehen, als ich sie berührt habe.«

Vlad drehte sich mit noch immer finsterem Blick um, fügte aber hinzu: »Geh *sacht* mit ihr um, Waters.« Dann schloss er die Tür, indem er eine weitere unsichtbare Schaltfläche drückte.

»Was hast du noch gesehen?«

Ich war mir nicht sicher, ob das Missfallen, das sich unter meine Emotionen mischte, Shrapnel oder mich betraf.

»Erst musst du mir versprechen, dass du Sandra nichts antun wirst.«

Er verschränkte die Arme vor der Brust. Muskulös und blutbespritzt wie er war, hätte er kaum bedrohlicher aussehen können, aber ich weigerte mich nachzugeben.

»Versprich es«, drängte ich ihn.

»Ich kann es auch anders herausbekommen«, sagte er mit seidenweicher Stimme.

Ich stieß ein grimmiges Schnauben aus. »Warum, glaubst du, habe ich meine Nachforschungen wohl hinter deinem Rücken angestellt? Ich weiß sehr wohl, wie du ›Befragungen‹ durchführst. Und daher will ich nicht, dass meine Freundin sie über sich ergehen lassen muss, wenn sie nichts willentlich Falsches getan hat.«

Vlads Lippen wurden schmal, während Echos seiner Wut

meine Nerven durchschnitten, aber das war noch nicht alles. Mit der Intensität einer bittersüßen Erinnerung schwappte ein Gefühl des Bedauerns durch mein Unterbewusstsein. Dass ich kein Mensch mehr war, hatte ich mir selbst zuzuschreiben, aber jetzt merkte ich, dass Vlad sich mitschuldig fühlte.

Schließlich drückte er wieder die unsichtbare Schaltfläche, und die verborgene Tür öffnete sich erneut.

»Bitte«, sagte er mit einer ausladenden Geste.

Misstrauisch spähte ich in den offenen Durchlass. »Müsste ich nicht weggeschlossen bleiben, weil ich im Augenblick eine blutdürstige Bestie bin?«

»Ja, aber du kommst mit mir, damit du selbst sehen kannst, dass Sandra nichts geschieht, solange sie nicht wissentlich gegen mich gearbeitet hat. Es sei denn«, ein Haifischgrinsen, »du reißt ihr selbst die Kehle raus.«

Ich hatte nicht erwartet, den Kerker schon so bald wiederzusehen, doch nachdem ich mich geduscht, angezogen, einen weiteren Anfall von Blutgier gehabt und mich noch einmal geduscht und frisch angezogen hatte, waren wir wieder unten. Schon in der ersten Kammer ließ mich der Gestank zurückzucken. Es roch, als hätte jemand Kerosin, vergammeltes Obst, schales Blut, Urin und Hundekot vermischt und alles in die Luft gejagt. Wieso war mir das vorher nie aufgefallen? Ich atmete nicht mal, doch das widerliche Odeur fand irgendwie trotzdem den Weg in meine Nase.

»Hier *stinkt's.*«

»Haben die Wachen etwa vergessen, Febreze zu sprühen?«, fragte Vlad in gespielter Entrüstung. Dann warf er mir einen müden Blick zu. »Das ist ein Kerker, Leila. Das muss so sein.«

Mission erfüllt. Der infernalische Gestank hätte mir fast den Appetit auf Blut verdorben. Mann, hätte die Hölle furzen können, hätte es so gerochen.

»Leila!«

Ich wandte mich in die Richtung, aus der ich Sandras Stimme hörte. Zu meiner Erleichterung war sie nicht an den großen Monolithen gekettet. Stattdessen kauerte sie wie ein Häufchen Elend am Boden und blickte so entsetzt drein, dass man ihr die Überzeugung, sie würde hier nie wieder rauskommen, deutlich anmerkte. Kaum hatte sie mich erblickt, kam sie auf mich zugestürzt.

»Bitte, sag du ihnen, dass ein Versehen vorliegt!«

Aus dem Nichts heraus erschien einer der Aufseher und hielt Sandra auf, bevor sie mich erreicht hatte. War auch besser so. Sie hatte sich nach dem Unfall ebenfalls geduscht und frische Kleidung angezogen, aber selbst durch den höllischen Gestank hindurch konnte ich das geronnene Blut an ihren Schürfwunden und der genähten Kopfverletzung riechen. Fänge pressten sich in mein Zahnfleisch.

Du hast gerade getrunken, schalt ich mich selbst, *und Sandra ist KEINE Nachspeise.*

»Ist ja gut«, sagte ich zu ihr. »Vlad will nur ein wenig deine Erinnerungen durchsuchen.«

Das musste hier geschehen, weil Vlad wollte, dass Shrapnel selbst dabei war, wenn er enttarnt wurde, und *er* gehörte immerhin in den Kerker. Ich musste mich zwar ziemlich beherrschen, aber ich würde erst gehen, wenn Vlad Sandras Gedanken vollständig durchforstet hatte. Ich war doch ihre einzige Verbündete, und ohne einen Freund war es im Kerker wirklich schauerlich. Vlad hatte zwar spöttisch vorausgesagt, dass ich Sandra die Kehle herausreißen würde, aber er hätte das natürlich nie zugelassen.

Außerdem wollte ich selbst mehr über die brünette Vampirin erfahren, mit der Shrapnel sich eingelassen hatte. Warum sie so versessen darauf war, mich umzubringen, zum Beispiel.

Hier unten war ich allerdings direkt mit Vlads dunkler Seite konfrontiert, und die kehrte er auch sofort nach außen.

»Macht ihn los«, sagte er, auf Shrapnel deutend.

Drei Vampire tauchten auf wie Ninjas, doch als sie die vielen Metallvorrichtungen lösten, mit denen Shrapnel an die Felswand gefesselt war, kamen mir ihre Bewegungen schon gar nicht mehr so blitzartig schnell vor. Noch bevor die letzte Silberkette fiel, ergriff Vlad einen langen Holzpfahl und rammte ihn Shrapnel der Länge nach in den Magen.

Sandra stieß ein Keuchen aus. Ich bemühte mich, nicht darauf zu achten, dass ihr Herz schneller schlug, als wollte es meine Aufmerksamkeit erregen. Unauffällig griff ich nach der Blutkonserve, die ich mir eingesteckt hatte. Falls der Blutdurst mich packte, würde ich da reinbeißen, sodass den Aufsehern mehr Zeit blieb, Sandra aus der Gefahrenzone zu schaffen. Guter Plan, oder?

Vlad trug Shrapnel zu einem der Löcher im Felsboden und steckte den Pfahl so beiläufig hinein wie Blumen in eine Vase. Während der Prozedur hörte man Shrapnel ein paarmal ächzen, mehr nicht. Seine Tapferkeit war beeindruckend, aber je stärker er war, desto mehr würde er auszuhalten haben, wenn Vlad ihn erst richtig in der Mangel hatte. Shrapnel hatte jetzt zum zweiten Mal versucht, mich umzubringen, und doch bekam ich unwillkürlich Mitleid mit ihm.

Ein Schniefen lenkte meine Aufmerksamkeit wieder auf

Sandra. Sie ließ den Kopf hängen, sodass ihr rotblondes Haar ihren Gesichtsausdruck verbarg.

»Ich habe etwas Schreckliches getan, stimmt's?«, flüsterte sie. »Ich kann mich an nichts erinnern, aber als du mich da im Auto berührt hast, habe ich es *gespürt.*«

Ich wollte ihr tröstend die Schulter tätscheln, aber ihr Pulsschlag klang in meinen Ohren bereits wie eine Essensglocke, sodass ich mich nicht näher an sie herantraute.

»Vlad ist nicht wütend auf dich«, sagte ich so beruhigend wie möglich. »Du wirst uns sogar behilflich sein, die zu finden, die dich gezwungen hat, ihn zu hintergehen, und dann halten wir sie auf.«

Vlad zog die Augenbrauen hoch.

»Sie?«

»Sie«, wiederholte ich mit einem Blick auf Shrapnel. »Und offenbar ist sie eine Zauberin.«

38

In Shrapnels obsidianfarbenen Augen tauchten grüne Sprenkel auf, als er mich anstarrte.

»Du hast mich angelogen. Du weißt *nicht*, wer sie ist.«

Er klang eher überrascht als wütend, obwohl er sich, was das Lügen anging, mal besser an die eigene Nase gefasst hätte.

»Noch nicht, aber wir finden es heraus«, antwortete ich kühl.

Jetzt, da Shrapnel alles gut im Blick hatte, ging Vlad zu Sandra hinüber.

»Wenn du dir keiner deiner Taten bewusst bist, weil deine Erinnerungen manipuliert worden sind, betrachte ich dich als unschuldig.«

Tröstende Worte, als Bedingungssatz formuliert, aber sie wirkten. Sandra sank auf ein Knie und neigte den Kopf.

»Du hast mich von der Straße geholt, als meine Eltern mich verlassen haben. Hast mir ein Heim gegeben, für meine Ausbildung gesorgt und mir eine bessere Zukunft in Aussicht gestellt. Ich würde dich nie wissentlich hintergehen.«

Vlads Lippen verzogen sich zu einem sardonischen Grinsen, als er Shrapnel einen Blick zuwarf. »Dann wärst du ja aufrichtiger als zwei meiner treuesten Freunde.«

Auf diese Worte hin durchdrang eine herbe Mischung aus

Zorn und Kummer meine Emotionen. Mit Bestürzung wurde mir bewusst, dass Shrapnel Schlimmeres getan hatte, als sich gegen seinen Herrn zu wenden. Ein Messer im Rücken schmerzte sehr viel mehr, wenn ein Freund zugestochen hatte.

Sandra stand auf und strich sich das Haar zur Seite. »Lass es mich unter Beweis stellen, mein Fürst.«

Vlad packte ihren Hals und legte die Lippen darauf. Als er zubiss, überkam mich ein Gefühl, auf das ich nicht gefasst gewesen war. Keine Gier, obwohl der frische Blutgeruch meine Fänge hervorlockte. Auch keine Sorge um Sandra, die jetzt trotz ihrer schlechten Allgemeinverfassung auch noch Blut lassen musste. Nein, in mir spürte ich den überwältigenden Drang, sie Vlad aus den Armen zu reißen und bis zur Unkenntlichkeit mit meiner Elektropeitsche zu verstümmeln.

Ich war eifersüchtig. Wie *absurd*. Vlad war ein Vampir, Sandra eine Sterbliche, die man einer Gehirnwäsche unterzogen hatte, und die beste Möglichkeit, an ihre echten Erinnerungen zu kommen, bestand darin, ihr Blut zu trinken und sie dann zu hypnotisieren. Ich wusste das, aber das änderte nichts an den Gefühlen in mir, die meine Hand Funken sprühen ließen.

Seine Lippen auf ihr. Wie sie den Kopf zurückfallen ließ, ganz eindeutig nicht vor Schmerz. Die Kontur seiner Kehle, wenn er schluckte.

Ein Stromstoß fuhr in den Felsboden unter meiner Hand. Meine Verwandlung zur Vampirin hatte die elektrische Energie in mir nicht im Mindesten geschwächt. Sofort verdeckte ich den Riss mit meinem Fuß, als würde so keiner mitbekommen, was mit mir los war.

Vlad hob den Kopf und sah erst die bewusste Stelle und

dann mich an. Ich erwartete, dass er die Augen verdrehen würde, weil ich so irrational eifersüchtig reagiert hatte, aber er wirkte nachdenklich.

Schließlich stach er sich mit einem seiner Reißzähne in den Daumen, betupfte die Bisswunden an Sandras Hals mit seinem Blut und ließ das Mädchen los. Ich versuchte, meine Emotionen in den Griff zu kriegen – und die elektrische Energie, die meine Hand Funken sprühen ließ –, während ich mir »Every Breath You Take« von Sting vorsang. *Hier geht es um Leben und Tod, Leila. Überdenk mal deine Prioritäten.*

»Er ist in ihr Zimmer gegangen, um sie zu hypnotisieren«, sagte ich, für den Fall, dass dieses Detail Vlad weiterhalf.

Seine Augen wurden grün, und er starrte Sandra an, als wäre sie die einzige Person im Raum.

»Shrapnel kam in dein Zimmer«, sagte er mit hallender Stimme. »Er wollte, dass du eine Nachricht übermittelst. Wie lautete sie?«

»Ich weiß nicht«, flüsterte Sandra.

»Doch, du weißt es.«

Die Luft knisterte, die Härchen an meinen Armen richteten sich auf. Eine unsichtbare Welle schien von Vlad auszugehen und den Raum mit so viel Energie zu füllen, dass man eine Gänsehaut davon bekam. Was *tat* er?

»Du kannst ihn in deinem Zimmer sehen«, fuhr Vlad mit demselben Vibrato fort. »Du hörst jetzt seine Stimme. Was sagt er?«

»Er sagt …« Sandras Gesicht wirkte angespannt, so als lauschte sie einem fernen Wispern. »Teile ihr mit, dass ihre Fähigkeiten zurückgekehrt sind. Sie ist fast gestorben, als sie sie eingesetzt hat, aber Vlad hat sie reanimiert und weicht jetzt nicht mehr von ihrer Seite. Ich versuche, ihr etwas ins Essen zu mischen, wenn sie aufwacht.«

Ich warf Shrapnel einen vorwurfsvollen Blick zu. Während ich im Koma gelegen hatte, hatte er geplant, mich zu vergiften?

Zorn streifte meine Emotionen, aber Vlad sagte nichts und ließ auch Sandra nicht aus den Augen.

»Das war nicht die einzige Nachricht. Was noch?«

In dem monotonen Singsang, den ich von Personen gewohnt war, die unter dem hypnotischen Einfluss eines Vampirs standen, erzählte Sandra, dass Shrapnel seiner Komplizin meine Fähigkeiten in allen Einzelheiten beschrieben und ihr verraten hatte, wo genau ich mich bei den Zirkusleuten und mit Maximus aufhielt. Er hatte sogar darauf hingewiesen, dass Maximus mit drastischen Mitteln außer Gefecht gesetzt werden müsste. Die Geschosse aus flüssigem Silber kamen mir in den Sinn. Drastischer ging es kaum.

Als Vlad Sandra anwies, ihm zu erzählen, was die Frau gesagt hatte, kamen zunächst nur harmlose Nachfragen, die eher neugierig als gefährlich klangen. Das änderte sich nach dem Bombenanschlag. Als sie erst einmal ihre wahren Absichten hatte durchblicken lassen, hieß es eigentlich nur noch: *Töte Leila. Töte sie jetzt.* So, oder so ähnlich. Mein Zorn wuchs, aber das meiste hatten wir bereits gewusst, und ich brauchte Vlads Emotionen nicht zu fühlen, um mir denken zu können, dass er genauso frustriert war wie ich.

»Wo triffst du dich mit ihr, wenn du ihr etwas zu berichten hast?«, erkundigte er sich.

Sandra runzelte die Stirn. »Ich bin ihr nie begegnet, aber alle zwei Tage gehe ich in den Buchladen in der Stadt. Ich schreibe die Nachrichten auf ein Blatt Papier und stecke es in die Odyssee von Homer. Wenn ich in der Odyssee eine Nachricht von ihr finde, präge ich sie mir ein, werfe den Zettel weg und übermittle sie Shrapnel, aber *nur*, wenn er mich dazu auffordert. Sonst sage ich nichts. Ich kann mich nicht mal mehr an die Nachrichten erinnern.«

Den letzten Teil sagte Sandra, als würde sie Anweisungen wiederholen. So war es bestimmt auch, und sie hatte unter Hypnose gestanden, als sie sie erhalten hatte, genau wie jetzt.

»Zum Buchladen, los«, sagte Vlad, ohne den Blick von Sandra abzuwenden. Einer der Aufseher verbeugte sich schneidig und ging.

»Du bist ihr nie begegnet, aber hat er dir gesagt, wie sie heißt?«

Wieder ging von Vlad diese Gänsehaut verursachende Energie aus, bis ich mir die Arme rieb, um das Prickeln daraus zu vertreiben. Hatte Marty das gemeint, als er sagte, Vampire könnten die Stärke eines anderen messen, indem sie ihre Aura abtasteten? Wenn ja, hieß das bei Vlad eindeutig: *Ganz harter Hund: Finger weg.*

»Ich glaube, ich soll das nicht wissen.« Sandra klang nachdenklich. »Aber einmal hat Shrapnel sie Cynthiana genannt.«

Vlads Züge verhärteten sich, bis sie wie versteinert wirkten. Der Name war ihm eindeutig geläufig. Mir kam er ebenfalls bekannt vor, aber ich wusste nicht mehr, in welchem Zusammenhang ich ihn gehört hatte. Shrapnel schloss die Augen und wirkte unglücklicher als in dem Augenblick, als Vlad ihm den Pfahl in die Eingeweide gerammt hatte. Shrapnel liebte diese Frau trotz allem, und eben war seine schlimmste Befürchtung wahr geworden, denn sie stand jetzt ganz oben auf Vlads Fahndungsliste.

Als es mir dämmerte, sah ich Vlad an. »Cynthiana. Hieß so nicht die Frau, mit der du vor mir zusammen warst?«

»Ja«, antwortete Vlad, der immer noch Shrapnel anstarrte.

Ich zermarterte mir das Hirn. Was hatte Maximus noch über sie erzählt? Sie war ungeheuer lange mit Vlad zusammen gewesen – *das* wusste ich noch –, und als er sie verlassen hatte, hatte sie etwas getan. Was war das noch gewesen? Ach ja, sie hatte eine Affäre mit einem seiner Freunde angefangen, um ihn eifersüchtig zu machen. Ältester Trick der Welt, aber er hatte nicht funktioniert …

Und dieser Freund war Shrapnel gewesen. Ich beäugte ihn.

»Hat Cynthiana geglaubt, sie könnte wieder bei Vlad landen, wenn ich tot bin? Und wenn ja, *warum* hast du sie dann unterstützt? Du liebst sie doch; das habe ich gespürt, als ich eine Verbindung zu dir hergestellt habe.«

Shrapnel sagte nichts. Sein Schweigen war ein weiterer Beweis für seine Gefühle, aber wenn Eifersucht nicht die Triebfeder war, warum sollte Cynthiana dann wiederholt ihr Leben aufs Spiel setzen, um meines zu beenden?

Welche Gründe sie auch haben mochte, sie hatte einen Haufen Unschuldiger ermordet, bevor sie schließlich mich ausgeschaltet hatte – zeitweise jedenfalls. Dawns Gesicht tauchte vor meinem inneren Auge auf. Sie hatte es nicht verdient zu sterben, bevor sie etwas vom Leben gehabt hatte. Mit den anderen Opfern des Bombenanschlags war es das Gleiche, und Vlads Wachen hatten es auch nicht verdient, in die Luft gejagt zu werden, nur weil Shrapnel verzweifelt seine Spuren hatte verwischen wollen. Und dann war da noch ich *selbst*, die ebenfalls nichts von dem ganzen Mist verdient hatte, den ich dank Cynthianas Mordplänen hatte durchstehen müssen.

»Du kannst gehen, Sandra«, sagte Vlad, dessen Augen jetzt wieder ihren normalen Kupferton annahmen. »Deine Mittäterschaft bei dieser Sache ist vergessen.«

Als Sandra nicht mehr unter seinem Bann stand, blinzelte sie und sagte dann sehr hektisch etwas auf Rumänisch.

»Natürlich kannst du hier wohnen bleiben«, antwortete Vlad ungeduldig. »Geh jetzt.«

Ein bärtiger Aufseher eskortierte Sandra nach draußen. Ich war froh, sie entlassen zu sehen. Sie hatte nichts getan, das eine Kerkerhaft rechtfertigte. Anders stand es mit dem Vampir an dem langen Holzpfahl.

Vlad starrte Shrapnel an. Für einen Augenblick brach ein Tornado aus Wut, Frustration und Kummer über mich herein. Dann war es, als würde ruckartig eine Wand heruntergelassen, die mich von allem außer meinem eigenen Zorn abschnitt. Selbst die wirbelnde Energie, die von Vlad ausgegangen war, verflüchtigte sich.

»Du weißt, was jetzt passiert«, sagte er und klang dabei völlig sachlich.

Ich wusste es auch. *Na los!*, zischte mein rachdurstiges Ich.

Dann fielen mir die grausigen Apparaturen in der Kammer nebenan ein. Vlad würde keine Gnade walten lassen, wenn es darum ging herauszufinden, wo Cynthiana war, aber wenn ich eine Verbindung zu der brünetten Vampirin hätte herstellen können, würde Shrapnel viel Leid erspart bleiben. Zweifellos verdiente er den Tod, aber er könnte schneller und schmerzloser sein, falls ich nach meiner Verwandlung immer noch über meine Fähigkeiten verfügte. Wenn ich es nicht wenigstens versuchte, war ich da nicht genauso herzlos wie die Irre, die bei dem Versuch, mich umzubringen, ohne mit der Wimper zu zucken noch so viele andere Leben ausgelöscht hatte?

»Lass uns zuerst noch etwas versuchen.«

Nur Vlads Augen bewegten sich, als er mich ansah. »Er steckt zu tief drinnen, als dass man ihn noch mit guten Worten dazu bringen könnte, sie aufzugeben.«

Shrapnel bleckte die Zähne. Kein Lächeln. Hier warnte ein Raubtier das andere. Dann sagte er etwas in einer Sprache, die wie Rumänisch, aber gutturaler klang. Vlad schnaubte.

»Ich bezweifle nicht, dass du es mir schwer machen wirst, mein Freund.« Dann, an mich gewandt, sagte er nur: »Geh. Das willst du nicht mit ansehen.«

Keine Frage, aber ich war noch nicht fertig.

»Er ist hart wie Granit, also kannst du ihm wochenlang zusetzen … oder für ein paar Minuten mich übernehmen lassen.«

Mit einem leisen, grimmigen Lächeln warf Vlad einen Blick auf meine Hände.

»So kurz nach deiner Verwandlung funktionieren deine Kräfte höchstwahrscheinlich noch nicht, wenn sie überhaupt zurückkehren.«

»Ich bin immer noch elektrisch geladen. Der Rest muss auch da sein.«

Mit diesen Worten beugte ich mich vor und berührte den Boden mit der rechten Hand. Nichts. Einige Augenblicke vergingen, und Shrapnel stieß einen Laut aus; halb Seufzen, halb Lachen. Er wusste zwar, dass das für ihn die Folter bedeutete, aber er freute sich trotzdem.

Die Lippen zusammengepresst, berührte ich noch einmal den Boden. Wieder nichts außer kaltem, unebenen Stein. Ich versuchte es ein drittes Mal, doch obwohl der Fels hier durchdrungen von Essenzen sein musste, stellten sich keine Visionen ein.

»Leila.« Vlad klang beinahe müde. »Du kannst nichts dagegen tun.«

Er merkte es nicht, aber seine Worte spornten mich nur noch mehr an. Mein ganzes Leben lang hatte man mir gesagt: »Das kannst du nicht.« Erst: »Du kannst nicht auf Olympia-Ebene mithalten«, und dann hatte ich doch meine Chance bekommen. Nachdem ich von dem Unfall einen Nervenschaden davongetragen hatte, hieß es: »Du wirst nie wieder laufen können«, aber nicht nur lernte ich wieder laufen; ich arbeitete sogar als Zirkusartistin. Dann hieß es: »Du kannst niemanden anfassen«, aber ich hatte Marty kennengelernt, den Vampir, der mein Kollege und bester Freund geworden war. Später dann sagte Vlad: »Du kannst von mir keine Liebe verlangen«, und jetzt war ich *Mrs.* Vlad Dracul. Na also.

Ich starrte den grauen Boden böse an. Niemals würde ich zulassen, dass ein Stück Fels mein Waterloo wurde, nachdem ich all das durchgestanden hatte.

Diesmal berührte ich den Fels nicht einfach nur – ich rubbelte so heftig, dass ich mir an den scharfen Kanten die Hand aufschnitt. Dann konzentrierte ich mich, bis ich Vlads fortwährende Bitten, ich solle aufhören, und Shrapnels höhnisches Lachen nicht mehr mitbekam.

Da. Nicht lauter als ein Flüstern, viel flüchtiger noch als ein Aufflackern, aber da *war* etwas, verdammt noch mal! Ich konzentrierte mich, bis mein ganzes Sein auf den Stein unter meiner Hand fokussiert war, und dann sah ich es! Grauenhafte Bilder eines völlig verbrannten Vampirs, der an der Stelle, die ich berührte, zu Boden ging, den Mund zu einem letzten, stummen Schrei geöffnet.

Ich erhob mich und merkte erst da, dass Vlad sich zu mir gekniet hatte und mir einen entrüsteten Blick zuwarf, während er meine Hand wegzog.

»Leila, es reicht …«

Was immer er in meinem Gesicht sah, es ließ ihn verstummen. Sehr langsam ließ er mich los. Dann erhob er sich, und eine ganz seltsame Mischung aus Stolz und Verärgerung hagelte auf meine Emotionen ein.

»Die gute Nachricht ist, du wirst nicht gefoltert«, wandte ich mich an Shrapnel. »Die schlechte ist, dass ich Jagd auf deine Freundin machen werde, und ihr Zauber kann mir nichts mehr anhaben, weil ich jetzt bereits tot bin.«

39

Am liebsten hätte ich auf der Stelle versucht, eine Verbindung zu Cynthiana herzustellen, aber Vlad meinte, es wäre schon kurz vor Sonnenaufgang. Ich glaubte ihm, weil ich selbst keine Ahnung hatte, wie spät es war. Außerdem wusste Cynthiana noch nicht, dass ihr Glück sich gewendet hatte. Jetzt war sie es, deren Kopf in der Schlinge steckte, und wenn heute Abend die Sonne unterging, wurde die Jagd eröffnet.

Wir verließen das Untergeschoss und machten uns auf in den Arrestraum im dritten Stock. Ich hatte richtig vermutet, dass die jungen Vampire zumeist unterirdisch in der Nähe des Verlieses untergebracht wurden, aber Vlad besaß eine Art Präsidentensuite für Vampire, die ihm besonders am Herzen lagen. Kaum hatten wir allerdings den Wohntrakt des Anwesens erreicht, überwältigte mich auch schon der Lärm.

Lautstarke Fußtritte erschallten über und unter uns. Metallisches Klimpern ertönte aus der Küche, wo in Töpfen und Pfannen Frühstück zubereitet wurde. Stimmen von Menschen gab es, und Töne von Elektrogeräten, stets untermalt vom rhythmischen Pochen vieler schlagender Herzen.

Mein Magen krampfte sich zusammen, und winzige Dolchspitzen piekten mir in die Unterlippe. Fast geschafft, dachte ich erleichtert, als wir am Wintergarten vorbeikamen und auf die große Treppe zusteuerten. Jetzt musste ich meine Blutgier nur noch ein kleines Weilchen unterdrücken.

»Leila, Gott sei Dank!«

Die Stimme meiner Schwester ließ mich laut aufstöhnen. Gretchen kam die Treppe heruntergestürmt und machte einen ebenso erleichterten wie wütenden Eindruck.

»Vlads Lakaien haben behauptet, du wärst so stark verletzt, dass wir dich nicht besuchen könnten, was offensichtlich eine Lüge war, weil du gut aussiehst …«

Meiner Kehle entrang sich ein Laut, der sie mitten im Satz verstummen ließ. »Hast du mich gerade *angeknurrt*?«, fragte sie ungläubig.

Vlad warf mir einen Blick zu und packte mich bei den Armen. »Bleib zurück«, wies er Gretchen streng an.

Zu spät. Schmerz durchfuhr mich und legte einen Schalter in meinem Gehirn um, der es mir unmöglich machte, in Gretchen meine geliebte kleine Schwester zu sehen. Alles, was ich sah, war ein Mittel gegen meinen Schmerz, eingebettet in ein leicht zu öffnendes Fleischpaket.

Die nächsten Augenblicke waren ein einziges undurchsichtiges Handgemenge, gefolgt von Erleichterung, als endlich wieder dieser umwerfend delikate Nektar meine Kehle hinunterrann und dem Brennen, gegen das Feuer die reinste Labsal war, ein Ende bereitete. Als ich ihn bis auf den letzten Tropfen geschluckt hatte, wurde mir bewusst, dass da irgendwer immer wieder die gleiche panische Frage kreischte.

»Was ist mit ihr, was ist mit ihr, WAS IST MIT IHR?!«

»Nichts.«

Vlads Stimme. Als ich sie hörte, verflüchtigte sich der Wahn, der mich so fest im Griff gehabt hatte. Hilfreich war auch die von ihm ausgehende Ruhe, die durch die zerbrochenen Schichten meiner Emotionen sickerte. Er stand hinter mir, seine Arme unlösbare Fesseln, die mich davon abhielten, über Gretchen oder sonst jemanden herzufallen. Erleichtert sank ich an seine Brust, während mein Sehvermögen allmählich zurückkehrte.

Gretchen stand wie erstarrt auf der untersten Treppenstufe, die Augen weit aufgerissen und mit einem so sorgenvollen Ausdruck im Gesicht, dass ich befürchtete, sie würde jeden Augenblick ohnmächtig werden.

»Alles okay«, sagte ich. Meine Stimme klang heiser, aber wenigstens nicht mehr wie das animalische Knurren, das zuvor aus meiner Kehle gekommen war.

»Alles okay?«, wiederholte sie. »Wie kann irgendwas okay sein, wo du gerade noch versucht hast, mich *umzubringen*?«

Darauf hatte ich keine Antwort. Gretchen setzte sich so abrupt hin, als hätte jemand sie gestoßen, und vergrub den Kopf in den Händen.

»Hab schon kapiert. Er musste dich verwandeln, weil es keine Heilung mehr für dich gab. Deshalb durften wir auch nicht zu dir.«

Eben noch hatte sie laut geschrien, aber jetzt flüsterte sie beinahe. Ein Schmerz ganz anderer Art schnürte mir die Eingeweide zusammen. Ich hatte keine Chance gehabt, ihr zu sagen, dass ich die Verwandlung sowieso irgendwann auf mich genommen hätte. Jetzt hatte sie es herausgefunden, weil ich versucht hatte, sie auszusaugen.

»Ich verstehe ja, wenn … wenn du damit nicht klarkommst«, begann ich.

Sie riss den Kopf hoch und funkelte mich aus blauen Augen an.

»Du kapierst es nicht. Du hast mich gerettet, aber ich konnte dich nicht retten.« Ihre Stimme brach, und Tränen quollen ihr aus den Augen. »Es tut mir so leid.«

Auch mein Blick war tränenverschleiert. Sie hatte so viel auszuhalten gehabt; den Tod unserer Mutter, meine erschreckenden Fähigkeiten, meinen Selbstmordversuch und meinen Weggang, als ich geglaubt hatte, es wäre für alle das Beste, wenn ich die Verbindung zu meiner Familie abbrach. Natürlich hatte Gretchen auch ihre Fehler, aber ich hätte wissen müssen, dass sie auch meine Verwandlung noch verkraften würde.

»Das muss es nicht. Hättest du mich nicht von dem Auto weggezerrt, bevor es in die Luft geflogen ist, wäre ich *wirklich* draufgegangen.«

Vlad ließ mich los. »Du hast Leila aus dem Auto gezogen?«

Gretchen erstarrte, als sie seinen schroffen Tonfall hörte. »Nachdem sie meinen Gurt aufgesprengt hatte, ja. Sie war in schlechter Verfassung, und ich hatte Angst, wenn ich sie bewege, mache ich es noch schlimmer, aber der Wagen war kurz davor zu explodieren.«

»Das hast du sehr gut gemacht«, sagte ich zu ihr und dachte an Vlad gewandt: *Mach dich locker!*, bevor mir wieder einfiel, dass er meine Gedanken nicht mehr hören konnte.

»Haltet sie«, sagte Vlad mit einem Nicken in meine Richtung.

»Was?«, keuchte ich.

Das war alles, was ich sagen konnte, bevor zwei Wachen, die mir bis jetzt gar nicht aufgefallen waren, mich packten und festhielten.

»Das dient nur dem Schutz deiner Schwester«, erklärte

Vlad, bevor er auf Gretchen zuging. Die sah aus, als wollte sie weglaufen, rührte sich aber nicht von der Stelle, als Vlad sie von oben herab anstarrte.

»Streck die Hand aus«, wies er sie in demselben schroffen Tonfall an.

Zögernd gehorchte sie. Vlad packte ihre Hand, zückte ein Messer und griff noch fester zu, als Gretchen versuchte, sich zu befreien.

»Vlad«, sagte ich drohend.

Er beachtete mich gar nicht. Stattdessen fuhr er sich mit der Klinge über die Handfläche und beträufelte die Hand meiner Schwester mit seinem Blut.

»Trink«, wies er sie an, »damit du eine der Meinen wirst.«

Gretchen warf einen angewiderten Blick auf ihre blutbekleckerte Hand. Dann hob sie den Kopf und sah Vlad an.

»Bin ich das als deine Schwägerin nicht schon?«

Sein Lächeln war kühl, aber vergnügt. »Nicht in der Welt der Vampire.«

Schließlich sah Gretchen mich an. »Wo ist der Haken?«

Ich erinnerte mich daran, wie ich Vlad vor einer gleichermaßen endgültigen Entscheidung eine ähnliche Frage gestellt hatte.

»Wenn du darauf eingehst und ihm irgendwann in den Rücken fällst, bringt er dich um«, fasste ich unverblümt zusammen.

Statt eingeschüchtert zu sein, stieß Gretchen ein Schnauben aus. »Als würde er das nicht *sowieso* machen, wenn ich ihm krumm komme. Das Positive an der Sache ist, dass jeder, der sich mit mir anlegt, es dann auch mit Vlad zu tun kriegt, stimmt's?«

Ein smaragdgrünes Funkeln trat in Vlads Augen. »Ganz genau.«

Sie beäugte noch einmal ihre Hand und schlug sie sich dann vor den Mund, als fürchtete sie, sie würde die Nerven verlieren, wenn sie länger nachdachte.

»Igitt«, sagte sie, während sie sich die letzten Blutstropfen ableckte.

Ich schloss die Augen. Gretchen war kein Kind mehr, und sie hatte diese Entscheidung aus freiem Willen getroffen. Was mich nicht davon abhielt, mich sorgenvoll zu fragen, ob sie damit nicht einen weiteren Schritt fort von der menschlichen Gesellschaft gemacht hatte. *Ganz zu schweigen davon, dass Dad einen Tobsuchtsanfall kriegt, wenn er Wind von der Sache bekommt.*

»Wow, das ist ja wie flüssiges Speed«, murmelte sie und sah dann staunend zu, wie ihre Kratzer, Schürfwunden und Blutergüsse verschwanden, als würden sie von einem unsichtbaren Radiergummi gelöscht.

»Was ist *hier* los?«

Die wütende Stimme meines Vaters schnitt durch den Raum wie eine Machete. Ich schämte mich für meine Erscheinung; ich war über und über mit Blut beschmiert und wurde von zwei stämmigen Wachen festgehalten, was wiederum dazu führte, dass meine Fänge sich zeigten.

Und das war natürlich genau verkehrt.

»Nein«, flüsterte mein Vater, mich völlig entsetzt anstarrend. Dann kam er, so schnell es ihm mit seinem steifen Bein möglich war, die Treppe heruntergehumpelt.

»Was haben Sie ihr angetan?«, fuhr er Vlad an.

Der bedachte meinen Vater mit einem vernichtenden Blick,

bevor er mich packte und hochhob, während die Wachen katzbuckelnd zurückwichen.

»Wenn Sie noch mehr von dem sagen, was in Ihrem Kopf vorgeht, sorge ich dafür, dass Sie eine Woche lang gar nicht mehr sprechen können.«

Meinem Vater klappte die Kinnlade herunter. Ich wand mich in Vlads Armen. So hatte ich meinem Vater die Neuigkeit *nicht* beibringen wollen.

»Lass mich runter, ich glaube, ich bin nicht mehr bissig.«

»Es ist Sonnenaufgang«, antwortete er, meinen Vater noch immer finster anstarrend.

»Okay, dann werde ich eben müde, aber das heißt nicht ...«

Meine Lippen versagten ihren Dienst und mit ihnen jeder andere Muskel in meinem Körper. Einen Augenblick später war ich ohnmächtig.

40

Ich kam so plötzlich zu mir, dass es mich selbst verblüffte. Eben noch war ich der Welt entrückt gewesen, und im nächsten Augenblick stand ich schon wieder senkrecht, hatte einen Mordshunger und sah mich hektisch nach Nahrung um.

»Hier«, sagte Vlad und deutete auf einen Schlitz in der Wand.

Ich fiel über die Blutkonserve darin her wie der Weiße Hai über die Schwimmer. Als ich fertig war, troff mir das Blut von Gesicht, Händen und Brust. Mir wurde erst bewusst, dass ich angefangen hatte, mich abzulecken, als Vlads leises Lachen meinen vom Blutrausch ausgelösten Trancezustand durchbrach.

»Ich muss schon sagen, das bringt mich auf Ideen.«

Die Scham, die in mir aufkam, verlieh mir die Kraft, damit aufzuhören, meine Hände abzuschlecken wie eine geistesgestörte Katze. Vlad setzte sich auf die Matratze, den Rücken an die Wand gelehnt und die Beine lässig ausgestreckt. Er hatte sich umgezogen, seit ich ihn zuletzt gesehen hatte, und obwohl sein dunkles purpurfarbenes Hemd fleckenlos war, wie auch seine Hose, wusste ich mit einem Schnuppern, wo er sich aufgehalten hatte, bevor er zu mir gekommen war.

»Du warst wieder im Kerker.«

In seinem Lächeln lag mehr als nur eine Spur Grimmigkeit. »Vielleicht lasse ich ihn doch mal mit Febreze aussprühen.«

Nach einem letzten Lecken fuhr ich mir mit der Hand durchs Haar. »Wir hatten doch abgemacht, dass ich auf *anderem* Weg nach Cynthiana suche.«

»Du hast geschlafen, da musste ich eben ein bisschen Zeit totschlagen.«

Seine Stimme klang heiter, aber trotzdem strich leiser Zorn über meine Emotionen. Ich seufzte.

»Ich weiß, dass du es nicht gewohnt bist, dich zu rechtfertigen, aber so ist das Eheleben nun mal. Ich bin es *auch nicht* gewohnt, mit einer unkontrollierbaren Gier nach Blut aufzuwachen, wir machen also beide eine Zeit der Veränderung durch.«

Jetzt spielte eine andere Art Lächeln um seine Lippen. »Deine wird nur eine Woche dauern. Meine ein Leben lang.«

Ich stieß ein trockenes Auflachen aus. »Hättest du eine Frau gewollt, die alles kritiklos hinnimmt, hättest du nicht mich heiraten dürfen.«

Noch etwas kitzelte meine Emotionen, glitt durch sie hindurch wie sinnliche Flammen. Ein kräftigerer, wärmerer Duft, der mich an köchelnde Gewürze und Holzkohlenfeuer erinnerte, erfüllte den Raum.

»Stimmt. Aber ich wollte lieber dich als ein braves Frauchen.«

Seine Stimme war kehliger geworden und löste ein Ziehen in meinem Unterleib aus. Ich schluckte, während eine Gier nach ganz anderen Dingen meine Fänge hervorkommen ließ. Er sah so adrett aus in seinen perfekt sitzenden Klamotten, so entspannt, wie er da an der Wand lehnte, aber seine Emotionen sprachen eine ganz andere Sprache. Ich war es zwar, die blutverschmiert und zerzaust dastand, aber ich war nicht das eigentliche Raubtier im Raum.

Und genau das gefiel mir.

Ich schüttelte den Kopf, um die schlüpfrigen Bilder zu vertreiben, die immer nachdrücklicher vor meinem inneren Auge entstanden. Ich hatte eine mordlustige Vampirin aufzuspüren und einen traumatisierten Vater zu beruhigen. Auf meiner Tanzkarte war kein Platz mehr frei für stundenlangen Sex, und ein Quickie kam für Vlad nicht in Frage.

»Ich muss mich duschen«, sagte ich und klang atemlos, obwohl ich gar keinen Sauerstoff mehr zum Leben brauchte.

Vlads Lächeln nahm einen gefährlich sinnlichen Ausdruck an.

»Vlad, wirklich, wir haben noch so viel zu tun …«

»Weißt du noch, wie du zu mir gesagt hast, du würdest dich nicht damit zufrieden geben, immer nur die zweite Geige zu spielen?«, unterbrach er mich mit seidenweicher Stimme. »Das Gleiche gilt für mich.«

Binnen einem Wimpernschlag war er bei mir und drückte einen Knopf an der Wand. Eine zweite Blutkonserve kam hervor wie aus einem Kaugummiautomaten. Bevor ich etwas sagen konnte, zerdrückte Vlad sie auf seiner Brust, sodass sich das Blut auf seinem ganzen Körper verteilte.

Meine Gier meldete sich so heftig zurück, dass sie mein Schamgefühl komplett ausschaltete. Ich schämte mich nicht dafür, wie ich mich auf ihn stürzte. Es war mir egal, dass er mir die Kleider so wild vom Leib riss wie ich ihm die seinen, um auch noch das letzte Tröpfchen Blut zu erwischen, und ich hatte *absolut* nichts dagegen, dass er mich an die Wand drückte und meine Beine um seine Hüften zog. Dann gab es nur noch den Geschmack des Blutes auf seiner Haut und die herrliche Gewalt, mit der er in mich stieß, immer und immer wieder, bis die Ekstase mich meinen Hunger vergessen ließ.

Es war Viertel nach zehn, als ich voll bekleidet aus dem Badezimmer kam. Vlad hatte sich bereits wieder angezogen und wartete, weil ich ihn gebeten hatte, woanders zu duschen. Sonst wäre es noch später geworden, was ihn nicht gestört hätte. Shrapnel würde nirgendwohin gehen, Cynthiana wusste noch nicht, dass wir ihr auf die Schliche gekommen waren, und unsere Flitterwochen waren ohnehin ziemlich mau ausgefallen, wie er meinte.

»Bevor ich mich mit Shrapnel befasse, muss ich meinen Vater sehen«, sagte ich zu Vlad. »Er ist ziemlich durch den Wind. Kannst du in der Nähe bleiben, falls die Blutgier mich wieder packt?«

Vlad hatte sich gerade ein Glas Wein genehmigen wollen, aber auf meine Worte hin stellte er es weg.

»Viele Menschen, die über Vampire Bescheid wissen, haben Probleme damit, die Veränderungen hinzunehmen, die eine ihnen nahestehende Person nach der Verwandlung durchmacht. Sie empfinden Angst, Entfremdung, Hilflosigkeit. Bei Autoritätspersonen wie deinem Vater sind diese Gefühle meist noch stärker ausgeprägt.«

Seine mit Bedacht formulierten Worte ließen Unbehagen in mir aufkommen. Vlads Offenheit grenzte normalerweise ans Unhöfliche. Da war eindeutig etwas im Busch.

»Keine Schönfärberei. Was ist passiert?«

»Er will dich nicht sehen und besteht darauf, mit Gretchen

abzureisen«, antwortete er in gewohnt unverblümter Manier. »Ich besitze noch andere Anwesen, in denen sie sicher aufgehoben wären, aber ich wollte sie erst gehen lassen, wenn du deine Zustimmung gibst.«

Jetzt verfügte ich zwar über übermenschliche Stärke, aber meine Knie fühlten sich an wie Pudding.

»Gretchen will mich auch nicht mehr sehen?« Vielleicht hatte ich ihr Verhalten ja missinterpretiert …

»Nein, deine Schwester wollte unbedingt hierbleiben, was deinen Vater in seinem Beschluss, sie mitzunehmen, noch bestärkt hat.«

Vlad schenkte mir einen müden Blick. »Er selbst merkt es nicht, aber er versucht eine Situation zu kontrollieren, die für ihn unkontrollierbar geworden ist. Er liebt dich nach wie vor. Andernfalls würde er weniger emotional reagieren.«

Ich schwieg und dachte darüber nach, wie seltsam das Leben war. Wegen der Auslandseinsätze meines Vaters waren wir in meiner Kindheit oft umgezogen, und es war jedes Mal ein Einschnitt in unserem Leben gewesen. Jetzt rissen meine Lebensumstände meinen Vater aus seinem gewohnten Alltag. *Jedem das Seine*, hatte Cat gesagt, und doch wollte ich es meinem Vater nicht mit gleicher Münze heimzahlen. Ich wünschte mir, dass er glücklich war und in Sicherheit.

»Lass ihn gehen, aber warte noch bis morgen früh. Ich will erst mit Gretchen reden.«

Mein Tonfall war sanft, aber bestimmt. Ich wusste, wie es sich anfühlte, wenn man glaubte, abhauen zu müssen, und sei es nur, um sich selbst etwas zu beweisen. Gretchen war bei meinem Vater besser aufgehoben. Meine Blutgier war nach wie vor so unbezähmbar, dass ich mir in ihrer Gegenwart selbst nicht über den Weg traute. Und weitere Gefahren standen bevor.

Ich erhob mich und schenkte Vlad ein schiefes Lächeln.

»Und jetzt wollen wir doch mal sehen, ob ich deine durchgeknallte Ex aufspüren kann.«

Ich hatte geglaubt, wir würden wieder in den Kerker gehen, damit ich Shrapnel berühren und eine Essenzspur von Cynthiana an ihm finden konnte, aber Vlad führte mich in die Waffenkammer. Dort gab er mir einen Silberdolch, dessen Heft mit einem keltischen Filigranmuster verziert war. »Der ist von ihr«, erklärte er.

Es dauerte einen Augenblick, bis mir wieder einfiel, warum mir die Waffe so bekannt vorkam. Schließlich lachte ich.

»Na klar. Den habe ich berührt, als ich mir auch deine anderen Waffen vorgenommen habe. Ganz kurz habe ich die Frau gesehen, der er gehörte, dann wäre ich fast verblutet.«

Und genau das hatte Cynthiana mit ihrem Zauber erreichen wollen, nur hatte sie nicht damit gerechnet, dass Vlad zur Stelle sein und mich wiederbeleben würde, wenn ihr Hokuspokus seine Wirkung offenbarte. Oder Maximus, der mich ebenfalls gerettet hatte, als ich durch den telepathischen Kontakt zu ihr krank geworden war. Jetzt war ich eine Untote und damit vor ihrem Zauber geschützt.

Jedem das Seine. Der Spruch passte wirklich bestens auf die Situation.

Ich zog den rechten Handschuh aus und berührte die dekorative Waffe. Zu meiner Überraschung wäre ich am liebsten zurückgezuckt. Das Metall ließ meine Haut jucken wie der Giftefeu, in den ich als Kind manchmal gefallen war.

»Das fühlt sich … falsch an. Kommt das vom Silber?«

Belustigung durchdrang kräuselnd meine Emotionen. »Du gewöhnst dich dran. Geht allen Vampiren so.«

Ich versuchte, das Jucken zu ignorieren, und konzentrierte mich auf die in dem Metall enthaltene Essenz. Nach einer Weile stellten sich farblose Bilder ein.

Wir standen vor meiner Tür, aber als Vlad mir gute Nacht gewünscht hatte und sich zum Gehen anschickte, griff ich nach seinem Ärmel.

»Warte.« Dann zog ich das Messer aus den Falten meines Mantels und reichte es ihm mit dem Heft voran.

»Für dich«, murmelte ich.

Er nahm es, und seine Lippen verzogen sich zu einem schiefen Lächeln.

»Was ist das? Ein verfrühtes Weihnachtsgeschenk?«

»Brauche ich einen Anlass, um dir etwas zu schenken?«

Er warf das Messer in die Luft und fing es wieder auf. »Perfekt ausbalanciert. Danke, Cynthiana. Es ist wundervoll.«

Dann beugte er sich vor, sodass seine warmen Lippen die meinen streiften. Als er sich wieder aufrichten wollte, hielt ich ihn zurück.

»Geh nicht«, hauchte ich auf seine Lippen.

Stirnrunzelnd löste er sich von mir. »Einer meiner Männer wird vermisst. Ich werde mit der Suche nach ihm nicht bis zum Morgen warten.«

»Natürlich nicht, verzeih mir, Herzblatt«, sagte ich, mir bewusst, dass es keinen Sinn haben würde, von ihm zu verlangen, einen seiner Leute mit der Suche zu beauftragen.

Er verstaute das Messer in seinem Mantel. »Gute Nacht, Cynthiana.«

»Gute Nacht, Vlad.«

Ich sah ihm hinterher, meine Enttäuschung hinter einem Lächeln verbergend für den Fall, dass er sich noch einmal umdrehte. Was er nicht tat. Er tat es nie, und seine Besuche bei mir waren auch immer seltener geworden. Ich war jetzt über dreihundert Jahre alt und wusste sehr wohl, was das zu bedeuten hatte. Er wurde meiner überdrüssig.

Mein Lächeln bröckelte. Ich hatte schon zu lange ohne den verdienten Schutz gelebt und wollte meinen Platz an der Seite eines so mächtigen Vampirs nicht verlieren. Gefahr hin oder her, es war an der Zeit, wirksamere Mittel einzusetzen, um Vlad an mich zu binden. Wenn ich vorsichtig zu Werke ging, würde er den Grund für seine neu entflammten Gefühle zu mir ohnehin nie erfahren.

Die Vision verblasste. Ich kehrte in die Realität zurück; das Messer hielt ich so fest umklammert, dass ich mich geschnitten hatte.

»Ist Cynthiana, kurz nachdem sie dir das hier geschenkt hat, bei dir eingezogen?«

Er zog die Augenbrauen hoch. »Ich glaube schon, warum?«

»Ach, nur so. Wusstest du, dass sie sich mit Zauberei beschäftigt hat?«

Ein Achselzucken. »Ja, sie kennt ein paar Jahrmarkttricks, aber Zauberei ist laut vampirischem Gesetz verboten. Das Risiko war es ihr nicht wert.«

»Oder sie hat sich ernsthafter damit beschäftigt, als sie zugegeben hat.«

Vielleicht war es ja kein Zufall, dass Cynthiana bei ihm eingezogen war, nachdem sie beschlossen hatte, »wirksamere« Mittel einzusetzen, um Vlad von einer Trennung abzuhalten?

Wenn meine Vermutung stimmte, hatten wir es nicht mit einer Amateurin zu tun, die den einen oder anderen Hokuspokus veranstaltete, sondern mit einer ausgewachsenen Hexe, die womöglich gefährlicher war, als Vlad und ich ahnten.

41

Misstrauischer als zuvor betrachtete ich das Messer. Ein Herzinfarkt oder spontaner Blutsturz war für mich als Vampir zwar schmerzhaft, aber nicht tödlich. Falls Cynthiana aber tatsächlich eine mächtige Hexe war, bestand durchaus die Möglichkeit, dass sie in ihren Zauber etwas eingeflochten hatte, das auch Vampire umbringen konnte.

»Pass auf, was ich mit dem Messer mache, okay?«

Als ich aufsah, waren Vlads Augen schmal geworden. Er atmete ein und lächelte dann so freundlich, dass ich die Warnung hätte erkennen müssen.

»Warum?«

»Falls in deiner Ex mehr Böse Hexe steckt, als wir gedacht haben, könnte es sein, dass ihr Zauber mich dazu bringt, mir den Dolch ins … hi, hi, hi … Herz zu stoßen.«

Mein Kichern, das andeuten sollte, für wie weit hergeholt ich meine Theorie hielt, verfehlte seine Wirkung auf Vlad. Sein ganzes Gesicht begann sich zu verdüstern, obwohl ihm das charmante Lächeln nicht verrutschte.

»Du bist vielleicht die grausamste Person, die mir je begegnet ist«, stellte er munter fest.

»Was?«, keuchte ich.

»Meine erste Frau hat sich umgebracht. Ich habe Jahrhunderte gebraucht, um darüber hinwegzukommen und wieder Liebe empfinden zu können, und du hättest mir fast verschwiegen, dass du womöglich gezwungen sein wirst, dich *vor meinen Augen* zu erstechen.«

Sein beiläufiger Tonfall war zornig geworden. Und das war noch gar nichts im Vergleich zu der von ihm ausgehenden Wut, die meine Emotionen so abrupt überflutete, als wäre ein Damm gebrochen, sodass ich unwillkürlich einen Schritt rückwärts machte.

»Vlad, ich …«

»Sag. Nichts.«

Seine Hände begannen zu lodern. Die Flammen kletterten seine Arme hinauf zu seinen Schultern, bis sein ganzer Körper in orangefarbenes Licht getaucht war. Ich hätte es für Einschüchterungstaktik gehalten, aber die Wucht seiner Emotionen zeigte mir, dass er völlig die Beherrschung verloren hatte.

»Ich habe versucht, dich tun zu lassen, was du deiner Meinung nach tun musst, weil ich deinen Mut respektiere, aber du treibst es zu weit.« Die Flammen auf seinen Armen schlugen höher. »Versuche noch einmal, mutwillig dein Leben zu gefährden, und ich schwöre dir, ich sperre dich weg.«

Bevor ich meiner Entrüstung über dieses Ultimatum Luft machen konnte, war er verschwunden und ließ nur eine Rauchwolke zurück.

»Hey, Kleines.«

Ich blickte auf und sah Marty in der Tür der in den Fels gehauenen Zelle stehen. Ich hatte gar nicht bemerkt, dass sie aufgegangen war. Ich hatte mich hier unten eingeschlossen, weil ich niemandem schaden wollte, falls mich wieder die Blutgier packte, und der Blutkonservenautomat war auch praktisch. Theoretisch war es eine ziemlich eklige Vorstellung, meinen Frust in Blut zu ertränken. In der Praxis allerdings erwies die Methode sich als so effektiv wie Alkohol und Eiskrem zusammen.

»Maximus hatte recht, als er mich vor Vlad gewarnt hat«, verkündete ich bedrückt. »Hast du gehört, wie er gedroht hat, mich einzusperren?«

Martys mitfühlendes Gesicht war mir Antwort genug.

»Ich weiß nicht, was ich machen soll«, fuhr ich fort und klopfte einladend auf den Platz neben mir. »Ich liebe Vlad, aber manchmal ist er *so archaisch*. Kannst du dir vorstellen, wie er reagieren würde, wenn ich ihm verbieten würde, sein Leben für seine Leute aufs Spiel zu setzen?«

»Er würde gar nicht hinhören«, antwortete Marty und setzte sich zu mir aufs Bett.

»Nicht wahr? Wo ist also der Unterschied, wenn ich ein Risiko eingehe, um das Miststück zur Strecke zu bringen, das mich dreimal fast und einmal ganz umgebracht hat?«

»Er ist ein Chauvinist?«, meinte Marty.

»Genau.« Als ich ihm einen Blick zuwarf, sah ich, dass er es ironisch gemeint hatte. »Was?«

»Du bist die Einzige, die das überrascht, Kind. Du hast einen Psychopathen geheiratet, der die brutalen Umstände, unter denen er aufgewachsen ist, nur durchgestanden hat, indem er noch brutaler vorging. Nimm dazu noch seine Verwandlung zum Vampir und Jahrhunderte voller Machtkämpfe mit anderen Untoten, und heraus kommt der grausame Irre, in den du dich verliebt hast.«

Er tätschelte mir freundlich das Knie. »Hast du wirklich

geglaubt, jemand wie er würde zulassen, dass seine Frau für ihn in den Krieg zieht? Er ist Vlad der Pfähler, nicht Vlad das Weichei.«

Ich stieß ein Schnauben aus. »Ich will gar nicht für ihn in den Krieg ziehen.«

»In seinen Augen schon. Und was noch schlimmer ist: Du bist sogar bereit, für deine Mission zu sterben.« Noch ein Tätscheln. »Einmal hast du es ja schon geschafft, Baby Vamp.«

Ich lehnte mich an ihn und legte ihm den Kopf auf die Schulter. »Was soll ich denn machen? Ihn jeden meiner Schritte kontrollieren lassen, weil er selbst mit mittelalterlichen Maßstäben gemessen altmodisch ist? So war das nicht geplant.«

Er ließ ein trockenes Lachen hören. »Nein, was du geplant hast, ist viel schwieriger. Eine Ehe führen.«

»Klugscheißer«, gab ich zurück, aber meiner Stimme fehlte es an Schärfe.

Tief drinnen wusste ich, dass Marty recht hatte. Wenn man einen Drachen heiratete, musste man eben damit klarkommen, dass er ab und zu Feuer spuckte, aber ich würde nicht aufgeben. Der Weg, der vor mir lag, war noch weit, und deshalb musste ich aufhören, darüber zu jammern, wie holprig die Straße war, mit Erschütterungen rechnen und Vollgas geben.

Ich drückte Marty einen Schmatzer auf die Wange. »Danke.«

Er grunzte. »Wofür? Ich habe dir doch gesagt, du sollst dich nicht mit ihm einlassen, und der Meinung bin ich immer noch.«

»Danke, dass du mir ein so guter Freund bist.«

Damit stand ich auf, von neuer Entschlossenheit erfüllt.

Vlad mochte zwar ein grausamer Irrer sein, aber er war *mein* grausamer Irrer, und wir würden das gemeinsam durchstehen.

»Da du ja sowieso gelauscht hast ... Hast du eine Ahnung, wo er steckt? Ach, lass, ist egal. Ich weiß schon.«

Ich stieg die schmale Treppe hinab und zog die Nase kraus, als der Gestank beißender wurde. Machte man einen modernen Mann wütend, trieb es ihn meist in die nächste Kneipe. Einen Vampir, der die Angewohnheit hatte, Leute zu pfählen und ein privates Verlies sein Eigen nannte, trieb es natürlich *woanders* hin.

»Hi«, grüßte ich den Wachmann, der mich misstrauisch beäugte, als ich mich ihm näherte. »Würden Sie Vlad bitte sagen, dass ich ihn sprechen will.«

Der Mann verneigte sich und schien erleichtert zu sein, dass ich keine Anstalten machte, mich an ihm vorbeizudrängen. Er drückte einen Knopf an seinem Kragen und sagte etwas auf Rumänisch. Ah, die Wunder der modernen Technik. Ich hätte einen Ganzkörper-Gummianzug tragen müssen, um mich verkabeln zu können, ohne die Gerätschaft lahmzulegen.

Dank meiner neuen Supersinne konnte ich zwar die Antwort hören, die der Wachmann erhielt, da Vlad aber ebenfalls rumänisch sprach, verstand ich sie nicht.

»Bitte warten Sie hier«, wandte sich der Mann schließlich in akzentgefärbtem Englisch an mich.

Ich sagte nichts, fragte mich aber, ob das hieß, dass Vlad kommen würde, oder ob ich warten sollte, bis jemand anders mich hinauseskortierte.

Nach etwa zehn Minuten erschien Vlad. Er war über und über von einer feinen Ascheschicht bedeckt, was ich seltsam fand, da Feuer ihm eigentlich nichts anhaben konnte. Rußgeschwärzt, wie er war, wirkte er sogar noch gefährlicher als sonst, obwohl sein Gesichtsausdruck allein schon nichts Gutes verhieß.

»Was?«

Ein Wort, mit Absicht so brüsk ausgesprochen, um mich gleich wieder zu verscheuchen. Zudem hatte Vlad seine Emotionen so abgeschirmt, dass ich nicht fühlen konnte, was in ihm vorging. Ich straffte die Schultern und stellte mich aufrecht vor ihn hin. Wenn er mich wirklich nicht hätte sehen wollen, wäre er nicht gekommen.

»Ich habe eine Lösung, die uns beiden gerecht wird«, verkündete ich.

Er zog eine Augenbraue hoch. Ich warf einen vielsagenden Blick in Richtung Wachmann.

»Willst du das hier ausdiskutieren?«

Vlads Lippen pressten sich zu einer dünnen Linie zusammen, aber er rauschte an mir vorbei und stieg die Treppe hinauf. Ich folgte ihm in den engen Mittelgang des Untergeschosses. Dort blieb er stehen und drehte sich zu mir um.

»Was?«

Immer noch einsilbig, aber sein Tonfall war schon weniger brüsk. Ich trat an ihn heran und fing an, ihm die Asche von der Kleidung zu wischen. Er machte sich steif, ließ mich aber gewähren.

»So wie du drauf bist, hast du Shrapnel noch nicht dazu bringen können, dir zu verraten, wo Cynthiana ist«, bemerkte ich beiläufig. »Er ist zäh, und vielleicht hat sie ihn ja auch verhext, sodass er dir ihren Aufenthaltsort gar nicht verraten *kann.*«

Vlads Augen verfolgten jede meiner Bewegungen, aber er

hielt vollkommen still. »Darüber habe ich auch schon nachgedacht.«

»Natürlich«, antwortete ich, während ich ihm mit den Fingern durchs Haar fuhr, um die restliche Asche zu entfernen. »Du machst das schließlich schon viel länger als ich.«

Sein Lächeln war so kalt, dass es Dampf in Trockeneis hätte verwandeln können. »Wenn Schmeichelei deine Lösung ist, spar dir die Mühe. Du wirst nicht über ihren Dolch Kontakt zu ihr aufnehmen. Ich habe ihn bereits entsorgt.«

Ich fuhr mit meiner Säuberungsaktion fort. »Sehr gut.«

Seine Augen wurden schmal, als ich mich so leicht geschlagen gab. »Und Shrapnel fasst du auch nicht an, um mit ihr in Verbindung zu treten.«

»Will ich auch gar nicht«, hauchte ich. »Ich will sowieso nicht wissen, was du ihm angetan hast.«

Jetzt packte er meine Hände und zog mich näher. »Hör auf zu lügen, Leila. So einfach gibst du dich nicht geschlagen, das wissen wir beide.«

Sein Gesicht war nur noch Zentimeter von meinem entfernt, die Bartstoppeln dunkler von der Asche, die Lippen fest zusammengepresst. Ich starrte ihn von unten herauf an, ohne mich von seinem wilden Blick einschüchtern zu lassen.

»Shrapnel muss nur noch ein paar Tage durchhalten, dann merkt Cynthiana, dass sie entlarvt ist und macht sich aus dem Staub. Er weiß das, und du weißt das. Aber sie hat hier gelebt, also muss ihr damaliges Zimmer voll sein von essenzlastigen Objekten, mit denen ich mich nicht umbringen kann. Wenn du wirklich sicherstellen willst, dass mir nichts geschieht, musst du mich anketten, weil ich sonst womöglich versuche, sie über einen anderen Gegenstand aufzuspüren.«

Jetzt zog er beide Augenbrauen hoch. »Dich anketten?«

Ich schenkte ihm ein spitzbübisches Lächeln. »Komm schon, insgeheim träumst du doch davon.«

»Von Tag zu Tag mehr.«

Sein Tonfall war düster, aber der ihn umgebende Schutzwall begann Risse zu bekommen, und ich spürte ein Aufflackern von Emotion. Ja, er war noch immer wütend. Frustriert auch. Aber darunter spürte ich so etwas wie Hochachtung. Wenn irgendwer meine halsstarrige Entschlossenheit, eine Feindin zur Strecke zu bringen, verstehen konnte, dann war es Vlad.

Irgendwann stieß er einen scharfen Seufzer aus. »Ich habe auch schon darüber nachgedacht, aber in ihrem Zimmer bekommst du vielleicht Dinge zu sehen, die du nicht sehen sollst.«

Blinde Wut überkam mich, als ich mir vorstellte, mit ansehen zu müssen, wie Vlad Sex mit einer anderen Frau hatte. Ich hatte mich nie für besonders eifersüchtig gehalten, aber offensichtlich war ich es doch. Schließlich schob ich meine gekränkten Gefühle beiseite und kehrte den kältesten, finstersten Teil meines Selbst nach außen.

»Was sein muss, muss sein, und später kann ich ja zusehen, wie du sie umbringst.«

Er starrte mich durchdringend an, als würde er meine Worte an Facetten meines Selbst messen, die nur er sehen konnte. Ich starrte zurück. Wenn er glaubte, es wäre mir nicht ernst, hatte er sich geirrt.

Schließlich neigte er den Kopf, und ein ganz leises Lächeln geisterte um seine Lippen. »Ganz zufällig habe ich ein paar Ketten zur Hand.«

42

Mit zynischer Neugier sah ich mich in Cynthianas altem Zimmer um. Hier also hatte die Hexe gewohnt.

Wie alle Räume in Vlads Haus war auch dieser opulent ausgestattet. Das flieder- und cremefarbene Dekor, die Spitzendraperien, die zarten Kristallverzierungen und der Balkon mit Ausblick auf den Garten verliehen dem Raum eine deutlich feminine Note. Trockenblumen, durchwirkt mit spinnwebfeinen Goldfäden, schmückten das Kaminsims und verbreiteten einen angenehm natürlichen Duft. Ich war überglücklich, dass Vlads Eigengeruch dank des eifrigen Reinigungspersonals komplett ausgelöscht war.

»Wann habt ihr euch getrennt?«

Meine Stimme klang beiläufig, ließ den Konflikt nicht erkennen, der in meinem Innern tobte. Die gehässige Leila freute es, dass Vlad Cynthiana ganze zwei Stockwerke unter seinem eigenen Gemach untergebracht hatte, in dem Flügel, in dem auch all seine anderen Gäste wohnten. Die praktische Leila versuchte abzuschätzen, welcher Einrichtungsgegenstand wohl die stärksten Essenzspuren enthielt.

»Vor ein paar Jahren.«

Ich schenkte ihm einen müden Blick. »Willst mir wohl weismachen, sie würde dir so wenig bedeuten, dass du dich nicht mehr erinnern kannst, hm? Warum hast du ihr Zimmer dann genauso gelassen, wie es war, als sie noch darin gewohnt hat?«

Er verschränkte die Arme vor der Brust, sodass die Ketten, die er über seine Schulter gelegt hatte, klimperten.

»Würde sie mir tatsächlich noch etwas bedeuten, hätte ich dich nicht geheiratet. Ihr Zimmer ist ungenutzt geblieben, weil du meine nächste Geliebte warst und bei mir geschlafen hast.«

Ich sah weg, denn das Bett zog meinen Blick magisch an. Feine Gaze war um die Bettpfosten geschlungen und bauschte sich elegant am Boden. Was würde ich sehen, wenn ich dieses Bett berührte? Cynthiana war mir an Erfahrung über dreihundert Jahre voraus. Womöglich musste ich erkennen, dass er mit ihr glücklicher gewesen war als mit mir.

»Leila.«

Fast schuldbewusst sah ich wieder Vlad an. Da erst wurde mir bewusst, dass meine Fänge hervorgekommen waren und ich so heftig mit den Zähnen knirschte, dass ich mir die Unterlippe aufgerissen hatte.

»Verzeihung. Ich weiß auch nicht, was mit mir los ist«, murmelte ich und saugte an meiner Lippe, um den dicken weißen Teppich nicht mit Blut zu bekleckern.

»Keine Entschuldigungen.«

Vlads Gesichtsausdruck war vollkommen offen, und seine Emotionen fühlten sich so angenehm weich an wie Satin. »Alle Vampire sind übertrieben besitzergreifend.«

Ich konnte meine brodelnde Eifersucht also auf die Tatsache schieben, dass ich ein Vampir war. Klasse!

Schließlich fesselte Vlad mir die Hände mit mehreren Ketten. So stark, wie er war, hielt ich das für unnötig, selbst wenn

Cynthiana *tatsächlich* eine Harakiri-Klausel in ihren Zauber eingesponnen hatte, aber wenn es ihn beruhigte …

»Willst du das im Bett noch mal mit mir machen?«, witzelte ich.

Der Blick, den er mir zuwarf, ließ mich vergessen, wie unangenehm sich das Silber an meinen Handgelenken anfühlte.

»Wenn ich dich fesseln will, nehme ich Seide, und ich lasse deine Hände frei, weil ich sie so gern auf mir spüre.«

Nicht falls. Wenn. Der sinnlichen Verheißung zum Trotz hätte es mich eigentlich abturnen müssen, im Zimmer der Exgeliebten meines Mannes gefesselt zu werden. Stattdessen verspürte ich die übliche Begierde, die Vlad in mir weckte, plus den instinktiven Drang, meine Besitzansprüche an ihn in ebendem Raum geltend zu machen, in dem eine andere gewagt hatte, Hand an ihn zu legen.

Übertrieben besitzergreifend? Oh ja.

»Wenn du meine Hände frei lässt«, erkundigte ich mich mit kehliger Stimme, »wozu willst du mich dann überhaupt fesseln?«

Sein verruchtes Lächeln hatte eine ebenso starke Wirkung auf mich wie die von ihm ausgehende Hitze, die über mich hinwegschwappte und mich mit tausend unsichtbaren Peitschen geißelte. Dann beugte er sich vor, und sein Kinn, das sich anfühlte wie weiches Sandpapier, rieb mir über die Wange.

»Wozu es dir sagen, wenn ich es dir zeigen kann?«

Ich schloss die Augen und atmete ein, um seinen üppig würzigen Eigengeruch einzusaugen. Jetzt wusste ich, wie ich den Rest des Abends verbringen wollte, aber alles der Reihe nach.

Er wich ein Stück zurück und fesselte mich weiter, bis die Ketten an meine Ellbogen heranreichten. Hätte ich noch einen Kreislauf gehabt, wären mir die Hände taub geworden. Schließlich fesselte er mir noch die Arme an den Körper. Jetzt konnte ich von der Taille aufwärts nur noch mit den Fingern wackeln oder zubeißen.

Zufrieden ließ er den Rest der Ketten zu Boden fallen und ging zum Bett. Ich erstarrte, aber er holte nur die Lampe vom Nachttisch.

»Sacht«, warnte er mich, als er sie mir entgegenstreckte.

Glaubte er etwa, ich hätte noch nie etwas Zerbrechliches angefasst? Ich legte die Finger der rechten Hand um den glatten Kristallfuß – und er zerbrach, als hätte ich mit der Brechstange auf ihn eingeschlagen.

»Was zum Teufel?«, rief ich.

Vlad schenkte mir einen sardonischen Blick und nahm mir die Scherben aus den Händen. »Du bist noch nicht an deine neue Körperkraft gewöhnt. Bis es so weit ist, musst du alles behandeln, als wäre es zerbrechlicher als ein rohes Ei. Und fasse unter keinen Umständen einen Menschen an.«

Schaudernd betrachtete ich die glitzernden Scherben. Jetzt hatte ich noch einen Grund, meine Schwester nachher nicht zum Abschied zu umarmen.

»Hat das Trockengesteck auf dem Kaminsims ihr gehört?«, erkundigte ich mich, nachdem ich mich nach etwas weniger Wertvollem umgesehen hatte.

»Sie hat sie gepflückt, ja«, antwortete Vlad und zog ein paar Pflanzen aus dem Strauß, ohne sich darum zu scheren, dass er ihn ruinierte.

Ich sagte mir, dass ich mich ohne schlechtes Gewissen darüber freuen konnte, wie Cynthianas Eigentum zerstört wurde. Sie hatte mich immerhin umgebracht.

Vlad hielt mir die Blumen hin, und ich strich darüber. Die meisten zerfielen schon bei der ersten Berührung. Ich war also immer noch nicht sacht genug, aber in den heil gebliebenen Pflanzen spürte ich etwas aufflackern.

Na also, dachte ich schadenfroh, und dann hatte ich eine Vision.

Ich spazierte auf der Wiese umher und pflückte Blumen, die ich zu den anderen in meinen Korb legte. Vlads Bedienstete hätten sie auch im Garten vor meinem Fenster angepflanzt, wenn ich es gewollt hätte, aber ich musste mich vorsehen, damit nicht alle Zutaten für den Zauber an einer Stelle zu finden waren. Nur für den Fall, dass irgendjemand die Wirkung dieser speziellen Blumen kannte.

Der schöne Frühlingstag konnte nichts an meiner trüben Stimmung ändern. Mein letzter Zauber lag erst sechs Monate zurück, und Vlad zeigte mir bereits wieder die kalte Schulter. Ich riss eine Handvoll Fliederblüten aus dem Korb und zerpflückte sie frustriert. Jeder andere Mann wäre in ewiger Liebe zu mir entbrannt, aber Vlad konnten sieben Liebeszauber gerade mal so davon abhalten, mich zu verlassen.

Das Problem lag natürlich in ebender Eigenschaft begründet, die ihn zu einem so wertvollen Beschützer machte. Seiner Macht. Um an ihr teilhaben zu können, hatte ich überhaupt erst angefangen, seine Aufmerksamkeit auf mich zu lenken, aber sie machte ihn auch praktisch immun gegen meine Magie. Ich wagte es nicht, stärkere Zaubersprüche gegen ihn einzusetzen. Die Blumen würde er als weiblichen Tand abtun, aber schwarzmagische Utensilien hätte er auf den ersten Blick als solche erkannt. Was die Gesetzeshüter mir antun würden, wäre nichts im Vergleich zu Vlads Zorn, wenn er herausfand, dass ich ihn mit Zaubersprüchen an mich gebunden hatte.

Ich griff mir noch eine Handvoll Fliederblüten und zwang mich, nicht über die Folgen einer möglichen Entdeckung nachzudenken. So weit würde es erst gar nicht kommen, wenn ich vorsichtig zu Werke ging, und außerdem blieb mir keine Wahl. Die meisten Vampire hatten Meister, die sie beschützten. Andere waren stark genug, um für sich selbst einstehen zu können. Wir Übrigen – herrenlos und nur durchschnittlich mächtig – waren auf uns allein gestellt. Nachdem mein Meister ermordet worden war, erhielt ich den Schutz, den andere Vampire als selbstverständlich hinnahmen, von wechselnden Liebhabern. Im Notfall musste ich mit Magie nachhelfen. Am Tag meiner Verwandlung hatte ich mir geschworen, dass ich, koste es, was es wolle, nie wieder hilflos sein würde. Als schottische Kleinbäuerin unter englischer Herrschaft hatte ich dieses Los lange genug ertragen. Ich verscheuchte die Erinnerungen und warf einen kritischen Blick auf den Inhalt meines Korbes. Mit ein wenig mehr Malven würde der Zauber vielleicht länger vorhalten …

Als ich wieder in meine eigene Gedankenwelt zurückgekehrt war, starrte ich, hin- und hergerissen zwischen Wut und Unglauben, die vertrockneten Blumen in meiner Hand an.

»Weißt du, was das ist?«

Vlad zuckte mit den Schultern. »Flieder, Mohnblumen, Amarant …«

»Alles Zaubermittelchen«, schnitt ich ihm das Wort ab. »Flieder für Liebe auf den ersten Blick, roter Mohn für wahre Liebe, Malve für Liebestollheit, blauer Mohn zum Erreichbarmachen des Unerreichbaren, Amarant für unsterbliche Liebe … Weißt du jetzt, was sie damit vorhatte?«

»Ich habe sie *nie* geliebt.«

»Ja, und es hat sie verrückt gemacht, dass du zu stark für ihren Zauberbann warst. Immerhin bist du aber gut drei Jahrzehnte lang bei ihr geblieben, sodass ihre Mühen nicht ganz vergeblich waren.« Vlad machte den Mund auf und sagte … nichts. Ich hatte ihn noch nie zuvor sprachlos erlebt, aber an seiner Stelle hätte wohl jeder so reagiert. Für jemanden, der so arrogant war wie Vlad, musste es eine aufwühlende Erkenntnis sein, dass er Opfer einer Gehirnwäsche geworden war.

»Versuch mal, ob du sie aufspüren kannst«, brachte er schließlich hervor. Jetzt hätte ich für alles Geld der Welt nicht an Cynthianas Stelle sein wollen.

Abermals strich ich über die vertrockneten Blüten. Die Erinnerung daran, wie Cynthiana sie gepflückt hatte, war jetzt schwächer, sodass ich sie beiseiteschieben und mich auf ihre Essenzspur konzentrieren konnte.

Da, wie eine Angelschnur, an deren Ende sie zu schwimmen schien. Ich gab mir alle Mühe, aber wenn ich an der Schnur zog, tat sich gar nichts. Ich versuchte es weiter und weiter, während die Zeit unerbittlich verstrich. Zehn Minuten. Zwanzig. Dreißig. Vierzig.

»Leila, hör auf.«

Vlad wischte mir die Blumenbrösel von den Händen. Frustriert sah ich zu, wie sie zu Boden fielen.

»Ich weiß nicht, warum ich sie nicht sehen kann. Bevor mein Körper anfing verrücktzuspielen, habe ich ab und zu einen Blick auf sie erhaschen können. Jetzt klappt nicht mal mehr das.«

»Du bist seit genau einem Tag ein Vampir«, bemerkte Vlad, während er begann, mir die Ketten abzustreifen. »Jede Zelle in deinem Körper hat eine drastische Veränderung durchlaufen. Es ist schon bemerkenswert, dass du deine Fähigkeiten überhaupt wieder einsetzen kannst.«

»Bemerkenswert. Damit kann ich wirklich keinen Blumentopf gewinnen.«

Meine Niedergeschlagenheit hatte ihren Grund. Selbst wenn Vlads Leute kein Wort über Shrapnel nach außen dringen ließen, würde Cynthiana sehr bald merken, dass irgendetwas schiefgelaufen war, und untertauchen. Dann konnte es Jahre dauern, bis sie sich wieder aus der Deckung wagte. Klar, Shrapnel würde irgendwann einknicken, falls Cynthiana nicht mit einem Zauber verhindert hatte, dass er ihren Aufenthaltsort preisgab, aber bis dahin würde sie ohnehin längst fort sein. Ich war jetzt zwar ein Vampir und hatte alle Zeit der Welt, Cynthiana zu jagen, aber Dad und Gretchen nicht. Ich konnte ihnen unmöglich abverlangen, sich jahrelang versteckt zu halten, bis wir Cynthiana irgendwann zu fassen bekamen, aber fürs Erste gaben sie wandelnde Zielscheiben ab.

Womöglich war es ja jetzt schon zu spät. Cynthiana erwartete sicher bereits Nachricht von Shrapnel.

»Ich weiß, wie wir an sie herankommen«, sagte ich, einer Eingebung folgend. »Schick Sandra in die Stadt und lass sie eine Nachricht deponieren, in der steht, dass Shrapnel ein Treffen mit ihr vereinbaren will.«

Vlad befreite mich von der letzten Kette. »Sie ist nicht so dumm, auf einen solchen Trick reinzufallen.«

»Dumm vielleicht nicht, aber arrogant«, gab ich zurück. »Diese Frau hat dich in deinen eigenen vier Wänden verhext, und das in dem vollen Bewusstsein, dass du sie umbringen würdest, wenn du ihr auf die Schliche kommst.«

Bei der Vorstellung, dass Cynthiana seinen Willen manipuliert hatte, presste Vlad die Lippen zu einer harten Linie zusammen. Ich fuhr fort, als hätte ich es nicht bemerkt.

»Kein Wunder, dass sie mich hasst wie die Pest. Du hast gesagt, Vampire wären krankhaft eifersüchtig. Innerhalb weniger Monate hast du mir mehr gegeben, als sie sich erschleichen konnte, nachdem sie dich drei Jahrzehnte lang verhext hat, aber ich habe dich trotzdem verlassen, weil mir das alles noch nicht genug war. Sie hat Adrian wahrscheinlich schon mit dem Bombenbau beauftragt, bevor Shrapnel ihr überhaupt mitgeteilt hat, wo ich mich aufhalte.«

Vlad presste weiter die Lippen zusammen, und plötzlich lächelte er.

»Ich weiß, warum du mich so provozierst, aber du wirst mich nicht dazu bringen, aus gekränktem Stolz eine übereilte Entscheidung zu treffen.«

»Natürlich nicht«, antwortete ich, seinem Blick standhaltend. »Sie aber schon. Inzwischen dürfte ihr zu Ohren gekommen sein, dass wir geheiratet haben. Da sieht sie jetzt sicher so was von rot, dass der übliche Zorn einer verschmähten Frau sich blass ausnimmt.«

Vlad sah mich unverwandt an. »Mag sein.«

Unwillkürlich warf ich noch einen Blick auf das Bett. Wenn ich ehrlich war, konnte ich es Cynthiana nicht verdenken, dass sie so abdrehte. Der Gedanke an die Stunden, Tage – verdammt noch mal, Jahre! –, die Vlad einträchtig mit ihr zusammen in diesem Bett gelegen hatte, ließen auch in mir Gefühle aufkommen, die nichts mehr mit normaler »vampirischer Eifersucht« zu tun hatten. Tatsächlich war der Drang, meine Elektropeitsche auszupacken und das Bett zu zerhacken, so stark, dass meine Hand anfing, Funken zu sprühen.

Vlad sah erst meine Hand und dann mich an. Ehe ich etwas sagen konnte, stand das Bett in Flammen.

Ich sperrte ungläubig den Mund auf. In den wenigen Augenblicken, die ich brauchte, um ihn wieder zu schließen, war das Bettgestell unter der enormen Hitze zusammengebrochen, und von den Laken, Kissen und der Matratze war nur noch ein schwelender schwarzer Haufen übrig. Statt eines lieblichen Blumendufts erfüllte der Gestank von verbranntem Gummi und Rauch das Zimmer.

Die leidenschaftlich-zärtlichen Emotionen, die über mich hinwegfegten, verrieten mir, warum Vlad so gehandelt hatte, und es hatte nichts mit seinem Zorn auf Cynthiana zu tun. Er hatte einfach nur den Gegenstand zerstören wollen, der meine Gefühle derart verletzte.

Ich schwieg. Er auch. Worte waren jetzt unnötig.

43

Ich erwachte so plötzlich wie an den vergangenen fünf Tagen. Eben noch tief bewusstlos, war ich schneller wieder in der Senkrechten, als man »guten Abend« sagen konnte. Nur galten heute meine ersten Gedanken nicht meiner Blutgier.

»Hat sie's geschluckt?«, fragte ich sofort.

Vlad hatte vor dem Blutkonservenspender in der Wand gestanden. Zur Antwort hielt er mir den Beutel hin, auf den ich mich nicht im ersten Augenblick gestürzt hatte.

Ich ignorierte ihn, obwohl meine Fänge hervorgeschossen kamen und mein Magen sich zusammenballte wie eine Faust. Vier Tage zuvor hatte Sandra Cynthiana eine Nachricht hinterlassen, in der sie ihr mitteilte, wo Shrapnel sich mit ihr treffen wollte. Tags darauf war der von Vlad hypnotisierte Inhaber des Buchladens über hundert Kilometer weit gefahren, um einen Anruf zu tätigen, der nicht über Vlads hauseigenen Funkmast gesendet wurde. Während ich den Tag verschlafen hatte, war Sandra erneut in den Buchladen gegangen, um zu sehen, ob Homers Odyssee eine Antwort von Cynthiana enthielt.

»Und?«, hakte ich nach.

»Ja und nein.«

Er strich sich scheinbar geistesabwesend über das Kinn, aber das machte er nur, wenn er scharf nachdachte.

»Sie hat einem Treffen morgen um sieben zugestimmt, aber es soll in der Bukarester Metro stattfinden.«

Ich war aus naheliegenden Gründen noch nie mit der bekanntesten rumänischen U-Bahn gefahren, konnte mir aber unschwer denken, wo das Problem lag.

»Sie will ihn zur Rushhour an einem belebten öffentlichen Ort treffen.«

Wir hatten ein Lagerhaus in einer relativ einsamen Ortschaft vorgeschlagen. Leicht zu umstellen, weniger Zeugen. Das hatte sich wohl auch Cynthiana gedacht. Vlad und ich hatten sie anscheinend richtig eingeschätzt. Sie war zwar arrogant genug, um zu dem Treffen zu erscheinen, aber nicht dumm genug, dass sie auf zusätzliche Sicherheitsvorkehrungen verzichtete. »Da ergeben sich mehrere Schwierigkeiten, angefangen damit, dass der Ort unmöglich abzusichern ist.« Vlad schenkte mir ein kurzes, sardonisches Grinsen. »Ich habe einige Gefolgsleute in der rumänischen Regierung sitzen, aber ich kann schlecht das ganze Schienennetz sperren lassen. Selbst Mencheres wäre nicht in der Lage, Zehntausende von Pendlern erstarren zu lassen und Dutzende von U-Bahnen festzuhalten, damit wir Cynthiana schnappen können.«

»Und wenn die Metrostation plötzlich voller Vampire ist, wird sie misstrauisch werden und Leine ziehen.« Ich seufzte. »Verfolgen wir jetzt den Anruf des Buchladenbesitzers?«

Vlad strich sich weiter übers Kinn. »Schon geschehen. Der ging an ein Wegwerfhandy, also kein Ergebnis. Bleibt uns die Metro.«

»Hat sie denn überhaupt eine bestimmte Station angegeben?«

Er schnaubte. »Nein, aber da kommt nur eine in Frage.«

Ich beließ es dabei. »Vlad, wenn sie dich sieht, macht sie sich gleich vom Acker. Sie hat drei Jahrzehnte lang mit dir zusammengelebt, da kennt sie doch bestimmt die meisten Vampire aus deiner Sippe *und* auch deine Verbündeten. Sie braucht nur einen von euch zu sehen, dann ist sie weg.«

Er stritt es nicht ab. »Übermorgen wird ihr klar werden, dass Shrapnel aufgeflogen ist. Ich setze ein hohes Kopfgeld auf sie aus, aber bis jemand sie schnappt, kann es dauern. Problematisch oder nicht, die Metro ist unsere beste Chance.«

»Ja«, sagte ich mit fester Stimme, »das stimmt, aber du hast etwas Wichtiges vergessen.«

Er zog die Augenbrauen hoch. »Und was?«

»Mich.«

»Nicht schon wieder«, murrte er.

»Es ist doch das Naheliegendste. Sie weiß weder, wie ich aussehe, *noch* wie ich rieche, also könnte ich direkt neben ihr stehen, ohne dass sie sich im Geringsten bedroht fühlt.«

»Warum auch? Sie ist dreihundert Jahre älter als du.«

Sein Tonfall war ätzend, aber ich würde mich auf kein Machtspielchen mit ihm einlassen.

»Als wir uns kennengelernt haben, wolltest du unbedingt, dass ich lerne, die elektrische Spannung in mir als Waffe einzusetzen, und das war gut so. Es hat mir das Leben gerettet, als ich damit Vampire ausschalten konnte, die *sehr viel* älter waren als ich. Aber vor allem redest du ständig nur von dir, obwohl es gar nicht nur um dich geht. Cynthiana hat auf dem Rummelplatz meine Freunde ermordet. Sie hat mich entführen lassen. Dann hat ihr Zauberbann mir die Sterblichkeit geraubt, bevor ich selbst bereit war, sie aufzugeben. Ließe mein Charakter es zu, dass ich mich von alledem gar nicht betroffen fühlte, würdest du mich nicht lieben, weil gerade du auch nicht so gestrickt bist.«

Sein Blick war so durchdringend, dass er einen Laserstrahl hätte ablenken können.

»Du willst also, dass ich auf meine Rache verzichte, damit du deine üben kannst?«

»Nein«, antwortete ich, in mich hineinlächelnd, »du bist schließlich Vlad der Pfähler, nicht Vlad das Weichei. Ich will sie nur in der Metro ausfindig machen. Dann locke ich sie aus der Menge oder folge ihr und sage dir, wo sie ist. In jedem Fall bist du es, der sie zur Strecke bringt, aber sie – und ich – werden wissen, dass ich dir dabei geholfen habe.«

Er schwieg eine lange Zeit. Dann sagte er: »Du kennst ja nicht mal ihr Gesicht.«

Na ja. Ich spürte Kampfeslust in mir aufkommen.

»Keine Bange. Ich erkenne sie trotzdem.«

Ich konnte mich nicht erinnern, wann ich das letzte Mal unter so vielen Leuten gewesen war. Vielleicht war es meine amerikanische Überheblichkeit, die mich hatte annehmen lassen, dass es in den rumänischen U-Bahn-Stationen nicht viel geschäftiger zugehen würde als auf vielen der größeren Jahrmärkte, auf denen ich früher aufgetreten war; vielleicht wirkte auch alles beengter auf mich, weil ich mich unter der Erde befand. Woran auch immer es lag, als ich an den vierzehn Bahnsteigen des Gara de Nord vorbeiging, hatte ich wirklich mit klaustrophobischen Gefühlen zu kämpfen.

Wenigstens musste ich nicht befürchten, im Vorbeigehen einem der Pendler einen Elektroschock zu verpassen. Unter meinem bürotauglichen Hosenanzug trug ich einen den ganzen Körper bedeckenden, extradicken Neoprenanzug, der eigentlich für Tauchgänge in arktischen Gewässern gedacht war. Ein Seidenschal verdeckte den hohen Kragen, und meine Narbe hatte ich mit Theaterschminke zugekleistert.

Wenn man einmal davon absah, dass er beim Gehen quietschte, hätte ich mir durchaus vorstellen können, den Anzug häufiger zu tragen. Seit meinem vierzehnten Lebensjahr hatte ich mich nicht mehr unter Leute wagen können, ohne befürchten zu müssen, dass ich ihnen versehentlich wehtat. Hätte ich damit nicht zu viel Aufsehen erregt, hätte ich womöglich noch irgendeinen Fremden umarmt, nur weil ich das sonst nicht konnte.

Die Sache hatte allerdings einen entscheidenden Haken. Meinen Blutdurst. Überall um mich herum pulsierte in unzähligen Adern der köstliche Nektar, nach dem ich jetzt gierte wie nach einer Droge. Unter normalen Umständen hätte ich mich allmählich wieder an den Kontakt mit Menschen gewöhnt, bis ich meine Gier ganz unter Kontrolle hatte. Zur Rushhour eine Metrostation zu besuchen, war also ein gewagter Sprung ins kalte Wasser für mich. Mehr als einmal kamen meine Fänge abrupt hervorgeschossen, und ich musste mir hastig einen Trinkbecher vor die Lippen halten, um sie zu verbergen. Wie gut, dass Vlad den Trick mit dem Kaffee vorgeschlagen hatte.

Das unangenehme Odeur, das mich umgab, dämpfte meinen Appetit zumindest ein wenig. Die Menschenmassen und verschiedenen Abschnitte der Gänge brachten die unterschiedlichsten Gerüche mit sich. In einigen Bereichen des Bahnhofes duftete es nur wenig besser als in Vlads Kerker. Als ich das erste Mal an einer öffentlichen Toilette vorbeikam, hätte ich fast gekotzt.

Mit einem Quietschen kam ein Zug der Linie M1 zum Stehen. Ich nippte an meinem Kaffee und sah zu, wie die Menschenmassen ein- und ausstiegen, besonders die Frauen. Keine Spur von üppigem walnussbraunem Haar oder verräterisch milchig weißer Haut, und die einzigen Vibrationen, die ich spürte, kamen von den Stromschienen. Ich warf einen Blick auf meine Armbanduhr. Achtzehn Uhr neunundfünfzig. Zeit, mir die Station Basarab vorzunehmen.

Ja, nach Vlad war eine Metro-Station benannt worden. Kein Wunder, dass er im Voraus gewusst hatte, wo Cynthiana sich mit Shrapnel würde treffen wollen. Auf der Seite der Linie M1 war der Bahnhof in schlichten Weiß- und Grautönen gehalten, aber die Seite, auf der die M4 fuhr, hatte orangefarbene Wände, schwarzen Granitboden und gelbe Neonlichter.

Irgendetwas sagte mir, dass ich Cynthiana in dem Teil mit den grelleren Farben finden würde. Wenn ihre Leuchtkraft mich an Vlad erinnerte, würde ihr das vermutlich genauso gehen.

Die Leidenschaft für diesen Mann hatten wir immerhin gemeinsam.

Mit einem weiteren ohrenbetäubenden Kreischen fuhr ein Zug der Linie M4 ein. Ich lehnte mich an eine der breiten Säulen, sodass mein Haar einen Teil meines Gesichts verdeckte, und studierte die Pendler. War es die Brünette da drüben? Nein, die hatte einen entzündeten Pickel, so etwas bekamen Vampire nicht. Vielleicht die Frau mit der Baseballkappe … Nein, nicht mit dieser vom schnellen Laufen köstlich pochenden Ader am Hals.

Ich schimpfte leise, als meine Fänge wieder hervorgeschossen kamen. Jetzt wusste ich, wie sich Jungs im Teenageralter fühlten, wenn sich ihr bestes Stück ungefragt bemerkbar machte. Ich tat, als würde ich einen langen Schluck aus meinem Kaffeebecher nehmen, während ich mich stumm bemühte, meine Fänge wieder einzufahren, und da spürte ich es … eine Machtaura, unsichtbar und doch stark, wie eine Parfumwolke, und sie kam direkt auf mich zu.

Mir weiter den Kaffeebecher vors Gesicht haltend, versuchte ich, die Quelle der Vibrationen auszumachen. Nicht dort, da auch nicht … *da*. Oh ja, diesen üppigen walnussbraunen Haarschopf würde ich überall erkennen, ganz zu schweigen von dieser gleitenden Anmut, die diese Frau wie eine Ballerina aus einer Rinderherde hervorstechen ließ.

Mit meiner behandschuhten Hand drückte ich einen Knopf an meiner unter meinem Schal verborgenen Verkabelung und flüsterte drei Worte ins Mikrophon.

»Sie ist da.«

Dann starrte ich einfach nur noch die Frau an, die mein Leben so auf den Kopf gestellt hatte, und die ich jetzt zum ersten Mal wirklich in Augenschein nehmen konnte. Eigentlich war sie alles andere als attraktiv. Ihr Mund war zu breit, die Nase eine Spur zu lang; ihre Wangenknochen lagen so hoch, dass es aussah, als hätte ein Schönheitschirurg nachgeholfen. Alles zusammen allerdings ergab eine Schönheit, die schwer zu vergessen war, weil sie nichts im landläufigen Sinne Hübsches an sich hatte, eher etwas Stolzes und Markantes, von dem man nur schwer den Blick abwenden konnte.

Und genau daran erkannte ich sie, obwohl wir uns nur ein einziges Mal für Sekunden gesehen hatten. Kein Wunder, dass Cynthiana auf einen Zauber zurückgegriffen hatte, der es nicht nur unmöglich machte, ihren Aufenthaltsort zu bestimmen, sondern auch verhinderte, dass ich ihr Gesicht erkennen konnte. Ich hätte nämlich auf den ersten Blick erkannt, dass sie die Vampirin gewesen war, die sich Dawns und Martys letzten Auftritt vor dem Bombenanschlag angesehen hatte.

Dann blickte Cynthiana auf, und ihre dunkel topasfarbenen Augen sahen direkt in meine.

44

So beiläufig wie möglich wandte ich den Blick ab, indem ich so tat, als würde ich jemandem weiter weg zulächeln. *Nur eine andere Vampirin, die sich mit einem Bekannten trifft, hier gibt's nichts zu sehen.* Als ich noch immer Cynthianas Augen auf mir spürte, ging ich in die Richtung, in die ich geblickt hatte, und hoffte, dass ich mich gründlich genug geschrubbt und mit Deo eingesprüht hatte, um nicht mehr nach Vlad zu riechen. Dann suchte ich mir einfach jemanden aus, der auf Cynthiana zukam, und sagte ihm auf Rumänisch hallo, als wären wir alte Freunde.

Etwas traf mich im Rücken, zwei heftige Schläge, die mich so schnell herumfahren ließen, dass ich den Mann neben mir mit Kaffee bekleckerte. Als er zu schimpfen begann, trafen mich noch einmal zwei Schläge mitten in die Brust.

Ich sah an mir herunter. Eine silbrige Flüssigkeit sickerte aus zwei Löchern in meinem Blazer, doch bevor mein Gehirn registrierte, dass ich beschossen worden war, übernahm mein Instinkt das Kommando. Innerhalb eines Sekundenbruchteils war ich hochgesprungen und mit dem Kopf an die Tunneldecke gestoßen. Ich spürte Beton bröckeln und wirbelte so schnell herum, wie ich konnte. Dann tat die Schwerkraft ihre Wirkung, ich fiel und landete auf ein paar Leuten, die ich versehentlich mit zu Boden riss. Kaum lag ich da, begann das Geschrei.

In dem Gewirr aus Beinen konnte ich nichts sehen, aber das hieß, dass der Schütze mich ebenfalls nicht sehen konnte. Ich wollte allerdings die Menschen nicht als lebende Schilde missbrauchen. Geschosse aus flüssigem Silber waren für mich als Vampir zwar so gefährlich wie gewöhnliche Projektile für Menschen, dank Vlads Beharrlichkeit aber trug ich unter meiner Kleidung eine kugelsichere Weste. Die Umstehenden waren völlig ungeschützt. Ich begann, mich krabbelnd aus der Menge fortzubewegen, und entledigte mich dabei meines Kaffeebechers, den ich, wie mir ungläubig bewusst wurde, die ganze Zeit über festgehalten hatte. Während ich noch davonrobbte, drückte ich einen Knopf an der Verkabelung unter meinem Schal. Ich hatte zwar nicht gesehen, wie Cynthiana es getan hatte, aber ich brauchte keine telepathischen Fähigkeiten, um zu wissen, dass sie auf mich geschossen hatte.

»Meine Deckung ist aufgeflogen«, sagte ich knapp. »Und sie schießt mit flüssigem Silber auf mich.«

Am Rande der Menge angekommen, richtete ich mich auf. Als würde sie meinen Blick magisch anziehen, sah ich Cynthiana inmitten der verängstigten Pendler stehen und beinahe beiläufig ihre Pistole unter der Jacke verstauen. Sie dachte wohl, die Silbergeschosse hätten ihren Zweck erfüllt, und ich läge tot in der Menge.

Vlads Stimme bellte mich durch den Receiver an. »Leg dich nicht mit ihr an. Geh zur Haltestelle Crangasi. Wir kommen gleich.«

Cynthiana fuhr herum. Entweder spürte sie meine Gegenwart, oder sie hatte Vlads Stimme über den Lärm der Menschenmenge hinweg gehört.

Höchstens eine Sekunde lang starrte sie mich an, aber mir kam es wie eine Ewigkeit vor. Ich weiß nicht, was in diesem Augenblick über mich kam und mich dazu veranlasste, mir mit meiner vom Kaffee feuchten Hand übers Gesicht zu fahren und das dicke Make-up wegzuwischen, das meine Narbe verdeckte. Als Cynthiana sie sah, wurden ihre dunkel topasfarbenen Augen grellgrün, und sie bleckte die Zähne zu einem Fauchen.

»*Du.*«

Ich erwartete, dass sie wieder zu ihrer Pistole greifen oder über mich herfallen würde, denn sie wirkte ebenso wütend wie ich. Mir wäre beides recht gewesen. Wenn sie mich angriff, würde ich sie von den Leuten weglocken, dann würden wenigstens keine Unschuldigen zu Schaden kommen. Cynthiana tat allerdings nichts dergleichen. Stattdessen hob sie die Hände und rief etwas in einer mir unbekannten Sprache.

Wie von unsichtbaren Strippen gezogen blieben alle Pendler, die eben noch im Weglaufen begriffen gewesen waren, wie angewurzelt stehen. Dann machten sie auf dem Absatz kehrt und strömten geradewegs auf mich zu, die Hände ausgestreckt wie Klauen und pure Mordlust in den Gesichtern. Über die Köpfe der wilden Horde hinweg sah ich, wie Cynthianas Zähnefletschen sich in ein Grinsen verwandelte. Schließlich verschwand sie in entgegengesetzter Richtung im U-Bahn-Tunnel.

Vor mich hin schimpfend, begann ich, mich durch die Menge zu kämpfen, immer bemüht, niemanden zu verletzen. Mir begegnete man weniger zuvorkommend. Die Leute rissen mich an den Haaren, versetzten mir Boxhiebe, und eine Frau verbiss sich sogar in mein Bein und wollte nicht mehr von mir ablassen, obwohl ich sie beim Rennen mitschleifte. Der erste Versuch, meine Verfolger mit vampirischer Gedankenkontrolle abzuschütteln, schlug fehl. Entweder machte ich etwas falsch, oder Cynthianas Zauber war zu mächtig. Als ich endlich freikam, hatte ich dank der im wahrsten Sinne des Wortes verbissenen Frau mein Jackett, den Schal und einige Stücke meiner Hose eingebüßt. Schließlich gelang es mir, die Flucht zu ergreifen, bevor der Rest des Mobs auch noch über mich herfallen konnte.

Während ich auf die Haltestelle Crangasi zurannte, drückte ich den Knopf an meinem Hals. »Sie ist im Tunnel der Linie M1 verschwunden«, rief ich und stöhnte auf, als ich das abgerissene Kabel aus meiner Kevlar-Weste herausragen sah. Irgendwer hatte es zerfetzt. Ohne zu zögern drehte ich mich um und rannte in die Richtung, in die Cynthiana verschwunden war. Jetzt, wo ich Vlad nichts mehr über ihren Verbleib sagen konnte, würde sie womöglich entkommen, bevor seine Leute den U-Bahnhof erreichten.

Mit schrillem Kreischen und gleißendem Licht raste ein Zug direkt auf mich zu. Ich sprang von den Gleisen auf den Wartungsgang neben der Tunnelwand, drückte mich ans Mauerwerk und hangelte mich weiter, so schnell es ging. Als der Zug vorbeifuhr, spürte ich, wie der Luftsog an mir riss, doch meine vampirischen Muskeln hielten mich an der Wand fest, als wäre ich angeklebt. Endlich konnte ich wieder auf die Gleise springen und dort durch den von meinen Augen in grünes Licht getauchten Tunnel weiterrennen.

Wäre mein Sehvermögen nicht durch die Verwandlung geschärft gewesen, hätte ich den Durchlass in der gegenüberliegenden Tunnelwand verpasst, hinter dem sich ein weiterer Gang erstreckte. Kein Licht drang heraus, und die Wände waren nass, anscheinend aufgrund eines leckenden Wasserrohrs, sodass sich vor dem Eingang eine schmutzige Pfütze gebildet hatte. Offenbar ein ungenutzter Gang. Ich blieb unschlüssig stehen und blickte zwischen dem Durchlass und dem U-Bahn-Tunnel hin und her. Wohin würde ich mich an Cynthianas Stelle wenden?

Als ich schmutzige Fußabdrücke ausmachte, die in den Gang führten, war die Sache klar. Ich überquerte die Gleise, schlüpfte durch die enge Öffnung und verzog das Gesicht, als mir ein Gestank in die Nase stieg, der mich vermuten ließ, dass der Gang von Obdachlosen als Unterschlupf genutzt wurde. Jetzt konnte ich Cynthianas Fährte nicht mehr wittern. Obwohl … Da war noch ein seltsam erdiges Aroma. War sie das? Wenn ja, sollte sie mal das Parfum wechseln.

Als ich vor mir etwas hörte, das fast wie hastiges Scharren klang, begann ich schneller zu laufen. Waren Vlads Leute von der anderen Seite aus in den Gang eingedrungen und hatten Cynthiana geschnappt? Der enge Tunnel verzweigte sich, sodass ich nichts erkennen konnte. Für den Fall, dass Cynthiana mir mit gezückter Pistole auflauerte, um mir einen Kopfschuss zu verpassen, duckte ich mich, um ein Stück kleiner zu sein, als sie erwartete, und spähte um die Ecke.

Hunderte von glühenden Augen schienen mich anzustarren. Das scharrende Geräusch wurde lauter. Außerdem hörte ich schrille Piepslaute, und schon kam eine wuselnde Masse aus grauem Pelz und scharfen Zähnchen auf mich zu.

»Du Miststück!«, brüllte ich in den Gang hinein.

Cynthiana war offenbar noch nicht am Ende ihrer Kunst

angelangt. Jetzt schien es, als hätte sie jede einzelne Ratte in diesen Gängen verhext, um mich zu attackieren.

Meinen Abscheu unterdrückend, begann ich, auf die wild gewordenen Tierchen zuzulaufen. *Vampire können keine Tollwut kriegen*, sagte ich mir im Geist immer wieder vor, während Dutzende von Nagern sich auf mich stürzten, als steckte ich in einem Fleischkostüm. In meinem Vorwärtsdrängen walzte ich einige von ihnen platt, aber immer neue fielen mit rasiermesserscharfen Zähnen und Klauen über mich her. Schmerzen erfassten so gut wie jeden Zentimeter meines Körpers, der nicht von der Kevlar-Weste geschützt war. Einige der Ratten fielen wieder von mir ab, als sie sich durch den Neoprenanzug genagt und meine elektrisch geladene Haut erreicht hatten, aber es kamen einfach immer neue nach.

Am liebsten wäre ich wie wild in der Gegend herumgesprungen, um sie abzuschütteln, aber ich kämpfte mich weiter vorwärts und streifte nur so viele der widerlichen Nager ab, wie ich gerade erreichen konnte. Wenn Cynthiana glaubte, sie könnte mir eine Ladung Silberkugeln verpassen, während ich durch ihren neuesten Zaubertrick abgelenkt war, hatte sie sich getäuscht.

Und nur weil ich immer stur geradeaus starrte, sah ich sie. Große Gestalten, die sich hinter der nächsten Tunnelecke an die Wand drückten, so schmutzverkrustet, dass sie mit dem feuchten Beton zu verschmelzen schienen. Und wieder war da dieses seltsame erdige Aroma, das ich trotz des Gestanks der Ratten und des Geruchs meines eigenen Blutes wahrnehmen konnte. Als ich aufhörte zu rennen, wurde den Gestalten im Tunnel wohl bewusst, dass ich sie erspäht hatte, und sie kamen aus ihrem Schlupfloch hervor. Das ganze Dutzend.

Sie sahen aus wie Menschen, aber ihre Augen waren von einem Leuchten erfüllt, das überhaupt nichts Menschliches an sich hatte. Es war kein Vampirgrün, und Reißzähne hatten sie auch keine, aber sie bewegten sich so flink, wie nur übernatürliche Geschöpfe es konnten. Und als sie die Münder obszön weit aufrissen und auf mich zugestürmt kamen, wusste ich, was sie waren.

Ghule, dachte ich mit sinkendem Mut. Und Ghule aßen nicht nur Menschen, sondern auch Vampire.

45

Während die Ratten noch an mir nagten, riss ich mir den rechten Handschuh herunter. Ein dünner, weiß leuchtender Faden trat pulsierend hervor und wuchs, bis er den Boden erreicht hatte. Die Ghule beobachteten es ohne die geringste Furcht, was nicht unbedingt ein gutes Zeichen war. Wenn sie hier im Tunnel lebten und nur vorhatten, mich anzugreifen, weil ich schmackhaft aussah, würden sie von mir ablassen, sobald sie feststellten, dass ich keine leichte Beute war. Hatte Cynthiana ihnen mithife eines Zaubers den Angriff befohlen, würden sie wie die Ratten auf mich einstürmen, bis der letzte von ihnen tot war.

Oder ich.

Allerdings hatte ich keine Zeit, mir weiter über ihre Motive Gedanken zu machen. Mit einem Affenzahn kamen drei der Ghule auf mich zugewieselt. Ich ließ meine Peitsche knallen, drehte mich im Kreis und verstärkte die Voltzahl, als ich den Widerstand von Körpern spürte. Ich hörte es ein paarmal dumpf plumpsen, während die Elektrizität, die durch meinen Körper jagte, die Ratten kurzfristig dazu brachte, von mir abzulassen. Mir blieb gerade eben genug Zeit, um zu sehen, dass ich zwei meiner drei Angreifer enthauptet hatte, bevor die Nager mich wieder anfielen. Der dritte Ghul lag ebenfalls am Boden und versuchte, seinen Unterkörper wieder mit dem Oberkörper zu verbinden, nachdem ich ihn in der Mitte entzweigeschnitten hatte.

Brüllend stürmte das restliche Rudel los. Ich ließ die Peitsche um mich herumwirbeln wie ein riesiges, tödliches Lasso, das alles, was sich in meine Nähe wagte, zerfetzte. Zwei weitere Ghule sanken leblos zu Boden, wo schon die Ratten lagen, die durch den Kontakt zu meinem stärker denn je elektrisch geladenen Körper umgekommen waren. Mit der Peitsche schlug ich nach einem weiteren Ghul, und auch er wurde in zwei Stücke zerteilt. Das Rudel umkreiste mich jetzt misstrauischer, aber dem leeren Ausdruck in ihren Augen nach zu urteilen, waren sie tatsächlich ihres freien Willens beraubt worden. Sie würden immer weiter versuchen, mich umzubringen, ohne Rücksicht auf Verluste. Wäre ich nicht in einen Kampf auf Leben und Tod verstrickt gewesen, hätte Cynthianas Macht mich in Staunen versetzt. »Jahrmarkttricks«, meine Fresse!

Wieder zerhackte ich zwei Ghule, die meine Peitsche am Hals getroffen hatte, als sie sich gerade auf mich stürzen wollten. Blieben noch vier, und dank meiner vampirischen Superkräfte wurde mein Arm nicht mal müde. Mehr und mehr Ratten fielen von mir ab, als mein Neoprenanzug allmählich so löchrig wurde, dass Elektrizität nach außen sickerte wie Wasser aus einem Sieb. Die Kadaver der Nager knirschten unter meinen Füßen, als ich sie zertrat und selbst in die Offensive ging, indem ich die Ghule angriff statt mich von ihnen zurücktreiben zu lassen. Erbarmungslos zerschnitt meine Peitsche ihre Leiber genau wie die der Ratten, die noch immer von allen Seiten auf mich zuwuselten.

Jetzt stand nur noch ein Ghul aufrecht. Als er nah genug an

mir dran war, holte ich siegesgewiss zu einem letzten Schlag aus, aber als ich meinen Angreifer traf, verpuffte die Energie knisternd. Statt seinen Körper zu durchschneiden, schien die Energie einfach von ihm abgestoßen zu werden. Der Ghul sah an sich herunter, als wollte er sich vergewissern, dass er noch heil war, und riss dann so ungeheuer weit das Maul auf, dass es wirkte wie der aufgesperrte Schlund einer Schlange.

Oh Scheiße. Ich schüttelte die rechte Hand, als könnte ich damit mehr Energie in sie leiten, aber das dünne Fädchen, das sie produzierte, flackerte nur wie eine Taschenlampe mit schwacher Batterie. Ich fuhr herum und wollte mich aus dem Staub machen, aber am Ende des Ganges hörte ich es schon wieder fauchen, und da war auch wieder dieser modrige, erdige Geruch.

Mein Fluchtweg war versperrt.

Der Ghul, den ich nicht hatte umbringen können, setzte zum Angriff an. Von Panik gepackt und weil mir die Möglichkeiten ausgingen, begann ich, ihn mit Ratten zu bewerfen. Sie prallten an seinem ungeschlachten Körper ab und konnten ihn ebenso wenig aufhalten wie zuvor mich. Wie zum Beweis fing der Ghul einen der Nager auf, biss ihm den Kopf ab und spuckte ihn mir entgegen. Hinter ihm regten sich zwei seiner gefallenen Kameraden. Der eine begann auf seinem einen Bein auf mich zuzuhüpfen, der andere kroch über einen Teppich aus Rattenkadavern, weil ihm die gesamte untere Körperhälfte fehlte.

Gegen einen Ghul hätte ich noch eine Chance gehabt. Aber nicht gegen mehrere. Die Angst machte mich immun gegen den Schmerz, der einsetzte, als die überlebenden Ratten wieder anfingen, sich in mich zu verbeißen. Bald würden nicht mehr nur die Ratten an mir nagen. Ich war zwar jetzt mächtiger denn je, konnte aber trotzdem meinen eigenen Tod nicht verhindern.

Schließlich straffte ich die Schultern und kickte die Ratten von meinen Füßen weg. So leicht würde ich es ihnen nicht machen. Bevor sie mich auffressen konnten, mussten sie mich erst einmal zu fassen kriegen.

Gerade als ich losrennen wollte, sah ich ein orangefarbenes Leuchten, das zwar bedrohlich wirkte, mir aber höchst willkommen war.

Dann hörte ich donnernd Vlads Stimme: »Leila, duck dich!«

Ich ließ mich zu Boden fallen, was mich auf Augenhöhe mit den unzähligen noch lebenden und bereits toten Ratten brachte. Im nächsten Augenblick wurde alles, was höher als etwa ein Meter war, von einem Flammenmeer erfasst. Während der Feuersturm durch den Tunnel fegte, schützte ich meinen Kopf mit den Händen und drückte das Gesicht tiefer in die widerliche Masse aus Kadavern. Besser, ich kam ihnen zu nahe, und nicht dem Feuerstoß, der mit der Gewalt von hundert Geysiren durch den Tunnel brauste.

Augenblicke später spürte ich, wie zwei Hände sich auf meine Arme legten. Ich wollte schon zurückzucken, weil ich dachte, der krabbelnde Ghul hätte mich erreicht, da merkte ich, dass die Hände so heiß wie Kochplatten waren. Als sie mir die Arme vom Kopf wegzogen, leistete ich keinen Widerstand, und als dann noch ein gestiefelter Fuß die Rattenhorde um mich herum wegtrat, setzte ich mich ohne zu zögern auf, obwohl die Flammen noch immer tosten.

Vlad beugte sich über mich. Bis auf einen Umkreis von einem halben Meter um uns herum stand der Tunnel vom Boden bis zur Decke in Flammen. Schließlich hob Vlad mich auf und trug mich durch die glühend orangefarbene und rote Wand.

Sie teilte sich vor ihm wie von Geisterhand aufgezogene Vorhänge. Während Vlad mich fortbrachte, begann ich die Ratten, die noch an mir hingen, abzustreifen, sodass sie ins Feuer fielen. Als wir die geschlossene Tür am Ende des Ganges erreicht hatten, war ich sie schon fast alle los, bis auf ein paar, die ich nicht erreichen konnte.

Vlad öffnete die Tür und brachte mich in einen noch weit engeren Gang, vielleicht ein verlassener Wartungstunnel. Statt mit Feuer war er mit Vlads Leuten angefüllt. Na ja, eine Frau gehörte nicht zu ihnen.

Cynthiana wurde von vier Vampiren festgehalten, was vielleicht noch nicht ausreichend war, da ihre wirkliche Stärke in ihrer Zauberkraft lag. Aber ich sah auf den ersten Blick, warum Vlad nicht fürchtete, sie könnte seine Männer verhexen. Sie konnte nicht sprechen. In ihrem Mund steckte so viel Silber, dass ein paar scharfkantige Stücke sich bereits durch ihre Wangen gebohrt hatten.

»Wo hast du denn den Knebel her?«, fragte ich ihn.

Er setzte mich ab, stieß die restlichen Ratten weg, die sich in meinen Rücken verbissen hatten, und zertrat sie.

»Ich habe Silbermesser zusammengeschmolzen und sie ihr in den Mund gesteckt.«

Manchmal liebte ich seine dunkle Seite wirklich.

»Warum hast du nicht an der Haltestelle Crangasi gewartet?«, wollte er wissen und packte mich bei den Schultern, nachdem ich noch die letzten Ratten losgeworden war.

»Sie hat die Pendler verhext, damit sie mich angreifen, und dabei ist ein Kabel gerissen. Ich konnte dir also nicht sagen, wohin sie geflohen ist, da habe ich mich an ihre Fersen geheftet.«

»Warum?«, fragte er jetzt noch drängender.

Ich stutzte. »Weil sie sonst entkommen wäre.«

Er packte mich fester, während eine Welle der Frustration und eine andere, viel stärkere Emotion über mich hinwegfegten.

»Als ich gehört habe, dass du von Ghulen angegriffen wirst, wollte ich nur noch rechtzeitig bei dir sein. Wie oft muss ich dir noch sagen, dass du mir wichtiger bist als meine Rache? Ich kann damit leben, dass ich meine Feinde nicht bezwinge, aber ich kann nicht ohne dich leben.«

Bevor ich etwas darauf sagen konnte, riss er mich an sich, presste seine Lippen auf meine und küsste mich stürmisch. Ich vergaß, dass ich voller Blut, Schmutz und Rattenfell war. Kümmerte mich nicht um die vielen Leute, die uns zusahen, und auch um nichts sonst. Ich erwiderte seinen Kuss mit all der Erleichterung, die ich darüber empfand, dass ich noch am Leben war. Jetzt, da der Kampf vorüber war, drängte all meine unterdrückte Furcht an die Oberfläche und erinnerte mich daran, dass ich dicht davor gewesen war, alles zu verlieren. Vlad hatte recht. Unsere Feinde würden kommen und gehen, Schlachten gewonnen oder verloren werden, aber was wir hatten, war wichtiger. Alles andere war beliebig.

Als er sich schließlich von mir löste, kullerten mir dicke Tränen über die Wangen. »Ich liebe dich«, flüsterte ich.

Er wischte mir die Tränen weg, während ein sardonisches Lächeln um seine Mundwinkel spielte. »Und ich liebe dich, weshalb ich dich auch in unserem Haus einsperren werde, sobald wir zurück sind.«

Ich stieß ein schluchzendes Auflachen aus. »Brauchst du nicht. Ich will gar nicht mehr weg.«

Dann betastete ich meine Kevlar-Weste, die als einziges Kleidungsstück heil geblieben war.

»Das war eine gute Idee. Als Geheimagentin wäre ich eine Niete. Cynthiana hatte mich kaum entdeckt, da hat sie auch schon angefangen, auf mich zu feuern.«

Das Lächeln, das er mir schenkte, erinnerte mich an das Feuer, das ein so integraler Bestandteil seines Charakters war – faszinierend und doch todbringend, vernichtend und doch voller Leben.

»Ihre Entschlossenheit, dich zu töten, ist ihr zum Verhängnis geworden. Indem sie die Ghule in den Tunneln in hirnlose Tötungsmaschinen verwandelt hat, hat sie sich selbst den Fluchtweg abgeschnitten, sodass sie mir direkt in die Arme gelaufen ist.«

Ich drehte mich um und sah Cynthiana an, während eine Kälte in mir aufstieg, die ich mir nie zugetraut hätte. »Zeit, sie heimzuschaffen, und ich hoffe, du hast schon einen Pfahl mit ihrem Namen drauf bereitstehen.«

46

Ein paar von Vlads Männern blieben zurück, um sicherzustellen, dass kein Ghul das Feuer überlebt hatte und sich in die Metrostationen aufmachte, um nichtsahnende Pendler anzufallen. Wir Übrigen kehrten via Helikopter zu Vlads Anwesen zurück. Kaum waren wir gelandet, folgte ich ihm und Cynthianas Bewachern in den Kerker. Der Rattenangriff würde mir zwar noch Alpträume bescheren, und auf eine Dusche war ich so versessen wie Rumpelstilzchen auf das Kind der Königin, aber ich würde jetzt nicht schlappmachen.

Im Kerker wies Vlad die Wachen an, Cynthiana an den großen Monolithen zu ketten. Dann ließ er von der anderen Seite aus Shrapnel hereinführen und neben ihr anketten. Er hatte sein Bestes getan, um mich umzubringen, und doch bekam ich unwillkürlich Mitleid mit ihm, als ich sah, was für ein unglückliches Gesicht er machte, als er Cynthiana erblickte. Der allerdings schien das traurige Los ihres Partners keine Gewissensbisse zu bescheren. Sie wirkte sogar eher genervt, als sie ihn ansah.

»Er war wirklich nur eine Marionette für dich, oder?«, fragte ich angewidert.

Natürlich antwortete sie nicht. Obwohl sie mit einem Silberknebel im Mund im Kerker saß und einer wahrhaft schauerlichen Zukunft entgegensah, wirkte Cynthiana nicht eingeschüchtert. Sie maß mich mit einem Blick, wie Frauen ihn immer einsetzen, wenn sie einer anderen, ohne ein Wort sagen zu müssen allen Schneid abkaufen wollten, aber ich lächelte nur so breit, dass meine neuen Fänge blitzten. Ich mochte voller Schmutz, Blut und Rattenfell sein, aber im Vergleich zu der Missachtung, mit der die Highschool-Kids mich gestraft hatten, als ich narbig, humpelnd und mit der Fähigkeit, anderen Elektroschocks zu verpassen, auf dem Pausenhof aufgetaucht war, wirkten selbst die vernichtenden Blicke einer jahrhundertealten Vampirin harmlos.

»Hatte ich schon erwähnt, dass ich mich freue, dich wiederzusehen?«, fragte ich beinahe schnurrend. »Obwohl du dich vermutlich kaum an unser erstes Zusammentreffen erinnern kannst, oder?«

Als Vlad mich ansah, wirkte er fast so überrascht wie Cynthiana. Schließlich ging er zu ihr und riss ihr den Silberknebel aus dem Mund.

»Wenn du versuchst, einen Zauber auszusprechen, jage ich dir so viel Silber in den Leib, dass du noch vor dem Morgengrauen dem Wahnsinn verfällst.«

Cynthiana starrte Vlad für einen langen Augenblick schweigend an, bevor sie sich verächtlich mir zuwandte.

»Ich weiß nicht, wovon du sprichst, Herzblatt. Ich sehe dich heute zum ersten Mal.«

»Ist ja kein Wunder, dass du es vergessen hast. Du warst damals zu sehr auf die Darbietung eines jungen Mädchens namens Dawn konzentriert, das unter meinem Künstlernamen aufgetreten ist. Du hast sie für mich gehalten und einen Bombenanschlag auf ihren Wohnwagen verüben lassen.«

Jetzt musterte sie mich forschend. »Dein Haar hing dir übers Gesicht, und du hattest einen Hut auf, um deine Narbe zu verbergen«, sagte sie schließlich.

»Alte Angewohnheit. Und jetzt lass uns mal sehen, was deine schwerste Sünde ist.«

Mit etwas Glück würde uns das zu ihrem Komplizen führen. Ich trat an sie heran, woraufhin sie so weit zurückwich, wie sie es in ihren Fesseln eben konnte.

»Rühr mich nicht an.«

Ich sagte nichts, packte aber mit der rechten Hand ihren Arm. Sie bekam nur einen leichten Stromschlag, weil ich den Großteil meiner Energie verbraucht hatte, um die Ghule abzuwehren, die sie mir auf den Hals gehetzt hatte.

Der Kerker löste sich auf und wurde zu einem Raum, der gar nicht mal so anders aussah, weil auch seine Wände aus Stein waren. Er kam mir bekannt vor, aber ich dachte nicht länger darüber nach, weil sich bereits etwas anderes vor meinem inneren Auge abspielte. Als ich wieder in die Realität zurückgekehrt war, ließ ich angewidert Cynthianas Arm los.

»Du krankes Miststück«, keuchte ich.

»Was?«, mischte Vlad sich ein.

Voller Abscheu starrte ich Cynthiana an. »Sie brauchte einen Zauber, der feuerfest macht, musste sich dazu aber schwarzer Magie bedienen. Und das hat sie dann auch getan.«

Und ihr Zauber hatte den höchsten Preis gefordert: das Blut eines Neugeborenen. Ich hatte schon viele Schreckensvisionen erlebt, aber etwas so Brutales noch nie.

»Ein Zauber, der feuerfest macht?«, hakte Vlad nach. »Hast du etwa geglaubt, mehr bräuchtest du nicht, um dich vor mir zu schützen?«

Sie schwieg.

Schließlich seufzte Vlad. »Ich kenne dich, Cynthiana. Du würdest dich nie mit mir anlegen, wenn du keinen Beschützer hättest, also sag mir seinen Namen. Andernfalls muss ich dir schlimmere Schmerzen zufügen, als du dir vorstellen kannst.«

Sie sah weg. »Ich habe keinen Beschützer.«

Vlad lachte auf seine schaurige, freudlose Art.

»Oh doch, auch wenn du ihn hintergangen hast, weil er Leila lebend wollte.«

Wie kam Vlad auf die Idee? Nach dem Bombenanschlag hatte Cynthiana nur noch mit Shrapnel kommuniziert, um ihn dazu anzustacheln, mich umzubringen.

Dann fiel mir wieder ein, was Hannibal bei meiner Entführung gesagt hatte. *Ich weiß lediglich, dass du lebend dreimal so viel wert bist wie tot.* Cynthiana wollte mich eindeutig tot sehen, also hatte Vlad recht. Hier hatte ein anderer die Strippen gezogen, zumindest zeitweise.

Cynthiana warf mir einen Blick zu. Die pure Abscheu in ihren Augen hatte ich zwar erwartet, nicht aber die Furcht. Warum sollte sie sich vor *mir* fürchten, nachdem Vlad ihr gedroht hatte? Ich hatte doch schon alles getan, was in meinen Möglichkeiten stand, und dabei zwar Abstoßendes über sie erfahren, aber nichts Nützliches …

»Vlad, warte«, sagte ich, als mir das Felsgelass aus meiner Vision wieder einfiel. Ich wandte mich wieder Cynthiana zu.

»Shrapnel hat dir alles gesagt, was er über meine Fähigkeiten weiß«, begann ich langsam, meine Gedanken in Worte zu fassen, »aber du weißt mehr, nicht wahr? Zum Beispiel, dass ich die Essenzen von Personen auf der Haut anderer spüren kann.«

Sie machte große Augen, und der Geruch, der von ihr ausging, nahm eine faulig süße Note an. Ich wusste, was das zu bedeuten hatte. Der ganze Kerker stank danach. Angst.

Vlad merkte es ebenfalls. Der Ausdruck auf seinen fein gemeißelten Zügen veränderte sich. Aus eisiger Freundlichkeit wurde purer Granit.

»Wer ist es?«

Drei leise gesprochene Worte mit der vernichtenden Wirkung von tausend gebrüllten Drohungen.

Ich starrte Cynthiana an, erkannte den Hass und die Furcht in ihrem Blick, als ich näher kam.

»Weißt du, was ich mitbekommen habe, als ich das erste Mal eine telepathische Verbindung zu dir hatte? Du hast zu Shrapnel gesagt: *Was immer sie ihm lebend wert ist, tot ist sie für uns weniger gefährlich.*«

Ich stieß ein kurzes Auflachen aus. »Damals dachte ich, du hättest dich auf Vlad bezogen, aber es ging um deinen neuen Beschützer, nicht wahr? Er war an mir interessiert, und du wusstest bereits, wie an mich heranzukommen war.«

Ich warf Shrapnel einen Blick zu. »Cynthiana ist genau zu der Zeit wieder in dein Leben getreten, als ich Vlad kennengelernt habe, nicht wahr?«

Er wirkte bekümmert, sagte aber nichts. Vielleicht versuchte er noch immer, sie zu decken. Wahrscheinlicher aber war, dass sie ihn verhext hatte. Womöglich hatte er nicht aus freien Stücken Vlad betrogen und versucht, mich umzubringen.

Vlads sengend heiße Hand fuhr mir über den Arm, als er an mich herantrat, ohne mich anzusehen. Sein Blick war stur auf Cynthiana gerichtet.

»Dein Beschützer muss mächtig sein, sonst würdest du dich nicht mit ihm einlassen. Außerdem ist er mein Feind, sonst würde er nicht das Risiko eingehen, meinen Zorn zu erregen, indem er meine Exgeliebte benutzt, um eine andere zu entführen. Da bleiben nicht viele übrig. Noch weniger, wenn man bedenkt, dass er bereits Interesse an Leila hatte, bevor Shrapnel dir von ihren Fähigkeiten erzählt hat.«

Da blieben wirklich nicht mehr viele Verdächtige übrig. Mir selbst fiel eigentlich nur ein Name ein, und obwohl es mir unmöglich erschien, passte alles zusammen, bis hin zu Hannibals Auftrag, mich tot oder lebend zu ergreifen. Schon einmal hatte es ein Vampir auf mich abgesehen gehabt, und während Cynthiana mich lieber tot als lebendig gesehen hätte, schien ihr Beschützer in dieser Angelegenheit anderer Meinung zu sein.

Seltsam war nur, dass jeder außer Maximus und Vlad geglaubt hatte, um meine Fähigkeiten wäre es geschehen, als Hannibal mich entführt hatte. Cynthianas Beschützer hoffte entweder, dass sie zurückkehren würden … oder er hielt mich noch aus einem anderen Grund für eine wertvolle Geisel.

Nur ein Vampir hatte Vlads wahre Gefühle für mich bereits erahnt, ehe er sie sich selbst eingestanden hatte. Und ebendieser Vampir hatte auch versucht, meine Fähigkeiten gegen Vlad einzusetzen, bevor ich ihn überhaupt kennengelernt hatte. Im Prinzip war sogar er es gewesen, der uns zusammengebracht hatte, aber Mihaly Szilagyi war bereits vor Monaten im Feuer ums Leben gekommen.

Oder etwa doch nicht?

Ich trat noch einen Schritt näher an Cynthiana heran. Sie tobte in ihren Ketten, mit schnappenden Kiefern und die Augen grün lodernd, während sie ebenso boshafte wie nutzlose Drohungen ausstieß.

»Bring sie zum Schweigen und halte sie fest«, wies ich Vlad ruhig an.

Er packte Cynthianas Kiefer mit eisernem Griff, bevor ich das letzte Wort aussprechen konnte. Sein zweiter Arm schloss sich so heftig um ihre Mitte, dass ich mehrere Rippen brechen hörte. Aber im Gegensatz zu den Schmerzen, die ich hatte aushalten müssen, als Shrapnel mir den Brustkorb zerquetscht hatte, würden ihre in Sekundenschnelle vergehen, und sie würde geheilt sein. Es sei denn, sie setzte sich weiter zur Wehr.

Mit geschlossenen Augen berührte ich sie noch einmal, froh darüber, dass meine Fähigkeiten mich die schlimmste Sünde einer Person nur einmal erleben ließen. Ich begann, ihren Körper nach weiteren Essenzspuren abzusuchen.

Da, auf ihrem Oberarm. Eine ganz frische zornige Spur, die ich sofort als Vlads erkannte. Meine Hand wanderte weiter und erspürte eine zweite Essenzspur in ihrem Nacken. Ich konnte nicht erkennen, wer sie hinterlassen hatte, also arbeitete ich mich zu ihrem Gesicht vor, die wütenden Laute ignorierend, die sie ausstieß, während ich sie abtastete.

Jemand, der sie liebte, hatte einen Abdruck auf ihrer Stirn hinterlassen, und ich erkannte mit Schrecken, dass es Shrapnel gewesen war.

Ich suchte weiter, konnte auf ihrem Oberkörper aber nichts weiter entdecken. Gerade war ich bei ihrem linken Handgelenk angelangt, da spürte ich es. Eine mir sehr vertraute Essenz, hinterlassen von jemandem, der so bedrohlich war, dass sein Wesen sich permanent in ihre Haut eingeätzt hatte.

Ich ließ die Hand sinken und öffnete die Augen.

»Er ist es«, sagte ich nur, als Vlad mich ansah.

Grüne Flammen loderten in seinen Augen auf, und ein Lavastrom aus Zorn ergoss sich über mich.

»Was muss ich tun, um diesen Mann umzubringen?«, murmelte er.

Dann ließ er Cynthiana los. Als er sie wieder ansah, war auf seinem grimmigen Gesicht ein charmantes Lächeln erschienen, und der Lavastrom aus Zorn hatte sich in einen Gletscher der Entschlossenheit verwandelt.

»Erzähle mir von dem Komplott, das du mit Mihaly Szilagyi geschmiedet hast, und als Erstes sagst du mir, wie er die Explosion überlebt hat.«

»Ich glaube, ich kenne die Antwort«, mischte ich mich ein, Cynthiana mitleidlos niederstarrend. »Verbrenne sie.«

Cynthianas Beine gingen in Flammen auf. Sie kreischte und wütete in ihren Ketten. Shrapnel begann ebenfalls zu brüllen und flehte Vlad an aufzuhören. Er tat es erst, als ihre Haut von den Schenkeln abwärts schwarz und verkohlt war.

Als ich zusah, wie Cynthianas Gewebe mit normaler Vampirgeschwindigkeit heilte, fügte sich plötzlich das letzte Puzzleteilchen ein.

»Du hast den Zauber, der feuerfest macht, nicht für dich selbst gebraucht. Er war für Mihaly Szilagyi, den einzigen Vampir, der so stark ist wie Vlad und ihm genauso dringend schaden will wie du.«

Ich sah wieder Vlad an. »*Deshalb* hat er auch ohne zu zögern die Explosion ausgelöst, als du ihn in dem Berg in der Falle sitzen hattest. Er wusste, dass er dort nur lebend rauskommen würde, wenn du ihn für tot hältst. Darauf hat er schließlich vor Jahrhunderten schon einmal gesetzt.«

»Die schönste List des Teufels ist es, uns zu überzeugen,

dass es ihn nicht gibt«, murmelte Vlad, als würde er aus der Erinnerung zitieren.

Dann lächelte er Cynthiana an. »Und jetzt, Herzblatt«, sagte er in seinem allerfreundlichsten Tonfall, »wirst du mir verraten, wo er steckt.«